劉大杰 著

中國文學發展史

中冊

臺灣學生書局印行

中國文學發展史中冊目錄

第十二章　唐代文學的新發展

一　緒說

自三國到南北朝，政治上的混亂局面，延長到三百年之久。在這長時期中，漢族和其他民族的融合同化，外來的宗教、哲學、藝術以及物產各方面的輸入，無論在物質精神方面，都加入了一些新成分，形成了這一階段文化生活的特色。把這個外在的混亂局面加以統一，在漢族與其他民族融化的基礎上而成立集權的中央政府的，是開創隋帝國的文帝楊堅。在這久亂之後，如果能夠休養生息，進一步採取一些改良措施，隋帝國的命運是不會這樣短促的。政治文化各方面的建設，也可以積極開展起來。無奈一到了煬帝，便形成那種嚴重的內荒淫而外浪費的局面，形成殘酷剝削人民、階級矛盾極其尖銳的局面，於是那基礎本不穩固的帝國生命，便很快地斷送了。舊唐書食貨志說：「隋文帝因周氏平齊之後，府庫充實，庶事節儉，未嘗虛費。開皇之初，議者以比漢代文、景，有粟陳貫朽之積。煬帝卽位，大縱奢靡，加以東西行幸，輿駕不息。征討四夷，兵車屢動。……數年之間，公私罄竭。財力既殫，國遂亡矣。」可知文帝時代，社會經濟已大好轉，如果煬帝對當日恢復過來的社會生產力不予以根本性的破壞摧殘，隋帝國的生命，決不會那麼曇花一現。在這種情勢下，真能在政治文化的建設上，創造出巨大的成就來的，不得不待之於繼隋而起的唐朝。

封建統治者鑒於煬帝暴政統治下人民反抗之激烈，農民起義軍威力之強大，從歷史上得到「以古爲鑑」的教訓，不得不採取一系列安定社會、發展經濟的積極措施以緩和階級矛盾。由貞觀到開元有將近百年的休養生息，經煬帝一手破壞的社會經濟與勞動生產力，又恢復轉來，而達到高度的繁榮。在這種繁榮中，唐帝國建立了穩固的基礎。於是文教武功以及新的民族實力，都得以充分地發揚光大。由唐代所設的六都護觀之，中國當日的勢力，東北至黑水、渤海，西至大宛、康居及月氏、波斯，北至堅昆，南至安南一帶，其聲勢已遠在秦、漢以上了。由儒、釋、道三教的並盛，與祆教、摩尼教、回教的流佈，形成思想界的活躍與自由。因陸海交通的頻繁，運河、長江的便利，直接促進國內商業經濟與國際貿易的發達，形成都市的繁榮與市民階層的成長；間接也就促進本國文化與外族文化的交流。當日如日本、新羅、百濟、高昌、吐蕃諸邦，都派遣僧徒學子來唐留學，極一時之盛。從漢朝以來，唐朝是第一個強大有力的帝國，是東亞文化的代表。民族具有一種創造的精神與革新的毅力，再加以外來文化的激盪交流，於是音樂、繪畫、雕刻、建築各方面，都呈現着顯著的進步。尤其是印度文化，繼漢、魏、六朝之後，有更進一步的接觸與融和，對於中國文學產生了較爲顯著的影響。

詩是唐代文學的代表，這是人人所知道的。詩以外如古文運動的興起，傳奇的盛行，變文的出現，詞的形成，都是唐代文學的新發展。詞的產生，在中國韻文史上開闢了一個新局面，是一件重大的事，所以關於它的起源和發展，將在另一章裏獨立敘述。再如北齊時代受着外來樂舞的影響而出現的「代面」、「撥頭」與「踏搖娘」以及唐代的「參軍戲」等等，自然都是戲曲史上的重要材料，究因成就尚微，只好等到討論宋、元戲曲的時候，再來補述。

二　唐詩興盛的原因

唐朝是中國詩歌史上的黃金時代。形式方面，無論古體律絕，無論五言七言，都由完備而達全盛之境。內容的豐富，風格的多樣，派別的分立，思潮的演變，呈現着萬花撩亂的景象。宋計有功撰唐詩紀事，所錄凡一千一百五十家。清代所編纂的全唐詩，所錄共二千餘家，錄詩共四萬八千九百餘首。但也並非唐詩之全部，其遺佚的尚有不少。在這些書裏，自帝王、貴族、文士、官僚，以至和尚、道士、尼姑、歌妓，都有作品。可知詩歌在唐朝，成爲一種最普遍的文學形式，不只是少數文士的專利品。詩在唐朝這麼蓬勃地發達起來，自必有種種相依相附的原因。

一、詩人地位的轉移　唐詩的主要特色，是其內容包含的豐富，反映社會生活的廣闊，而在詩歌藝術上，得到了高度的成就。通過詩歌的豐富內容，我們可以看出當日社會生活與人民思想感情的表現。在那些作品裏，無論大地山河、戰場邊塞、農村商市，以及社會各階層人民的生活，政治的現狀，歷史的題材，階級的對立，婦女的遭遇等等，無不加以描寫。因此擴大了詩的境界，豐富了詩的內容，加強了詩的生命，提高了詩的地位。這種進步的現象，是唐以前的詩歌所沒有的。這因爲往日的詩壇，除了少數的民歌以外，大部分是掌握在君主貴族的手裏。他們都是養尊處優，缺少社會生活的體驗，尤其缺少對窮苦人民情感、生活的接觸與瞭解。他們拿起筆，大都只能傾心於文學的辭藻與形式，表現他們那種特有的狹隘的宮廷風尙與貴族的上層生活。試看古詩十九首的作者大都接近民間，因此在那些作品裏，就能反映一些現實社會的面貌。建安文學之有價值，就在於他們還能正視現實，學習民歌的創作精神。到了兩晉、南北朝，門閥之風極盛，文壇幾乎盡爲貴族所佔據。上行下效，彼此附和。談玄大家談玄，信佛大家信佛，做宮體詩大家做宮體詩。他們的生活，同民衆相隔千萬里，民衆的痛苦，他們不能瞭解，也無從瞭解。在這種情狀下，他們的作品的內容自然是貧薄，詩的情感，大都是限於那特殊階級的情感。由兩晉一般的遊仙文學，梁、陳的宮體文學看來，便可瞭解作品中的內容是如何的空虛，更可瞭解那特殊階級的生活情感，同民衆的生活情感，距離得多麼遠。晉及南北朝詩人，只有左思、陶淵明、鮑照出身較爲窮困，因此在他們的作品裏，時時閃露出現實社會的深厚色彩。才情固然不能否定，但社會人生的實際感受和進步的思想，對於文學的成就更爲重要。到了唐代的詩人，這情形就兩樣了。那一批有名的作家，都不是君主貴族的特殊階級，大半是來自中下層社會，他們都有豐富的生活與對現實社會的認識。我們試檢閱一下高適、岑參、王昌齡、李白、杜甫、韓愈、柳宗元、孟郊、張籍、元稹、白居易、李商隱、皮日休、聶夷中、杜荀鶴諸人的歷史，便會知道他們都經過困頓或流浪生活的磨練。由於他們多來自中下層，對於社會現實、對於人民生活有一定的體驗；必要有了這樣的生活、思想基礎，才能正確地學習、繼承文學遺產的優良傳統，才能在詩經、楚辭、樂府歌辭中吸取反映現實的創作精神。六朝詩人的集子裏，樂府作品很不少，他們也不是不學習樂府；那時的階級鬥爭，也非常尖銳，但因爲他們都浮在上層，所以在作品中只能略具樂府的形貌，而沒有樂府的真實內容。唐代詩人善於學習文學遺產中的精華，藝術技巧固然是其中的一面，更重要的是由於他們具有同情人民的思想感情，具有現實生活的基礎，才能理解、掌握和運用詩經、楚辭、樂府民歌中的進步的創作方法。也正因如此，他們才能在唐代各階段的階級矛盾、階級鬥爭的人民生活中和統治階級內部矛盾的鬥爭中，吸取現實性、政治性的題材，以優秀的藝術技巧，寫出形式多樣、風格多樣、內容充實的詩歌。同時，由於唐代用科舉考試，打破了過去幾百年的門閥制度，使得中下層知識分子，通過考試，可以登上政治舞台；其目的雖是使「天下英雄入吾彀中」，爲封建統治者服務，但客觀上則不僅在政治上反映出進步性，在文學上也反映出進步性，而形成一個文化發展、思想解放的新時代。從前被壓迫的中下層的知識分子，在政治上文化上既得到自由發展的機會，於是文學的創作，就衝破了六朝貴族文學的束縛，深刻廣泛地反映了人民的生活與感情，豐富和提高了文學的內容與形式。從君主貴族所掌握的詩壇，轉移到中下層知識分子的手裏，實在是使唐詩發達起來充實起來的最重要的原因。

二、政治背景　在封建社會君主集權時代，政治勢力，給予文學以一定的影響。漢代的賦，梁、陳時代的宮體文學，我們都可看出政治勢力與文學的相互關係。唐代幾個有權力的皇帝，不僅都愛好文藝音樂，並大加提倡。太宗先後開設文學館、弘文館，招延學士，編纂文書，倡和吟詠。高宗、武后，更好樂章，常自製新詞，編爲樂府。中宗時代，君臣賦詩宴樂，更時有所聞。

> 中宗正月晦日，幸昆明池賦詩，羣臣應制百餘篇。帳殿前結綵樓，命昭容（上官婉兒）選一首為新翻御製曲。從臣悉集其下，須臾紙落如飛，各認其名而懷之。（唐詩紀事）
>
> 神龍之際，京城正月望日盛飾燈影之會，金吾弛禁，特許夜行。貴遊戚屬及下隸工賈，無不夜遊。車馬駢闐，人不得顧。王主之家，馬上作樂以相誇競，文士皆賦詩一章，以紀其事，作者數百人。（大唐新語）

到了玄宗，這種風氣更盛。他自己是詩人、樂師兼優伶，愛好文藝，附庸風雅。在新舊唐書的音樂志、禮樂志內，有不少他與臣妃倡和的記載。其他帝后，亦多愛好詩歌，提獎後進。如憲宗召白居易爲學士，穆宗徵元稹爲舍人，都是以詩識拔。文宗因愛好詩歌，特置詩學士七十二人。白居易死後，宣宗作詩云：「綴玉聯珠六十年，誰教冥路作詩仙。浮雲不繫名居易，造化無爲字樂天。童子解吟長恨曲，胡兒能唱琵琶篇。文章已滿行人耳，一度思卿一愴然。」當日的君主，這樣對待詩人，一面是增加詩人的聲譽，同時又給後起士子以鼓舞。這種現象在封建社會裏，對於文藝的發展，很能起一些刺激作用。加之唐代以詩取士，於是詩歌一門，成爲文人得官干祿的捷徑，與明、清兩代的制藝相同，作爲當日青年士子的必修科目。以詩取士，格於歌頌的內容與形式的限制，自然難得有精采的作品。但這種考詩的制度，提倡作詩的風氣，對加強詩歌技巧的訓練，對詩歌的普及，有重要作用。楊愼升庵詩話引胡子厚云：「人有恒言曰：唐以詩取士，故詩盛……此論非也。詩之盛衰，係於人之才與學，不因上之所取也。」王世貞也說：「人謂唐以詩取士，故詩獨工，非也。凡省試詩類鮮佳者。」（藝苑卮言）他們這些意見，似是而實非，因爲都忽視了考詩制度對於詩歌技巧普遍訓練的作用。詩歌技巧的普遍訓練，是詩歌繁榮的一項準備工作。全唐詩序說：「蓋唐當開國之初，卽用聲律取士，聚天下才智英傑之彥，悉從事於六義之學，以爲進身之階，則習之者固已專且勤矣。而又堂陛之賡和，友朋之贈處，與夫登臨讌賞之卽事感懷，勞人遷客之觸物寓興，一舉而託之於詩，雖窮達殊途，悲愉異境，而以言乎攄寫性情，則其致一也。」這樣的說明，較之胡、王諸人的議論來，就顯得全面一些了。

三、詩歌形式的發展

某一種文學在某一時代的興衰，其內在的歷史原因，固然是複雜多端，然其形式的發展，也起着一定的作用。文學形式爲內容所決定，與歷史環境發生密切聯繫。只有適合於文學內容的要求，形式才能得到充分的發揮。如四言詩萌芽於周初，全盛於西周、東周之際，而衰於秦、漢，後代雖偶有作者，如曹操的短歌行，固然獨具特色，但究因不能適應時代的需要，終無法挽回那已成的頹局。辭賦的命運也是如此。五言古詩起於漢代，盛於魏、晉、南北朝。這都說明了文學形式發展的歷史意義。至如七言古詩及律體、絕句的新體詩，在六朝時代，才開始形成，形體、音律，初具規模。到了唐代，階級矛盾和政治鬥爭日益發展，社會生活日益複雜，詩人的思想感情也更爲豐富，在詩歌創作上，新的內容，要求新的形式。唐代詩人們，正好運用新興的形式，來施展自己的才能。加以辭賦一體，久已僵化，傳奇文學，興起較遲，於是唐代文人的創作，主要集中精力於詩歌。從這一點來說，對於唐詩的繁榮興盛，特別是表現在唐詩多種多樣的詩歌形式的優美成就上，是有一定的意義的。

三　唐代的古文運動

中國文學觀念的解放，起於建安，經過陸機、葛洪、劉勰、蕭統、鍾嶸諸人的發揮討論，在文學理論上得到很大的成就。但這一時期的創作傾向，無論詩文辭賦，大都偏重聲律、形式與辭藻的美化，形成中國文學史上柔靡浮豔的文風。其間雖也有劉勰、鍾嶸、裴子野、蘇綽、李諤諸人的批判和反抗，隋初甚至還對撰述「華豔」文表者予以處分，究竟風氣已成，沒有收到多大的效果。所謂真正的文學改革，不得不待之於唐朝了。關於詩歌的革命，留在後面再說；現在所要講的是由韓愈、柳宗元所代表的反對六朝駢文的古文運動。

在韓愈之前，首先反對六朝文風的是王通的中說。中說是否爲王通所撰，雖有人懷疑，即使出其門人或其子孫，總還是一本隋末唐初的作品。在那裏面所表現的文學觀念，我們可看作是排擊六朝文學建立教化、實用文學的先聲。

> 言文而不及理，是天下無文也。王道從何而興乎？吾所以憂也。（王道篇）
>
> 古君子志於道，據於德，依於仁，而後藝可遊也。……古之文也約以達，今之文也繁以塞。（事君篇）
>
> 薛收曰：吾嘗聞夫子之論詩矣。上明三綱，下達五常，於是徵存亡，辨得失；故小人歌之以貢其俗，君子賦之以見其志，聖人采之以觀其變。今子營營馳騁乎末流，是夫子之所痛也。（天地篇）
>
> 子曰：學者博誦云乎哉，必也貫乎道；文者苟作云乎哉，必也濟乎義。（天地篇）

他在這裏，一則說「王道」，再則說「志於道」、「貫乎道」，可知文以載道的觀念，實由中說的作者開其端緒，也卽以儒家的道統作爲評量文章的要旨。其次，他不僅攻擊六朝的文風，還鄙斥六朝的文人，對謝靈運、沈約、謝朓、吳筠（按應作吳均）、謝莊、王融、湘東王兄弟、徐陵、庾信、劉孝綽兄弟、江總諸人，都進行了指責（事君篇）。而他的文學主張則崇尙「約以則」與「深以典」，強調重道輕藝，重行輕文。其內容必須「上明三綱，下達五常」，表現了爲封建統治階級服務的正統的儒家思想。

再如唐初的史家，如李百藥（北齊書）、魏徵（隋書）、姚思廉（梁陳書）、令狐德棻（周書）、李延壽（南北史）諸人，在檢考前代的興衰得失時，一致認爲六朝的淫靡文風，給予政治以不良的影響。於是都借着文苑傳、文學傳的序文，來攻擊六朝文學的風氣，同時又發揮宗經、尊聖、輔助教化、切合實用的儒家傳統的文學理論。

自漢魏以來，迄乎晉宋，其體屢變，前哲論之詳矣。暨永明、天監之際，太和、天保之間，洛陽江左，文雅尤盛。……然彼此好尚，互有異同。江左宮商發越，貴於清綺；河朔詞議貞剛，重乎氣質。氣質則理勝其詞，清綺則文過其意。理深者便於時用，文華者宜於詠歌，此其南北詞人得失之大較也。若能掇彼清音，簡茲累句，各去所短，合其兩長，則文質彬彬，盡善盡美矣。梁自大同之後，雅道淪缺，漸乖典則，爭馳新巧。簡文、湘東，啓其淫放；徐陵、庾信，分路揚鑣。其意淺而繁，其文匿而彩。詞尚輕險，情多哀思。格以延陵之聽，

蓋亦亡國之音乎？（魏徵隋書文學傳序）

唯王褒、庾信，奇才秀出，牢籠於一代。……由是朝廷之人，閭閻之士，莫不忘味於遺韻，眩精於末光。猶丘陵之仰嵩岱，川流之宗溟渤也。然則子山之文，發源於宋末，盛行於梁季，其體以淫放為本，其詞以輕險為宗，故能誇目侈於紅紫，蕩心逾於鄭衞。昔揚子雲有言：「詩人之賦麗以則，詞人之賦麗以淫」，若以庾氏方之，斯又詞賦之罪人也。（令狐德棻周書王褒庾信傳論）

夫文學者蓋人倫之所基歟？是以君子異乎眾庶。昔仲尼之論四科，始乎德行，終於文學，斯則聖人亦所貴也。（姚思廉陳書文學傳論）

他們都是唐初人，語氣雖有輕重之別，但其主旨，却都是鄙薄六朝文學的華靡，要建立一種切於實用的散文。窮其源必趨於復古，論其用必合於教化。他們或是政治家、歷史家，由他們這些理論看來，知道在初唐時代的學術界，要求文學改革的呼聲，已是很普遍的了。

唐代的古文運動，世人只注意韓愈、柳宗元，然在韓、柳之前，已有陳子昂、李華、蕭穎士、元結、梁肅、獨孤及、柳冕諸人提倡古體，不過尚未形成一個有力的運動。但柳冕的文學理論，實爲韓、柳古文運動的先驅。柳冕字敬叔，河東（今山西永濟）人，貞元中官福州刺史，全唐文中錄其文。他的文學觀念，強調尊聖、宗經，要以封建的儒道來指導文學。指出文學衰弊的原因，是由於「六藝之不興，教化之不明」。因此，他對於屈原、宋玉以下的詩文辭賦，一概在輕視之列。他說：

文章本於教化，形於治亂，繫於國風。故在君子之心為志，形君子之言為文，論君子之道為教。易云：觀乎人文以化成天下，此君子之文也。自屈、宋以降，為文者本於哀豔，務於恢誕，亡於比興，失古義矣。雖揚、馬形似，曹、劉骨氣，潘、陸藻麗，文多用寡，則是一技，君子不為也。（與徐給事論文書）

自成、康沒，頌聲寢，騷人作，淫麗興，文與教分而為二。教不足者強而為文，則不知君子之道，知君子之道者則恥為文。文而知道，二者兼難。兼之者大君子之事，上之堯、舜、周、孔也，次之游、夏、荀、孟也，下之賈生、董仲舒也。（答徐州張尚書論文武書）

他在這裏初步建立了道統文學的理論，把文學與儒道合而爲一，其餘如文章的技巧辭藻，都看作是枝葉，因此堯、舜、周、孔成爲文學家的正統，揚、馬、曹、劉之徒都不能同賈誼、董仲舒並列了。基於這種理論，他反對政府以詩取士，反對政府重用文人，並認爲應當尊經術重儒教，才是正當的辦法。他說：

進士以詩賦取人，不先理道；明經以墨義考試，不本儒意；選人以書判殿本，不尊人物；故吏道之理天下，天下奔競而無廉恥者，以教之者末也。（與權德輿書）

相公如變其文，卽先變其俗。文章風俗，其弊一也。變之之術，在敎其心，使人日用而不自知也。伏維尊經術，卑文士。經術尊則敎化美，敎化美則文章盛，文章盛則王道興，此二者在聖君行之而已。（謝杜相公論房杜二相書）

他這種理論，不僅爲韓愈所本，也就成爲中國封建社會一千餘年來道統文學的定論。貴古賤今之說，尊聖宗經之論，深入於讀書人士的心中。經史一類的文章，成爲文學的正宗，詩詞、小說、戲曲等類作品，反而得不到地位。但柳冕雖有理論，散文創作的成績並不好，因此不能發生大影響。他自己說：

小子志雖復古，力不足也。言雖近道，辭則不文。雖欲拯其將墜，末由也已。（答荊南裴尚書論文書）

老夫雖知之不能文之，縱文之不能至之。況已衰矣，安能鼓作者之氣，盡先王之敎？（與滑州盧大夫論文書）

他這種態度是很眞實的。「言雖近道，辭則不文。」正是說明他的創作力量不足。因此唐代古文運動的完成，不得不待之於韓、柳了。韓、柳的成就，是因爲他們旣有理論，又有優秀的創作成績。有了成績，理論才得到實踐，才能得到世人的信仰與擁護；有了羣衆基礎，才能形成有力的運動。李漢講韓愈做古文時說：「遂大拯頹風，敎人自爲，時人始而驚，中而笑且排，先生益堅，終而翕然隨以定。」（昌黎先生集序）可知當日在那個運動中，時人對他或加譏笑，或加排擊，然他能以堅定的自信心，勇往直前，一面以理論宣傳，一面以作品示人，終於得到最後的勝利。李漢說他「先生於文，摧陷廓清之功，比於武事，可謂雄偉不常者矣。」他這幾句話，並沒有誇張。韓愈當日對於根深蒂固的駢文陣線的宣戰，新散文的建立，確有一種百折不回的鬬爭精神，確有一種摧陷廓清的功績與雄偉鋒利的力量，因而具有進步的歷史意義。

韓愈　韓愈（七六八——八二四），字退之，鄧州南陽（今屬河南）人。昌黎爲其郡望，故世也稱韓昌黎。他幼時孤苦，刻苦自學。新唐書本傳說：「愈生三歲而孤，隨伯兄會貶官嶺表。會卒，嫂鄭鞠之。愈自知讀書，日記數千百言。比長，盡能通六經百家學，擢進士第。」元和十三年，韓愈因諫迎佛骨，幾處死刑，後貶潮州刺史。官至吏部侍郎。他爲人耿直，情誼深厚，尤喜提攜同輩，獎勵後學。舊唐書本傳說：「愈性弘通，與人交，榮悴不易。少時與洛陽人孟郊、東郡人張籍友善。二人名位未振，愈不避寒暑，稱薦於公卿間。……而頗能誘厲後進，館之者十六七，雖晨炊不給，怡然不介意。」他這種胸懷和態度，對於作爲一個文學運動的領導者來說，是非常必要的。

韓愈是唐代重要的思想家，是司馬遷以後傑出的散文家。他的學術思想是尊儒排佛，他的文學觀念是反駢重散。因此他極不滿意六朝以來的學術空氣與華豔無實的文風。他主張思想要回到古代的儒家，文體也回到樸質明暢的散體。他在進學解中，列舉五經子史之書，是他的文學模範。所謂非三代、兩漢之書不敢觀，便是這種意思。又因爲反對六朝文學中那種豔冶的淫靡之風，所以主張文學爲貫道之器，也就是要有內容。他認爲文學離開了倫理便沒有價值，離開了教化便沒有功用。他在答李翊書中說：「行之乎仁義之途，遊之乎詩、書之源，無迷其途，無絕其源，終吾身而已矣。」仁義詩書合而爲一，便是文道合而爲一。因文見道，因道造文，二者並重，不容分開。故他說：

然愈之所志於古者，不惟其辭之好，好其道焉爾。（答李秀才書）

愈之為古文，豈獨取其句讀不類於今者耶？思古人而不得見，學古道則欲兼通其辭；通其辭者，本志乎古道者也。（題歐陽生哀辭後）

讀書以為學，纘言以為文，非以誇多而鬭靡也。蓋學所以為道，文所以為理耳。苟行事得其宜，出言適其要，雖不吾面，吾將信其富於文學也。（送陳秀才彤序）

在這些話裏，可以知道韓愈的主張，是爲道而學文，爲道而作文。文不能貫佛道的內容，要貫儒道的內容；文體是反對六朝的駢儷，而要用三代、兩漢的散體。他的強調儒學、爭取道統，當然是爲封建統治階級服務的，在當時佛學流行、文風華麗的歷史環境裏，他這些理論，也還能起一點排佛反駢的作用。他當時從思想上和經濟的觀點上，敢於違反統治者之所好，積極地毫無畏懼地反對佛教，幾乎犧牲生命，這一點還是可取的。

韓愈不僅宣傳他的理論，更重要的是創作了許多優秀的散文。他是司馬遷以後傑出的散文家。他雖號召復古，他的散文實際是革新。在古代散文的基礎上，創造發展，形成一種富於邏輯性與規範性的文體。這種文體，宜於說理、敍事、言情，成爲中古以來最流行的切合實用的散文形式，就是對於當時的傳奇文學，也起了一定的影響。他主張作文「言必己出」，「務去陳言」，反對剽竊，強調語言的創造性，又力求「文從字順」，這都很有意義，並對後世產生重大的影響。在他的散文裏，廣泛地反映出當時中下層知識分子被壓迫的悲哀和鬱鬱不平的情感，以及對於佛老思想的反抗。語言的特色，是精煉有力，氣勢雄偉，條理通暢，表現深刻。如原毀、師說、馬說、畫記、張中丞傳後敘、柳子厚墓誌銘、送孟東野序、送李愿歸盤谷序、毛穎傳及藍田縣丞廳壁記等篇，是他的代表作品。今舉他的送李愿歸盤谷序爲例：

太行之陽有盤谷。盤谷之間，泉甘而土肥，草木藂茂，居民鮮少。或曰：「謂其環兩山之間，故曰盤。」或曰：「是谷也，宅幽而勢阻，隱者之所盤旋。」友人李愿居之。愿之言曰：「人之稱大丈夫者，我知之矣。利澤施於人，名聲昭於時，坐於廟朝，進退百官，而佐天子出令。其在外，則樹旗旄，羅弓矢，武夫前呵，從者塞途，供給之人，各執其物，夾道而疾馳。喜有賞，怒有刑，才畯滿前，道古今而譽盛德，入耳而不煩。曲眉豐頰，清聲而便體，秀外而惠中，飄輕裾，翳長袖，粉白黛綠者，列屋而閒居，妒寵而負恃，爭妍而取憐。大丈夫之遇知於天子，用力於當世者之所為也。吾非惡此而逃之，是有命焉，不可幸而致也。窮居而野處，升高而望遠，坐茂樹以終日，濯清泉以自潔。採於山，美可茹，釣於水，鮮可食，起居無時，惟適之安。與其有譽於前，孰若無毀於其後？與其有樂於身，孰若無憂於其心？車服不維，刀鋸不加，理亂不知，黜陟不聞。大丈夫不遇於時者之所為也，我則行之。伺候於公卿之門，奔走於形勢之途，足將進而趑趄，口將言而囁嚅，處穢污而不羞，觸刑辟而誅戮，徼倖於萬一，老死而後止者，其於為人賢不肖何如也！」昌黎韓愈聞其言而壯之。與之酒，而為之歌曰：「盤之中，維子之宮。盤之土，可以稼。盤之泉，可濯可沿。盤之阻，誰爭子所。窈而深，廓其有容，繚而曲，如往而復。嗟盤之樂兮，樂且無央。虎豹遠跡兮，蛟龍遁藏。鬼神守護兮，呵禁不祥。飲且食兮壽而康，無不足兮奚所望。膏吾車兮秣吾馬，從子於盤兮，終吾生以徜徉。」（送李愿歸盤谷序）

作者以鋒利的筆力，鎚煉的語言，對封建社會知識分子的命運，諂媚逢迎的官僚士大夫的生活面貌，以及懷才不遇者的悲憤心情，作了深刻生動的描寫。題目是寫李愿，同時也是寫韓愈自己的胸懷。蘇軾非常讚美這篇文章，給它很高的評價。

其他如師說針對當日不重師道的風氣，提出了「弟子不必不如師，師不必賢於弟子，聞道有先後，術業有專攻」的進步見解。張中丞傳後敘着重側面的描寫，通過一些遺聞軼事，表達出張巡、南霽雲諸人的愛國思想和堅強性格。柳子厚墓誌銘從正面着筆，以非常概括有力的語言，描寫柳子厚的一生遭遇、文章成就和他們倆人的深厚感情。原毀一篇，說理透徹，富於邏輯。這些文章，語言精煉，生氣流動，筆力遒勁，章法渾成，都是韓文中富有代表性的作品。再如祭十二郎文，以深摯的叔姪之情，話家常，敘身世，並聯繫到自己的不幸遭遇，既親切，復沉痛，並於生動自然之中顯得格局緊健，筆力奔放，是抒情散文中的佳作。

柳宗元　柳宗元（七七三——八一九），字子厚，河東（今山西永濟）人。貞元初舉進士，後為監察御史。順宗李誦時，柳宗元參加王叔文的比較進步的政治集團，後因失敗，貶永州司馬，繼遷柳州刺史，接近少數民族，頗著政績。死於柳州。新唐書本傳云：「既竄斥，地又荒癘，因自放山澤間。其堙厄感鬱，一寓諸文，倣離騷數十篇，讀者咸悲惻。」柳宗元這種悲苦的境遇，對於他的文學成就，有很大的影響。

柳宗元是韓愈古文運動有力的支持者、宣傳者。韓立論過於重道，柳則較爲重文，然在文體的反駢文與重散體這一點上，兩人却是一致的。柳本好佛，雖論文也主宗經，而其思想範圍則較韓愈爲廣闊而深厚。他說：

> 始吾幼且少，為文章以辭為工。及長，乃知文者以明道，是固不苟為炳炳烺烺，務采色

，誇聲音，而以為能也。……本之書以求其質，本之詩以求其恒，本之禮以求其宜，本之春秋以求其斷，本之易以求其動，此吾所以取道之原也。參之穀梁氏以厲其氣，參之孟、荀以暢其支，參之莊、老以肆其端，參之國語以博其趣，參之離騷以致其幽，參之太史以著其潔，此吾所以旁推交通而以之為文也。（答韋中立論師道書）

辱書及文章，辭意良高，所嚮慕不凡近，誠有意乎聖人之言。然聖人之言，期以明道，學者務求諸道而遺其辭。辭之傳於世者，必由於書，道假辭而明，辭假書而傳，要之之道而已耳。道之及，及乎物而已耳。（報崔黯秀才書）

柳氏雖一再以「明道」爲言，然而他對於道的解釋，較韓愈所說的要廣泛得多。他覺得一面要在古書裏求聖人之道，同時又要求其辭。求諸辭而遺其道固然不可，只求諸道而遺其辭，也是不可。柳宗元的道，一是古人所講的道德的道，一是古人作文的藝術之道。他所說參孟、荀以暢其支，參莊、老以肆其端，參之離騷以致其幽，參之太史以著其潔，都是說的作文之道，那是非常明顯的。柳宗元的優秀作品，都產生在貶謫以後。由於他深入社會，接近人民，在他的作品裏，反映了窮苦人民的生活感情。他的作品首先使我們注意的，是他的寓言。這些寓言大都是寫動物故事，短小警策，意味深遠，含蓄犀利，富於諷刺文學的特色。如三戒、羆說、蝜蝂傳等作，都有深刻的教育作用和現實意義。

蝜蝂者，善負小蟲也。行遇物，輒持取，卬其首，負之，背愈重，雖困劇不止也。其背甚澀，物積因不散，卒躓仆，不能起。人或憐之，為去其負，苟能行，又持取如故。又好上高，極其力不已，至墜地死。今世之嗜取者，遇貨不避，以厚其室，不知為己累也。唯恐其不積，及其怠而躓也，黜棄之，遷徙之，亦以病矣。苟能起，又不艾，日思高其位，大其祿，而貪取滋甚，以近於危墜。觀前之死亡不知戒，雖其形魁然大者也，其名人也，而智則小蟲也，亦足哀夫！（蝜蝂傳）

在蝜蝂傳這一篇短文裏，作者以簡煉的文筆，將封建社會中一些貪殘無厭的卑劣現象，作了辛辣的諷刺。和他的罵尸蟲文一樣，都是借小蟲來宣洩他憤世的激情。他的論說文也很有特色，如天說、封建論諸作，以唯物論觀點，批判封建傳統和封建政治的不合理，文筆鋒利有力，思想價值很高。

寓言以外，柳宗元的短篇傳記也是非常優秀的。這些短篇傳記，不是取材於上層社會的英雄人物，而是描寫一些市井細民和工農羣眾，通過他們，揭露了封建政治的黑暗和窮苦人民的苦痛。宋清傳、種樹郭橐駝傳、童區寄傳、捕蛇者說等篇，是他的代表作。作者能在這些人物身上取材落墨，就已表現出他識見的傑出。特別是捕蛇者說，文末以「孰知賦歛之毒有甚是蛇」作結，對於剝削政治的無情譴責，尤具有強烈的現實意義。

柳宗元的山水文有兩個特色：一，他不是客觀的爲了欣賞山水而寫山水，而是把自己的生活遭遇和悲憤感情，寄託到山水裏面去，使山水人格化感情化，因此在他的山水文裏，仍然反映出作者在其他散文中一貫的思想內容；其次，他在山水的描寫上，有細微的觀察與深切的體驗，運用最精煉的筆鋒，清麗的語言，把山水的真實面貌，刻劃出來。形象生動，色澤鮮明，詩情畫意，宛然在目，成爲山水散文的傑作。茲錄鈷鉧潭西小丘記爲例：

得西山後八日，尋山口西北道二百步，又得鈷鉧潭。西二十五步，當湍而浚者為魚梁，梁之上有丘焉。生竹樹，其石之突怒偃蹇，負土而出，爭為奇壯者，殆不可數。其嶔然相累而下者，若牛馬之飲於溪；其衝然角列而上者，若熊羆之登於山。丘之小不能一畝，可以籠而有之。問其主，曰：「唐氏之棄地，貨而不售。」問其價，曰：「止四百。」余憐而售之。李深源、元克己時同遊，皆大喜，出自意外。卽更取器用，剷刈穢草，伐去惡木，烈火而焚之。嘉木立，美竹露，奇石顯。由其中以望，則山之高，雲之浮，溪之流，鳥獸魚之遨遊，舉熙熙然，迴巧獻技，以效茲丘之下。枕席而臥，則清泠之狀與目謀，瀯瀯之聲與耳謀，悠然而虛者與神謀，淵然而靜者與心謀。不匝旬而得地者二，雖古好事之士，或未能至焉。噫！以茲丘之勝，致之灃、鎬、鄠、杜，則貴游之士，爭買者日增千金而愈不可得，今棄是州也，農夫漁父過而陋之，價四百連歲不能售，而我與深源克己，獨喜得之，是其果有遭乎？書於石，所以賀茲丘之遺也。

散文以外，柳宗元也是優秀的詩人。他的詩正如他的散文，反對庸俗與華靡，保持他的清雋明秀的特色，而在內容方面，同樣充滿着謫貶後的憤世傷時之意。前人說他的詩近陶淵明，語言風格方面，「頗有陶家風氣」（陳振孫），但在思想情感上畢竟是不一致的。

由於韓、柳的理論宣傳與努力創作，朋友門生，彼此呼應，形成一個有力的散文運動。韓、柳以後，繼有李翺、皇甫湜、沈亞之、孫樵等提倡散文。他們的成就雖不很高，也值得我們注意。如李翺的強調「仁義之辭」對文章的決定作用，皇甫湜的提倡意新詞奇，對當時都有影響，並且各用韓文之所長。在他們的集子裏，也有些較好的散文作品。

孫樵　孫樵字可之，關東人。大中年間進士，曾任中書舍人。他和韓愈一樣，也是當時排佛最堅決者之一，「以爲大蠹生民者不過羣髡」。並從經濟觀點上，攻訐僧侶的「所飽必稻粱，所衣必綿縠，居則邃宇，出則肥馬」的寄生生活。在他的集中，有不少揭露苛政，自訴牢騷之作。

他爲文力求險削奇崛，欣賞「拔地倚天，句句欲活，讀之如赤手捕長蛇，不施控騎生馬」的文章，並自謂「嘗得爲文真訣於來無擇，來無擇得之於皇甫持正（湜），皇甫持正得之於韓吏部退之。」（與王霖秀才書）說明他是韓文中奇險一派的師承者。但因功力不及韓愈，所以作品也時露做作的痕跡。

孫樵的散文，以書褒城驛、龍多山錄、祭梓潼神君文、罵僮志等較能表現他的藝術特色。今節舉祭梓潼神君文爲例：

會昌五年，夜躋此山，涷雨如泣，滑不可陟，滿眼芒黑，索途不得，跛馬慍僕，前仆後踣。樵因有言：非燭莫前！須臾有光，來馬足間。北望空山，火起廟壖，焰焰逾丈，飛漆射天，瞑色斜透，峻途如晝。樵謂廟奴苦寒，爇薪取溫。曉及山巔，鑠澀廟門，餘爐莫覩，孰知其然。

大中四年，冒暑還秦，午及山足，猛雨如雹。樵復有言：神誠能神，反雨為晴，曩火乃靈。斯言纔闋，迴風大發，始自馬前，怒號滿山，劈雲飄雨，使四山去。茲山巍巍，輕塵如飛，訖四十里，雨不霑衣。

寫景物在頃刻之間的離奇變幻，手法敏捷，氣氛強烈，在晚唐散文中給人以新鮮的感覺。

在這一派奇崛風格中而最趨於極端的則爲樊宗師。宗師字紹述，南陽人，曾出任綿州、絳州刺史。他與韓柳同時，而又不願居他們之下，於是就竭力在詭怪險僻上用力，結果遂流於澀。唐國史補中說：「元和已後，爲文筆，則學奇詭於韓愈，學苦澀於樊宗師。」故當時號爲澀體。他生前作文數百篇，但傳世的僅蜀綿州越王樓詩序、絳守居園池記兩篇，而僻澀幾於無法句讀。即此兩文，元、明、清人爲其作注疏的竟多至七家，歐陽修亦嘆爲「其怪奇至於如此」。這種刻意求怪好澀的文風，終於被歷史所淘汰也是必然的結果。

到了晚唐，在散文中對現實的批判較爲大膽深刻的有羅隱、皮日休、陸龜蒙。

羅隱　羅隱（八三三——九〇九），字昭諫。新城（今屬浙江）人。光啓中，曾入鎭海軍節度使錢鏐幕。工詩，尤長於詠史；文多小品，而憤世之意，時時流露於筆端。他把所著書題作讒書，並說：「他人用是以爲榮，而予用是以辱，他人用是以富貴，而予用是以困窮。苟如是，予之書乃自讒耳。」其用意卽在諷刺當時社會的是非顚倒。所作如荆巫、說天鷄、辯害、英雄之言等，都是有感而發，而且往往通過虛構的故事來加強作品效果，富有寓言文學意味。如說天鷄云：

狙氏不得父術，而得鷄之性焉。其畜養者，冠距不舉，毛羽不彰，兀然若無飮啄意，洎見敵，則他鷄之雄也；伺晨，則他鷄之先也。故謂之天鷄。狙氏死，傳其術於子焉，盡反先人之道。非毛羽彩錯嘴距銛利者，不與其棲，無復向時伺晨之信，見敵之勇，峨冠高步，飮啄而已。吁！道之壞矣，有是夫！

全文主題，實際是在諷喻虛僞勢利的社會風氣下，一些有才能而無虛表的人，所受到的不合理遭遇。狙氏的兒子，正是那些昏庸無能、不明是非者的寫照。

皮日休　皮日休（約八三四——八八三），字逸少，後改襲美。襄陽（今屬湖北）人。早年住鹿門山，自號鹿門子。咸通進士，曾任太常博士。黃巢起義軍進長安，署爲翰林學士。其死因傳說不一，一說爲黃巢所殺，一說爲唐室所殺。文學韓愈，並推韓愈爲「吾唐以來，一人而已。」出身寒門，刻苦自學。性狂傲，工詩能文，詩崇白居易。曾遊歷大別山、洞庭、九江、天柱山、藍關等地，因此對社會生活有較深入的接觸和體驗。皮子文藪中，頗多託古諷今之作，尤其可貴的，是對於代表封建權威的官和君，作了有力的狙擊，如說「古之置吏也，將以逐盜，今之置吏也，將以爲盜。」又說「堯舜大聖也，民且謗之。後之王天下，有不爲堯舜之行者，則民扼其吭，捽其首，辱而逐之，折而族之，不爲甚矣。」這些都是極爲大膽的議論。在讀司馬法中，他的反暴君的思想表現得更爲鮮明：

古之取天下也以民心，今之取天下也以民命。唐虞尚仁，天下之民從而帝之，不曰取天下以民心者乎？漢魏尚權，驅赤子於利刃之下，爭寸土於百戰之內，由士為諸侯，由諸侯為天子，非兵不能威，非戰不能服，不曰取天下以民命者乎？由是編之為術，術愈精而殺人愈多，法益切而害物益甚，嗚呼，其亦不仁矣。蚩蚩之類，不敢惜死者，上懼乎刑，次貪乎賞。民之於君，猶子也，何異乎父欲殺其子，先紿以威，後啗以利哉！孟子曰：我善為陣，我善為戰，大罪也。使後之君於民有是者，雖不得土，吾以為猶君焉。

通過他的銳利的筆鋒，顯出了衝決一切力量的精神，也透露了他的參加黃巢起義軍，是有其一定的思想基礎的。

陸龜蒙　陸龜蒙（？——約八八一），字魯望，蘇州人。曾任蘇、湖二郡從事，後隱居松江甫里，自號江湖散人。與皮日休、羅隱、顏蕘、吳融爲友。有松陵集、笠澤叢書等作。他的散文，文字深刻，對傳統道德和黑暗現實，投以辛辣的諷刺，表示強烈的不滿。他的江湖散人傳、招野龍對、野廟碑等篇，都是很好的小品文。在招野龍對中，以機智的詞鋒，表現了他對世俗的蔑視，並從側面揭穿了統治者籠絡手段的不可信任。今舉野廟碑爲例：

碑者悲也。古者懸而窆，用木，後人書之以表其功德，因留之不忍去，碑之名由是而得。自秦、漢以降，生而有功德政事者，亦碑之，而又易之以石，失其稱矣。余之碑野廟也，非有政事功德可紀，直悲夫甿竭其力，以奉無名之土木而已矣。甌、粤間好事鬼，山椒水濱多淫祀。其廟貌有雄而毅、黝而碩者則曰將軍，有溫而愿、晳而少者則曰某郎，有媪而尊嚴者則曰姥，有婦而容豔者則曰姑。其居處則敞之以庭堂，峻之以陛級，左右老木，攢植森拱。蘿蔦翳於上，鴟鴞室其間，車馬徒隸，叢雜怪狀。甿作之，甿怖之，大者椎牛，次者擊豕，小不下犬雞魚菽之薦，牲酒之奠，缺於家可也，缺於神不可也。一朝懈怠，禍亦隨作，耋孺畜牧慄慄然。疾病死喪，甿不曰適丁其時耶，而自惑其生，悉歸之於神。雖然，若以古言之，則戾；以今言之，則庶乎神之不足過也。何者？豈不以生能禦大災，捍大患，其死也則血食於生人；無名之土木，不當與禦災捍患者為比，是戾於古也明矣。今之雄毅而碩者有之，溫愿而少者有之，升階級，坐堂筵，耳弦匏，口粱肉，載車馬，擁徒隸者，皆是也。解民之懸，清民之暍，未嘗貯於胸中。民之當奉者，一日懈怠，則發悍吏，肆淫刑，毆之以就事，校神之禍福，孰為輕重哉？平居無事，指為賢良，一旦有大夫之憂，當報國之日，則佂撓脆怯，顛躓竄踣，乞為囚虜之不暇，此乃纓弁言語之土木爾，又何責其眞土木邪？故曰以今言之，則庶乎神之不足過也。既而為詩，以紀其末。

土木其形，竊吾民之酒牲，固無以名。土木其智，竊吾君之祿位，如何可儀。祿位頎頎，酒牲甚微，神之饗也，孰云其非？視吾之碑，知斯文之孔悲。

借神諷人，淋漓盡致。文中對那些荒淫腐朽魚肉人民的統治者，對那些寡廉鮮恥的官僚士大夫，給以無情的冷嘲與熱罵。

羅隱、皮日休、陸龜蒙批判現實的散文，在反映唐末的歷史特徵上，也是具有認識價值的。魯迅說：「唐末詩風衰落而小品放了光輝。但羅隱的讒書，幾乎全部是抗爭和憤激之談；皮日休和陸龜蒙自以爲隱士，別人也稱之爲隱士，而看他們在皮子文藪和笠澤叢書中的小品文，並沒有忘記天下，正是一塌胡塗的泥塘裏的光彩和鋒芒。」（小品文的危機）這評價是極爲正確的。

四　唐代短篇小說的進展

嚴格地說來，我國六朝時代的小說，還沒有成熟。這並不只是因其內容多是志怪，而其形式與描寫也很貧弱。六朝的作品，大都只是一些沒有結構的殘叢小語式的雜記，敘事不重佈局，文筆亦較簡略。中國的文言短篇小說，在藝術上具有價値，在文學史上獲得地位，是起於唐代的傳奇。那些傳奇，建立了相當完整的短篇小說的形式，由雜記式的殘叢小語，變爲洋洋大篇的文章，由三言兩語的記錄，變爲複雜的故事的描繪。在形式上注意到了結構，在人物上，注意到了心理性格的描寫與形象的塑造。內容也由志怪述異而擴展到人情世態的廣闊生活的反映。於是小說的生命由此開拓，而其地位也由此提高了。更値得注意的是作者態度的改變。到了唐朝，文人才有意識的寫作小說，把它看作是一種有價値的文學作品。不像從前那樣，多出於方士教徒之手，作爲輔教傳道之書了。當日的作者，如元稹、陳鴻、白行簡、段成式之流，都是一時的名士。他們把小說看作是一種新興的文學體裁，都在那裏用心地寫作，從這時候起，小說正式進入了中國文學界的園地。明胡應麟說：「凡變異之談，盛於六朝，然多是傳錄舛訛，未必盡幻設語，至唐人乃作意好奇，假小說以寄筆端。」（少室山房筆叢卷三十六）所謂作意好奇，以寄筆端，乃成爲有意識的創作。這種態度，不是六朝人所有的。

唐代小說，是在六朝志怪小說和中晚唐商業經濟發達的社會基礎上發展起來的。其源雖出於志怪，由於社會環境與創作態度不同，在藝術上得到很大的進步。正如魯迅所說：「傳奇者流，源蓋出於志怪，然施之藻繪，擴其波瀾，故所成就乃特異，其間雖亦或託諷喻以紓牢愁，談禍福以寓懲勸，而大歸則究在文采與意想，與昔之傳鬼神明因果而外無他意者，甚異其趣矣。」（中國小說史略第八篇）唐人傳奇，具有豐富的社會內容與市民氣息。小說裏面的人物是多方面的，有新興知識分子，有舊官僚，有上層婦女，有商人，有妓女歌女等等。作品的傾向性，是對舊制度舊道德作了批判和反抗，對新的美好生活，表示渴望和追求。在創作方法上，是現實主義與積極浪漫主義的結合，有少數作品，已具有強烈的現實主義力量。唐代小說的形式，在一定程度上，受有變文的影響。如游仙窟、柳氏傳、周秦行紀等作，還可看出那種散韻夾雜的體裁。再如當日民間流行的一枝花話，成爲李娃傳的題材，可知民間文藝對於文人創作的影響。

由於韓、柳的古文運動，產生一種樸實的新散文，這種文體在敍事、狀物、言情的運用上，自然是遠勝於駢文。在白話文未入小說的領域以前，這種平淺通俗的散體，比較適合於小說的表現。大曆、元和的小說作者，大都在那個古文運動的潮流中，受着這種影響。古文運動的功績，是文體的解放。文體的解放，間接地促進小說的發展，同時由於傳奇文學的發展，對於古文運動，也起了一定的推動作用。他們的關係是相互影響的。說傳奇是古文運動的支流，或是古文運動由傳奇而產生，都是片面的看法。

初唐間的小說，有王度的古鏡記和無名氏的補江總白猿傳。其內容雖仍是六朝志怪一流，然篇幅較長，文字亦較爲華美，演進之跡甚明。王度爲王通之弟，王績之兄。曾爲著作郎修國史。古鏡記述一古鏡服妖制怪的故事，事跡荒誕，然敘述佈局俱佳。白猿傳作者失名，述六朝梁將歐陽紇之妻，容貌絕美，爲白猿精奪去。歐陽紇聚徒入深山幽谷尋得之，妻已受孕，後生一子，貌絕似猿。及長，以善文工書知名於時。此文頗怪異，文中歐陽紇係唐名臣歐陽詢之父，故或係詢仇人故意中傷之作；其創作之動機，與其他志怪諸篇自有不同，然其文字在古鏡記之上。寫深山之景，猿精與諸婦女之言語動作，都生動可喜，可見作者確很有文采。

武后時有張文成者名鷟，深州陸澤（今河北深縣）人。撰游仙窟一卷，託言人神相愛，實際是寫的妓女生活。作者自敘奉使河源，道中投宿某家，乃爲仙窟，受兩仙女十娘、五娘的款待，共宿一夜而去。文體是華美的駢文，並時雜淫褻的語言，但也保存了一些唐人口語。唐書上說張文成「下筆輒成，浮豔少理致。其論著率詆誚蕪猥，然大行一時，晚進莫不傳記。」讀游仙窟後，覺得這評語是確切的。世人或謂此篇之作，影射作者與武后戀愛的故事。帝后之尊，猶如仙界，故託仙女以寄其情意，此說不可信。張鷟所寫文章，頗爲當時新羅、日本諸國所重。本書在中國久已失傳，卻保存在日本，在唐開元間就傳過去了。並且在古代的日本文學界，是一本大家愛好的讀物，還有不少註釋的本子。據鹽谷溫說，紫式部的源氏物語，是受了這書的影響。（見中國文學概論講話）後來傳回中國，由書局校點印行，已成爲一本通行的書了。

唐代散文、小說的興盛，卻在開元、天寶以後。中晚唐年間，作者蔚起，盛極一時，是傳奇文學的黃金時期。如陳玄祐、沈旣濟、許堯佐、白行簡、李公佐、元稹、陳鴻、蔣防、沈亞之、李朝威、牛僧孺、韋瓘、房千里、段成式、李復言、薛調、皇甫枚、裴鉶、柳珵、杜光庭、袁郊、薛用弱諸人，俱有作品。其內容不專拘於志怪，諷刺、言情、歷史以及俠義各方面都有創作。這些作品同當日的社會生活發生着密切的關係，而反映出新興的知識分子和市民的意識形態。

諷刺小說　諷刺小說可以以沈旣濟的枕中記，李公佐的南柯太守傳爲代表。唐代以詩賦取士，造成那些青年知識分子熱烈地追求富貴功名的慾望。枕中、南柯的作者，就用着這種社會心理爲基礎，對那些知識分子進行強烈的諷刺。

沈旣濟　沈旣濟（約七五〇——八〇〇），蘇州吳人。經學淵博，大曆中召拜左拾遺、史館修撰，貞元中爲禮部員外郎。撰建中實錄，世人稱有史才。其所作枕中記，或題呂翁。述一落魄少年，於邯鄲道中之旅舍，遇一道士呂翁，自歎其窮困之苦，呂翁探一枕與之。少年遂入夢，先娶妻崔氏，貌美而賢，後又舉進士，做大官，破戎虜，位至宰相，封公賜爵，子孫滿堂，其婚親皆天下望族。後年老，屢辭官不許，尋以病終。至是少年欠伸而醒，見身仍在旅舍，主人蒸黍卻還未熟。

李公佐　李公佐字顓蒙，隴西（今屬甘肅）人，嘗舉進士。生於代宗時，至宣宗時猶在。曾任江西從事。小說今存四篇，以南柯太守傳爲最著名。傳中述淳于棼某日因酒醉，二友扶臥東廡下。淳于棼就枕，卽入夢境。登車入古槐樹之大穴，旣而山川城郭，儼然在目，乃大槐安國。旣至，國王遇以厚禮，先以公主妻之，後爲南柯太守三十年，政聲甚著。人民都歌頌他，立碑建祠以爲紀念。先後生五男二女。又因屢遷高位，煊赫一時。後因與外族交戰敗績，公主又死，因而失勢。至是國王忌其變心，乃送之歸。及醒，見二友猶濯足榻畔，殘日餘樽，宛然在目。而夢中情境，若度一世。後令僕人掘槐穴，見蟻羣無數，其中泥土的形狀，與夢中所經歷之山川城郭無殊，乃知夢中所到者，爲一蟻國。淳于棼因悟人生無常，富貴虛幻，遂入道門。

在這兩篇作品裏面，作者的用意及手法都是一致的，作品的社會心理基礎也是一致的。他們同樣用虛幻的象徵的敘述，來描寫封建社會富貴功名的無常，給當代沉迷於利祿思想的人一種強烈的諷刺。在這一點上，故事的虛幻，雖近於志怪，然在心理發展和生活邏輯上，卻很有現實的基礎。有些人把這種作品歸之於神怪一類，與古鏡記同列，那是不正確的。同時作者對於人生的態度與人生意義的認識，也大略相同。富貴功名旣是虛幻，人生不得不求一個真正的歸宿，這便是當日流行的虛無消極的佛道思想。枕中記的結段說：

生蹶然而興曰：「豈其夢寐也？」翁謂生曰：「人生之適，亦如是矣。」生憮然良久，謝曰

：「夫寵辱之道，窮達之運，得喪之理，死生之情，盡知之矣。此先生所以窒吾欲也，敢不受教。」稽首再拜而去。

又南柯太守傳的末段說：

> 生感南柯之浮虛，悟人世之倏忽，遂棲心道門，絕棄酒色。……公佐輒編錄成傳，以資好事。雖稽神語怪，事涉非經，而竊位著生，冀將為戒。後之君子，幸以南柯為偶然，無以名位驕於天壤間云。前華州參軍李肇贊曰：貴極祿位，權傾國都。達人視此，蟻聚何殊。

在這兩個收場裏，很明顯地表現出作者的用意和他們的人生觀。當日的佛道思想，成爲一般達人逸士的理想歸宿。李肇那十六個字的贊語，正是這兩篇作品的主題的說明。由此可以看出，這種作品一面是深刻地對於當日的功名病患者和封建社會的官場加以諷刺，一面是宣揚那種樂天安命的人生哲學，這兩種思想在當日雖都有現實的社會基礎，但其中也表現出消極逃世的因素。其文字的工麗，故事的曲折，佈局的整嚴，描寫的動人，達到了較高的藝術成就，南柯太守傳尤爲傑出。枕中記外，沈旣濟尙有任氏傳一篇，亦爲諷刺之佳作，寫一女狐精殉節的故事，塑造了一個堅貞大膽、敢於反抗強暴的婦女形象。其用意是對於當時一些行爲放蕩的婦女的譏諷，借異物以警世。作者在篇末感歎地說：「異物之情也有人焉。遇暴不失節，徇人以至死，雖今婦人，有不如者矣。惜鄭生非精人，徒悅其色而不徵其情性。向使淵識之士，必能揉變化之理，察神人之際，著文章之美，傳要妙之情，不止於賞玩風態而已。」可知他的小說，都是有意之作。若只以言神志怪目之，而忽視其社會意義，那就有負於作者了。在技巧上，任氏傳運用了對話，因而比枕中記更顯得生動。李公佐除南柯太守傳外，尚有古嶽瀆經、廬江馮媼傳、謝小娥傳三篇。前二篇無甚特色，後者爲一俠義小說，容後論之。

愛情小說　愛情小說多以現實的人事爲題材，與取材於神怪者不同。才子佳人的離合，妓女秀才的結識，因此演出種種可歌可泣的故事。文人以清麗之筆，描摹體會，所以格外動人。此類作品頗多，以蔣防的霍小玉傳，白行簡的李娃傳和元稹的鶯鶯傳爲代表。

蔣防　蔣防字子徵，義興人，歷官翰林學士及中書舍人。霍小玉傳寫詩人李益同名妓先合後絕的故事，是一幕失戀的悲劇。小玉是一個沒落貴族的愛女，後淪爲歌妓，同李益立下婚誓。後李益別娶盧氏，小玉因此憂憤而死。情節雖較簡單，然文筆悽楚曲折，生動深刻。小玉臨死時所說「李君李君，今當永訣。我死之後，必爲厲鬼，使君妻妾，終日不安」數語，尤爲沉痛有力。這篇小說爲被遺棄的婦女作有力的控訴，具有強烈的反抗精神。女子的深情，男子的嫌貧愛富不忠於愛情的卑劣行爲，是封建社會婦女在兩性關係中的悲劇根源。

白行簡　白行簡（七七六——八二六），字知退，曾官左拾遺等職。大詩人白居易的弟弟，文風也與居易相近。他精於辭賦，尤善傳奇。李娃傳是他的傑作。傳中述滎陽公子某生戀一娼女名李娃者，後因窮困，爲女所棄，遂流落爲歌童。其父爲顯官，見之，怒其有辱門楣，鞭之幾死，棄之路旁。後李娃感其情，與之結婚，從此努力讀書，得登科第，授成都府參軍，適是時其父爲劍南採訪史，因此父子和好如初。關於李娃的故事，當時在民間非常流行，已成爲民間說唱文學的題材。元稹酬翰林白學士代書一百韻的自注中，說白居易「嘗於新昌宅說一枝花話，自寅至巳，猶未畢詞」，這「一枝花」就是李娃的舊名。可見白氏兄弟都很愛這個故事。

李娃傳的情節複雜，富於戲劇性，波瀾曲折，佈局謹嚴，表現了很高的小說技巧。其中幾個主要人物的形象，刻劃得非常眞實而又生動。語言精簡工細，敘事很有剪裁，很有條理，富於組織和表現能力。在這篇裏，市民的生活氣息，反映得也頗爲鮮明。爲了爭取愛情的幸福生活，那一對青年男女付出了很高的代價，對封建道德和門閥制度作了堅強的反抗，經過了艱難困苦的曲曲折折的道路，終於得到了勝利。這是一篇富於時代精神和批判意義而又具有較高藝術成就的作品。白行簡另有三夢記三篇，是一種隨筆體的雜錄，是不能和李娃傳相比的。

愛情小說中影響大的尙有元稹的鶯鶯傳。後人因傳中張生曾賦會眞詩三十韻，故亦名會眞記，寫張生和鶯鶯的私戀而終至於訣絕的悲劇，這故事在文藝界是人人皆知的。傳中的張生，就是作者自己的影子，是一篇帶有自傳性質的小說。故事的發展，心理的活動，都有一些實際體驗，決非全出於虛構。加以作者淸麗的文筆，更增加了這作品的藝術價値。例如他寫初看見鶯鶯的情狀：

久之，乃至。常服睟容，不加新飾。垂鬟接黛，雙臉斷紅而已。顏色豔異，光輝動人。張驚，為之禮，因坐鄭旁，以鄭之抑而見也，凝睇怨絕，若不勝其體者。

在這幾句裏，把鶯鶯的姿色體態以及精神活動，都寫得活躍如畫。再看他寫鶯鶯的個性：

大略崔之出人者，藝必窮極，而貌若不知；言則敏辯，而寡於酬對。待張之意甚厚，然未嘗以詞繼之。時愁豔幽邃，恒若不識，喜慍之容，亦罕形見。異時獨夜操琴，愁弄悽惻，張竊聽之。求之則終不復鼓矣。

只有幾句話，把鶯鶯的性格畫得活現，形象刻得鮮明。鶯鶯傳的成就，是成功地創造了一個封建社會的名門閨秀，爲了追求愛情的幸福生活，反抗封建道德而終歸於失敗的女性悲劇，並成爲小說中在封建壓力下反抗鬬爭而遭受着犧牲的女性典型之一。張生那種始亂終棄的卑鄙行爲，正反映出那種熱心富貴功名、玩弄愛情的知識分子的真實面貌。但由於傳中所寫的張生行徑，含有著作者自己的經歷，因而作者對張生的「忍情」反採取了讚美、肯定的態度，並稱之爲「善補過者」，這就大大地削弱了作品後半部的思想意義，並顯示出作者靈魂深處的虛僞和自私。

唐代的愛情小說，多寫妓女才人的悲歡離合的故事，這是有其社會原因的。唐代商業發達，國內國際的貿易交往頻繁，長安、揚州諸地，更爲繁盛。在這種交通便利、經濟發達、都市繁榮的狀況下，唐代妓女，盛極一時。有的重利，有的愛才。重利的與富商逢迎，愛才的與文人來往。當日那些名詩人新進士之流，年輕貌美，又前途遠大，最爲當日妓女所傾慕。開元天寶遺事云：「長安有平康坊者，妓女所居之地，京都俠少，萃集於此。兼每年新進士，以紅牋名紙，遊謁其中，時人謂此坊爲風流藪澤。」又宋張端義云：「晉人尚曠好醉，唐人尚文好狎。」（貴耳集）這種社會，正是產生妓女文士戀愛故事的環境。這些作品的內容，並不完全出於文人的想像，而具有現實生活的基礎和歷史條件。但李朝威的柳毅傳卻是從另一角度來描寫愛情，並且是一篇浪漫主義的小說。

李朝威　李朝威隴西人，生活於貞元、元和間。柳毅傳的內容，是寫洞庭龍女，受夫家虐待，被逐在野外牧羊；賴書生柳毅仗義援助，送信給洞庭君，結果由洞庭君之弟錢塘君救回洞庭，後兩人終於成爲夫婦。在這篇小說裏，不僅反映了封建婚姻束縛下青年婦女的痛苦處境，還描繪出柳毅和龍女高潔的品質。柳毅在開始援助龍女時，動機十分單純，只是爲了替龍女送信伸冤，並無「重色之心」。龍女得到柳毅之助，內心雖很感激，並很愛慕柳毅的人品，但後因得悉他已有妻子張氏，張死後又續取韓氏，所以一方面拒絕父母之命要她嫁與濯錦小兒，一方面又不敢向柳毅表白心願。作者這樣來處理這對青年男女對待生活的嚴肅、正確態度，從而也賦予作品本身以積極的藝術效果，使人物的精神品質更顯得飽滿和充實。其次，作品中對細節的描寫，情節的創造，景物的織繪，語言的運用，都很精致巧妙，在唐人傳奇中不失爲優秀之作。

歷史小說　歷史小說，取材於史料，再加以編排鋪設，與正史不同，同那些志怪之作亦異。唐代天寶之亂，最爲擾動人心。推其禍源，總以玄宗的荒淫，楊貴妃的驕奢，楊國忠的專權，高力士的跋扈種種現象，而構成安祿山的變亂。於是這些人物的事跡，遂成爲詩歌小說的好題材。如郭湜的高力士外傳，姚汝能的安祿山事跡，陳鴻的長恨歌傳、東城老父傳，及無名氏的李林甫外傳等作，都是屬於這方面的作品。其中以陳鴻的兩篇爲佳。

陳鴻　陳鴻字大亮，貞元、元和間人，曾有志于編史，白居易之友。長恨歌傳爲白氏的長恨歌而作。傳中敘貴妃入宮，祿山作亂，馬嵬之變以至方士求魂爲止。其中雖雜有神仙方士之說，並不損害這篇小說的社會性。傳中寫貴妃得寵後，其兄弟姊妹俱煊赫一時，既真實而又充滿了諷刺。

> 叔父昆弟皆列位清貴，爵為通侯。姊妹封國夫人，富埒王宮，車服邸第，與大長公主侔矣。而恩澤勢力，則又過之。出入禁門不問，京師長吏為之側目。故當時謠詠有云：「生女勿悲酸，生男勿喜歡。」又曰：「男不封侯女作妃，看女卻為門上楣。」其人心羨慕如此。

在這一段內，已將當日裙帶政治的黑暗面目，暴露無遺，天寶之亂，遲早是要爆發的了。同時把當日的人民憤恨心理，也表現得非常真切。我們讀了杜甫的麗人行，再看這一篇，真有無限的感慨。作者在篇末說：「意者不但感其事，亦欲懲尤物，窒亂階，垂於將來者也。」這是長恨歌傳的主題。表面雖說是懲尤物，側面就是罵皇帝，這用意是非常明顯的。

東城老父傳或云是陳鴻祖作，因傳的後段敘及潁川陳鴻祖訪問賈昌事，但太平廣記及宋史藝文志對於撰人皆無異說。內容寫鬬雞童賈昌一生的歷史。在他的歷史中，正反映出玄宗的荒淫與天寶的亂象。貴妃以姿色得寵，賈昌以鬬雞承歡，都越過了政治的正軌。作者極力從正面鋪寫，從側面暗示着當日政治的腐敗，終於走到天下大亂的下場。

> 玄宗在藩邸時，樂民間清明節鬬雞戲。及卽位，治雞坊於兩宮間。索長安雄雞，金毫鐵距，高冠昂尾千數，養於雞坊。選六軍小兒五百人，使馴擾教飼。上之好之，民風尤甚。諸王子家，外戚家，貴主家，侯家，傾帑破產市雞，以償雞直。都中男女，以弄雞為事，貧者弄假雞。帝出遊，見昌弄木雞於雲龍門道旁，召入，為雞坊小兒，衣食右龍武軍……卽日為五百小兒長。加之以忠厚謹密，天子甚愛幸之。金帛之賜，日至其家。開元十三年，籠雞三百，從封東岳。父忠死太山下，得子禮奉尸歸葬雍州，縣官為葬器喪車，乘傳洛陽道。十四年三月，衣鬬雞服，會玄宗於溫泉。當時天下號為神雞童。時人為之語曰：「生兒不用識文字，鬬雞走馬勝讀書。賈家小兒年十三，富貴榮華代不如。能令金距期勝負，白羅繡衫隨軟轝。父死長安千里外，差夫持道輓喪車。」……上生於乙酉雞辰，使人朝服鬬雞，兆亂於太平矣，上心不悟。

玄宗既淫於女色，又荒於遊樂，把國家大事，全拋之腦後，政變之禍，自然難免。這兩篇中的民歌，也充分地表現了人民對於君主的譴責，對於當日政治的腐敗與社會秩序的紊亂的憤懣和詛咒。民眾的怒火，已經在燃燒了。因此一聲兵變，潼關京都相繼失陷，逼得貴妃只好上吊，神雞童也只好改名換姓遁入空門。這種小說題材，都是當代的實事，所以具有很強烈的時代性。

俠義小說　俠義小說是以俠士的義烈行爲爲主，而加以政事愛情的穿插，更顯得故事情節的繁複。唐代中葉以後，藩鎭各據一方，爭權奪利，私蓄游俠之士以仇殺異己，於是俠士之風盛行一時。如元和十年宰相武元衡的被刺，開成三年宰相李石的被刺，前者出於平盧節度使李師道所遣，後者爲宦官仇士良所主使，這都見於正史的記載。歐洲中世紀騎士活躍於社會，因此產生描寫騎士生活的小說。唐代俠義小說的產生，同樣有着近似的這種社會基礎。但因爲要表現俠士的特別技能，所以常有種種超現實的描寫，如騰雲駕霧之術，神刀怪劍之事，與當日神仙術士一流的迷信思想，發生密切關係，因此這一類小說的作者，往往是佛道的信徒。如杜光庭之爲道士，段成式之信佛，裴鉶之好神仙，這是大家都知道的。

俠義小說前有許堯佐的柳氏傳，李公佐的謝小娥傳，後有薛調的無雙傳，裴鉶的崑崙奴傳、聶隱娘傳，袁郊的紅線傳，杜光庭的虬髯客傳。段成式有劍俠傳一書行世，是明人僞託之作。但在段氏的酉陽雜俎裏，有「盜俠」一門，敘述劍俠故事的共有九則。段氏爲宰相文昌之子，兼爲當代的駢文家、詩人，故其文筆華麗而有情致。雜俎雖似博物志一流，龐雜萬象，然其中亦時有佳作。到了晚唐，是俠義小說的極盛時期。

在這些作品中，從藝術的價値上講，以杜光庭的虬髯客傳爲較佳。此篇敘述紅拂私奔與李靖創業的故事，時代雖回到隋朝，而其社會基礎卻正在晚唐。作者一面是以當日盛行的俠士爲主題，一面又在唐末離亂之際，想望着新英雄的出現。在形式上具有嚴整的佈局和適當的剪裁。對於人物的個性，也有了更進一步的深刻的描繪，紅拂、李靖、虬髯三個主人翁的形象，都寫得分明而又生動。李公子是一個陪角，偶然出現，雖着墨不多，然神態畢露。文中語言清麗，情節的穿插，富於變化曲折的波瀾，更能引人入勝。唐以前的小說，大都不重結構，都只敘事而不注意描寫人物，到了李娃傳、鶯鶯傳、虬髯客傳等作，這種缺點初步克服，於是唐人小說，在藝術價值上大大地提高了。

關於唐代的小說，重要者已如上述。其他佳作尚多，如陳玄祐的離魂記，李景亮的李章武傳等，都表現了對美好生活的渴望和對純潔愛情的歌頌。其次以傳奇之文，彙爲專集者，唐代亦多。重要的有牛僧孺的玄怪錄，李復言的續玄怪錄，袁郊的甘澤謠，裴鉶的傳奇，皇甫枚的三水小牘等著。玄怪錄原爲十卷，今已佚，在太平廣記中尙存三十三篇，可見其大概。然其造文立意，大都故作虛幻，不近人情。至於世間所傳的周秦行紀一篇，是李德裕的門客韋瓘託牛名而作，因以構陷者。其行爲固可鄙，其文字亦不甚佳。三水小牘中的步飛煙一篇，寫步飛煙因不甘心作封建官僚武公業之妾，和青年趙象相愛，後被武公業鞭笞而死，死之前還是強硬地說着：「生得相親，死亦何恨！」表現了封建惡勢力迫害下婦女的不甘屈服的精神。「他如武功人蘇鶚有杜陽雜編，記唐世故事，而多誇遠方珍異。參寥子高彥休有唐闕史，雖間有實錄，而亦言見夢升仙，固皆傳奇，但稍遷變。至於康駢劇談錄之漸多世務，孫棨北里志之專敘狹邪，范攄雲溪友議之特重歌詠，雖若彌近人情，遠於靈怪，然選事則新穎，行文則逶迤，固仍以傳奇爲骨者也。」（魯迅中國小說史略）這些作品雖仍以傳奇爲骨，但要稱爲短篇小說，就遠不如前面那些作品了。

唐代的傳奇，對後代戲曲界產生很大的影響。這些傳奇中的故事，大多數演成爲後代戲曲的題材。如沈既濟的枕中記，演爲元馬致遠的黃粱夢和明湯顯祖的邯鄲記。陳玄祐的離魂記，演爲元鄭德輝的倩女離魂。李公佐的南柯太守傳，演爲湯顯祖的南柯記。李朝威的柳毅傳，演爲元尙仲賢的柳毅傳書及李好古的張生煮海。元稹的鶯鶯傳，演爲董解元、王實甫的西廂。陳鴻的長恨歌傳，演爲元白樸的梧桐雨和清洪昇的長生殿，蔣防的霍小玉演爲明湯顯祖的紫釵記，白行簡的李娃傳演爲元石君寶的李亞仙詩酒曲江池、明薛近兗的綉襦記，這些都是著名的作品。其他如裴鉶之崑崙奴，杜光庭的虬髯客，袁郊的紅線，後代曲家，亦多取材。經過這些戲曲家的努力傳佈，於是唐代的小說內容，成爲普遍的民間故事了。同時這些作品，也曾影響過日本的文壇。像游仙窟風行於日本古代讀書界的事，在上面已略略說及。其他作品對於日本古代的文學，也有過很深的關係。據拙堂文話中說：「物語、草紙之作，在於漢文大行之後，則亦不能無所本焉。枕草紙多沿李義山雜纂，伊勢物語從唐本事詩章臺柳來者。源氏物語其體本南華寓言，其說閨情蓋自漢武帝內傳及唐人長恨歌傳、霍小玉傳諸篇得來。」這些話出自日本人之口，當然是可信的。

五　唐代的變文

一、變文的發現　變文同卜辭一樣，是近幾十年來才發現的重要文獻。有了它們，許多歷史學者文學史學者，對於古代文化史上某些困難問題，得到了新的材料與解決的途徑。關於卜辭的發現對於我國殷商文化的研究，在本書第一章裏，已大略說過，現在要敘述的是唐代的變文。

六十餘年前（一八九九年五月），一個英國人叫做斯坦因（A．Steine）的，帶了一位姓蔣的翻譯，到了甘肅的極西部敦煌。他聽說敦煌千佛洞的石室裏，藏有無數的寫本書籍和圖畫文物，於是設法引誘千佛洞的王道士出賣這批寶藏。後來這計劃成功了，他盜買了二十四箱寫本和五箱圖畫和古物。這些都是中國古代文化史上的重要文獻，是一種無價之寶。後來這消息法國人知道了，漢學家伯希和（Paul Pelliot）也到中國來掠取，他也弄去了不少。不久中國官廳知道了這件事情，行文到甘肅去提取這些寫本，但所得者大半爲佛經，好的材料，大都到了英、法的博物院、圖書館中去了。此中的藏書總數量約有兩萬個卷子，絕大多數是寫本，一小部分是木刻本。現藏在倫敦的有六千卷，藏在巴黎的有一千五百卷，藏在北京的也有六千多卷，私人亦偶有收藏，然爲數較少。後來注意這種文獻的人，日多一日，或到英、法的圖書館、博物院去抄寫、照相，或到北京去研究，或將已得的材料加以校印，或發表專篇的論文，於是這埋藏了將近一千年的古代寫本，漸漸地在我們的眼前露面了。如羅振玉編印的敦煌零拾，陳垣氏的敦煌劫餘錄，劉復的敦煌掇瑣諸書，雖篇目不多，然在研究敦煌文獻的初期，已是可寶貴的典籍了。其中變文部分，以解放後所輯印的敦煌變文集為最豐富。

敦煌的寫本，因有些有題跋，可以考出年代最古者為公元四世紀末年，最晚者為十世紀末年。其內容除了十分之九的佛經和少數的道教經典以外，頗多在中國失傳的文學作品。如王梵志的詩，韋莊的長詩秦婦吟，以及許多民間的歌詞和小說。我們現在要討論的變文，也是敦煌文獻之一。變文是一種韻散夾雜的新體裁，是一種在唐代以前的正統文學中未曾見過的新體裁。因這些變文，直接影響後代的彈詞寶卷一類的民間文學，同時對於宋、元的小說戲曲，也給予間接的影響，使我們對於這些作品的形式的發展，得到重要的說明。因此變文本身的藝術價值雖不甚高，然而它在中國文學史上，卻有相當重要的地位。

二、變文的來源　變文也簡稱「變」，變是奇異的意思，變文就是講唱奇異故事之意。它不是偶然產生的，而有它的來源和它的實際功用。它的來源是佛經，功用是傳教。所以這種作品初期的產生，並無多少文學的意義，不過是宗教的宣傳品。後來這種體裁在民間頗為流行，也受到民間文學的一些影響，於是作者漸變其宗教的內容，代以史料故事的敍述，就成爲一種民間文學的新形式了。

佛經翻譯的工作，在中國過去的文化界上，是一種大事業，年代延續一千年之久，譯品保存着的，到現在還有一萬五千多卷，爲世界上翻譯佛經最多的一個國家，其中也有直接從印度、尼泊爾的古代語文翻譯的，有間接從中亞細亞的各種古文字翻譯的，可見古代翻譯工作者用力之辛勤。這樣大量地將外國的宗教經典、宗教文學介紹到中國來，在中國的哲學界、文學界，自然會發生影響。但這種影響，先顯露於哲學思想方面，在東晉、南北朝的思想界，佛教的思想交織着道家的哲學，深入於當日士大夫的頭腦，這種情形，在前面幾章裏，已大略說過了。但在文學的形式、內容與想像方面，發生較明顯的影響，卻是起於唐朝。

佛經的翻譯，可分爲三期。第一期從後漢至西晉，爲譯經的初期，內容方面不一定可信，文字多取本國流行的文體，真正譯文的體裁還沒有建立。宋贊寧宋高僧傳卷三中云：「初期則梵客華僧，聽言揣意，方圓共鑿，金石難和。盌配世間，擺名三昧，咫尺千里，覿面難通。」這是譯經第一期的真實情狀。如安清、支讖、支謙、竺法護諸人，實爲此期的代表人物。支謙、竺法護本爲外人，因久居中土，故又通漢語，所以他們的譯作，在第一期中是較好的。第二期從東晉到南北朝，爲譯經的全盛時期。據唐代開元釋教錄所述，當代的譯者九十六人，譯品多至三千一百五十五卷；而最重要的是當日的譯者，無論其爲中外，能兼通漢語梵文者甚多。一面能將佛教的經典作有系統的真實的介紹，同時又確立一種翻譯的文體。這種文體，不求其華美，只求其切合原意。於是在文句的組織構造上，多傾向梵化，而語體亦夾雜其間，因此釀成一種新文體。這種新文體同當日流行的駢文與古文，都不相同。如北方的鳩摩羅什、曇無讖，南方的佛陀跋陀羅、寶雲諸人，是此期的重要譯家。第三期爲唐代，代表的譯者，是那位將畢生的精力獻之於佛教傳佈的玄奘。他孤征取經，歷國數百餘，在外十七年。回國後，在十九年內譯出經典七十餘部，一千三百三十卷。又別撰旅行記大唐西域記十二卷。他在死前的一月，仍是執筆不停。這種偉大的精神，是非常難能可貴的。繼玄奘而後的爲義淨，留外二十五年，回國後譯出經典五十六部。但佛教到這時代，重要的經典俱已譯出，主要的工作已由介紹而入於佛教哲學的創立了。

佛經中有許多有文學價値的。如西晉竺法護譯的普曜經，是一篇極好的釋迦牟尼的傳記。鳩摩羅什譯的維摩詰經，很像是一部小說。法華經內的幾則美麗寓言，也都有文學的趣味。曇無讖譯的佛所行讚經，是佛教詩人馬鳴的傑作，他用韻文敘述佛一生的故事。譯者用五言無韻詩體移植到中國來，成爲一篇九千三百句、四萬六千多字未曾有過的長篇敘事詩。再如寶雲譯的佛本行經，四五七言合用，文字更覺生動。又如曾爲魯迅所介紹的、齊代求那毗地譯的百喻經（原名癡華鬘），其寓言部分也頗雋永而有新意。在這些佛教文學的作品裏，表現了兩個特色。第一是富於想像，其次是散韻並用的體裁。這兩點都很顯著地影響於中國後代的文學。中國作品比較缺少想像力，佛教文學則不然。他們能夠用一點小事，變化百出，上天下地，極爲奇幻。那種豐富強烈的幻想能力，真是驚人。他們的腦裏，不知道有多少世界，有多少層天，有多少層地。他們的想像無窮盡，他們的創作也是無窮盡。一寫就是幾十卷，就是幾萬字一篇的長詩。這些想像，自然不近情理，不合於現實，但在重現實而少想像的中國文學，卻正需要這種精神。這種精神的輸入，無疑給予中國文學以很大的影響，反過來也說明中國文人善於吸收養料的能力。我們讀了古代的山海經、穆天子傳和六朝時代的許多志怪小說，再去讀後代的西遊記、封神傳，便會知道印度文學的幻想精神，在中國的小說裏發生了一定的作用。魯迅曾說：「還有一種助六朝人志怪思想發達的，便是印度思想之輸入。因爲晉、宋、齊、梁四朝，佛教大行，當時所譯的佛經很多，而同時鬼神奇異之談也雜出，所以當時合中、印兩國底鬼怪到小說裏，使它更加發達起來。」（中國小說的歷史的變遷）他並舉續齊諧記中的陽羨籠鵝爲例，以爲與舊雜譬喻經中的壺中人出於同一來源。

其次，中國文學的體裁，比較單純。散文是散文，韻文是韻文。像韓詩外傳那種前面散文後面引兩句詩的樣子，那只是一種解說詩義的方式，並不能成爲一種文體。但佛經裏卻很多散韻夾雜並用的體裁。它每每於散文敘述之後，再用韻文重述一遍。這韻文叫做偈，偈可以唱，這容易使人記憶。並且佛經的真義時常包含在這些偈裏，而其文學的趣味，也往往較散文部分爲豐富。普曜經、法華經裏面都有這種文體。這種體裁對於通俗唱本與戲曲的運用上，是非常需要的。所以這種文體傳到中國以後，對於後代的彈詞、平話和戲曲的形式，都有影響。現在所講的變文，便是接受這種影響而在中國出現的新文體。

變文最初的出現，是把它當做一種普及佛教經義的宣傳品。當日的經典雖說譯出了這麼多，要佛教深入於民間，專靠這些經典是不行的。在民間宣傳佛教，一面要注意把佛經變成通俗有趣的故事，使民眾容易瞭解；同時也要增加音樂的歌唱成分，使民眾容易記得。在南北朝時代，佛徒除譯經外，在傳教方面，有所謂轉讀、梵唄、唱導種種方法，這些方法的使用，無非是想把佛教普遍到民間去，但是佛教的深入民間，同時也就是佛教文學的深入民間。由佛教文學的民間化，接着就會產生民間文學的佛經化。所謂轉讀，是用一種正確的音調與節奏，去朗誦佛教的經文。梵唄是一種讚誦的歌唱。高僧傳說：「天竺方俗，凡是歌詠法言，皆稱爲唄。至於此土，詠經則稱爲轉讀，歌讚則號爲梵唄。」可見在印度，轉讀與梵唄只是一門，到了中國才分爲二類。這些梵唄的內容與功用，自然都是宣傳佛教的教義，但久而久之，這些梵歌在民間的口裏唱得太熟了，流行得太普遍了，於是便有人依擬其形式代以他種內容而出現的民歌。如歎五更、十二時、女人百歲篇一類的俚曲，可能就是受了這種影響的作品。至如南宗讚、太子入山修道讚等篇，我們可以看作是梵唄俗歌化以後的一種遺形。

唱導是一種佛道的演講和說法的制度。慧皎在高僧傳中說：「唱導者蓋以宣唱法理，開導眾心也。昔佛法初傳，於時齊集，止宣唱佛名，依文致禮。至中宵疲極，事資啓悟，乃別請宿德升座說法，或雜序因緣，或旁引譬喩。其後廬山慧遠道業貞華，風才秀發，每至齋集，輒自升高座，躬爲導首，廣明三世因果，卻辯一齋大意。後代傳受，遂成永則。」可知這種制度在東晉末年就有了，到了南北朝，宮廷民間都很盛行。慧皎又敘述導師唱導的情形說：「談無常則令心形戰慄，話地獄則怖淚交零，徵昔因則如見往業，覈當果則已示來報，談怡樂則情抱暢悅，敘哀戚則灑泣含酸。於是闔眾傾心，舉堂惻愴。五體輸席，碎首陳哀，各各彈指，人人唱佛。」在這兩段文字裏，可以看出導師所講的，主要的目的是宣傳佛道。對於貴族階級所用的導文，是要華麗典雅，對於民眾，不得不求其通俗。因爲要引起聽眾的興趣，不得不「雜序因緣，旁引譬喩」，也不得不在無常、地獄、昔因、當果、怡樂、哀戚各方面，增加多少敘述和描摹。在這種情況之下所產生的結果，一面是經文的通俗化與故事化，一面是經文的擴大化。由這種情形漸漸演變下去，變文就適應這種環境而產生了。變文裏有講有唱，有描寫，有譬喩，是一種極好的對於民間的宣傳品。唐段安節樂府雜錄說：「長慶中俗講僧文敍（敍一作淑），善吟經，其聲宛暢，感動里人。」這裏所說的俗講僧，想就是導師的遺形。唐趙璘因話錄中說：「有文淑僧者，公爲聚眾譚說，假託經論，所言無非淫穢鄙褻之事，不逞之徒，轉相鼓扇扶樹，愚夫冶婦，樂聞其說，聽者塡咽寺舍，瞻禮崇奉，呼爲和尙，教坊効其聲調，以爲歌曲。」文淑所講的就是變文。最初的變文，只限於演述佛事，到後來史事豔聞也都講起來了，於是變文成爲一種內容複雜的民間文學的新體裁。趙璘所說「假託經論，所言無非淫穢鄙褻之事」，想就是指此而言。

三、變文的形態類別以及對於後代文學的影響　變文或有稱爲佛曲、俗講和講唱文者。名稱雖殊，範圍則一。但上述唐代寺院中所盛行的說唱體作品，實爲俗講的話本，變文則爲話本的一種名稱。其形式爲散韻夾雜體，然其構成的方式，亦有數種：

一、先用散文講述故事，再用韻文歌唱，如維摩詰經變文的持世菩薩卷和降魔變文等。

二、只用散文作爲引子，主要是以韻文來詳細地敘述，很像後來彈詞、寶卷中的白與唱的組合。如大目乾連冥間救母變文。

三、散文韻文交雜並用，不可分開，成爲一種混合的形式。如伍子胥變文。

至於韻文的體裁，都是以七言爲主體，其中偶有雜以三言五言或六言的。五言六言的雜用，見於八相變文，是一種不大常見的例子。散文的體裁，有用普通散文的，有用語體的，也有用駢文的。前兩種頗多生硬之處，而駢體卻極圓熟。維摩詰經變文及降魔變文中間的幾段駢文，確是非常華麗，知道這兩篇的作者，決不是普通的和尙，或出於當日文士的手筆。試看下面的一小段：

波旬自乃前行，魔女一時從後。擎樂器者喧喧奏曲，響聒清霄；爇香火者灑灑煙飛，氤氳碧落。競作奢華美貌，各申窈窕儀容。擎鮮花者共花色無殊，捧珠珍者共珠珍不異。琵琶弦上，韻合春鶯，簫管聲中，聲吟鳴鳳。杖敲羯鼓，如拋碎玉於盤中；手弄秦箏，似排雁行於弦上。輕輕絲竹，太常之美韻莫偕；浩浩唱歌，胡部之豈能比對。妖容轉盛，豔質更豐。一羣羣若四色花敷，一隊隊似五雲秀麗。盤旋碧落，宛轉清霄。遠看時意散心驚，近覩者魂飛目斷。從天降下，若天花亂雨於乾坤；初出魔宮，似仙娥芬霏於宇宙。天女咸生喜躍，魔王自己欣歡。（維摩詰經講經文持世菩薩卷）

這種熱鬧華麗的描寫，很影響中國後代的長篇小說。我們讀水滸傳、西遊記、金瓶梅的時候，每逢戰爭風景的場面，或是宮殿人物的描寫，總是突如其來的加入一段爭奇鬬豔的駢文。從前我們總覺得這種體裁放在白話小說裏有些奇怪，其實他們是從變文裏取法去的。大概那些作者都歡喜用這種方法來表現自己的才學和詞章，就這麼相沿地用着不改了。

關於變文的類別，我們可以因其內容分爲二種：一、演述佛事。二、演述史事與民間故事。

第一類的變文，可以維摩詰經變文、降魔變文和大目乾連冥間救母變文爲代表。維摩詰經本身就是一部富有文學趣味的小說式的經典。三國時支謙譯出，晉時鳩摩羅什又加以重譯，到了隋、唐，爲它作注疏的也有好幾家。可見這部經典，在中國極爲一般人所重視。經中敘述居士維摩詰生病，釋迦佛吩咐他的門徒去問病。他的門徒舍利弗、大目乾連、大迦葉、須菩提、富樓那諸人，訴說維摩詰的本領過人，都不敢去。釋迦佛又叫彌勒菩薩、光嚴童子、持世菩薩諸人去問病，他們一樣不敢去。最後只有文殊師利一人，擔負這個重任，肯去問病。後來文殊與維摩詰見了面，維摩詰果然大顯神通。這種故事說出來，自然是平淡無味，然而因其想像的豐富，描寫的生動，看去卻很有趣味。維摩詰經變文的作者，就是把這部經典通俗化擴大化。他再加以想像和鋪敘，在第二十卷的首節，將十四個字的經文，演爲五百七十字的散文，七十二句的韻語。於是這部變文的全量，總要多出原經幾十倍了。可惜我們今日無法見其全本，然只就其所見的零卷看起來，他在變文中，恐怕是第一部宏偉的著作。巴黎國家圖書館所藏的第二十卷，才敘到釋迦叫持世菩薩去問病。敦煌零拾所載的持世菩薩問疾第二卷，才敘到魔王波旬欲以美女破壞持世的道行。北京圖書館所藏的文殊問疾第一卷，才敘到文殊去問病的事。可知我們所見到的，只是全篇中極小的一部分。現在試舉文殊問疾中的一段作例，看看變文究竟是一種什麼面目。

經云：佛告文殊師利，汝行詣維摩詰問疾。

白：言佛告者，是佛相命之詞。緣佛於會上，告盡聖賢，五百聲聞，八千菩薩，從頭遣問，盡曰不任。皆被責呵，無人敢去。酌量才辯，須是文殊。其他小小之徒，實且故非難往，失來妙德，亦是不堪。今仗文殊，便專問去。於是有語告文殊曰：

斷詩　三千界內總聞名，皆道文殊藝解精。體似蓮花敷一朵，心如明鏡照漂清。常宣妙法邪山碎，解演眞乘障海傾。今日筵中須授勅，與吾為使廣嚴城。

白：於是菴園會上，勅喚文殊：「勞君暫起於花台，聽我今朝勅命。吾為維摩大士，染疾毗耶，金粟上人，見眠方丈。會中有八千菩薩，筵中見五百個聞聲，從頭而告盡遍差，至佛而無人敢去。舍利弗聰明第一，陳情而若不堪任。迦葉是德行最尊，推辭而為年老邁。十人告盡，咸稱怕見維摩。一會遍差，差着者怕於居士。吾又見告於彌勒，兼及持世上人。光嚴則辭退千般，善德乃求哀萬種。堪為使命，須是文殊。敵論維摩，難偕妙德。汝今與吾為使，親往毗耶。詰病本之因由，陳金僊之懇意。汝看吾之面，勿更推辭。領師主之言，便須受勅。況乃汝久成證覺，果滿三祇。為七佛之祖師，作四生之慈父。來辭妙喜，助我化緣。下降娑婆，爾現於菩薩之相。你且身嚴瓔珞，光明而似月舒空；頂覆金冠，清淨而如蓮映水。一名超於法會，眾望難偕；詞辯迴播於筵中，五天讚說。慈悲之行廣布，該三途六道之中；救苦之心遍施，散三千界之剎內。當生之日，瑞相十般。表菩薩之最尊，彰大士之無比。而又眉彎春柳，舒揚而宛轉芬芳；面若秋蟾，皎潔而光明晃曜。有如斯之德行，好對維摩。具爾許多威名，堪過丈室。況以居士，見染纏痾，久語而上算不任，對論多應虧汝。勿生辭退，便仰前行。領大眾而速別菴園，逞威儀而早過方丈。龍神盡敎引路，一伴同行，人天總去相隨，兩邊圍繞。到彼見於居士，申達慈父之言。道吾憂念情深，故遣我來相問。」佛有偈告讚文殊。

牟尼會上稱宣陳，問疾毗耶要顯眞。受勅且須離法會，依言勿得有辭辛。維摩丈室思吾切，臥病呻吟已半旬。望汝今朝知我意，權時作個慰安人。

又有偈告文殊曰：

斷：八千菩薩眾難偕，盡道文殊足辯才。身作大僊師主久，名標三世號如來。神道解滅邪山碎，智慧能銷障海摧。為使與吾過丈室，便須速去別花台。

（平側）世尊會上告文殊，為使今朝過丈室。傳吾意旨維摩處，申問慇懃勿得遲。前來會裏眾聲聞，個個推辭言不去。皆陳大士維摩詰，盡道毗耶我不任。眾中彌勒又推辭，筵內光嚴申懇款。八千大士無人去，五百聲聞沒一個過。汝今便請速排諧，萬一與吾為使去。威儀一隊相隨逐，銜勑毗耶問淨名。菩薩身為七佛師，久證功圓三世佛。親辭淨土來凡世，助我宣揚轉法輪。巍巍身若一金山，蕩蕩眾中無比對。眉分皎潔三秋月，臉寫芬芳九夏蓮。……便依吾敎赴前程，便請如今別法會，若逢大士維摩詰，問取根由病所因。文殊德行十方聞，妙德神通百億說。能摧外道皆歸正，能遣魔軍盡隱藏。依吾告命速前行，依我指蹤過丈室。慇懃慰問維摩去，巧着言辭問淨名。

（經）是時聖主振春雷，萬億龍神四面排。見道文殊親問病，人天會上喜咍咍。此時便起當筵立，合掌顒然近寶台。由讚淨名名稱煞，如何白佛也唱將來。

經云：文殊師利乃至詣彼問疾。

開始只有兩句經文，由作者演成這麼一大篇文字。散文中有普通散文，有白話，也有很好的駢體。韻文中有相當成格的律詩，有很通俗的韻語。維摩詰經變文都是由這種形式組織起來的。看它對於文殊的面貌性情及才幹的鋪寫，很有點像小說了。俗講話本的正宗，大概卽是這類作品。在第二十卷的末尾有題記云：「廣政十年八月九日在西川靜真禪寺寫此第二十卷文書，恰遇抵黑書了。不知如何得到鄉地去。年至四十八歲，於州中應明寺開講，極是溫熱。」由這題記看來，文字不大純熟，加以篇中別字也不少，似乎這位僧人只是這變文的抄寫者，不見得就是作者。由那些駢文看來，作者的舊文學的素養，是相當高的。廣政爲十國後蜀孟昶年號，也卽後漢天福十二年（九四七年）。那末這篇作品的時代，已經是在五代或晚唐了。

降魔變文篇幅雖短，但文字頗流麗生動。這故事見於賢愚經卷第十須達起精舍品第四十一。變文的背面還有插圖數幅，和正文相應，已近於後世的插圖本小說。又破魔變文也附有精美的插圖。文中敘述須達爲南天竺舍衞城大國的賢相，他因爲替兒子求親，遇見了佛僧，因此誠心信佛，得見如來。如來叫他慈善好施，廣建廟宇。並派舍利弗與他同行，隨時幫助。後因買地建廟，與國王的六師發生惡感，遂起爭鬬。後卒降服妖魔，同歸佛教。篇中寫六師和舍利弗鬬法的大段，爲全篇的精采處。西遊記的許多鬬法場面，有些地方和此篇相像。前有序云：「伏維我大唐漢朝聖主開元天寶聖文神武應道皇帝陛下，化越千古，聲超百王，文該五典之精微，武折九夷之肝膽。八表總無為之化，四方歌堯舜之風。加以化洽之餘，每弘揚於三教。」由此看來，降魔變文的作者雖不可考，其時代則在玄宗年間。玄宗時代的變文已如此成熟，其初期的作品，恐怕在初唐時就有了。

大目乾連冥間救母變文敘述佛弟子大目乾連救母出地獄的故事。這故事見於佛經經律異相，在唐代已很流行。五代王定保唐摭言中云：「張處士憶柘枝詩曰：『鴛鴦鈿帶拋何處，孔雀羅衫屬阿誰？』白樂天呼為問頭。祜矛楯之曰：『鄙薄問頭之誚，所不敢逃，然明公亦有目連經。長恨辭云：上窮碧落下黃泉，兩處茫茫都不見。此豈不是目連訪母耶？』」又太平廣記亦有此條，字句稍異：「祜亦嘗記舍人目連變。白曰：『何也？』曰：『上窮碧落，此非目連變何耶？』」所謂目連訪母，目連變，想都是指的這篇變文。那末在元和年間，這篇變文在社會已很流行了。到了後代，戲曲、寶卷多取此為題材，一直到現在，目連救母還成為民間很普遍的佛教故事。篇中極力鋪寫地獄界的悽慘景象，人生因果輪迴的報應，由此暗示佛力與信佛的善果。在從前的迷信時代，自成為一篇佛教宣傳的有力作品。對於地獄界的描寫，也成為後代小說中描寫「幽冥界」「閻羅殿」的範本。

關於演述佛事的變文，除上述的三種以外，尚有地獄變文、父母恩重變文、八相變文諸種，現藏北京圖書館。在倫敦、巴黎的圖書館、博物院中，還藏有多種，在這裏不必再多講了。大概這些演述佛事的變文，在民間極為流行，於是有人依其格式，換其內容，將古代的歷史故事及民間傳說演述進去，因此非佛教故事的變文就因之而起了。其中寫得較好的有伍子胥變文、捉季布傳文、舜子變、孟姜女變文、王昭君變文、秋胡變文等。

伍子胥變文寫子胥爲父兄報仇，歷盡艱苦的堅強意志，極有生氣。其中幾段景物的描寫，氣氛的渲染，如潁水遇拍紗女、江邊逢漁人、在吳國城外發兵伐楚、臨江哭奠父兄英靈幾段，尤能烘托出人物當時的心理狀態，文字也凝煉有力：「子胥祭了，發聲大哭，感得日月無光，江河混沸。忽卽雲昏霧暗，地動山摧。兵衆含啼，人倫悽愴，魚龍飲氣，江水不潮，澗竭泉枯，風塵慘烈。」捉季布傳文一名大漢三年季布罵陣詞文，內容寫劉邦因季布曾在陣前痛罵過他，故懸賞搜捕季布，後由季布的機智勇敢及周諡、朱家的協助，終於免難得官。季布的事蹟在史記中記載得很簡短，變文的作者根據這段史事敷演而成一篇長文。文中寫季布的英雄落魄，流亡江湖，和周諡的說服郭解救援季布，都很曲折生動。全文都是七言唱詞，共六百四十句，四千四百餘字，氣魄結構，都很宏偉緊湊。

舜子變的故事來源見於孟子、史記及劉向的孝子傳等書。變文的作者把這故事擴大，增加了許多想像，極力鋪寫後母對於他的虐待。而每次都是帝釋來救他，在這一點，仍是與佛教有關。最後一次，因爲後母和瞽叟把舜帝壓在井裏，因此他們的眼睛就瞎了，窮得沒飯吃。舜在井底遇了救，便隱居歷山耕田，收成很好。後來在商人的口裏，聽見父母窮困的慘狀，便回家去救他們。結果把父母的眼睛也醫好了。父親到那時才覺得一切事情都是後妻作怪，想殺掉她，舜又苦口求免。自此一家安樂，天下傳名，堯帝知道了，以二女妻之，把帝位也讓給了他。篇中對於後母的虐待，舜的誠篤，在描寫上都很成功。

孟姜女變文、王昭君變文、秋胡變文中對古代婦女各種不同的悲慘痛苦遭遇，和她們忠貞、勇敢、堅毅的品質，都加以同情與歌頌。又如韓朋賦（其本事見於搜神記）結尾所用的手法，具有浪漫主義的精神。變文中的所謂賦，實際就是小說。這些都說明變文到了後來，一面是演述佛經，一面在演述中國古代的歷史故事或傳說，而成爲一種民間文學了。作者在這些作品裏，善於運用豐富的想像，在本事以外，增加了許多枝葉，使這些故事帶有小說的趣味。

此外，也有抒寫當時當地的國家大事的，如張義潮變文、張淮深變文。張氏叔姪的事蹟見於新唐書吐蕃傳下，義潮本是沙州（卽敦煌）首領，後聯結英豪，歸順唐室。這兩篇作品雖已有缺文，但其中描寫張氏叔姪的忠勇愛國，大敗蕃軍的場面，還是很有聲色，並可補史傳之不足。可見變文體裁確立後，民間已在自由運用，而且直接爲當前的政治服務了。

變文對於後代中國文學的影響，有幾點値得重視的。

一、宋人話本，在形式上受有變文的影響。

二、寶卷、彈詞一類的民間通俗作品，是變文的嫡派。

三、在中國的長篇小說中，時時夾雜着一些詩詞歌賦或是駢文的敘述，是變文體裁的遺形。

四、唐、五代的口語，在變文中還保存着不少。這不僅對研究古漢語的人有用處，對於理解唐、五代以至宋、元的文學作品，也很有參考價值。

唐代變文的藝術價值雖不很高，然在中國某些文學體裁的發展史上，卻有相當重要的影響。近年來，研究與整理變文的人已在增加，文學史的編寫者對變文也有了較高的評價，這些都是值得我們高興的現象。

第十三章　初唐的詩歌

初唐詩壇，是唐詩的準備時代。當日詩歌的趨勢，有兩種顯著的現象。一種是宮廷詩人的作品，仍然蒙受齊、梁舊風的影響，追求辭藻與格律；其次是一批新起的青年詩人，在舊風的影響下，力求創造與解放，克服落後的部分，吸收優良的部分，在緩慢的過程中，向前進展。前者是虞世南、楊師道、上官儀、沈佺期、宋之問等人，後者是四傑。再如隋末唐初的王績，詩風獨標一格，也是值得我們注意的。到了陳子昂，才正式提出反對齊、梁，詩風爲之一變。

一　齊梁餘風

李唐建國初年，文物制度基本上是繼承陳、隋舊業。當日文士詩人陳叔達、袁朗、楊思道、虞世南、孔紹安、李百藥等人，俱爲陳、隋舊人。他們的文風，決不能因爲在政治上換了一個朝代，便能立刻有所改變。因此他們的作品，仍然表現着陳、隋宮體的餘風，無論詩的格調與內容，還是齊、梁一派的影子。例如：

洛城花燭動，戚里畫新蛾。隱扇羞應慣，含情愁已多。輕啼濕紅粉，微睇轉橫波。更笑巫

山曲，空傳暮雨過。（楊師道初宵看婚）

寒閨織素錦，含怨斂雙蛾。綜新交縷澁，經脆斷絲多。衣香逐舉袖，釧動應鳴梭。還恐裁縫罷，無信達交河。（虞世南中婦織流黃）

自君之出矣，明鏡罷紅妝。思君如夜燭，煎淚幾千行。（陳叔達自君之出矣）

結葉還臨影，飛香欲徧空。不意餘花落，翻沉露井中。（孔紹安詠夭桃）

這種作品，都是陳、隋時代的餘響，並無新意。李百藥的秋晚登古城、晚渡江津，雖稍有古意，然其妾薄命、火鳳詞、戲贈潘徐城門迎兩新婦、詠螢火示情人諸篇，輕豔淫靡，風格卑弱。這些遺老們的作品有這種情形固不足怪，就是唐太宗和他的臣僚，同樣也沈溺在這種宮體的詩風裏。據唐詩紀事所載：「帝（太宗）嘗作宮體詩，使虞世南賡和，世南曰：『聖作誠工，然體非雅正，上有所好，下必有甚。臣恐此詩一傳，天下風靡，不敢奉詔。』」虞世南主張詩要雅正，似乎是不滿意前代的華靡，但他本人的作品，酷慕徐陵，時有側豔之篇，上面所舉的中婦織流黃一首，便是例證。太宗文采頗高，然其所作，大都是點綴花草、精巧細密之詞，王世貞評他的詩無丈夫氣，是不錯的。如采芙蓉、詠燭、詠風、詠雪、秋日效庾信體諸篇，正是這一類作品。再如李義府、長孫無忌，亦多宮體之作。例如：

嬾整鴛鴦被，羞褰玳瑁床。春風別有意，密處也尋香。（李義府堂堂詞）

阿儂家住朝歌下，早傳名。結伴來游淇水上，舊長情。玉佩金鈿隨步遠，雲羅霧縠逐風輕。轉目機心懸自許，何須更待聽琴聲。（長孫無忌新曲）

在當日的宮廷詩人中，惟有魏徵的作品，表現出不同的情調。其暮秋言懷、述懷兩篇，確有清正之音，格調高遠。如述懷云：「中原初逐鹿，投筆事戎軒。縱橫計不就，慷慨志猶存。杖策謁天子，驅馬出關門。請纓繫南粵，憑軾下東藩。鬱紆陟高岫，出沒望平原。古木鳴寒鳥，空山啼夜猿。既傷千里目，還驚九折魂。豈不憚艱險，深懷國士恩。季布無二諾，侯嬴重一言。人生感意氣，功名誰復論。」然其作品不多，無力改變當日的風氣。在唐代初期的詩壇，宮體餘波，還保存着相當大的勢力。一些作家，大都不能跳出那種香豔華靡的詩風而有所創造。並且這些人大都是皇親貴族的高官學士，如長孫無忌為文德皇后之兄，楊師道尚桂陽公主、封安德郡公，魏徵封鄭國公，其他諸人，都居顯職。他們日夜圍繞着皇帝，因此集中多為應制奉和的詩篇。在這種環境下，要他們在詩歌上有所改革，自然是不容易的。清葉燮在原詩中云：「唐初沿其卑靡浮豔之習，句櫛字比，非古非律，詩之極衰也。」如果只就這些宮廷詩人的作品看來，說是詩之極衰，是並不為過的。

在宮廷詩人中，我們要注意的是上官儀。

上官儀　上官儀（約六一六——六六四），字游韶，陝州（今河南陝縣）人，貞觀初進士，官至祕書少監兼弘文館學士。太宗每屬文，遣儀視稿，私宴未嘗不預。所為詩綺錯婉媚，人多效之，謂為上官體。他的地位以及他的詩風，正是宮廷詩人的代表。所謂綺錯婉媚，正是他的詩的特徵。在他現存的詩中，十之八九是應制之作，詩的價值自然是很低的。然而他在律體詩的運動上，卻起了一些推動作用，這便是六對、八對的當對律的創立。

所謂六對是：

一、正名對　天地日月。
二、同類對　花葉草芽。
三、連珠對　蕭蕭赫赫。
四、雙聲對　黃槐綠柳。
五、疊韻對　彷徨放曠。
六、雙擬對　春樹秋池。

八對是：

一、的名對　送酒東南去，迎琴西北來。
二、異類對　風織池間樹，蟲穿草上文。
三、雙聲對　秋露香佳菊，春風馥麗蘭。

四、疊韻對　放蕩千般意，遷延一介心。
五、聯緜對　殘河若帶，初月如眉。
六、雙擬對　議月眉欺月，論花頰勝花。
七、回文對　情新因意得，意得逐情新。
八、隔句對　相思復相憶，夜夜淚沾衣；空歎復空泣，朝朝君未歸。（詩人玉屑卷七引詩苑類格）

這些對法，六朝詩人，大都已初步應用，到了上官儀，始正式歸納起來，給以定名，於是這些法式，便成爲後人作律詩的一種定規了。在上官儀本人的詩中，雖很少這種完美的律詩，但是這種規格的創立，對於律體的發展，很有影響。並且這種法則，在當日考詩的制度上，卻作爲評定甲乙的標準。

二　王績及其他詩人

在唐初宮廷詩人之外，還有些風格不同的詩人，首先值得我們注意的是王績。

王績　王績（？——六四四），字無功，號東皋子，絳州龍門（今山西河津）人，是文中子王通之弟。他性愛曠達，喜酒如命。在隋代曾爲六合丞，以嗜酒劾去。隋末大亂，乃還故里，度其隱居生活，與隱者仲長子光相善。唐武德初年，他以原官待詔門下省，時省官例，日給良酒三升。其弟王靜問他待詔快樂否，他說「待詔俸薄，況蕭瑟。但良醞三升，差可戀耳。」（唐才子傳）後來就由三升加到一斗，故時人號爲斗酒學士。貞觀初，以足疾罷歸，欲定長住之計。當日太樂署史焦革家善釀酒，王績自請爲太樂丞，選司以非士職，不許，他再三請求，始授之。不到數月，焦革死，焦妻袁氏時常送好酒給他。一年多後，袁氏又死。他歎息說，是天不許我喝好酒呀！到此他無所留戀，便棄此小官而還鄉了。他述焦革釀酒法爲酒經一卷，采杜康、儀狄以來善酒者爲酒譜一卷，並立杜康廟，以革配享，集中有祭杜康新廟文。另有醉鄉記一篇，爲其理想世界的描寫。有東皋子集。

王績雖好酒，並不糊塗，他是一個有學問有品格的詩人。他反對束縛身心的封建法度與名教。因此對於孔子，只取其「善人之道不踐跡」與「無可無不可」這兩句格言。他說：「故夫聖人者非他也，順適無閡之名，卽分皆通之謂。卽分皆通，故能立不易方；順適無閡，故能遊不擇地。……吾受性潦倒，不經世務。屏居獨處，則蕭然自得，接對賓客，則薾然思寢。……而同方者不過一二人，時相往來，並棄禮數。箕踞散髮，玄談虛論，兀然同醉，悠然便歸，都不知聚散之所由也。」（答程道士書）這是他的人生觀的真實自白。因此，他對於周、孔的名教表示嘲諷，而對於嵇、阮、陶潛一流人，大寄其景仰之情。

百年長擾擾，萬事悉悠悠。日光隨意落，河水任情流。禮樂囚姬旦，詩書縛孔丘。不如高枕臥，時取醉消愁。（贈程處士）

阮籍醒時少，陶潛醉日多。百年何足度，乘興且長歌。（醉後）

旦逐劉伶去，宵隨畢卓眠。不應長賣卜，須得杖頭錢。（戲題卜舖壁）

阮籍生年懶，嵇康意氣疎。相逢一醉飽，獨坐數行書。（田家）

阮籍、嵇康、劉伶、畢卓、陶潛這一些人，都是兩晉的名士，恰好是王績的理想人物，而對於被囚於詩、書、禮、樂的周、孔，寄寓着譏諷，這就表現出王績的思想與生活態度，這一些都成爲他作品的基礎。因此飲酒成爲他的人生哲學，詠酒成爲他作品的主要題材。他以飲酒來痲醉自己，是隱寓着不滿現實和憤世的意義的。

此日長昏飲，非關養性靈。眼看人盡醉，何忍獨為醒。（過酒家）

這四句詩是他的飲酒哲學的最好解釋。「非關養性靈」這五個字是說得非常明顯的。

王績的詩，語言質樸，洗盡了宮體詩的脂粉氣息。表現他個人的生活和情感時，眞實自然，沒有虛飾。他集中的張超亭觀妓、詠妓和辛司法宅觀妓三首詩，帶着宮體的香豔氣，全唐詩一說爲盧照隣、王勮的作品，我想是不錯的。

東皋薄暮望，徙倚欲何依。樹樹皆秋色，山山唯落暉。牧人驅犢返，獵馬帶禽歸。相顧無相識，長歌懷采薇。（野望）

在生知幾日，無狀逐空名。不如多釀酒，時向竹林傾。（獨酌）

北場芸藿罷，東皋刈黍歸。相逢秋月滿，更值夜螢飛。（秋夜喜遇王處士）

這些詩都寫得很淳樸，在唐初詩壇，是風格清新的優秀作品。如野望一首，完全是唐律的格調，比起徐陵、庾信們的詩篇來，不要說內容和風格不同，就是在聲律體裁方面，也更爲進步更爲成熟了。

在東皋子集裏除了那些詩篇以外，還有幾篇散文，也是表現他的思想、生活的重要作品。如答馮子華處士書、答程道士書、答刺史杜之松書、五斗先生傳、自撰墓志都是。在這些文字裏，表明了他對現實社會的態度和人生的理想。他的自撰墓志，正如陶淵明的自祭文、自挽詩一樣，並非故作達語，確實是一篇真實的自白，而其中是充滿着悲憤的：

王績者，有父母，無朋友。自為之目，曰無功焉。或問之，箕踞不對，蓋以有道於己，無功於時也。不讀書，自達理。不知榮辱，不計利害。起家以祿位，歷數職而一進階。才高位下，免責而已。天子不知，公卿不識，四十五十而無聞焉。於是退歸，以酒德遊於鄉里，往往賣卜，時時著書。行若無所之，坐若無所據。鄉人未有達其意也。嘗耕東皐，世號東皐子。身死之日，自為銘焉。曰：有唐逸人，太原王績。若頑若愚，似矯似激。院止三逕，堂惟四壁。不知節制，焉有親戚。以生為附贅懸疣，以死為決疣潰癰。無思無慮，何去何從。壠頭刻石，馬鬣裁封。哀哀孝子，空對長松。

王績以外，還有王梵志也想在這裏提一下。據馮翊的桂苑叢談中說：

王梵志，衛州黎陽人也。黎陽城東十五里有王德祖者，當隋之時，家有林檎樹，生癭大如斗。經三年，其癭朽爛，德祖見之，乃撤其皮，遂見一孩兒抱胎而出，因收養之。至七歲能語。問曰：誰人育我？及問姓名，德祖具以實告，因林木而生，曰梵天，後改曰志。我家長育，可姓王也。作詩諷人，甚有義旨，蓋菩薩示化也。

這些神話式的材料，雖不可信，然而他卻給我們幾個重要的暗示。一、王梵志的籍貫是河南黎陽（今河南濬縣）。二、他是生於隋代的（約五九〇——六六〇）。三、他必是一個佛徒。因此他的詩大半是屬於說理的格言，有些很像佛經中的偈語，但也有少數作品，寫得自然生動，頗有特色，他的思想基礎，雖與王績不同，然在其以平淺的語言作詩和追求自由生活這些觀點上，卻略相類似。例如：

吾有十畝田，種在南山坡。青松四五樹，綠豆兩三窠。熱卽池中浴，涼便岸上歌。遨遊自取足，誰能奈我何！

這是以語體的文句，來白描自己的生活和心境，樸質淺顯，與唐初詩風迥然不同。王梵志及其作品，宋朝以後雖沉晦無聞。然在唐、宋間卻很流行。歷代法寶記中無住語錄引過他的詩，黃庭堅很推崇他的詩，范成大學過他的詩，如他的「縱有千年鐵門檻，終須一個土饅頭」，便是從王梵志的「世無百年人」及「城外土饅頭」兩詩而來。南宋人的詩話筆記裏（如費袞的梁谿漫志，陳善捫蝨新話等），也時常記述他的故事。這樣一位沉晦已久的詩人，在唐初詩壇中，不受時尚，而又對後代大詩人發生過影響，在文學史上是應當給他一點介紹的。他的集子，久已失傳。敦煌文庫的出現，他的作品也有幾卷雜在裏面。現巴黎圖書館藏有王梵志詩三殘卷，伯希和另藏別本一卷，有日本羽田亨影印本。

寒山子是王梵志詩的繼承者。他的時代，我們無法確定。其生年約在唐永隆間，卒年約在貞元中葉（約六八〇——約七九三），是一個享高壽的人。曾隱居於天台唐興縣寒岩（翠屏山），有人說他是僧人，也有說是道士。常往還於清國寺，與寺僧拾得相友善。余嘉錫氏四庫提要辨證中曾對他的生平作了考證。他的詩全是採用通俗的語體，但偏於說理，思想則釋道雜糅。拾得詩有云：「我詩也是詩，有人喚作偈。詩偈總一般，讀時須子細。」詩偈不分，正是梵志、寒山們的共同特徵。不過因爲他寫的範圍較廣，而又時時加以自然意境的表現，因此他的詩，不如王梵志的枯淡。例如：

閑自訪高僧，煙山萬萬層。師親指歸路，月掛一輪燈。

再如一首白話體的詩。

東家一老婆，富來三五年。昔日貧於我，今笑我無錢。渠笑我在後，我笑渠在前。相笑儻不止，東邊復西邊。

他用白話作詩是有意的，他反對當日詩風的講格律聲病，也是有意的。他在他的詩裏，明顯地表示他作詩的意見。

有個王秀才，笑我詩多失。云不識蜂腰，仍不會鶴膝。平側不解壓，凡言取次出。我笑你作詩，如盲徒詠日。

有人笑我詩，我詩合典雅。不煩鄭氏箋，豈用毛公解。不恨會人稀，只為知音寡。若遣趁宮商，余病莫能罷。忽遇明眼人，即自流天下。

由這些詩，可知寒山子反對當日詩風的鮮明態度，這一點很值得我們重視，也值得我們提出來。他也知道他這種不解平仄不會蜂腰鶴膝的作品，在那些宮廷詩人的眼裏，是要看作土俗不堪的東西的。

三　初唐四傑

在初唐詩壇，一面仍蒙受齊、梁餘風的影響，同時又力求創造與解放，在詩歌上呈現着新傾向新精神的，是詩史上所稱的初唐四傑。

四傑是王勃、楊炯、盧照隣和駱賓王。他們都是七世紀下半期很有才華的作家。王勃因溺水驚悸而死，年二十八；盧照隣因苦於病投水而死，年五十餘歲；駱賓王因政治運動失敗而逃亡，也只有四十多歲；楊炯境遇較好，得以善終，但爲時所忌，亦不過四十餘歲。可知四傑諸人，都爲生活環境所困，遭受着悲慘的命運，享年都不很高。

四傑的詩，雖未能脫盡輕豔華麗的宮體氣息，但在他們那些樂府體的小詩、七言歌行和律詩的代表作品裏，突破了舊宮體詩的狹小內容，初步洗去了前人的淫靡與庸俗，賦予詩歌以新的生命，提高了詩歌的風格，對於下一階段的詩歌，起了很大的影響。

王勃　王勃（六五〇——六七七），字子安，絳州龍門（今山西河津）人。王績姪孫，六歲能文。曾任虢州參軍。他是一個才學俱富的青年詩人，其代表作品，是他的五言小詩，駢文則以滕王閣序爲世傳誦。

亂煙籠碧砌，飛月向南端。寂寂離亭掩，江山此夜寒。（江亭夜月送別）

長江悲已滯，萬里念將歸。況屬高風晚，山山黃葉飛。（山中）

久客逢餘閏，他鄉別故人。自然堪下淚，誰忍望征塵。（別人）

滕王高閣臨江渚，佩玉鳴鸞罷歌舞。畫棟朝飛南浦雲，珠簾暮捲西山雨。閒雲潭影日悠悠，物換星移幾度秋。閣中帝子今何在？檻外長江空自流。（滕王閣）

由這些詩句，可看出作者的真實心境。自然風景的描寫，閒適生活的歌詠，正是王績的家風。滕王閣一詩，氣勢雄放，風格高昂，是他的名作。

盧照鄰　盧照鄰（約六三五——約六八九），字升之，幽州范陽（今河北涿縣）人。任新都尉。在四傑中是身世最苦的。他活躍的生命，全被病魔所困擾，加以貧窮不堪，終於投水而死。因此他的作品，時多悲苦之音。讀他的五悲、釋疾諸篇，便可體會到作者的哀傷心境。他用宜於表現愁苦的騷體，來反覆曲折地歌唱自己的悲痛的感情。他自號爲幽憂子，是很能說明他的心境的。幽憂是他的生活的象徵，也就是他的作品的象徵。他在釋疾文的序中說：

余羸臥不起，行已十年，宛轉匡床，婆娑小室。……寸步千里，咫尺山河。每至冬謝春歸，暑闌秋至。雲壑改色，烟郊變容。輒輿出户庭，悠然一望。覆幬雖廣，嗟不容乎此生；亭育雖繁，恩已絕乎斯代。賦命如此，幾何可憑。今為釋疾文三篇，以貽諸好事。

這也可說是盧照鄰晚年精神狀態的自白。不僅前途是無望了，連活下去的勇氣也沒有了。因此他在絕望的狀態下，發出了最後的哀歌：

歲將晏兮歡不再，時已晚兮憂來多。東郊絕此麒麟筆，西山祕此鳳凰柯。死去死去今如此

，生兮生兮奈汝何！（粵若）

歲去憂來兮東流水，地久天長兮人共死。明鏡羞窺兮向十年，駿馬停驅兮幾千里。麟兮鳳兮，自古吞恨無已！（悲夫）

悽厲哀怨是盧照隣作品的一面，另外，他還寫了一些揭露當時黑暗現實的七言歌行。行路難、長安古意二篇，是他的代表作。在這些詩中，字句上雖仍殘存着宮體詩的影子，但那種鄙俗的脂粉氣減少了，格調也就比較高了。如行路難云：

君不見長安城北渭橋邊，枯木橫槎臥古田。昔日含紅復含紫，常時留霧亦留煙。春景春風花似雪，香車玉轝恒闐咽。若個遊人不競攀，若箇娼家不來折！娼家寶襪蛟龍帔，公子銀鞍千萬騎。黃鶯一一向花嬌，青鳥雙雙將子戲。千尺長條百尺枝，月桂星榆相蔽虧。珊瑚葉上鴛鴦鳥，鳳凰巢裏雛鵷兒。巢傾枝折鳳歸去，條枯葉落任風吹。一朝零落無人問，萬古摧殘君詎知！人生貴賤無終始，倏忽須臾難久恃。誰家能駐西山日？誰家能堰東流水？漢家陵樹滿秦川，行來行去盡哀憐。自昔公卿二千石，咸擬榮華一萬年。不見朱脣將玉貌，唯聞青棘與黃泉。金貂有時便換酒，玉麈恒搖莫計錢。寄言坐客神仙署，一生一死交情處。蒼龍闕下君不留，白鶴山頭我應去。雲間海上邈難期，赤心會合在何時？但願堯年一百萬，長作巢由也不辭。

在這一篇長歌裏，他所表現的，是那些王侯公子們的荒淫生活和他們衰敗沒落的命運。其中雖有不少的華麗字眼，然在整體上看來，卻很通俗明白，並無艱深之病。再有長安古意一篇，字數較多，其內容與此篇大略相似，不過鋪寫得更爲熱鬧。如「得成比目何辭死，願作鴛鴦不羡仙」，是膾炙人口的名句。這種思想當是盧照鄰病前之作，否則作品中的顏色，沒有這麼鮮明。由這些，我們可以看出作者壯年時代煥發的才情和活躍的生命力量，而七言歌行也通過他而得到發展與提高。

駱賓王　駱賓王（約六四〇——？），婺州義烏（今屬浙江）人。七歲能詩，尤善五言。曾任臨海丞等職。他是一個獻身政治運動的實際行動者。武后朝，他曾以言事得罪，後徐敬業舉兵，他爲其府屬，有名的討武氏檄文卽出自他的手筆。這一篇同滕王閣序是四傑的駢文中最流行的兩篇文字。因他有這種生活，他的作品，較有豪邁英俊之氣。古人雖多稱道其帝京、疇昔諸篇，然其佳作，還是那幾首小詩。

城上風威險，江中水氣寒。戎衣何日定，歌舞入長安。（在軍登城樓）

此地別燕丹，壯士髮衝冠。昔時人已沒，今日水猶寒。（于易水送人）

寥寥二十個字，表現了積極的樂觀精神以及懷古傷時的感慨。音調雄渾，氣魄悲壯，同王勃那種描寫自然景色和悠閑心情的作品比起來，風格是很不同的。此外如豔情代郭氏答盧照鄰、代女道士王靈妃贈道士李榮諸篇，是長篇的七言歌行，同盧照鄰的行路難、長安古意有相似的風格，並且在這些詩裏，也一樣運用比較通俗的語言，帶着濃厚的民歌色彩。

楊炯　楊炯（六五〇——？），弘農華陰（今屬陝西）人。曾任盈川令。他負才自傲，自謂過於王勃。現集中文多詩少，其詩大半爲律體。七言沒有，五絕僅一首。可知他在詩歌創作上，運用形式，沒有前三人範圍的廣泛；卽就詩才而論，亦較平弱。但他自己卻非常自負，以居王勃之後爲可恥。張說說：「盈川文思如懸河注水，酌之不竭，優於盧而不減於王。恥居王後信然，愧在盧前謙也。」這似乎是指他的文章而言，若只論詩，他律體方面是比較有成就的。如從軍行，以邊塞爲題材，發抒自己的抱負，氣勢頗爲雄健。折楊柳、戰征南，俱爲佳作。

律詩在四傑的集中，占着相當重要的部分。由其數量之多，可知他們對於這種新體詩的製作，都曾下過不少力量。由於他們大量創作，在促成律詩的成長和發展上，起着重要的作用。如王勃的杜少府之任蜀州、駱賓王的獄中聞蟬、楊炯的從軍行諸詩，不只是形式，在思想、藝術上都是律詩中的優秀作品。

城闕輔三秦，風煙望五津。與君離別意，同是宦遊人。海內存知己，天涯若比隣。無為在歧路，兒女共沾巾。（王勃杜少府之任蜀州）

西陸蟬聲唱，南冠客思侵。那堪玄鬢影，來對白頭吟。露重飛難進，風多響易沈。無人信高潔，誰為表予心！（駱賓王在獄詠蟬）

烽火照西京，心中自不平。牙璋辭鳳闕，鐵騎遶龍城。雪暗凋旗畫，風多雜鼓聲。寧為百夫長，勝作一書生。（楊炯從軍行）

這些詩形式嚴整，音律和諧，抒情真實，託意深厚，脫盡了六朝的風味，完全是正格的唐音了。杜甫詩云：「王、楊、盧、駱當時體，輕薄爲文哂未休。爾曹身與名俱滅，不廢江河萬古流。」可知在杜甫時代，四傑的作品，已爲時人所不滿。那是指他們作品中殘留的那些華麗雕琢的風氣說的，但是他們真有文采，有修養，有許多優點，有許多進步的地方，有不少優秀作品，杜甫所說的「不廢江河萬古流」的評語，是應該從這一點來解釋的。明陸時雍說：「王勃高華，楊炯雄厚，照隣清藻，賓王坦易，子安其最傑乎？調入初唐，時帶六朝錦色。」（詩鏡總論）

四　沈宋與律體

沈佺期（約六五六——七一四），字雲卿，相州內黃（今屬河南）人。上元間進士，官太子少詹事。宋之問（約六五六——七一二），字延清，汾州（今山西汾陽）人，一說虢州弘農（今河南靈寶）人。上元間進士。官考功員外郎。他兩人都傾心諂媚武則天時的張易之、太平公主等權貴，以圖富貴，前人多譏其無品。據新唐書宋之問傳說：「於時張易之等烝昵寵甚，之問與閻朝隱、沈佺期、劉允濟傾心媚附。易之所賦諸篇，盡之問、朝隱所爲，至爲易之奉溺器。」在這些話裏，說明這些典型宮廷詩人的卑劣品質。他們的應制詩很多，都是歌頌之作。然而他們的律體謹嚴精密，對於五、七律的發展很有影響。自齊、梁以來，這種新體詩，經過無數詩人的試驗製作，時時在進步成長的發育中，到了初唐，加以上官儀的六對、八對說的提倡，以及四傑們的大量寫作，日益接近成熟的階段。到了沈、宋，在前人培植的基礎上，再加以琢磨，於是五律七律都完全成熟了。從此以後，這種體裁便成爲律詩的定型，一千餘年來，保持着不曾動搖的地位。許多第一流詩人，運用這種形式，寫出了不少優秀的作品。

倚櫂望茲川，銷魂獨黯然。鄉連江北樹，雲斷日南天。劍別龍初沒，書成雁不傳。離舟意無限，催渡復催年。（宋之問渡吳江別王長史）

盧家少婦鬱金堂，紫燕雙棲玳瑁梁。九月寒砧催木葉，十年征戍憶遼陽。白狼河北音書斷，丹鳳城南秋夜長。誰謂含愁獨不見，更教明月照流黃。（沈佺期古意呈喬補闕知之）

由這些作品，可知律體到他們的手裏，是完全成熟了。他們的作品，到了貶謫以後，由於生活情感的變化，在藝術上也有了進步。如沈佺期的夜宿七盤嶺，宋之問的題大庾嶺北驛、度大庾嶺、晚泊湘江、江亭晚望諸篇，不僅在律詩的形式上非常完整，情意也很真實。

獨遊千里外，高臥七盤西。曉月臨窗近，天河入戶低。芳春平仲綠，清夜子規啼。浮客空

留聽，褒城聞曙鷄。（沈佺期夜宿七盤嶺）

度嶺方辭國，停軺一望家。魂隨南翥鳥，淚盡北枝花。山雨初含霽，江雲欲變霞。但令歸有日，不敢恨長沙。（宋之問度大庾嶺）

前首是沈佺期南流驩州時途中所作，後首爲宋之問南貶所爲，皆抒情真摯，技巧精美，和他們早期的詩，風格迥然不同。又宋之問渡漢江絕句，亦爲佳作。新唐書宋之問傳說：「魏建安後迄江左，詩律屢變，至沈約、庾信以音韻相婉附，屬對精密。及之問、沈佺期又加靡麗，回忌聲病，約句準篇，如錦繡成文。學者宗之，號爲沈、宋。」明王世貞藝苑卮言說：「五言至沈、宋，始可稱律。律爲音律法律，天下無嚴於是者。知虛實平仄不得任情，而法度明矣。二君正是敵手。」又明胡應麟詩藪說：「五言律體，兆自梁、陳，唐初四子，靡縟相矜，時或拗澀，未堪正始。神龍以還，卓然成調。沈、宋、蘇、李合軌於先，王、孟、高、岑並馳於後。新製迭出，古體攸分。實詞章改變之大機，氣運推遷之一會也。」他們對於沈、宋的批評，都能從其詩體的完成上立論，是較爲公正的。

與沈、宋同時，大力寫作律詩的，尚有所謂文章四友的李嶠、蘇味道、崔融和杜審言。李、蘇位極公相，顯赫一時。凡朝廷重要文書，俱出其手筆。他們集中，五律最多，可知他們都是律詩運動中的重要推行者。李嶠作律詩一百六十餘首，偏於詠物，天文、地理、禽魚、花草以及文具用品，無不詠到，成爲唐代第一個詠物詩人，而其作品頗少情韻。他的七古汾陰行，爲傳誦人口之作，然統觀全體，並不甚高。蘇、崔二人的詩，亦俱平庸。只有杜審言的作品，在四友中是較好的。

杜審言（約六四五——約七〇八），字必簡，襄陽（今屬湖北）人。咸亨間進士，曾官修文館直學士。他是大詩人杜甫的祖父。集中五律占去大半，如登襄陽城、和晉陵陸丞早春游望等篇，可稱佳作。七律很少，成就不高。他的七言絕詩，較有特色。

知君書記本翩翩，為許從戎赴朔邊。紅粉樓中應計日，燕支山下莫經年。（贈蘇綰書記）

遲日園林悲昔遊，今春花鳥作邊愁。獨憐京國人南竄，不似湘江水北流。（渡湘江）

這種詩富有情感，表現得也還細密，比起他那些故作華麗的律詩來是好得多了。不過在詩體的形成上，我們要注意一件事，便是五言排律，到了杜審言，得到了進一步的發展。這種詩，上官儀、四傑、沈、宋諸人都已作過，多是六韻八韻的短篇。至杜所作，有長至二十韻者（如贈崔融），有長至四十韻者（如和李大夫嗣眞奉使存撫河東），這種鋪陳終始排比聲韻的長篇排律，是很不容易見長的。不過後人爲誇耀才學，每喜用這種體裁。如杜甫、白居易諸大詩人，也時有此體。然因其過於平滯，加之處處要受到韻律及對偶的限制，自然是不容易討好的了。

律體的最後完成，便是齊、梁以來新體詩運動的最後完成。在初唐詩壇的百年中，詩歌的內容雖感貧乏，但律體的完成，五七言絕句的提高，七言歌行的發展，都是值得我們重視的。

五　陳子昂與詩風的轉變

在初唐詩歌的歷史上，四傑的創作是有創造性和進步意義的，但他們的作品，仍不能擺脫齊、梁舊風的影響。七世紀末期，在詩壇上成爲有意識的覺醒，樹立文學革新的旗幟的是陳子昂。陳子昂在唐代詩歌歷史上的重要價值，一面由於他的優秀創作，同時是他首先提出反對六朝華靡虛弱的文風、追求漢、魏風骨與風雅興寄的口號，對於詩歌的發展，指出了正確的方向。他的作品和理論，在唐代詩歌的發展史上，起了很大的轉變和進步作用。

文章道弊五百年矣。漢、魏風骨，晉、宋莫傳，然而文獻有可徵者。僕嘗暇時觀齊、梁間詩，采麗競繁，而興寄都絕，每以永歎，思古人常恐逶迤頹靡，風雅不作，以耿耿也。一昨於解三處，見明公詠孤桐篇，骨氣端翔，音情頓挫，光英朗練，有金石聲。遂用洗心飾視，發揮幽鬱。不圖正始之音，復覩於茲，可使建安作者，相視而笑。（修竹篇序）

在這篇序裏，表露了他對於詩歌運動的明確見解。他反對內容空虛、采麗競繁的形式主義；文學要有興寄（思想內容），要反映生活，所以他反對六朝以來的豔體，主張要回到漢、魏的路上去。他讚美骨氣端翔、音情頓挫的作品，他推重建安風骨和正始之音，這是唐代詩歌革命理論的開始。「梁、陳以來，豔薄斯極，將復古道，非我而誰？」李白這幾句話，是陳子昂思想的繼承。所謂復古，實際是革新。後來韓愈、白居易在散文和詩歌上的革命，正是在陳、李的基礎上，作了進一步的提高和發展。從這一點看來，就更可理解陳子昂在唐代文學史上的積極意義和重要地位了。

陳子昂　陳子昂（六六一——七〇二），字伯玉，梓州射洪（今屬四川）人。他出身於豪富之家。少學縱橫之術，又喜修仙訪道。據盧藏用陳氏別傳云：「子昂始以豪子馳俠使氣，至年十七八未知書。嘗從博徒入鄉學，慨然立志，因謝絕門客，專精墳典。數年之間，經史百家，罔不該覽。尤善屬文，雅有相如、子雲之風骨。」在這一段話裏，說明他的生活性格，確實和李白有些近似的地方。他二十四歲中進士，曾任麟臺正字和右拾遺。因爲他的政治生活，都在武則天掌權和稱帝時代，前人譏爲不忠，這是一種封建的正統觀點。實際上，他既不是李唐宗室一派，也不是武則天的忠臣。但他剛強正直，具有政治抱負和政治熱情，在許多篇論政的文章裏，表現他進步的政治見解和關心民間疾苦的胸懷。如安邊、緩刑、除貪等等，一面揭發了當日政治上的弊病，同時也符合人民的利益。不過，他在政治上是失敗的，統治階級並不信任他。陳氏別傳說他「言多切直，書奏輒罷之」，因此他就辭官退隱，回到家鄉，後爲縣令段簡所害，冤死獄中，年四十二歲。

陳子昂兩度出塞，參加戰爭。塞北自然風光的領會，邊區人民苦痛生活和戰士的思想感情的親身體驗，豐富了他作品的思想內容，提高了作品的風格，加強了作品的現實意義。在他的登幽州臺歌、薊丘覽古贈盧居士藏用和感遇詩中的一些優秀篇章裏，具體地反映出他這種精神和力量。這些作品，是他的詩歌革新理論的實踐，是他的具有代表性的詩篇，是由初唐轉變到盛唐詩歌史上的里程碑。

蘭若生春夏，芊蔚何青青。幽獨空林色，朱蕤冒紫莖。遲遲白日晚，嫋嫋秋風生。歲華盡搖落，芳意竟何成？（感遇之二）

蒼蒼丁零塞，今古緬荒途。亭堠何摧兀，暴骨無全軀。黃沙漠南起，白日隱西隅。漢甲三十萬，曾以事匈奴。但見沙場死，誰憐塞上孤？（感遇之三）

丁亥歲云暮，西山事甲兵。贏糧匝邛道，荷戟爭羌城。嚴冬陰風勁，窮岫泄雲生。昏曀無晝夜，羽檄復相驚。拳跼競萬仞，崩危走九冥。籍籍峯壑裏，哀哀冰雪行。聖人御宇宙，聞道泰階平。肉食謀何失，藜藿緬縱橫。（感遇之二九）

南登碣石館，遙望黃金台。丘陵盡喬木，昭王安在哉！霸圖悵已矣，驅馬復歸來。（燕昭王）

前不見古人，後不見來者！念天地之悠悠，獨愴然而涕下。（登幽州臺歌）

在這些詩篇裏，一面批判了現實，反映出人民的苦痛生活；同時通過弔古傷今的情緒，表露出懷才不遇的悲憤。和阮籍詠懷詩的風格是很接近的。但它的社會內容卻比阮詩廣闊得多，同時這些詩絕無齊梁詩的餘風，沒有半點輕靡浮薄的氣息，只是用自然的音調，雄渾有力的語言，自由的格律去表現那慷慨悲涼的情感，然而詩中卻蘊藏着一種高遠的意境與豪放的氣概，充滿着清新強健的生命，正具備着他所說的「骨氣端翔，音情頓挫」的特色。他所提倡的復古，在這裏得到了正確的解釋與證明。新唐書本傳說：「唐興，文章承徐、庾餘風，天下祖尚，子昂始變雅正。」韓愈也說：「國朝盛文章，子昂始高蹈。」（薦士）他們這些評語，並非溢美之辭。在唐詩的發展史上，陳子昂是結束初唐百年間的齊、梁詩風，下開盛唐雄渾浪漫的一派，地位是很重要的。

陳子昂以外，蘇頲、張說、張九齡俱以詩名。其詩雖稍近古雅，究以宮廷詩人的環境（蘇頲封許國公，張說封燕國公。朝廷大作，多出其手，時號燕、許大手筆），未能多所施展，故集中樂章之作，應制之篇，觸目俱是。張說謫居岳州以後，其詩格較高。張九齡（六七三——七四〇），身居相位，其五律也帶着很濃厚的臺閣氣，惟其感遇詩十二首，作風與子昂相近。故後人論初唐詩之轉變者，每以陳、張並稱。

蘭葉春葳蕤，桂華秋皎潔。欣欣此生意，自爾為佳節。誰知林棲者，聞風坐相悅。草木有本心，何求美人折。

江南有丹橘，經冬猶綠林。豈伊地氣暖，自有歲寒心。可以薦嘉客，奈何阻重深。運命唯所遇，循環不可尋。徒言樹桃李，此木豈無陰！

陳子昂所說的齊、梁詩「采麗競繁、興寄都絕」的弊病，在這種詩裏，是革除得很乾淨了。陳子昂、張九齡的感遇詩，都是善用比興手法，抒寫懷抱，語言淳樸深厚，全無六朝綺麗之習，比起初唐四子來，又前進了一大步。清劉熙載藝槩亦云：「唐初四子沿陳、隋之舊，故雖才力迥絕，不免致人異議。陳射洪、張曲江獨能超出一格，爲李杜開先，人文所肇，豈天運使然耶？」這些評語，很能指出他們的作品，在唐詩發展過程中的歷史意義。

最後，還想介紹一下吳中四士。四士是賀知章、張旭、包融和張若虛。他們有的時代比較遲一點，已經到了盛唐，放在這裏，作爲一個附論。四士的詩風雖不盡同，生活的情調，卻有一個共同的傾向，那便是禮俗規律的厭惡與自由閑適的追求。賀知章（六五九——七四四），字季真，會稽（今浙江紹興）人，是一位曾居相位後爲道士的達人。史書上說他清淡風流，晚節尤放曠，遨嬉里巷，自號四明狂客。張旭字伯高，蘇州吳人，是草書大家。嗜酒如命，每醉後號呼狂走乃下筆，世呼爲張顚。他倆都是杜甫醉中八仙歌內的人物。包融，潤州（今江蘇鎮江）人。張若虛（約六六〇——約七二〇），揚州人，也都是性愛山水，喜與道士山人來往，故得與賀、張齊名。或稱「狂客」，或稱「張顚」，可知他們的生活與人生觀，都帶了濃厚的狂放氣質。在他們的作品裏，同樣反映出這樣的情調來。

主人不相識，偶坐為林泉。莫謾愁沽酒，囊中自有錢。（賀知章題袁氏別業）

離別家鄉歲月多，近來人事半銷磨。唯有門前鏡湖水，春風不改舊時波。（賀知章回鄉偶書之一）

旅人倚征櫂，薄暮起勞歌。笑攬清谿月，清輝不厭多。（張旭清谿泛舟）

隱隱飛橋隔野煙，石磯西畔問漁船。桃花盡日隨流水，洞在青谿何處邊？（張旭桃花谿）

武陵川徑入幽遐，中有雞犬秦人家。先時見者為誰耶？源水今流桃復花。（包融武陵桃源送人）

春江潮水連海平，海上明月共潮生。灩灩隨波千萬里，何處春江無月明！江流宛轉遶芳甸，月照花林皆似霰。空裏流霜不覺飛，汀上白沙看不見。江天一色無纖塵，皎皎空中孤月輪。江畔何人初見月？江月何年初照人？人生代代無窮已，江月年年祗相似。不知江月待何人，但見長江送流水。白雲一片去悠悠，青楓浦上不勝愁。誰家今夜扁舟子？何處相思明月樓？可憐樓上月徘徊，應照離人妝鏡台。玉戶簾中捲不去，擣衣砧上拂還來。此時相望不相聞，願逐月華流照君。鴻雁長飛光不度，魚龍潛躍水成文。昨夜閑潭夢落花，可憐春半不還家。江水流春去欲盡，江潭落月復西斜。斜月沉沉藏海霧，碣石瀟湘無限路。不知乘月幾人歸，落月搖情滿江樹。（張若虛春江花月夜）

這些詩完全跳出了初唐的範圍，自成一種格調。賀知章所寫的還鄉感慨，所歌詠的酒杯中的人生，張旭、包融所描寫的深山幽谷的自然情趣，處處都有一種淳樸的意境，毫無那種華靡、塵俗的氣息。張若虛的詩現僅存兩首，以這首長篇歌行而著名。春江花月夜本爲古樂府詩舊題，此詩却有新的內容。全詩以清麗的詞采，和諧的旋律，善於變化的文境，寫出了春江月夜的美景和感染人心的畫面，由此並聯繫到哲學的意蘊。其中雖也有閨情離愁的描寫，但比起齊、梁宮體詩的輕浮柔豔來，感情却要純淨得多，只是詩中還含有世事無常的消極因素。再有劉希夷，詩歌的風格與張若虛近似。他字延之，汝州（今河南臨汝）人。是宋之問的外甥。其詩多寫閨情。由他的代白頭吟、代閨人春日、春女行諸作，可以看出他的詩風。相傳他的代白頭吟中有「年年歲歲花相似，歲歲年年人不同」句，爲宋之問所愛，知其未傳於人，向他懇求，他不肯，竟爲之問用土囊壓殺。死時年未三十。（唐才子傳）這首詩有些辭句雖很清麗，但總的情調却很低沉，風格亦不高。

第十四章　盛唐詩人與李白

一　緒說

初唐時代，封建統治者爲了緩和階級矛盾，採取了一系列的安定社會和恢復、發展社會經濟的措施，在一定程度上照顧到農民的生活要求，這不僅有助於唐代政權基礎的鞏固，並且有效地促進了生產力的發展與封建經濟的繁榮。統治階級政權內部雖隱伏着危機，然這一時期的社會經濟是一直上升的。再加以對外軍事的勝利發展，到了八世紀上半期的四五十年間，唐帝國達到了昌盛強大富庶繁榮的頂點，這就是中國歷史上所稱道的「開、天盛世」。杜甫在憶昔詩中說：「憶昔開元全盛日，小邑猶藏萬家室。稻米流脂粟米白，公私倉廩俱豐實。九州道路無豺虎，遠行不勞吉日出。齊紈魯縞車班班，男耕女織不相失。」從這詩中反映出來的生活安定經濟繁榮的社會面貌，一面固然與當日比較開明的政治有關，主要還是廣大勞動人民辛勤勞作的成果。在這一個新的時代環境裏，我們可以體會到人民力量的強大，民族自信心的強烈，青年人對事業前途的追求與渴望以及知識分子的積極、樂觀的精神。這些精神面貌，在當日許多詩人的作品中，作了不同程度的反映。

初唐時期，是唐詩的準備時代。經過了四傑、沈、宋等人的努力以及陳子昂的詩歌革新，一面是在詩歌的各種形式上奠定了堅實的基礎，同時初步批判了六朝華靡柔弱的文風，突破了齊、梁宮體的束縛，明確了詩歌的前進方向。詩歌經過了這樣長期的準備與鍛鍊，在豐富的藝術基礎上，到了八世紀上半期，許多青年詩人在各方面成長起來。他們都以豐富的生活內容，飽滿熱烈的感情，完整成熟的形式，精煉優美的技巧，明朗的風格，生動的語言，歌唱這個新的時代，吐露出各種不同的和聲。在詩歌史上，於是從初唐進入了盛唐。

盛唐產生了許多重要的詩人，作品的內容非常充實，風格也是多樣性的，但在這複雜的現象中，可以看出兩個主要的傾向。一個是描寫邊塞風光、戰爭生活的岑、高詩派，一個是描寫退隱生活、田園山水的王、孟詩派，李白是集其大成，包羅萬象，成爲這一時代詩人的代表。

邊塞詩歌在這一時期特別興盛起來，是有其歷史原因的。從唐初開始，就不斷地發動對外作戰，並且取得了勝利，提高了唐帝國的地位。那些戰爭的性質雖有不同，但主要的動力，是解除外族的侵擾，保衞邊境的安全，尤其在西域發展的結果，對於國際商業的發達和中西文化的交流，起了很大的推動作用。到了八世紀上半期，戰爭仍在進行。特別是開元三年爭奪拔汗那（即古烏孫）之戰，天寶六載高仙芝征小勃律之戰，都具有解除外族威脅、保衞國境安全的積極意義（當日也有些戰爭是屬於侵略性的，如天寶十三載的征南詔，就是一例）。在這種歷史情況下，由於民族意識的高揚，國力的向上，詩人們勇敢地走向戰場，走向塞漠，把他們親身所體驗到的戰爭場面、塞外風光、邊區人民的生活面貌以及征人離婦的別恨鄉情，發之於詩歌，有的雄奇，有的清怨，在表達民族意識、愛國精神的基礎上，也從側面反映出戰爭生活帶來的苦痛和人民傷別的感情，使這些詩篇，呈現出深廣的內容和鮮明的時代色彩。從軍、出塞幾乎成爲當日每一個詩人的題材，成爲一種風氣，在許多並沒有參加過戰爭的詩人們的集子裏，也有不少這一類的作品，然真能作爲這一派詩歌的代表的，是岑參與高適。他們的特色，是在於他們有真實的生活內容，有邊塞風光和戰爭生活的體驗與實踐，因此在他們的作品裏，充滿了生動、形象的描寫，富於藝術的感染力量。

其次，在八世紀上半期興起來的田園詩歌，也有它的思想基礎。描寫田園風景、農村生活的詩歌，起於陶淵明。在東晉末年那樣黑暗離亂的社會裏，在當日充滿着壓迫和諂媚逢迎的虛僞社會裏，陶淵明的那些作品，對醜惡的現實，具有反抗的意義。八世紀盛唐時代的田園詩歌，其思想基礎和陶詩却很有不同。在盛唐的富庶繁榮的社會裏，那些大官僚地主，或者在政治上受了某些挫折，或者在思想上受了佛道的影響，退居田園，優遊林下，逃避現實追求個人的超脫，田園山水便成爲他們靈魂活動的小天地，便成爲他們詩歌中的主要題材。

在當時還有一種流行的風氣，把科舉與隱逸，看作是進入政治舞台兩條不同的道路。科舉考試固然是干祿的正途，隱居山林，同樣也是成名獵官的捷徑。因此有許多人不去應試，住在深山幽谷，等到名氣大了，自然有州郡來推薦他，朝廷來徵辟他。有了這種思想所趨社會所重的背景，於是隱逸之風盛極一時。如盧藏用爲左拾遺，鄭普思爲祕書監，葉靜能爲國子祭酒，吳筠爲翰林待詔，都是走的這條路。新唐書盧藏用傳說：「司馬承禎嘗召至闕下，將還山，藏用指終南曰：『此中大有嘉處。』承禎徐曰：『以僕視之，仕宦之捷徑耳。』」所謂「終南捷徑」，正是當時這種思想的鮮明反映。隱士的生活是同田園山水分不開的，這些都是盛唐田園詩歌的思想、生活的基礎。王維的隱輞口，孟浩然的隱鹿門，儲光羲的隱終南，顧況的隱茅山，有的是官成身退，有的是身在江湖，各人的情況雖有所不同，他們那樣的生活環境和思想感情，決定了他們作品的內容與風格，這是可以理解的。這派的詩人很多，藝術的技巧也很高，但無可否認，他們的這一類作品，從思想性來說，具有脫離現實的傾向。從整體說來，邊塞詩歌比較富於積極的進取的精神，這一派的作品，則多少帶有個人的消極傾向。在這一方面，王維正是這一派詩人的代表。

另外，我們還要注意的，是當代儒、道、佛三教的自由發展，形成一些知識分子思想上的解放，追求曠達的生活，結果是流於放縱與佯狂，輕視一切的禮法和規律，狎妓飲酒，避世逃禪，使氣任俠，修仙訪道，在他們的生活與思想上，呈現出濃厚的清狂放誕的氣質。杜甫的飲中八仙歌云：

> 知章騎馬似乘船，眼花落井水底眠。汝陽三斗始朝天，道逢麴車口流涎，恨不移封向酒泉。左相日興費萬錢，飲如長鯨吸百川，銜杯樂聖稱避賢。宗之蕭灑美少年，舉觴白眼望青天

，皎如玉樹臨風前。蘇晉長齋繡佛前，醉中往往愛逃禪。李白一斗詩百篇，長安市上酒家眠；天子呼來不上船，自稱臣是酒中仙。張旭三杯草聖傳，脫帽露頂王公前，揮豪落紙如雲煙。焦遂五斗方卓然，高談雄辯驚四筵。

這是一幅當日部分知識分子生活的真實圖畫。其中有親王宰相，有佛徒道士，有詩人畫家，是比較有代表性的。杜甫在這裏的描寫，雖只就其飲酒一項，然而在這些詩句裏，我們可以窺見他們人生觀的縮影。他們的眼裏沒有皇帝王公，沒有禮法名教，欣賞而追慕的是任性和曠達。這樣的生活、思想，對於當代詩歌的內容和風格，也起了一定的影響和作用。

二　王孟詩派

王維　王維（七〇一——七六一），字摩詰，原籍祁人，其父遷家於蒲（今山西永濟），遂爲河東人。他同王勃一樣，是一個早熟的作家。史家稱他九歲知屬辭，或許不是誇張。現其集中尙存着幾首少年時代的作品，如題友人雲母障子詩、過秦王墓詩，爲十五歲作；洛陽女兒行，十六歲作；九月九日憶山東兄弟，十七歲作；桃源行、李陵詠諸篇，十九歲作。這些詩都很成熟，不露稚氣，由此可見他的才情。他十九歲赴京兆府試，中了第一名的解頭。唐詩紀事引集異記云：「維未冠，文章得名，妙能琵琶。春之一日，岐王引至公主第，使爲伶人，進主前。維進新曲，號鬱輪袍，並出所爲文。主大奇之，令宮婢傳教，召試官至第，諭之作解頭登第。」世人因以此病其人品，實爲苛求；有人替他辯誣，也可不必。當日樂歌極爲發達，君主貴族都提倡獎勵，在社會上成爲一種風氣，何足爲奇。二十一歲，他舉進士，初爲大樂丞，因伶人舞黃獅子坐累，謫濟州司倉參軍。後妻死，不再娶。開元二十二年，張九齡爲相，擢維爲右拾遺。王維對於張九齡有知遇之感，並且很佩服他的政治才能和見解。後張九齡失勢，貶荊州長史，王維有詩云：「所思竟何在，悵望深荊門。舉世無相識，終身思舊恩。方將與農圃，藝植老丘園。目盡南無雁，何由寄一言？」（寄荊州張丞相）在這裏可以看出他們的政治關係和深厚感情。天寶十一載，他拜文部郎中，遷給事中，時弟縉爲侍御史，同爲時人所景仰。舊唐書本傳說：「維以詩名，盛於開元、天寶間。昆仲宦遊兩都，凡諸王駙馬豪右貴勢之門，無不拂席迎之，寧王、薛王待之如師友。」這是他在宦途中最得意的時期。可是這時期並不長久，天寶十四載，安祿山反，陷長安，維爲所獲，服藥下痢，僞稱瘖病，被拘禁於古寺中，但仍被迫任僞職。曾有詩一章寄其感慨：「萬戶傷心生野煙，百官何日再朝天。秋槐花落空宮裏，凝碧池頭奏管絃。」後來亂平，因以此詩獲宥，降職爲太子中允。他本好佛學，晚年尤甚。舊唐書本傳說：「弟兄俱奉佛，居常蔬食，不茹葷血。晚年長齋，不衣文綵。在京師日飯十數名僧，以玄談爲樂。齋中無所有，唯茶鐺藥臼經案繩床而已。退朝之後，焚香獨坐，以禪誦爲事。」這正是他晚年生活的寫照。並得宋之問的藍田別墅，在輞口，山水奇勝。日與道友裴迪浮舟往來，彈琴賦詩，以此自樂。這就是他的官成身退、優遊林下的隱士生活。他在山中與裴秀才迪書中，描寫那地方的風物和他個人的生活心境。節錄於下：

夜登華子岡，輞水淪漣，與月上下。寒山遠火，明滅林外。深巷寒犬，吠聲如豹。村墟夜春，復與疎鐘相間。此時獨坐，僮僕靜默，多思曩昔攜手賦詩，步仄徑臨清流也。當待春中草木蔓發，春山可望，輕鯈出水，白鷗矯翼，露濕青皐，麥隴朝雊，斯之不遠，儻能從我遊乎？

這是一首優美的散文詩，文字清麗，意境高遠，是山水小品中的佳作。他就死在這一個小天地裏，年六十一歲。（舊唐書說卒於肅宗乾元二年七月，卽公元七五九年。但其集中有謝弟縉新授左散騎常侍狀一文，尾署年月，爲上元二年五月四日，卽公元七六一年。舊唐書所說的乾元二年，想係上元二年之誤。）王維之任尚書右丞，正是乾元二年。

研究王維，必須注意他的生活、思想變化的過程，和他創作道路的重要聯繫。他的青少年時代，是有積極的人生態度和政治抱負的。在他前期的作品裏，有隴西行、燕支行、從軍行、隴頭吟、老將行、少年行、使至塞上、觀獵一類關於邊塞、游俠的詩篇，運用各種形式，描寫多方面的題材，其中七言歌行，筆意酣暢，具有岑、高詩派的雄渾之氣。如老將行云：

少年十五二十時，步行奪得胡馬騎。射殺山中白額虎，肯數鄴下黃鬚兒。一身轉戰三千里，一劍曾當百萬師。漢兵奮迅如霹靂，虜騎奔騰畏蒺藜。衞青不敗由天幸，李廣無功緣數奇。自從棄置便衰朽，世事蹉跎成白首。昔時飛箭無全目，今日垂楊生左肘。路傍時賣故侯瓜，門前學種先生柳。蒼茫古木連窮巷，寥落寒山對虛牖。誓令疏勒出飛泉，不似潁川空使酒。賀蘭山下陣如雲，羽檄交馳日夕聞。節使三河募年少，詔書五道出將軍。試拂鐵衣如雪色，聊持寶劍動星文。願得燕弓射大將，恥令越甲鳴吾君。莫嫌舊日雲中守，猶堪一戰立功勛。

老將行本是唐樂府新題。作者以圓熟流暢的技巧，吸收了樂府詩的優點，借李廣、魏尙等的史實，賦予全詩以故事色彩。筆力高舉，風格豪放。詩中通過一位爲國立功、白首沉淪的老將的不幸遭遇，揭示了統治者的冷淡無情。詩人的託古諷今的意圖是極爲明顯的。觀獵、使至塞上二律，表現出作者的積極精神，形象鮮明，氣勢雄偉，是很優秀的作品。「大漠孤烟直，長河落日圓」二語，尤爲寫景名句。但王維到了後期，生活思想起了變化，政治上的挫折，妻子死去給他心靈上的創傷，更重要的是佛教思想的影響，使他晚年趨於消極，而成爲他的主導思想和藝術精神的基礎。王維是封建社會某種官僚士大夫的典型。他具備着內佛外儒、患得患失、官成身退、保全天年這些特點。他對於現實感到不滿，也有不願同流合污的心情，但對於統治階級的態度，始終是妥協的，動搖的，缺少鬭爭的力量。他不滿意李林甫，還是要歌誦，不滿意安祿山，還是要敷衍，變亂以後，還是留戀功名。他既沒有李白那種積極的浪漫精神，更沒有杜甫那樣的愛國愛民的熱烈情緒和鮮明傾向。最後只能皈依佛教，退隱田園，避開人世的紛擾，用山水的美景來自我陶醉。如「晚年惟好靜，萬事不關心」、「中歲頗好道，晚家南山陲」、「寂寥天地春，心與廣川閑」這些詩句，正是他晚期全部人生與藝術的具體說明。生活思想起了巨大的變化，作品的內容與風格，必然也要發生變化。他於是集中一切的藝術力量，追求和表現自然景色的靜美境界，作爲他精神上的安慰與寄託。正因如此，王維在後期完全離開了現實，因而安、史大亂的社會生活，不能在作品中有所反映，而成爲有名的隱居詩人了。

但就王維的詩歌藝術來說，真能代表他的特色的，還得推他後期的作品。這些作品，具有他自己的鮮明的個性和獨創的風格。在他晚年那樣的生活環境裏，對於自然美有深切的體會，他以具有高度表現能力的詩歌語言，在山水田園的描寫上，達到了很高的藝術成就。他詩歌的最見功力處，正如清人沈德潛所說「正從不着力處得之」。（唐詩別裁集）這就是他的精煉而不雕飾，明淨而不淺露，自然而不拙直。因此，王維在中國詩史上，仍然具有他自己的地位。

王維是一個詩歌、音樂、圖畫、書法兼長的多才多藝的藝術家。如他的詩歌曾爲當時梨園樂工如李龜年等所傳唱，他那首著名的「渭城朝雨浥輕塵，客舍青青柳色新。勸君更盡一杯酒，西出陽關無故人」（送元二使安西），即被配上樂譜，成爲大衆愛唱的陽關三疊，這一方面由於他能吸取民歌的長處。又如他的山水畫和他的田園詩，發生密切的聯繫。蘇東坡說他「詩中有畫，畫中有詩」

，是不錯的。畫和詩在名義上雖不同，然在作家的心情與意境的表現上是一致的。新唐書本傳說：「維工草隸，善畫，名盛於開元、天寶間，……畫思入神。至山水平遠，雲勢石色，繪工以為天機所到，學者不及也。」他自己也說過：「凡畫山水，意在筆先。」（畫學祕訣）「意在筆先」，是他繪畫的祕訣，也就是他作詩的祕訣。意就是一種形象思維，使讀者觀者可以在他的作品中通過欣賞，得到契合，也就是所謂神悟。這一派的手法，同寫實派的手法不同。他有雪中芭蕉一幀，極負盛名，這正證明他的藝術是着重於意境的象徵，而不着重於飾繪，他的詩的特色，也就在這一點。他的時代，正是李思訓父子代表的古典畫派極盛的時代，這一派的特色，是用着細密刻劃的筆法，遵守着嚴謹的格律，塗着濃烈的青綠金碧的顏色，呈現着典麗的畫院氣息。這一種畫，同當日宮廷詩人所寫的駢麗雕琢的詩賦，正是同一典型。到了王維，乃師法吳道子的畫派而又加以變化，遂以蕭疏清淡的水墨畫與之對抗，一反當日著色畫派的刻劃鈎研之風，而成為南宗之祖。如宋之董源、米芾，元之倪瓚、黃公望，明之董其昌這些大家，都是他的繼承者。因為他愛山水，愛高潔，愛佛，所以山水雪景及佛像成為他畫中的主要題材。這些題材，也正是他詩歌中的主要題材。

我們先瞭解王維在繪畫上的成就，再來讀他的詩，是較為方便的。因為他在繪畫與作詩的造境與用筆上，是取着同一的態度。他所追求的，是人人懂得而又是人人寫不出的一種自然的意境，他鄙視那種刻意追求外貌，缺乏畫家自己的構思、自己的內在因素的形象，後人稱道他的作品有神韻有情味，便是指的這一點。

空山不見人，但聞人語響。返景入深林，復照青苔上。（鹿柴）
秋山斂餘照，飛鳥逐前侶。彩翠時分明，夕嵐無處所。（木蘭柴）
木末芙蓉花，山中發紅萼。澗戶寂無人，紛紛開且落。（辛夷塢）
人閑桂花落，夜靜春山空。月出驚山鳥，時鳴春澗中。（鳥鳴磵）
荊溪白石出，天寒紅葉稀。山路元無雨，空翠濕人衣。（山中）

五言小詩，因字句過少，在詩體中，最難出色。而王維以過人之筆，在這方面得到了很高的成就。他用二十個字，表現那一霎那的自然現象，無論一塊石，一溪水，一枝花，一隻鳥，都顯現着各自的生命，同作者的生活心境，完全調和融洽。每首詩雖只是在那裏表現自然界的景物，而無處不有作者的生活與性格的特徵。

王維不但善於描繪自然，抒情詩也非常優美。他在這方面多運用七言絕句的形式。如送元二使安西一首，言淺意深，宛轉動人，深得民歌的神髓。再如：

楊柳渡頭行客稀，罟師蕩槳向臨圻。惟有相思似春色，江南江北送君歸。（送沈子福之江東）
送君南浦淚如絲，君向東州使我悲。為報故人顦顇盡，如今不似洛陽時。（送別）

在這些詩裏，作者善於用淺顯的詩歌語言，表達深厚的感情，言有盡而意無窮，給人一種抒情詩中獨有的美感。這些詩的情調，和上面所述的那些五言絕句，是迥然不同了。

五七絕以外，王維的五律也很有名。他能不受格律的拘束，運用自如，使他的律詩和他的絕句一樣，呈現出鮮明的性格。

太乙近天都，連山到海隅。白雲迴望合，青靄入看無。分野中峯變，陰晴眾壑殊。欲投人處宿，隔水問樵夫。（終南山）

空山新雨後，天氣晚來秋。明月松間照，清泉石上流。竹喧歸浣女，蓮動下漁舟。隨意春芳歇，王孫自可留。（山居秋暝）

寒山轉蒼翠，秋水日潺湲。倚杖柴門外，臨風聽暮蟬。渡頭餘落日，墟里上孤煙。復值接輿醉，狂歌五柳前。（輞川閒居贈裴迪）

清川帶長薄，車馬去閒閒。流水如有意，暮禽相與還。荒城臨古渡，落日滿秋山。迢遞嵩高下，歸來且閉關。（歸嵩山作）

這些詩在他的五律中，固然仍表現出他特有的素淨流動的藝術風格；但在內容上，却已顯出對現實冷淡的衰退精神和低沉情調了。

總之，王維是盛唐時代的一個比較全面的藝術家，他的詩歌能夠吸收和學習前代的作家、作品如陶淵明、謝靈運及樂府民歌的優點，創造出他自己的特色。特別是他的山水詩，具有鮮明的性格。其中所雜有的消極的思想因素，那是非常顯著的。

孟浩然 孟浩然（六八九——七四〇），襄州襄陽（今屬湖北）人。他是王維的詩友，與王維齊名，世稱王孟。孟浩然的歷史很簡單，舊唐書說他「隱鹿門山，以詩自適。年四十，來遊京師。應進士，不第，還襄陽。張九齡鎮荊州，署爲從事，與之唱和，不達而卒。」唐人王士源在孟浩然集序中說他「骨貌淑清，風神散朗」。寥寥八字，可以作孟的人貌詩境的綜述。

王維與孟浩然的隱居生活與藝術風貌，有共同的地方，但也有差別。王維的退隱，是官成身退的優遊生活，是一個飽嘗官場風味而皈依於佛教思想與山水世界的居士，所以他「心安理得」，他的心境與詩風，都能達到恬靜與平淡的境界。孟浩然卻有儒家的入世思想，他有詩云：「惟先自鄒魯，家世重儒風。……感激遂彈冠，安能守固窮。」（書懷貽京邑故人）他四十歲前，受了當日隱逸的風氣，在鹿門山住了多年，在遊山玩水之餘，正在努力讀書，作考試的準備。他有詩云：「晝夜常自強，詞賦頗亦工。」「爲學三十載，閉門江漢陰。」可見他確是有進取之心的。四十歲，到長安考進士落第後，知道事無可爲，再回到故鄉，追步龐德公、陶淵明的後塵，真正地作了鹿門山的隱士。所以在他的生活思想中，交織着複雜的矛盾。他的矛盾，主要表現在退隱和進取的思想鬬爭上。

八月湖水平，涵虛混太清。氣吞雲夢澤，波撼岳陽城。欲濟無舟楫，端居恥聖明。坐觀垂釣者，徒有羨魚情。（望洞庭湖贈張丞相）

北闕休上書，南山歸敝廬。不才明主棄，多病故人疎。白髮催年老，青陽逼歲除。永懷愁不寐，松月夜窗虛。（歲暮歸南山）

寂寂竟何待，朝朝空自歸。欲尋芳草去，惜與故人違。當路誰相假？知音世所稀。祇應守索寞，還掩故園扉。（留別王侍御維）

拂衣去何處，高枕南山南。欲徇五斗祿，其如七不堪。早朝非晏起，束帶異抽簪。因向智者說，游魚思舊潭。（京還贈張維）

在這四篇詩裏，反映出孟浩然矛盾的思想和寂寞苦悶的心情。羨魚之情的表露，明主之棄的哀怨，知音之稀的嗟歎，對封建官場的不滿，都是他這種心境的真實表白；因此，在他的詩篇裏，有時是非常平淡，有時又是情感激昂，這就很容易理解了。到了四十歲後，他才逐步在生活的矛盾中，求得了統一。他有詩云：「嘗讀高士傳，最嘉陶徵君，日躭田園趣，自謂羲皇人。」（仲夏歸南園寄京邑舊遊）「歸來臥青山，常夢遊清都，漆園有傲吏，惠我在招呼。」（與王昌齡宴黃十一）這都是他追求功名失敗以後，所謂「祇應守索寞，還掩故園扉」的後期的心境的表露。毫無疑問，他心中是隱藏着一種懷才不遇人生失意的隱痛的。他的隱痛，正是封建社會埋沒人才的悲劇。他有學問，也有用世之心，因爲自己不肯諂媚逢迎，所以失敗了。

上面所說的，是對於孟浩然人生觀的認識；孟詩的特色，是風格明朗，語言清澈，感情純摯，情景交融。他是五言體的專長者，在他的二百多首詩中，七言各體，一共不到二十首，可見他對於五言方面的努力。夜歸鹿門山歌、送杜十四之江南是七言中的佳作。

北山白雲裏，隱者自怡悅。相望試登高，心隨雁飛滅。愁因薄暮起，興是清秋發。時見歸村人，沙行渡頭歇。天邊樹若薺，江畔舟如月。何當載酒來，共醉重陽節。（秋登蘭山寄張五）

夕陽度西嶺，羣壑倏已暝。松月生夜涼，風泉滿清聽。樵人歸欲盡，煙鳥棲初定。之子期宿來，孤琴候蘿逕。（宿業師山房待丁公不至）

故人具雞黍，邀我至田家。綠樹村邊合，青山郭外斜。開軒面場圃，把酒話桑麻。待到重陽日，還來就菊花。（過故人莊）

移舟泊煙渚，日暮客愁新。野曠天低樹，江清月近人。（宿建德江）

這些詩最能表現孟詩的特色。他有意學陶，上列諸篇，也確有陶風。但他另有些詩，卻近於謝靈運。如彭蠡湖中望廬山、夜泊宣城界、宿天台桐柏觀諸篇，便能體會出謝詩的面目。陶詩着力於寫意，謝詩着力於寫貌。杜甫在遣興詩中贊歎他云：「賦詩何必多，往往凌鮑謝。」這老人的眼光是深銳的。除了這類「閑遠」的詩以外，孟浩然又能寫出富於感慨和熱情的詩篇。如宿桐廬江寄廣陵舊游、早寒江上有懷、與諸子登峴山諸律，弔古傷懷，感歎身世，寫景抒情，筆意高遠。較之上述諸詩，別具風格。茲舉宿桐廬江寄廣陵舊游爲例：

山暝聽猿愁，滄江急夜流。風鳴兩岸葉，月照一孤舟。建德非吾土，維揚憶舊游。還將兩行淚，遙寄海西頭。

儲光羲　王、孟以外，在這一派詩人中較有成就的，是儲光羲（七〇七——約七六〇）。他是兗州（今山東曲阜）人，開元進士，做過幾次小官，退隱終南，後復出，遷監察御史。安祿山亂，陷賊，事平下獄，貶死嶺南。他有遊茅山詩五首，表白他愛好自然追求閑適的心境。他的特色，是注意於田園生活的描寫，農夫、樵子、漁父、牧童，都成了他作品的題材，他在這方面，曾有過觀察與表現，在藝術技巧上得到了一定的成就。在他的集子裏，有樵父詞、漁父詞、牧童詞、采蓮詞、采菱詞、釣魚灣、田家卽事、田家雜興、田家卽事答崔二東皋作諸篇，都是他在這方面的表現。

垂釣綠灣春，春深杏花亂。潭清疑水淺，荷動知魚散。日暮待情人，維舟綠楊岸。（釣魚灣）

梧桐蔭我門，薜荔網我屋。迢迢兩夫婦，朝出暮還宿。稼穡既自務，牛羊還自牧。日旰懶耕鋤，登高望川陸。空山足禽獸，墟落多喬木。白馬誰家兒，聯翩相馳逐。（田家雜興八首之

七）

種桑百餘樹，種黍三十畝。衣食既有餘，時時會親友。夏來菰米飯，秋至菊花酒。孺人喜逢迎，稚子解趨走。日暮閑園裏，團團蔭榆柳。酩酊乘夜歸，涼風吹戶牖。清淺望河漢，低昂看北斗。數甕猶未開，明朝能飲否？（同上之八）

這些詩固然都能表現他的樸質的風格，在藝術上也有他的特色；但我們要注意的，作者雖努力於農村生活的觀察與描寫，然而他所看到寫到的，只是和平與安閑的一面，農民的疾苦與窮困的另一面，作品中並沒有接觸和反映。只將農村的生活，作爲自己欣賞的對象，作爲自己生活的安慰與娛樂，這是這一派詩人的階級局限。

另外還有裴迪、丘爲、祖詠、綦毋潛諸人，都是這一派的詩人，並且都是王維的詩友，如丘爲的「春風何時至，已綠湖上山。湖上春既早，田家日不閑。溝塍流水處，耒耜平蕪間。薄暮飯牛罷，歸來還閉關。」（題農父廬舍）境界、情趣、筆調，都和王維很接近，但因爲他們作品沒有多大特色，所以不講了。再如劉長卿、韋應物、柳宗元諸家，有的時代較晚，已入中唐，但其詩風，與王、孟有近似之處，所以也附論在這裏了。

劉長卿　劉長卿（七〇九——七八〇），字文房，河間（今屬河北）人，開元二十一年進士。前人歸之於中唐，其實他在開元、天寶間，已享盛名。專長五言，有五言長城之稱。他在詩的表現方面，範圍雖極廣泛，而田園山水的描寫，較爲優秀。其五言絕句，意境高遠，表現細微，具有王維的特色。

日暮蒼山遠，天寒白屋貧。柴門聞犬吠，風雪夜歸人。（逢雪宿芙蓉山主人）

悠悠白雲裏，獨住青山客。林下畫焚香，桂花同寂寂。（寄龍山道士許法稜）

蒼蒼竹林寺，杳杳鐘聲晚。荷笠帶夕陽，青山獨歸遠。（送靈澈上人）

空洲夕煙斂，望月秋江裏。歷歷沙上人，月中孤渡水。（江中對月）

造意遣辭，無不精微妥貼，用筆簡淡，清切自然，形成優美的形象。他的五律，高仲武說他十首以上，有語意稍同之病（見中興閒氣集劉長卿詩評）。在他那樣多的作品裏，找出幾個雷同的例子是很容易的，但不能因此便抹煞他律詩的價值。

寂寞江亭下，江楓秋氣斑。世情何處澹，湘水向人閑。寒渚一孤雁，夕陽千萬山。扁舟如落葉，此去未知還。（秋杪江亭有作）

王維的心境是愛靜，他在詩裏所表現的是靜的境界；劉長卿所愛的是閑，對於一切的態度是淡，所以在他的詩裏，所表現的是閑與淡的境界。閑是閑適，淡是淡薄，這都是佛家、道家消極人生觀的反映。但如穆陵關北逢人歸漁陽、送李中丞之襄州諸律，筆力俊拔，另有一種氣象。又如他的七言小詩：「寂寂孤鶯啼杏園，寥寥一犬吠桃源。落花芳草無行處，萬壑千峯獨閉門。」（題鄭山人幽居）這詩雖很有名，其實也只表現出逃避現實的詩境。但我們如果讀一讀他的那首過賈誼宅的七律，則可見詩人胸中，也還有一腔抑鬱不平之氣。「寂寂江山搖落處，憐君何事到天涯。」寫出了自己的懷抱。

韋應物　韋應物（七三七——約七八六），京兆長安（今陝西西安）人。曾任滁州、江州、蘇州刺史，故世稱韋蘇州或韋江州。其卒年約在貞元初期，卽在蘇州刺史任後一二年間。後人誤以劉禹錫於大和六年所作的蘇州舉韋中丞自代文中所稱的「韋應物」混爲一人（見余嘉錫氏四庫提要辨證卷二十）。

前人對應物的詩，多有好評，如白居易說他的五言「高雅閑淡，自成一家之體。」蘇東坡有詩云：「樂天長短三千首，卻遜韋郎五字詩。」可知韋應物是長於五言，同當日的劉長卿，稱爲五言的雙璧，並以描寫山水田園爲主體。陳師道後山詩話云：「右丞、蘇州，皆學於陶。」張戒歲寒堂詩話云：「韋蘇州詩韻高而氣清，王右丞詩格老而味長，雖皆五言之宗匠，然互有得失，不無優劣。以標韻觀之，右丞遠不逮蘇州；至于詞不迫切而味甚長，雖蘇州亦所不及也。」可見前人對他作品評價之高。史書上說他性高潔，所在焚香掃地而坐。唯顧況、劉長卿之儔，得廁賓客，與之酬唱。其詩澹遠清瑟，人比之陶潛。四庫總目提要說韋詩「源出於陶而鎔化於三謝，故真而不樸，華而不綺。」不錯，陶淵明是他所景仰的。無論在人生觀上，在風格上，他都有意學陶。擬古詩十二首、與友生野飲效陶體、效陶彭澤、雜體五首諸篇，都是他有意學陶的證明。

今朝郡齋冷，忽念山中客。澗底束荊薪，歸來煮白石。欲持一瓢酒，遠慰風雨夕。落葉滿空山，何處尋行跡。（寄全椒山中道士）

吏舍跼終年，出郊曠清曙。楊柳散和風，青山澹吾慮。依叢適自憩，緣澗還復去。微雨靄芳原，春鳩鳴何處。樂幽心屢止，遵事跡猶遽。終罷斯結廬，慕陶眞可庶。（東郊）

在這類詩中，表現出詩人的閒適生活與心境，表現出澹遠的詩風。他的絕句，也有很好的作品。如滁州西澗云：「獨憐幽草澗邊生，上有黃鸝深樹鳴。春潮帶雨晚來急，野渡無人舟自橫。」其寫景之工，造意之美，尤爲後人所傳誦。

韋應物在田園風物的題材外，還寫了一些關心人民疾苦、反映社會生活的優秀作品。如：

官府征白丁，言采藍溪玉。絕嶺夜無家，深榛雨中宿。獨婦餉糧還，哀哀舍南哭。（采玉行）

微雨眾卉新，一雷驚蟄始。田家幾日閑，耕種從此起。丁壯俱在野，場圃亦就理。歸來景常晏，飲犢西澗水。飢劬不自苦，膏澤且為喜。倉廩無宿儲，徭役猶未已。方慚不耕者，祿食出閭里。（觀田家）

這類作品同他那些描寫田園生活和閒適心情的詩篇，思想內容和藝術風格，都大有不同。在這些詩句裏，透露出作者同情勞動人民的思想感情，賦予作品以較深厚的現實意義。「身多疾病思田里，邑有流亡愧俸錢」（寄李儋、元錫），更表現了他關心現實、感歎身世的胸懷。再如始至郡、雜體諸詩，也都是比較優秀的作品。

柳宗元是唐代的散文大家，與韓愈並稱。他的詩也很有成就，因爲他晚年貶居永州、柳州，放浪山水之間，頗多山水之作。他學陶，但也學謝。如初秋夜坐贈吳武陵、晨詣超師院讀禪經、酬巽上人以竹間自採新茶見贈酬之以詩、界圍巖水簾、法華寺石門精室、遊朝陽巖遂登西亭、湘口館瀟湘二水所會、登蒲州石磯、與崔策登西山、遊南亭夜還敍志諸篇，與謝靈運相近。然其小詩，多爲表現一霎那的自然景物，一反其刻劃之風。

千山鳥飛絕，萬徑人蹤滅。孤舟蓑笠翁，獨釣寒江雪。（江雪）

宿雲散洲渚，曉日明村塢。高樹臨清池，風驚夜來雨。余心適無事，偶此成賓主。（雨後曉行獨至愚溪北池）

漁翁夜傍西巖宿，曉汲清湘燃楚竹。煙銷日出不見人，欸乃一聲山水綠。迴看天際下中流，巖上無心雲相逐。（漁翁）

他另有田家三首，詩題雖與儲光羲所用者相同，然其態度則相反。儲所寫者只有農家生活的和平與快樂的一方面，而柳則寫其困苦。第一首有句云：「竭茲筋力事，持用窮歲年。盡輸助徭役，聊就空舍眠。」第二首有云：「蠶絲盡輸稅，機杼空倚壁。里胥夜經過，雞黍事筵席。各言長官峻，文字多督責。」關懷民生，辭意深厚。與當日白居易、張籍的新樂府運動的精神相通。柳宗元具有進步的思想和改革政治的熱情，因遭受到嚴重的迫害，流竄於荒山僻野之間，其山水之作，寄寓着悲憤之情。在他的散文裏，有許多批判現實、反映社會生活的優秀作品。他的詩歌內容，雖較爲窄狹。從總的傾向來說，詩文的精神基本上是一致的。在登柳州城樓寄漳汀連封四州刺史、別舍弟宗一的詩篇裏，顯露着詩人抑鬱不平和遠謫懷鄉的深厚感情。「一身去國六千里，萬死投荒十二年」、「遠樹重遮千里目，江流曲似九迴腸。共來百越文身地，猶自音書滯一鄉」，語意沉痛，感人至深。前人常以陶、謝、柳、韋相提並論，在刻劃自然景色的藝術技巧上，確有某些相同之處。但就其政治態度和文學創作精神來說，他有他自己的特色。把他歸於王、孟詩派，實際是不妥當的。

此外，在顧況的集中，也有一些好的山水詩，同時他又寫了許多反映社會生活的作品，如囝、公子行等，這些詩的藝術成就雖不很高，但仍然值得我們注意。

由上面的敘述，關於王、孟詩派的特徵，其主要傾向，大略可以概括爲下列幾點：

一、詩體以五言爲主。

二、風格主要是恬靜清樸，而少奔放雄渾之風。

三、題材偏重於山水風景的描寫與田園生活的欣賞。

四、作者的人生觀，大都接近佛道和退隱思想。他們追求清靜閑適的精神生活，作品的內容，一般缺少現實社會的反映與批判，因而創作態度上表現出個人的消極的傾向，王維在這方面尤爲顯著；但他們的藝術技巧都有較高的成就。

三　岑高詩派

與當日王、孟詩派相反的，是以樂府歌行與雄放風格著稱的岑參、高適一派。這裏所說的樂府，是有較廣泛的意義的。他們善於吸取樂府民歌的精神，運用長短不拘、變化自由的詩句，去表現多方面的題材，使得他們在詩體上得到了很大的解放。這派作家，岑、高以外，還有李頎、崔顥、王昌齡、王之渙、王翰諸人。他們的人生觀都是現實的、積極的。他們意氣風發，富於進取，沒有一點隱士高人的氣息。他們都有一股熱情與力量，無論作事與作詩，都能表現出雄健濃烈的生氣。他們的生命非常活躍，因此作品中的情感也比較強烈。他們長於用七言的長歌，去描寫塞外的瑰奇風光，驚人的戰爭場面，以及複雜變幻的感情。當然他們也有不少優秀的五言詩和七言絕句。

岑參　岑參（七一五——七七〇），新舊唐書俱無傳，據杜確岑嘉州集序，知爲南陽（今屬河南）人，他出身於官僚家庭，早歲喪父，家境貧困，從兄受書，刻苦自學，徧覽經史，尤善爲文。天寶三載進士，做過安西節度判官、關西節度判官、嘉州刺史，晚年入蜀依杜鴻漸，死於成都。岑參本是一個英氣勃勃有志報國的人，有建功立業的抱負，很看不起那些窮愁潦倒的白面書生，所以他在失意時代，常常自相歎息：

終日不如意，出門何所之！從人覓顏色，自笑弱男兒。（江上春歎）

蓋將軍，眞丈夫，行年三十執金吾。（玉門關蓋將軍歌）

問君今年三十幾，能使香名滿人耳？（送魏升卿擢第歸東都因懷魏校書陸渾喬潭）

丈夫三十未富貴，安能終日守筆硯！（銀山磧西館）

對於自己是歎息，對於旁人是羨慕，反映出懷才不遇的感情。後來他果然得志了，先後做了安西和關西的節度判官。安西是現在的新疆，關西是陝西和甘肅。那裏有大風，大熱，大冰雪，有千里無人煙的廣大沙漠，有悲壯劇烈的戰爭，以及異域情調的音樂。他到過天山，到過輪臺，到過雪海，到過交河，這種同中原絕異的景象，給他一種新生命新情調。他的心境與詩境，都由此展開，歡喜採用自由變動的長歌體裁，去表現自然界的偉大與神奇，和戰爭生活中壯烈的場面，於是他的詩風大變了。

澗水吞樵路，山花醉藥欄。（初授官題高冠草堂）

朝回花底恒會客，花撲玉缸春酒香。（韋員外家花樹歌）

這是他前期所作的詩，寫得這麼美麗，這麼閑適。但他到了安西、關西以後，他的作品，完全變了一個面目。

北風卷地白草折，胡天八月卽飛雪。忽如一夜春風來，千樹萬樹梨花開。散入珠簾濕羅幕，狐裘不煖錦衾薄。將軍角弓不得控，都護鐵衣冷難著。瀚海闌干百丈冰，愁雲慘淡萬里凝。中軍置酒飲歸客，胡琴琵琶與羌笛。紛紛暮雪下轅門，風掣紅旗凍不翻。輪臺東門送君去，去時雪滿天山路。山迴路轉不見君，雪上空留馬行處。（白雪歌送武判官歸京）

君不見走馬川行雪海邊，平沙莽莽黃入天。輪臺九月風夜吼，一川碎石大如斗，隨風滿地石亂走。匈奴草黃馬正肥，金山西見煙塵飛，漢家大將西出師。將軍金甲夜不脫，半夜軍行戈相撥，風頭如刀面如割。馬毛帶雪汗氣蒸，五花連錢旋作冰，幕中草檄硯水凝。虜騎聞之應膽懾，料知短兵不敢接，車師西門佇獻捷。（走馬川行奉送出師西征）

火山突兀赤亭口，火山五月火雲厚。火雲滿山凝未開，飛鳥千里不敢來。平明乍逐胡風斷，薄暮渾隨塞雨回。繚繞斜吞鐵關樹，氛氳半掩交河戍。迢迢征路火山東，山上孤雲隨馬去。（火山雲歌送別）

彎彎月出挂城頭，城頭月出照涼州。涼州七里十萬家，胡人半解彈琵琶。琵琶一曲腸堪斷，風蕭蕭兮夜漫漫。河西幕中多故人，故人別來三五春。花樓門前見秋草，豈能貧賤相看老！一生大笑能幾回？斗酒相逢須醉倒。（涼州館中與諸判官夜集）

在這些詩裏，反映出作者的積極樂觀的人生態度和熱愛祖國邊疆的思想感情。他的詩富於幻想色彩和誇張手法，善於運用樂府民歌的精神，鑄鎔創造，驅使着清新奇巧的語言，去描寫塞外的風光與艱苦的戰場生活，形成未曾有過的險怪雄奇的風格。酷熱嚴寒，火山黃雲，狂風大雪，飛沙走石，金甲紅旗，胡琴羌笛，一切都是這樣新奇，詩歌的色彩和音律，也都是這樣的新奇。這些風光與情境，都不是輞口、鹿門、終南的環境裏所能找得到的，他所用的那些字句，也不是王、孟的筆下所能找得到的。這一面固要歸於岑參的才力，但更重要的還是由於他那種特有的自然環境與戰爭生活的親身體驗。元辛文房唐才子傳云：「參累佐戎幕，往來鞍馬烽塵間十餘載，極征行離別之情。城障塞堡，無不經行，博覽史籍，尤工綴文。屬辭清尙，用心良苦。詩調尤高，唐興罕見此作。」他從作者的生活體驗與自然現象去說明其作風特色的構成，是極有見地的。七言長歌之外，他的七言小詩也有很好的作品。

故園東望路漫漫，雙袖龍鍾淚不乾。馬上相逢無紙筆，憑君傳語報平安。（逢入京使）

梁園日暮亂飛鴉，極目蕭條三兩家。庭樹不知人去盡，春來還發舊時花。（山房春事）

一寫遊子鄉情，一寫蕭條春事，都很親切動人。尤其是第一首，在短短四句裏，反映出征人馬上的鄉愁別恨，而仍然充滿着積極和健康精神。岑參雖以七言見長，五言詩也有不少好作品。與高適薛據登慈恩寺浮圖一篇，結尾四句，雖有意弱之病，但其描寫自然境界，確顯出驚人的筆力。「秋色從西來，蒼然滿關中。五陵北原上，萬古青濛濛」，這是何等動人的意象。送王大昌齡赴江寧更寫得真實沉痛，感人至深。殷璠說他的詩「語奇體峻，意亦造奇」（河嶽英靈集），是很中肯的。

高適　高適（七〇二——七六五），字達夫，滄州渤海（今河北南皮）人。他早年是一個狂放不羈的貧窮流浪者。舊唐書本傳說他：「不事生業，家貧，客梁、宋，以求丐取給。」唐殷璠云：「評事性拓落，不拘小節，恥預常科，隱跡博徒，才名自遠。」（河嶽英靈集）可見他放縱的性情和生活。他在長期貧困失意的生活環境裏，常用詩句來表達懷才不遇的悲憤心情。「二十解書劍，西遊長安城。舉頭望君門，屈指取公卿。……白璧皆言賜近臣，布衣不得干明主。歸來洛陽無負郭，東過梁宋非吾土。」（別韋參軍）「自從別京華，我心乃蕭索。十年守章句，萬事空寥落。」（淇上酬薛三據兼寄郭少府微）一面是自傷，同時也對當日的政治表示不滿。他晚年得志，由河西節度使哥舒翰的書記，歷任淮南、西川節度使，代宗時召爲刑部侍郎、散騎常侍，進封渤海縣侯，食邑七百戶。所以舊唐書說他「有唐以來，詩人之達者，唯適而已。」在他早年求丐自給的時候，是想不到有這樣的晚景的。

他的軍事生活與邊陲的自然環境，使得他的詩風與岑參相近。新唐書說他「年五十始爲詩，即工。以氣質自高。每一篇已，好事者輒傳布。」舊唐書也有相同的記載。但這些記載並不完全真實，五十歲前，他寫過很多的詩，如名篇燕歌行，便是五十以前之作。

漢家煙塵在東北，漢將辭家破殘賊。男兒本自重橫行，天子非常賜顏色。摐金伐鼓下榆關，旌旆逶迤碣石間。校尉羽書飛瀚海，單于獵火照狼山。山川蕭條極邊土，胡騎憑陵雜風雨。戰士軍前半死生，美人帳下猶歌舞。大漠窮秋塞草腓，孤城落日鬬兵稀。身當恩遇常輕敵，力盡關山未解圍。鐵衣遠戍辛勤久，玉筯應啼別離後。少婦城南欲斷腸，征人薊北空回首。邊風飄颻那可度，絕域蒼茫何所有。殺氣三時作陣雲，寒聲一夜傳刁斗。相看白刃血紛紛，死節從來豈顧勳？君不見沙場征戰苦，至今猶憶李將軍。（燕歌行）

古城莽蒼饒荊榛，驅馬荒城愁殺人。魏王宮觀盡禾黍，信陵賓客隨灰塵。憶昨雄都舊朝市，軒車照耀歌鐘起。軍容帶甲三十萬，國步連營五千里。全盛須臾那可論，高臺曲池無復存。遺墟但見狐狸跡，古地空餘草木根。暮天搖落傷懷抱，倚劍悲歌對秋草。俠客猶傳朱亥名，行人尚識夷門道。白壁黃金萬户侯，寶刀駿馬塡山丘。年代淒涼不可問，往來唯有水東流。（古大梁行）

營州少年愛原野，狐裘蒙茸獵城下。虜酒千鍾不醉人，胡兒十歲能騎馬。（營州歌）

這些都是樂府歌詞中的上等作品，其氣象似乎比不上岑參的奔放，然格調高遠，富於蒼涼的情韻。他在描寫邊塞的風光、戰爭的場面下，同時又表露出征夫的疾苦，少婦的情懷，故能於高壯的詩風裏，呈現出慷慨之音。燕歌行一面表現出戰士們的愛國熱情，同時又諷刺將軍們的淫侈生活，反映出民族矛盾和階級矛盾中的複雜關係。營州歌寥寥四句，蒼茫高古，正是北方民歌的本色，與李波小妹歌、折楊柳歌諸篇，恰好是同一面目。

高適長於七言歌行，但也寫了一些好的五言詩。如「試共野人言，深覺農夫苦。去秋雖薄熟，今夏猶未雨。耕耘日勤勞，租稅兼舄鹵。園蔬空寥落，產業不足數。」（自淇涉黃河途中作），關懷人民的疾苦，寄意深厚。又如「緬懷當途者，濟濟居聲位。邈然在雲霄，寧肯更淪躓。周旋多燕樂，門館列車騎。美人芙蓉姿，狹室蘭麝氣。金爐陳獸炭，談笑正得意。豈論草澤中，有此枯槁士」（效古贈崔二）一面揭露權貴們的奢淫，同時也慨歎自己的身世，都是富於現實意義的作品。再如別董大、除夜一類的絕句，人日寄杜二拾遺一類的古詩，抒情真摯，音律和美，也頗優秀。

李頎與崔顥 岑、高以外，李頎、崔顥也是當日樂府歌行的重要作家。李頎（六九〇——七五一），東川（今四川三台）人，開元年間進士，官新鄉縣尉，其事蹟不詳。他的詩題材雖很廣泛，然其代表作，還是那幾篇用樂府體描寫戰爭與岑、高風格相近的七言歌行。另外一些寫音樂藝術的作品也很生動。崔顥（七〇四——七五四），汴州（今河南開封）人，開元十一年進士。舊唐書說他「有俊才，無士行，好蒱博飲酒，及遊京師，娶妻擇有貌者，稍不愜意卽去之，前後數四」。他的詩雖多豔篇，然卻有樂府民歌的本色。後來他經歷邊塞，頗多寫戰爭的詩，其詩風亦變爲雄放。河嶽英靈集評他說：「顥年少爲詩，名陷輕薄，晚節忽變常體，風骨凜然。一窺塞垣，說盡戎旅」，這話是不錯的。在他現存的詩裏，也可看出這分明的界限。他的七律黃鶴樓一首，使李白擱筆，有「眼前有景道不得，崔顥題詩在上頭」之嘆；嚴羽至稱爲唐代七律壓卷之作。

白日登山望烽火，黃昏飲馬傍交河。行人刁斗風沙暗，公主琵琶幽怨多。野營萬里無城郭，雨雪紛紛連大漠。胡雁哀鳴夜夜飛，胡兒眼淚雙雙落。聞道玉門猶被遮，應將性命逐輕車。年年戰骨埋荒外，空見蒲萄入漢家。（李頎古從軍行）

男兒事長征，少小幽、燕客。賭勝馬蹄下，由來輕七尺。殺人莫敢前，鬚如蝟毛磔。黃雲隴底白雲飛，未得報恩不得歸。遼東小婦年十五，慣彈琵琶解歌舞。今為羌笛出塞聲，使我三軍淚如雨。（李頎古意）

高山代郡東接燕，雁門胡人家近邊。解放胡鷹逐塞鳥，能將代馬獵秋田。山頭野火寒多燒，雨裏孤峰濕作煙。聞道遼西無鬬戰，時時醉向酒家眠。（崔顥雁門胡人歌）

燕郊芳歲晚，殘雪凍邊城。四月青草合，遼陽春水生。胡人正牧馬，漢將日征兵。露重寶刀濕，沙虛金甲鳴。寒衣著已盡，春服誰為成。寄語洛陽使，為傳邊塞情。（崔顥遼西）

李頎之作，慷慨悲涼；崔顥之篇，氣象雄渾，其贈王威古一首，殷璠稱爲「可與鮑照並驅」。王昌齡、王之渙、王翰諸人的作品，雖可歸於岑、高一派，然他們在詩歌上的成就，卻與岑、高稍有不同。岑、高是長於七言歌行，作品的精神，是樂府性的，然不一定完全是音樂性的。王昌齡等的作品，以絕句擅長，絕句卽是當日可歌的樂府。樂工可以入樂，歌女可以歌唱，薛用弱集異記所載旗亭會唱的故事，其真實性或不足信，但也說明他們的作品，在當時的市民間頗爲流行。

王昌齡　王昌齡（六九八——約七五六），字少伯，太原（今屬山西）人。一說江寧或京兆人。開元進士，曾任江寧令。晚節狂放，貶爲龍標尉，後還鄉，爲刺史閭丘曉所殺。王之渙（六八八——七四二），并州（今山西太原）人，後徙絳州，性豪俠，常擊劍悲歌。其詩多被樂工製曲歌唱。天寶間與高適、王昌齡齊名。王翰（卽王澣）字子羽，晉陽（今山西太原）人，景雲間進士，官至仙州別駕。直言喜諫，因事貶道州司馬。關於他們的事蹟，我們知道不多。岑參與王昌齡交誼甚厚，集中有送王大昌齡赴江寧長詩一首，有「對酒寂不語，悵然悲送君。明時未得用，白首徒攻文。……潛虬且深蟠，黃鵠舉未晚。惜君青雲器，努力加餐飯」之句，語意深厚，表示對他不幸遭遇的同情。王昌齡存詩四卷（全唐詩），王之渙、王翰流傳下來的作品很少，他們都以七絕見長。

秦時明月漢時關，萬里長征人未還。但使龍城飛將在，不教胡馬渡陰山。（王昌齡出塞）

青海長雲暗雪山，孤城遙望玉門關。黃沙百戰穿金甲，不破樓蘭終不還。（王昌齡從軍行）

大漠風塵日色昏，紅旗半卷出轅門。前軍夜戰洮河北，已報生擒吐谷渾。（同上）

黃河遠上白雲間，一片孤城萬仞山。羌笛何須怨楊柳，春風不度玉門關。（王之渙出塞）

葡萄美酒夜光杯，欲飲琵琶馬上催。醉臥沙場君莫笑，古來征戰幾人回？（王翰涼州詞）

在這些絕句裏，運用極其精煉、概括的詩歌語言，鏗鏘悅耳的音律，呈現出無比雄偉的氣魄和生動的形象，祖國山河的壯麗，愛國精神的發揚，令人體會深切，極富於鼓舞人心的藝術力量。在絕詩的成就方面，王昌齡較爲廣泛。他除長於描寫邊塞戰爭以外，亦善於表現宮閨離別之情。

奉帚平明秋殿開，暫將團扇共徘徊。玉顏不及寒鴉色，猶帶昭陽日影來。（長信秋詞）

西宮夜靜百花香，欲卷珠簾春恨長。斜抱雲和深見月，朦朧樹色隱昭陽。（西宮春怨）

寒雨連江夜入吳，平明送客楚山孤。洛陽親友如相問，一片冰心在玉壺。（芙蓉樓送辛漸）

因題材不同，表現的手法極爲細密，情感亦變爲哀怨。字字白描，句句精麗，而情意悠長深遠，富于涵蘊，表現出高度的概括能力，達到絕句中難到的境界。沈德潛云：「龍標絕句，深情幽怨，意旨微茫，令人測之無端，玩之無盡。」（唐詩別裁）這評價是很高的。

由上面的敘述，岑、高詩派的特徵，可以概括爲下列幾點：

一、長於七言。

二、詩風奔放雄偉，以氣象見長。

三、善於描寫邊塞風光與戰爭生活，善於表現征人離婦的思想感情。

四、作者的人生觀是樂觀的，熱情的，富於浪漫氣質。詩歌中具有愛國感情和積極精神。作品的色彩濃烈，情調高昂，因而顯出了強烈的生活氣息和感染力量。

四　李白的生平及其作品

李白　李白（七〇一——七六二），字太白，號青蓮居士。是盛唐詩人的代表。他的成就是多方面的，詩歌的風格也是多樣化的。他兼有王、孟、岑、高諸家之長，鑄鎔鍛鍊，百川入海似地，形成他詩歌中豐富的色彩和絢爛的光輝。在他的作品裏，有氣象雄偉的長篇，也有澹遠恬靜的小詩，無論五言、七言長篇、短製，他都寫得極好，幾乎任何體裁、任何題材，他都無須選擇。前人加於詩歌上面的種種格律，都被他的天才所征服，在中國過去的詩人中，很少有他這麼大膽的勇氣和創造性的破壞。在他的眼裏，任何藝術上的清規戒律，任何傳統和法則，都在他的藝術力量下屈服了。他的思想極其複雜矛盾，在其藝術形象上，時常顯露出濃淡不同的情調和色彩。他愛豪俠，對於張良、荊軻、朱亥、高漸離、豫讓、郭隗等人，時時流露着讚歎之情。他具有「濟蒼生」、「安社稷」的政治抱負，並景仰魯仲連、謝安一類人物。他愛道士、神仙，鍊過大丹，受過符籙，同道士們來往非常密切。道家思想給他很深的影響，時時嚮往着閑適清靜的生活。然而他又是一個酒徒，追求現世的快樂，追求精神的陶醉。但他又是一個有狂熱感情的人，他流浪在池州時，想念他的妻兒，在秋浦歌內說：「欲去不得去，薄遊成久遊。何年是歸日，雨淚下孤舟。」一別酒友的時候，他寫着「桃花潭水深千尺，不及汪倫送我情」的詩句。賣酒的老頭死了，他作詩哭他。（哭宣城善釀紀叟）因爲他有這種複雜矛盾的思想感情，所以在作品裏表現出來的內容與風格，時而現實，時而虛幻，時而濃烈，時而淡遠，時而恬靜，時而雄放。在他的心靈中，一面飽含着盛唐精神的光輝，同時又感到空虛和不滿。「大道如青天，我獨不得出」（行路難），這是他心情的真實表白。他自己承認他是狂人（廬山謠中云：「我本楚狂人」），這是非常恰當的。狂是他人生的象徵，也就是他作品的象徵。「狂」字在這裏絕無半點貶責的意味，在封建社會裏，這正是一種勇於反抗、勇於追求自由解放的精神力量的表現。中國過去的思想家文學家中，李白在這方面是一個騎士，同時也是一個時代的犧牲者。

李白的生平　中國詩人的籍貫，未有如李白之紊亂者，有金陵、山東、隴西、四川、西域諸說。東南西北相差就是幾千萬里。這原因是李白一生到處流浪，四海爲家，容易使人發生錯誤。其次是一般人把他的祖籍和他個人的生長寄寓地分辨不清，因此異說紛紜，千年來竟無定論。現在我們也無須作繁瑣的考證，只就新舊唐書本傳，李陽冰、魏顥、曾鞏的李白詩序，劉全白、范傳正的李白墓碑諸篇，加以參考比較，得一較爲可信的結論。李白的祖籍是隴西成紀（今甘肅天水附近）人，隋末，其祖先以罪徙西域。（新唐書說是西域，范碑云被竄於碎葉，碎葉則在今蘇聯境內。李序又云謫居條支，地點不同，其祖因罪徙居西方的事，想是可信的。）到了唐神龍初年（七〇五——六年），他的父親遁還四川。（劉、范二人俱謂是廣漢，成都古今記說是綿州，新唐書說是巴西。地點雖又各有不同，至於逃回四川的事也是可靠的，因四川和西域一帶很接近，易於遷徙。）因爲四川對於他們是客地，所以他父親就自名爲客了。那時候李白是一個五六歲的小孩子。二十六歲以前，他就生長在四川，因此在他的詩文裏，時時把四川當作故鄉，把司馬相如、揚雄一些人當作鄉賢來歌詠來讚歎的。至於山東、金陵都是他中年寄寓之地，如果因此就說他是山東人或是金陵人，那是絕不可信的。他自己所寫的「學劍來山東」、「我家寄東魯」的詩句，都是最好的例證。

他在四川的少年時代，似乎沒有深受過儒家的傳統教育；他自己說，他學的是文學、奇書、六甲和百家雜學。他還學騎射，同那些俠客道士隱居岷山，遊峨眉，養成那種不事生產、性喜流浪的狂傲豪邁的性格。故鄉的寂寞，畢竟留不住這位雄心勃勃的青年，二十六歲那年，他於是仗劍去國，辭親遠遊，在江南、湖北一帶流浪了很久，這是他「徧干諸侯，歷抵卿相」的時期。他到過襄漢、廬山、金陵、揚州、汝海、雲夢、安陸、山東、太原、浙江等處。在安陸娶故相許圉師家的孫女爲妻，在并州識郭子儀，在山東時，與孔巢父、韓準、裴政、張叔明、陶沔爲友，酣歌縱酒，隱居徂徠山竹溪，時號爲竹溪六逸。後來又由山東回到江浙，入會稽，同道士吳筠做了好朋友，一同住在剡中，這時候他是四十多歲了。他這十幾年，看過不少的名山勝水，體驗了各種生活，交了各種各樣的朋友，用去了不少的金錢，（他父親在西域時，可能經商致富，再遷到四川來的。）娶了妻生了兒女，所謂王侯卿相也會見了不少，他的生活一天一天地豐富，詩名也一天天地高了。後來吳筠被召入京，薦白於玄宗，因此他到了長安。那時賀知章讀了他的詩，歎爲天上謫仙人。玄宗很優遇他，有詔供奉翰林。他在長安三年，仍是一樣度着狂放的生活，相傳有龍巾拭吐、御手調羹、力士脫靴、貴妃捧硯種種故事。在這時候，他做了好些典雅美麗的歌辭。這一些歌辭，在他的集子裏並不是優秀的作品。他後來回憶這時候的情形說：「昔在長安醉花柳，五侯七貴同杯酒。氣岸遙凌豪士前，風流肯落他人後？夫子紅顏我少年，章臺走馬着金鞭。文章獻納麒麟殿，歌舞淹留玳瑁筵。」（流夜郎贈辛判官）又說：「翰林秉筆回英盼，麟閣崢嶸誰可見。承恩初入銀臺門，著書獨在金鑾殿。龍駒雕鐙白玉鞍，象牀綺席黃金盤。當時笑我微賤者，卻來請謁爲交歡。」（贈從弟南平太守之遙）在這些詩句裏，可見他當日的得意狀態。他本可由此做起大官來，但他那種狂傲的行爲，使得皇帝和近臣都有些怕他，不敢相信他，因而排擠他，他只好離開長安，再度着流浪漂泊的生活。但此後他潦倒流離，漫無定跡，生活是很困苦的。江南江北，他都走到了。「萬里無主人，一身獨爲客」（淮南臥病書懷），「一身竟無託，遠與孤蓬征」（鄴中贈王大），這是他離開長安以後的飄泊無依的生活的告白。「一朝謝病遊江海，疇昔相知幾人在？前門長揖後門關，今日結交明日改」（贈從弟），「欲邀擊筑悲歌飲，正值傾家無酒錢」（醉後贈從甥高鎮），自己一落魄，朋友也變了，窮得酒錢也付不出來，詩人到了這時候，才進一步體會到現實人生的意義。在這種窮困裏，他想起多年不見的妻子，想起嬌女平陽、小兒伯禽來了；想起三年前在家時自己手植的桃樹，現在長得樓一樣高，開着美麗的花，自己仍是流浪在外，感到極度的哀傷。天寶十四載，安祿山反，李白已經五十五歲了。次年他隱居廬山，作了許多好詩。當時永王璘起兵，招李白入幕，今讀其永王東巡歌十一首和在水軍宴贈幕府諸侍御諸篇，知道他的附和永王，大半是自動的。因爲在那些詩裏，充滿着希望和喜悅，決非被壓迫者的感情。後人以此誣李白爲不忠，這都是迂腐之見。當日的敵人是安祿山，誰打勝了誰做皇帝，爲什麼擁護哥哥就是忠，擁護弟弟就是叛逆？但是永王璘畢竟是失敗了，我們的詩人，也因此獲罪而要處死刑，恰好碰着他從前救過的郭子儀出力救他，因此流於夜郎，走到巫山，遇赦放歸。後來他寫了一首五言長詩（經亂離後天恩流夜郎憶舊遊書懷贈江夏韋太守良宰），詳細地敘述了他的生平，並對國家和人民表示了深切的關懷，是研究李白生活、思想的重要史料。晚年他依當塗令李陽冰，往來宣城、歷陽間，愛賞青山、敬亭山、采石磯一帶的風景。年紀大了，心境也沉靜了，在那時候寫了好些恬靜淡遠的山水詩。六十二歲，以腐脅疾死於當塗。時爲寶應元年十一月，這一年，也就是唐玄宗死的那年。（皮日休李翰林詩：竟遭腐脅疾，醉魄歸八極。）王定保唐摭言說他入水捉月而死，那是不可信的。他的後代非常凋零，他死後四十餘年，范傳正訪得他兩位孫女，都嫁給極窮困的農民。他的大兒子伯禽，也在貞元八年不祿而卒。那孫女還說：「祖父遺志要葬在青山，因貧窮無力，厝在龍山，現在小墳一堆也日益坍毀了。」這淒涼的情景，正說明封建社會對於一位偉大詩人的殘酷待遇。好在范傳正做了一件好事，於元和十二年正月把他的墳遷葬青山，了卻他的心願。

李白的一生是最平凡的，也是最不平凡的。所謂最平凡的，他在政治上沒有做過一點重大的事；所謂最不平凡的，他是什麼事也做過，什麼生活也體驗過，什麼名山勝水也遊歷過，而成爲中國偉大的詩人。他的腦中有無限的幻想，但任何幻想都不能使他滿足；他追求無限的超越，追求最不平凡的存在，追求生命的永恆。他的感情變動得非常迅速，他能領略人生及自然界的種種變幻和無常，他厭惡現實的鄙俗，反抗封建傳統的一切束縛。他把孔、孟那一般人，看作是禮教的奴隸。他說：

> 我本楚狂人，鳳歌笑孔丘。（廬山謠寄盧侍御虛舟）
>
> 魯叟談五經，白髮死章句。問以經濟策，茫如墜煙霧。足著遠遊履，首戴方山巾。緩步從直道，未行先起塵。……君非叔孫通，與我本殊倫。時事且未達，歸耕汶水濱。（嘲魯儒）

這些方巾氣十足的秀才儒生，他是看不上眼的。就是食蕨的夷、齊，挨餓的顏回，他覺得也全無意義。他所要求的是現世的滿足與精神的飛躍。他說：「歌且謠，意方遠。東山高臥時，欲濟蒼生未應晚。」（梁園吟）「興酣落筆搖五岳，詩成嘯傲凌滄州。」（江上吟）他這種排聖賢、反封建、鄙權貴、輕禮教的思想，貫通他的全部作品。因此，他滿腦子幻想，也是滿腦子苦惱。他說：「舉杯銷愁愁更愁」，又說：「與爾同銷萬古愁」，他是苦惱的，然而又是快樂的！

李白的作品　李白作品的最大特色，在於創造了藝術的鮮明形象，雄放無比的多樣的風格，在詩歌的語言上，放射出五光十色的奇麗的光輝，形成明朗透徹的個性。他是一個英氣勃勃狂放不羈的人，作起詩來，便不屑於細微的雕琢與對偶的安排，他用着大刀闊斧變化莫測的手法與線條，去塗寫他心目中的印象和情感。無論是長詩或是短詩，一到他的手裏，好像一點不費氣力似的，一點不加思考似的，便那麼巧妙那麼自然地寫成了。所謂「清水出芙蓉，天然去雕飾」，正是他的詩境。同時在他的詩裏（尤其是他的七言歌行），具有一種排山倒海萬馬奔騰的氣勢，讀了只能使人驚奇和贊歎。因此他對於費盡心力加意推敲而作詩的杜甫，覺得過於拘束。「飯顆山頭逢杜甫，頭戴笠子日卓午。借問別來太瘦生，總爲從前作詩苦。」（孟棨本事詩）此詩是否爲李白所作，尚難肯定，但寫得相當真實。杜甫對於李白的佯狂與過人的天才，是深深地認識與欽佩的。在他的集中寄贈李白和提起李白的詩，共有十五首。如「眾人皆欲殺，吾意獨憐才」，「冠蓋滿京華，斯人獨憔悴」，「筆落驚風雨，詩成泣鬼神」，「余亦東蒙客，憐君如弟兄」，「三夜頻夢君，情親見君意」，在這些詩句裏，一面看出杜甫對李白的天才的傾倒，同時又表現他倆的深厚友誼。這兩位同代的千古大詩人，是沒有半點相輕相忌的惡習的。

李白繼承了陳子昂的詩歌革新，反對齊、梁以來的片面追求形式美的豔薄綺麗的詩風。他說：「梁、陳以來，豔薄斯極，沈休文又尚以聲律，將復古道，非我而誰與？」（孟棨本事詩）他又說：「自從建安來，綺麗不足珍。」（古風）他說的復古，其實是革新。他的創作，是把幾百年來加於詩歌的過於嚴格的形式和規律，全力突破，把南朝以來柔弱華靡的風氣，掃蕩得乾乾淨淨，完成了陳子昂詩歌革新的功業。在他的一千多首詩中，律詩不到一百首，並且這些律詩，也不完全遵守規則。清人趙翼說得好：「才氣豪邁，全以神運，自不屑束縛於格律對偶，與雕繪者爭長。」這批評正道出這位詩人的真精神。

樂府精神與民歌語言的運用，到了李白算是達到了極其成熟和解放的階段。在他的集中，樂府詩有一百四十幾篇，其他的詩（除了少數的律詩古詩以外），也都是蒙受樂府的影響。他從樂府歌辭裏得到最純熟的訓練與優良的技巧。在這一點，岑、高、崔、李之流都比不上他。他能大膽地運用民間的語言，容納民歌的風格，很少雕飾，最近自然。使詩歌的內容、形式，都得到了創造性的發展，在詩體的解放上，在樂府民歌的學習上，為後人開不少生路，給後來詩人以很大的影響。

長安一片月，萬户擣衣聲。秋風吹不盡，總是玉關情。何日平胡虜？良人罷遠征。（子夜吳歌）

長相思，在長安。絡緯秋啼金井欄，微霜淒淒簟色寒。孤燈不明思欲絕，卷帷望月空長歎。美人如花隔雲端，上有青冥之高天，下有淥水之波瀾。天長路遠魂飛苦，夢魂不到關山難。長相思，摧心肝。（長相思）

玉階生白露，夜久侵羅襪。卻下水精簾，玲瓏望秋月。（玉階怨）

牀前明月光，疑是地上霜。舉頭望明月，低頭思故鄉。（靜夜思）

這些樂府詩，抒情寫意，各盡其妙。鄉愁閨怨，小曲民歌，都能隨題抒發，細緻入微。然真能表現雄偉的氣象，創造自由的格局，充分發揮李白詩歌的精神力量的，是他的長篇歌行。

噫吁嚱危乎高哉，蜀道之難難於上青天！蠶叢及魚鳧，開國何茫然。爾來四萬八千歲，不與秦塞通人煙。西當太白有鳥道，可以橫絕峨眉巔。地崩山摧壯士死，然後天梯石棧相鈎連。上有六龍回日之高標，下有衝波逆折之回川。黃鶴之飛尚不得過，猨猱欲度愁攀緣。青泥何盤盤，百步九折縈巖巒。捫參歷井仰脅息，以手撫膺坐長歎。問君西遊何時還，畏途巉巖不可攀。但見悲鳥號古木，雄飛雌從繞林間。又聞子規啼夜月，愁空山。蜀道之難難於上青天，使人聽此雕朱顏。連峰去天不盈尺，枯松倒挂倚絕壁。飛湍瀑流爭喧豗，砯崖轉石萬壑雷。其險也若此，嗟爾遠道之人，胡為乎來哉！劍閣崢嶸而崔嵬，一夫當關，萬夫莫開。所守或匪親，化為狼與豺。朝避猛虎，夕避長蛇。磨牙吮血，殺人如麻。錦城雖云樂，不如早還家。蜀道之難難於上青天，側身西望長咨嗟。（蜀道難）

海客談瀛洲，煙濤微茫信難求。越人語天姥，雲霓明滅或可覩。天姥連天向天橫，勢拔五岳掩赤城。天台四萬八千丈，對此欲倒東南傾。我欲因之夢吳越，一夜飛渡鏡湖月。湖月照我影，送我至剡溪。謝公宿處今尚在，淥水蕩漾清猿啼。腳著謝公屐，身登青雲梯。半壁見海日，空中聞天雞。千巖萬轉路不定，迷花倚石忽已暝。熊咆龍吟殷巖泉，慄深林兮驚層巔。雲青青兮欲雨，水澹澹兮生煙。列缺霹靂，邱巒崩摧。洞天石扉，訇然中開。青冥浩蕩不見底，日月照耀金銀臺。霓為衣兮風為馬，雲之君兮紛紛而來下。虎鼓瑟兮鸞回車，仙之人兮列如麻。忽魂悸以魄動，怳驚起而長嗟。惟覺時之枕席，失向來之煙霞。世間行樂亦如此，古來萬事東流水。別君去兮何時還？且放白鹿青崖間，須行卽騎訪名山。安能摧眉折腰事權貴，使我不得開心顏！（夢遊天姥吟留別）

只有在這些詩裏，才真能看出李白過人的才情、鮮明的風格和特殊的藝術成就。揮毫落紙，真有橫掃千軍的氣概。在那些長短參差的字句裏，顯得自然；在那些迅速變換的音韻裏，顯得調和；在絕無規律中，又顯出完整的規律的美。再如襄陽歌、行路難、將進酒、梁甫吟、遠別離、廬山謠寄盧侍御虛舟諸篇，都是這類詩中富有特色的作品。詩做到李白，算真是達到思想的大解放，他能從詩經、楚辭、樂府以及中國古代許多文學作品中吸取其精華，而創造一種新形式、新風格，使後人無法模擬無法學習。有時他的心境沉靜了，環境改變了，他的筆調又變成王、孟一類的恬靜淡遠了。

對酒不覺暝，落花盈我衣。醉起步溪月，鳥還人亦稀。（自遣）

眾鳥高飛盡，孤雲獨去閒。相看兩不厭，只有敬亭山。（獨坐敬亭山）

暮從碧山下，山月隨人歸。卻顧所來徑，蒼蒼橫翠微。相攜及田家，童稚開荊扉。綠竹入幽徑，青蘿拂行衣。歡言得所憩，美酒聊共揮。長歌吟松風，曲盡河星稀。我醉君復樂，陶然共忘機。（下終南山過斛斯山人宿置酒）

問余何事棲碧山，笑而不答心自閑。桃花流水杳然去，別有天地非人間。（山中問答）

這時的李白，變成一個幽靜的隱士的心境，狂情幻態，一點影子也沒有了。他整個的人生和自然界完全同化，他的心靈變得這麼清淨，筆致變得這麼秀逸了。這一類的作品，放到王、孟一派的自然詩中，情調頗為相近。我們說李白的作品，是兼有岑、高、王、孟各家之長，並且更加提高發展，集盛唐詩歌的大成，是一點也沒有誇張的。在絕句方面，李白也表現了高度的成就。

剗卻君山好，平鋪湘水流；巴陵無限酒，醉煞洞庭秋。（陪侍郎叔遊洞庭醉後）

天下傷心處，勞勞送客亭。春風知別苦，不遣柳條青。（勞勞亭）

朝辭白帝彩雲間，千里江陵一日還。兩岸猿聲啼不住，輕舟已過萬重山。（早發白帝城）

峨眉山月半輪秋，影入平羌江水流。夜發清溪向三峽，思君不見下渝州。（峨眉山月歌）

楊花落盡子規啼，聞道龍標過五溪。我寄愁心與明月，隨君直到夜郎西。（聞王昌齡左遷龍標遙有此寄）

故人西辭黃鶴樓，煙花三月下揚州。孤帆遠影碧空盡，唯見長江天際流。（黃鶴樓送孟浩然之廣陵）

這些詩的好處，是有神韻，有意境，同時又有氣勢，絕無纖弱平滯之病。在精煉的語言裏，表現豐富的感情和明朗的山水形象，色彩鮮美，音律和諧，詩情濃郁。絕句最難達到的境界，李白諸作，都達到了。沈德潛說：「七言絕句以語近情遙，含吐不露爲貴；只眼前景，口頭語，而有弦外音，使人神遠，太白有焉。」（唐詩別裁）李白的絕詩，確是做到這種地步了。

李白雖以歌行、絕句見長，他也能寫很好的律詩。如：

渡遠荊門外，來從楚國遊。山隨平野盡，江入大荒流。月下飛天鏡，雲生結海樓。仍憐故鄉水，萬里送行舟。（渡荊門送別）

青山橫北郭，白水遶東城。此地一為別，孤蓬萬里征。浮雲游子意，落日故人情。揮手自

茲去，蕭蕭班馬鳴。（送友人）

造意遺辭，極爲精警。情景相生，格調高遠，是律詩中的優秀作品。

李白詩歌的現實意義　李白是積極浪漫主義的偉大詩人。浪漫主義是李白的思想與藝術的主要動力。他那種「不屈己，不干人」，「安能摧眉折腰事權貴，使我不得開心顏」的豪邁傲岸的性格，同他在藝術中反抗封建傳統與束縛，追求解放追求理想的狂熱精神和浪漫主義的創作方法，是完全統一的。屈原的辭賦，李白的詩篇，是中國古代積極浪漫主義詩歌中的雙絕。在這一方面，他們表現出無比的才情與傑出的藝術力量。從這一點來說，李白是屈原的繼承者和發揚者。另一面，李白也受有莊子的一些影響。龔自珍說得好：「莊、屈實二，不可以并；并之以爲心，自白始。儒、仙、俠實三，不可以合；合之以爲氣，又自白始也。」（最錄李白集）李白這一個人和他的詩是我國人民所熱愛的。他的名字久已成爲小說、戲劇中的人物，他的遺跡遊蹤，成爲人民遊賞憑弔之地，他許多優美的詩句，在社會上流傳最爲普遍，得到廣大人民的愛戴和景仰。

李白詩歌重要內容之一，是善於描寫和歌詠祖國的山河。他一生流浪，遊蹤遍南北。「凡江、漢、荆、襄、吳、楚、巴、蜀，與夫秦、晉、齊、魯山水名勝之區，亦何所不登眺。」（劉楚登太白酒樓記）他看得多，體會得深刻，對於江山美景和鄉土風物，發生熱愛的感情。眉山的秋月，白帝的彩雲，廬山的瀑布，三峽的猿啼，天姥山的雄奇，蜀道的驚險，四萬八千丈的天台山，天山飛來的黃河水，一一出現在李白的筆下。他以多種多樣的表現方法，以強烈的吸引人的藝術力量，對於祖國雄奇壯麗的清絕明秀的山河景色，作出了精美無比的描繪與歌詠，使讀者發生熱愛祖國江山的高超感情。

其次，在李白的古風、樂府一類詩篇裏，也有直接反映人民生活，批判黑暗政治，揭露權貴荒淫的作品。這些作品數量雖不多，但是不能忽略的。

大車揚飛塵，亭午暗阡陌。中貴多黃金，連雲開甲宅。路逢鬭雞者，冠蓋何輝赫。鼻息干虹蜺，行人皆怵惕。世無洗耳翁，誰知堯與跖。（古風二十四）

去年戰，桑乾源；今年戰，葱河道。洗兵條支海上波，放馬天山雪中草。萬里長征戰，三軍盡衰老。匈奴以殺戮為耕作，古來唯見白骨黃沙田。秦家築城備胡處，漢家還有烽火燃。烽火燃不息，征戰無已時，野戰格鬭死，敗馬號鳴向天悲。烏鳶啄人腸，銜飛上挂枯樹枝。士卒塗草莽，將軍空爾為。乃知兵者是凶器，聖人不得已而用之。（戰城南）

前一首譴責太監權貴們的荒淫橫暴，後一首斥責了窮兵黷武的戰禍。再如古風十四、十九、三十四等篇，是指責征吐蕃、征南詔的戰爭和反映安祿山之變亂的。在蘇武詩中，歌誦了蘇武的愛國品質，在經下邳圯橋懷張子房中，讚歎了張良反抗強暴的積極精神，在寄東魯二稚子詩中，真實而又形象地描寫了思念兒女的感情。再如丁都護歌的寫船夫，宿五松山下荀媪家的寫農婦，寫得都相當生動，在一定程度上，反映出勞動人民辛勤的生活面貌。

再其次，在李白的詩篇裏，充滿了民族的自豪感與青春的生命力，氣勢雄奇俊偉，很少感傷、低沉的音調，讀他的詩，使人感到一種精神的昇華與飛躍。即使言愁寫恨，也具有熱烈情緒。同時，對於封建秩序與道德傳統，表示強烈的反抗。

最後，我們要重視的，是李白反對形式主義的巨大成就。他繼承詩經、楚辭的優良傳統，發揚樂府民歌的創作精神，以他獨有的雄奇無比的藝術力量，掃清了六朝以來的華豔柔靡的詩風，完成了陳子昂詩歌革新的偉業，這在文學發展史上，具有進步的重要的歷史意義。但也必須指出，李白的詩歌，在藝術上固然達到了高度的成就，但在反映現實生活的深度與廣度上，終於比不上杜甫。關於這一點，白居易早就指出來了。宋羅大經說：「李太白當王室多難，海宇橫潰之日，作爲詩歌，不過豪俠使氣，狂醉於花月之間耳。社稷蒼生，曾不繫其心膂，其視杜陵之憂國憂民，豈可同年語哉！」（鶴林玉露）他的話雖說得稍有偏激，而流於片面，但他從詩歌的政治性來比較李、杜的文學價值，也還值得我們參考。

後於李白，而詩歌風格與李白相接近的有張碧。碧字太碧，生卒、籍貫皆不詳，貞元間應進士試不第。唐才子傳云：「初慕李翰林之高躅，一杯一詠，必見清風，故其名字，皆亦逼似，如司馬長卿希藺相如爲人也。」可見他不但爲人仰慕李白，在作詩上也是學習李白的，並且很有成就。他的詩傳世者只十餘首，但筆力雄健，氣韻俊逸，孟郊曾稱贊他的詩說：「天寶太白沒，六義已消歇。先生今復生，斯文信難缺。下筆證興亡，陳辭備風骨。高秋數奏琴，澄潭一輪月。」他的貧女、農父二詩，對當時現實頗有反映，「運鋤耕斸侵星起，隴畝豐盈滿家喜。到頭禾黍屬他人，不知何處拋妻子」（農父），語淺意深，表現了農民的辛勤勞動和悲痛感情。然最能代表他的藝術特色的是野田行、惜花、遊春引、秋日登岳陽樓晴望、鴻溝等作。

老鴉拍翼盤空疾，准擬浮生如瞬息。阿母蟠桃香未齊，漢皇骨葬秋山碧。（惜花）

三秋倚練飛金盞，洞庭波定平如剗，天高雲卷綠羅低，一點君山礙人眼。漫漫萬頃鋪琉璃，烟波闊遠無鳥飛，西南東北競無際，直疑侵斷青天涯。屈原回日牽愁吟，龍宮感激致應沈。賈生憔悴說不得，茫茫烟靄堆湖心。（秋日登岳陽樓晴望）

這些詩的浪漫主義色彩相當濃厚，岳陽樓一首從水天景色，寫到屈、賈愁吟，筆力高遠，極爲蒼涼跌宕。不但精神上學李白，而在遣辭造意上也很近於李賀。

第十五章　杜甫與中晚唐詩人

一　緒說

安、史之亂，是在當日政治極度腐敗和階級矛盾、種族矛盾的複雜原因下爆發起來的。這一變亂是唐代政治的轉折點，對於當代文學也起了重大的影響。大亂以後，表面上雖有一個短期的平定，由於統治階級的殘酷剝削和政權內部的錯綜複雜的劇烈鬬爭，莊園制的發展，兩稅制的實行，商業的空前發達，城市的繁榮，使得農民的生活，日益窮困。到了晚期，土地的兼併愈來愈激烈，人民的生活愈來愈痛苦，終於爆發了以黃巢爲首的農民大起義。黃巢雖是失敗了，唐帝國也終於滅亡了。

這一時期文學的主要特徵，是浪漫主義精神衰退了，現實主義得到了進一步的發展與成熟。在這一方面成就最大的是杜甫。杜甫比李白雖只小十一歲，但作爲他的思想與作品基礎的主要時期，是在七五〇年以後。他的代表作品，大都產生在那一個時期。杜甫的詩篇，廣闊地反映了現實社會的生活，真實地描寫了那個劇烈變化時代的社會矛盾和歷史內容。前人稱它爲詩史，是完全正確的。

從杜甫到張籍、白居易、元稹許多重要的詩人，都是非常嚴肅認眞地學習和吸取過去詩經和樂府歌辭中的創作方法，提高了他們作品中的思想性和藝術性，豐富和發展了中國古典詩歌中現實主義的藝術力量。在他們的作品、書信和序言中，都可以體會到當代詩人們面對現實、深入生活、同情人民的自覺的感情，以及他們對於詩歌改革的進步要求，在這一基礎上，形成這一時代的有意識的新樂府運動。在新樂府運動中，他們反映了人民的生活和願望，提出了許多嚴重的社會問題，特別重要的是反映了階級矛盾，農民的苦痛生活，幾乎成爲每一詩人的題材。商人生活和歌妓的命運，也有新的眞實的描寫，成爲詩歌中的新內容。這一時代是杜甫的時代。新樂府運動一派的詩人不用說，就是韓愈、孟郊、李商隱、杜牧諸人，在各個角度上，無不蒙受他的影響。

二　杜甫的生平及其作品

杜甫　杜甫生於玄宗先天元年（七一二），死於大歷五年（七七〇），是中國文學史上現實主義的偉大詩人。他的一生，經歷着玄宗、肅宗、代宗三朝，這五十幾年中，是唐朝由開、天盛世轉入於動搖衰敗的大時代。前有安、史的大亂，後有吐蕃的入侵，京城陷落，國勢阽危，至於刺史邊將的小禍患，更是不勝枚舉。整個社會長年在戰事與飢餓的威脅中，杜甫的生活與作品，便成了這社會生活的歷史，成爲那時代的鏡子。因此，我們要瞭解他的詩，必得先要知道他的時代環境和生活狀況。他不是一個超越現實、神遊世外的仙人隱士，他是一個深入社會、深入生活的實踐者。

杜甫的生平與思想　杜甫字子美，原籍襄陽人（因其曾祖遷居河南鞏縣，故又稱鞏人）。武后、中宗朝的有名詩人杜審言是他的祖父。他父親杜閑雖也做過小官，但到杜甫時，家境是很貧窮了。關於他少年青年時代的生活，在壯遊詩、進鵰賦表、進封西嶽賦表諸文中，略知大概。他自己說少小多病，貧窮好學，二十歲前，他在貧窮多病的環境下，用功讀書，奠定了學問的基礎。七歲能做詩，九歲寫得很好的大字，十四五歲便能與當時文士酬唱，大家都很推崇他，說他像班固和揚雄。他雖是貧窮多病，志氣卻很不小，他覺得蟄居家園很難施展其抱負，後來弱冠之年，便南遊吳、越了。這一遊大概有三四年，王、謝的風流，吳、越的霸業，六朝的文物，江南的風光，給這位青年以很大的吸引和陶冶。二十四歲，赴洛陽考試，沒有及第，心裏很不愉快。後來放蕩於今山東、河北一帶，同李白、高適一流的大詩人往還唱和，那時的生活，他自己也承認是清狂放誕，想是相當放浪的。在這種生活環境下，他所遺留下來的作品，還沒有發揮什麼驚人的特色。如遊龍門奉先寺、陪李北海宴歷下亭諸詩，其中雖也有佳句，在他的集子裏，還不能算是代表作品。他在齊、趙之間流浪了好幾年，在事業與作品上，都沒有重要的發展。三十四五歲的時候，他到了長安，其間雖偶然回到河南去過，但在長安住了將近十年。在這些年中，是他鬱鬱不得志，生活窮困，細心觀察社會和他的詩風轉變的重要時期。他前後進鵰賦、三大禮賦、封西嶽賦，無非是道其貧困，言其學問，想謀一個官職。結果，只叫他「待制集賢院，命宰相試文章」。到了四十四歲那年，授他一個河西尉的小官，他怕折腰趨走，辭不赴任，後來改爲率府參軍，仍是非常窮困。不僅自己時在凍餓之中，連他寄寓在陝西奉先的幼子也餓死了。在他這種窮苦的環境下，不容許詩人的眼睛不正視現實。一個這麼有學問有品行的人，連衣食問題也不能解決，連兒女也不免於餓死，這是一種什麼政治，什麼社會？當日貴妃姊妹的荒淫，楊家宰相的威勢，君主宮廷的宴樂，民衆的痛苦，一一都映到詩人的眼裏，刺激他，壓迫他，使他悲憤感慨，使他進一步認識了封建政治的黑暗。「朱門任傾奪，赤族迭罹殃。國馬竭粟豆，官雞輸稻粱」（壯遊），是他眼中的政治現象。「朱門酒肉臭，路有凍死骨」（自京赴奉先縣詠懷），「甲第紛紛厭粱肉」（醉時歌），是階級矛盾的實質。「彤庭所分帛，本自寒女出。鞭撻其夫家，聚斂貢城闕」（自京赴奉先縣詠懷），是統治階級壓榨貧民的悲劇。在這十年的窮困生活裏，養成了他精微的觀察力，使他能夠穿透表象，深入核心，對於當日號稱盛世太平的天寶時期內幕，得到了深刻的認識。他瞭解了自己的貧窮和千萬民衆的苦痛，都是那些貪污宰相、荒淫皇帝和腐敗政治所造成的罪惡。他那雙銳敏的眼睛，把種種黑暗的現象看得清清楚楚，他知道了當日的太平盛世，內部已經是腐爛不堪，包藏著一觸卽發的嚴重危機。從此，他的作品便開始轉變，進一步反映黑暗政治和人民生活的新內容。在這時期，他寫成了許多篇佳作，如麗人行、兵車行、出塞、自京赴奉先縣詠懷諸篇，使他在現實主義詩歌的創作上得到了很大的成就。

果然，就在他到奉先去看妻兒的那一年（天寶十四載，他四十四歲），安祿山反了。聲勢來得非常兇猛，接着就是破潼關，陷長安，楊國忠被殺，楊貴妃自縊，玄宗奔蜀，眞是弄得天翻地覆。這次事變先後延長八年之久，被禍的地方，波及於陝西、河南、山西、河北、山東一帶，是唐代歷史上極爲嚴重的事變。在這幾年中，我們的詩人，始終與禍亂相終始，國破家亡，流離轉徙，屠戮人民，摧毀房屋，衰敗荒涼，滿眼都是白骨。一切的痛苦經驗，他嘗過，一切的殘酷現象，他看到。於是他寫作的題材更加廣闊，反映的生活更加深刻，詩歌藝術也更加進步了。肅宗卽位靈武時，他想去靈武，不料途中陷於叛軍之手，於是獨居長安。當時的離亂現象，就成爲他的詩材。如哀王孫、悲陳陶、月夜、悲靑坂、塞蘆子、春望諸篇，是他這時的代表作。次年（肅宗至德二年，他四十六歲），他逃到鳳翔，見到肅宗，給他一個左拾遺的諫官。他當時有喜達行在所三首，敍述他從叛軍中逃出的情形和心境，又眞實又哀痛。讀他的「生還今日事，間道暫時人」，「死去憑誰報？歸來始自憐」這些句子，便可體會到他的悲傷。再有述懷一首，一面寫離亂，一面寫鄉愁，較之前三首，是更爲沉痛的。後來因房琯事獲罪，得赦省家。他的夫人姓楊，是司農少卿楊怡之女，兩人的情愛很篤。當日他的家室住在鄜州。他的北征與羌邨，便是這時候的傑作。羌邨第一首云：

崢嶸赤雲西，日脚下平地，柴門鳥雀噪，歸客千里至。妻孥怪我在，驚定還拭淚。世亂遭飄蕩，生還偶然遂。鄰人滿牆頭，感歎亦歔欷。夜闌更秉燭，相對如夢寐。

這寫得多麼真實，多麼悲苦。在北征那篇長詩內，對於旅途中的慘狀，戰場上的情況，家中妻兒的貧窮，更有詳細真實的描寫。就在那年的秋天，長安收復了，他從鄜州到長安來，再任左拾遺。外面雖仍是大亂未平，長安一帶，秩序總算是恢復了。他在那短期的安居中，同賈至、岑參諸人唱和，生活較爲安適，心境也較爲愉快。如「細推物理須行樂，何用浮名絆此身」，「酒債尋常行處有，人生七十古來稀」（曲江）這些詩句，表現出他當日的心情。不料他這種生活繼續不久，又貶爲華州司功參軍，這是一個小官，事體多，官位低，錢又少，於是又使得他陷入窮困了。在華州時，曾回河南一次，在往返途中，看見民間被迫徵兵之苦，產生了三吏、三別諸傑作。返華州後，碰着長安一帶起了大飢荒，他便棄官去秦州。後又到同谷。他原想同谷是一塊好地方，不知道那裏也是鬧飢荒，靠着樹根草皮過活，幾乎餓死。他的秦州雜詩二十首和乾元中寓居同谷縣作歌七首是他那時候的優秀作品。讀他的「中原無書歸不得，手脚凍皴皮肉死」，「此時與子空歸來，男呻女吟四壁靜」這些詩句，那凍餓的情形是非常悽慘的。

同谷縣這麼苦，他自然不能久住，於是便南行入川，到了成都，得到朋友的資助，費了兩年的經營，在城西建一草堂住了下來，生活得到了暫時的安定。他那時候已是四十八歲了。後來嚴武爲劍南節度使，他鄉遇故知，彼此都感着一種慰藉，杜甫這時候的生活較爲舒適，心境也較爲平淡。在他當日的作品裏，如堂成、賓至、江村、客至諸篇，又現出安閑恬靜的風格。我們讀了「不嫌野外無供給，乘興還來看藥欄」，「老妻畫紙爲碁局，稚子敲針作釣鈎」，「肯與鄰翁相對飲，隔籬呼取盡餘杯」這些詩句，可以體會他當日的生活和心情。不過他這種安居生活，僅僅過了兩年多，又遇着西川兵馬使徐知道的叛變，於是又因避亂而開始流浪。他東奔西走地到過梓州（今三臺）、通泉（今射洪）、漢州（今廣漢）、閬州（今閬中）各處，後來因爲嚴武再鎭劍南，他又攜家重回成都。在他的草堂一篇裏，寫他這次的回成都，高興得好像回故鄉一樣。

代宗永泰元年，嚴武死，給杜甫一個重大的打擊，在他的生活上，失掉了憑藉。他那時候是五十四歲了。他於是再帶着飄泊流浪的心，離開成都，準備出川。他由戎州（今宜賓）、渝州（今重慶）、忠州（今忠縣）、雲安（今雲陽）而至夔州（今奉節）。他在那裏做了許多懷古的律詩。諸將、秋興也是他這時候有名的作品。他在夔州住了兩年，忽然又想起湖南來了。「我今不樂思岳陽」，大概是想去找他那位在郴州做官的舅舅崔偉。五十七歲那年，乘舟出峽，由江陵、公安而至岳州，次年再至潭州，後因避亂至郴州，在途中因病去世，正是五十九歲。他的最後一首詩是風疾舟中伏枕書懷。新舊唐書都說他因受水阻，十日不得食，後縣令具舟迎之，大食牛肉白酒，一夕暴卒。這事前人多不相信，有爲他辯解的。

他的身後十分蕭條，家屬連安葬的力量都沒有，只好旅殯於岳州。直到四十三年後，才由孫兒嗣業從岳州把他的遺體運到偃師，移葬於首陽山下杜審言墓旁。李白死於異鄉，杜甫死於旅途，兩位大詩人的身後，都是這樣悽涼！

由上面的敘述看來，可知杜甫的一生，始終展轉於窮困的生活裏。從他個人的生活實踐，得到對於廣大人民窮苦生活的體會、觀察與同情。由他個人的飢餓流浪的體驗，認識了社會的各種矛盾。這一種深入的生活體驗，細密的觀察與深厚的同情，成爲他的現實主義詩歌的重要基礎。自魏、晉、南北朝以來，因老、莊、佛學的盛行，造成那種曠達狂放的人生觀，造成那種避世的隱逸風氣，造成那種輕世務逃現實的思想，到了唐朝，禪宗思想的興起，更助長了這種風氣。人人都敬佛愛道，在文集裏充滿了同山人禪師贈答的作品。但是杜甫在這一潮流中，卻能擺脫一切，卓然自立，由他的家庭傳統和他的生活實踐養成他那種進步的現實的思想。他沒有染上佛道神仙的色彩，是一個具有進步思想的儒家。他的十三世祖杜預，在晉朝的黃、老清談的玄學中，以左傳的專門研究知名（著有春秋經傳集解），而成爲儒學的大師。就是杜預的父親杜恕，也是一個尊儒學貴德行重名節的人士。在他的體論內，留下了許多這樣的意見。在另一面，由於階級的局限，杜甫時時懷着致君堯、舜的志願，表現出忠君的保守的封建道德。在這裏他的家風和遺教，也有一定的影響。在他的詩歌裏，始終是以儒家自命。他景仰聖賢，遵守禮法，熱愛祖國，關懷政事。無論他怎樣窮苦，怎樣失意，他不絕望，不怨恨，總覺得萬事是有希望的，人力是有用處的，他決不逃避，不超越，脚踏實地一步一步地向前面走。他自己在進鵰賦表中說：「自先君恕、預以降，奉儒守官，未墜素業。」又在詩中說：「乾坤一腐儒」（江漢），「儒生老無成」（客居），「干戈送老儒」（舟中），由這些坦白的自述，可看出他的思想基礎。雖說他有時也寫過「儒冠多誤身」（奉贈韋左丞丈），「儒術於我何有哉？孔丘、盜跖俱塵埃」（醉時歌）的詩句，那只是窮極無聊時的一種憤恨。

他的思想特色，是吸取儒家思想進步的一面，但也有落後的一面。他具有「任重道遠」的積極的救世熱情，具有「憂民愛物」的思想，也有「能愛人能惡人」的憤世疾邪的善惡分明的直感。因此，他無論對祖國，對家室兒女，對人民以至於草木蟲鳥、茅屋草堂，都充滿着熱愛和同情。「安得壯士挽天河，淨洗甲兵長不用。」（洗兵馬）「減米散同舟，路難思共濟」（解憂），「蟲鷄於人何厚薄，吾叱奴人解其縛」（縛雞行），「焉得鑄甲作農器，一寸荒田牛得耕」（蠶穀行），「安得廣廈千萬間，大庇天下寒士俱歡顏，風雨不動安如山」（茅屋爲秋風所破歌），我們讀誦這些句子，便可體會到這位詩人襟懷的廣大，思想的深厚了。他是以己之苦，度人之苦，以己之心，度人之心，他無時無刻不在注意社會和民生。在這種態度下，他不能以陶潛的潔身自愛爲滿足，也不能以李白那種追求解脫的精神爲滿足。他到死還在期望着天下太平，好讓大家過一點安樂日子。「不眠憂戰伐，無力正乾坤」（宿江邊閣），是杜甫詩歌藝術和生活的思想基礎！是愛國思想和濟世精神的具體表現！

杜甫有熱烈的感情，但不是屈原式的殉情主義者；他的理智很強，同熱烈的感情得到平衡和統一。他有自己的理想，但又不是李白式的幻想主義者；他的理想和現實，緊緊結合在一起。因此他無論遭受多大的困難，受着多大的委曲，他都能夠堅韌自持，而不會步屈子的後塵，投江自殺；也不像李白一樣，騰在天空中作狂熱的呼喊。

杜甫善於用他的理智，去細細地觀察社會的實況，從自己的生活經驗，去體會人民的苦樂。他雖重視藝術的價值，但是同時他更爲重視作品的思想。在他的同元使君舂陵行的序和詩裏，鮮明地表達了他重視文學的政治意義。由他的生活境遇和現實內容的結合，使他推倒了個人主義文學和形式主義文學，而創造了許多不朽的現實主義的詩篇。杜甫論四傑詩說：「王、楊、盧、駱當時體，輕薄爲文哂未休。」由此看來，可知在杜甫時代，四傑的華麗詩風，很爲一般人所不滿，已經有許多新人，正在暗中醞釀一種新文學運動。元結在乾元三年選集沈千運、王季友、于逖、孟雲卿、張彪、趙微明、元季川七人的詩二十四首，名曰篋中集，他在序中宣佈他的文學主張說：

風雅不興，幾及千歲。溺於時者，世無人哉？嗚呼，有名位不顯，年壽不將，獨無知音，不見稱顯，死而已矣，誰云無之？近世作者更相沿襲，拘限聲病，喜尚形似，且以流易為詞，不知喪於雅正，悲哉！彼則指詠時物，會諧絲竹，與歌兒舞女生污惑之聲於私室可矣。若令方直之士大雅君子聽而誦之，則未見其可矣。吳興沈千運獨挻於流俗之中，強攘於已溺之後，窮老不惑，五十餘年，凡所為文，皆與時異。故友朋後生，稍見師效，能侶類者有五六人

……

這可以看作是當日新文學運動的一篇宣言。他在這裏對那些拘限聲病、喜尚形似的詩歌和那些會諧絲竹、寄情酒色的華靡文學表示反抗，要求有內容有寄託的新文學的產生。在那七人裏，杜甫同王季友、張彪、孟雲卿都有來往，他很佩服孟雲卿。他說：「李陵、蘇武是吾師，孟子論文更不疑。」可知孟雲卿對於文學的意見，杜甫是完全同意的。他那些意見現在雖說看不見了，我想同篋中集序中的理論，大略是近似的。在孟雲卿的作品裏，有下面這一類的句子：

大方載羣物，生死有常倫。虎豹不相食，哀哉人食人。（傷時）

秋成不廉儉，歲餘多餒飢。顧視倉廩間，有糧不成炊。（田園觀雨兼晴後作）

這與杜甫所寫的「彤庭所分帛，本自寒女出」，「朱門酒肉臭，路有凍死骨」一類詩的內容，大略相似。其他諸人的作品雖無特色，也無時流的弊病。至於元結本人的作品，是大家都讀過的。

元結　元結（七一九——七七二？），字次山，河南（今河南洛陽）人。天寶進士，任道州刺史，很有政績。他的詩頗能反映社會現實，是一個有心作新樂府描寫時事的詩人。在他的集子裏

，如憫荒詩、貧婦詞、舂陵行、賊退示官吏諸篇，都是他在這方面的成就。我們試看他的貧婦詞：

誰知苦貧夫，家有愁怨妻。請君聽其詞，能不為酸悽！所憐抱中兒，不如山下麑。空念庭前地，化為人吏蹊。出門望山澤，回頭心復迷。何時見府主，長跪向之啼？

這類作品，樸實無華，具有鮮明的傾向，他是想實踐他在篋中集序中所宣言的文學理論。在這種地方，他和杜甫的思想是非常近似的，杜甫曾作詩贊歎過他。還有一個和他們先後同時，但死得較晚的顧況，也值得注意。

顧況　顧況（七二七——八一五），字逋翁，海鹽（今浙江海寧）人。至德進士，官著作郎，曾因嘲諷當朝權貴被劾貶。他晚年雖歸隱茅山，自號華陽真逸，度其高人逸士的生活，寫了不少閑淡的山水詩，但他同元結一樣，也是一個關心世務，有意用新樂府體來表現社會生活的人。他的上古之什補亡訓傳十三章，就是他在這方面的嘗試。不過因爲他運用彊化的四言體去寫新樂府，缺乏藝術上的創造性，所以他在文學上的成就，比不上元結。他的囝一篇，寫閩中掠賣兒童的慘酷現象，較爲深刻。

囝生閩方。閩吏得之，乃絕其陽。為臧為獲，致金滿屋。為髡為鉗，視如草木。天道無知，我罹其毒。神道無知，彼受其福。郎罷別囝：「吾悔生汝。及汝既生，人勸不舉。不從人言，果獲是苦。」囝別郎罷，心摧血下：「隔地絕天，及至黃泉。不得在郎罷前。」（原序：囝，哀閩也。自注：囝音蹇。閩俗呼子為囝，父為郎罷。）

他在這裏大膽地採用土語方言，用寫實的筆法，去描寫社會上無人注意的悲慘問題，實在是可貴的。其他如上古、築城、持斧、我行自東諸章，雖都不能算作好詩，然在那些詩裏，卻都表現出作者對於現實的不滿，和憂民傷亂的社會感情。由此看來，在杜甫時代，文學的風氣，確呈現着轉變的趨勢，所謂舊詩風的改革，新詩風的建立，初步形成一種羣眾性的自覺運動。和杜甫前後同時的沈千運、孟雲卿、元結、顧況之徒，都是這運動中的一員。可知杜甫在當日並不是孤立的，文壇上有不少的同調，都在從事這種工作。在那個大亂的時代，除了隱身於深山幽谷以外，作者是不容易完全避開現實的了。不過那些人雖都有改革文學的決心與見解，由於缺少創作的偉大才力，因而在這個運動中不容易顯出重要的地位，只能讓這位「讀書破萬卷，下筆如有神」的杜甫來擔當這重大的任務，來完成詩歌革新的偉業。但那些詩人們，我們也是不能輕視他們忘記他們的。

杜甫的作品　杜甫的作品，在思想上藝術上得到較高成就的，是開始於他寄寓長安的那幾年。他那時候已是四十多歲的人，生活的體驗日益豐富，觀察力日益細密，藝術的修養，也日趨於完善之境，就在那時候，產生了好些傑作。如出塞、兵車行、麗人行、醉時歌、秋雨歎、自京赴奉先詠懷五百字諸篇，都是這時期的代表作品。

車轔轔，馬蕭蕭，行人弓箭各在腰。爺孃妻子走相送，塵埃不見咸陽橋。牽衣頓足攔道哭，哭聲直上干雲霄。道旁過者問行人，行人但云點行頻。或從十五北防河，便至四十西營田。去時里正與裹頭，歸來頭白還戍邊。邊庭流血成海水，武皇開邊意未已。君不聞漢家山東二百州，千村萬落生荊杞。縱有健婦把鋤犂，禾生壠畝無東西。況復秦兵耐苦戰，被驅不異犬與雞。長者雖有問，役夫敢申恨！且如今年冬，未休關西卒。縣官急索租，租稅從何出？信知生男惡，反是生女好。生女猶得嫁比鄰，生男埋沒隨百草。君不見青海頭，古來白骨無人收。新鬼煩冤舊鬼哭，天陰雨濕聲啾啾。（兵車行）

三月三日天氣新，長安水邊多麗人。態濃意遠淑且眞，肌理細膩骨肉勻。繡羅衣裳照暮春，蹙金孔雀銀麒麟。頭上何所有？翠微匐葉垂鬢脣。背後何所見？珠壓腰衱穩稱身。就中雲幕椒房親，賜名大國虢與秦。紫駝之峯出翠釜，水精之盤行素鱗。犀箸厭飫久未下，鑾刀縷切空紛綸。黃門飛鞚不動塵，御廚絡繹送八珍。簫鼓哀吟感鬼神，賓從雜遝實要津。後來鞍馬何逡巡，當軒下馬入錦茵。楊花雪落覆白蘋，青鳥飛去銜紅巾。炙手可熱勢絕倫，愼莫近前丞相嗔。（麗人行）

兵車行是寫民衆苦於窮兵黷武的戰爭，麗人行是寫貴妃兄妹的奢淫。一出於哀痛，一出於憤恨，將大亂前的宮廷內幕與社會實況，完全暴露出來，在這裏是透露着禍亂將臨的消息的。天寶十四載，在大亂的前夕，他到奉先去看他的妻兒時，寫下那篇詠懷的五言長詩，其中對於政治民生的黑暗和苦痛更是盡情地加以譴責和描寫，暗示着危機更益急迫，果然轉瞬之間，安祿山發生了變亂。

從安、史之亂到他入蜀的那四五年中，是他生活史上最苦痛的時期。個人的流離轉徙，妻兒的飢餓以至於死亡，戰事的綿延，人民苦難的生活與生產破壞的情況，大飢荒大毀滅的種種悲慘現象，使得他更深一層觀察社會、同情人民，同時也使他的藝術更趨於圓熟。他最優秀的作品，大都產生在這個時期。如悲陳陶、春望、喜達行在所、述懷、北征、羌村、洗兵馬、新安吏、潼關吏、石壕吏、新婚別、垂老別、無家別、秦州雜詩、月夜憶舍弟、空囊、乾元中寓居同谷縣作歌諸篇，都是這時期的代表作。這一時期的作品，因爲他的描寫都是出於實際體驗，較之麗人行那時的作品來，是更真實，更深入，而現實主義的手法，也更爲深刻更爲發展了。

國破山河在，城春草木深。感時花濺淚，恨別鳥驚心。烽火連三月，家書抵萬金。白頭搔更短，渾欲不勝簪。（春望）

羣雞正亂叫，客至雞鬭爭。驅雞上樹木，始聞扣柴荊。父老四五人，問我久遠行。手中各有攜，傾榼濁復清。莫辭酒味薄，黍地無人耕。兵革既未息，兒童盡東征。請為父老歌，艱難愧深情。歌罷仰天歎，四座淚縱橫。（羌村三之一）

暮投石壕村，有吏夜捉人。老翁踰牆走，老婦出看門。吏呼一何怒，婦啼一何苦。聽婦前致詞：「三男鄴城戍。一男附書至，二男新戰死。存者且偷生，死者長已矣。室中更無人，惟有乳下孫。有孫母未去，出入無完裙。老嫗力雖衰，請從吏夜歸。急應河陽役，猶得備晨炊。」夜久語聲絕，如聞泣幽咽。天明登前途，獨與老翁別。（石壕吏）

四郊未寧靜，垂老不得安。子孫陣亡盡，焉用身獨完！投杖出門去，同行為辛酸。幸有牙齒存，所悲骨髓乾。男兒既介胄，長揖別上官。老妻臥路啼，歲暮衣裳單。孰知是死別？且復傷其寒。此去必不歸，還聞勸加餐。土門壁甚堅，杏園度亦難。勢異鄴城下，縱死時猶寬。人生有離合，豈擇衰盛端！憶昔少壯日，遲迴竟長歎。萬國盡征戍，烽火被岡巒。積尸草木腥，流血川原丹。何鄉為樂土，安敢尚盤桓？棄絕蓬室居，塌然摧肺肝。（垂老別）

有弟有弟在遠方，三人各瘦何人強？生別展轉不相見，胡塵暗天道路長。前飛駕鵝後鶖鶬，安得送我置汝旁！嗚呼三歌兮歌三發，汝歸何處收兄骨。（乾元中寓居同谷縣作歌七首之一）

他這些詩全是以實際體驗與民間的疾苦爲題材，人物的感情和歷史環境，都表現得非常真實，充分發揮了現實主義的特色。他讀了元結的詩說：「當天子分憂之地，效漢官良吏之目。今盜賊未息，知民疾苦。得結輩十數公，落落然參錯天下爲邦伯，萬物吐氣，天下少安可待矣。不意復見比興體制微婉頓挫之詞。」（同元使君舂陵行序）他這樣稱讚元結的爲人及其作品，正因爲他們具有相同的文學思想。這相同點，是學習詩經、樂府民歌的創作精神，用詩歌來反映人民的真實生活，創造新樂府，建立現實主義的詩歌。清楊倫說：「自六朝以來，樂府題率多模擬剽竊，陳陳相因，最爲可厭。子美出而獨就當時所感觸，上憫國難，下痛民窮，隨意立題，盡脫去前人窠臼，苕華、草黃之哀不是過也。樂天新樂府秦中吟等篇，亦自此出。」（杜詩鏡銓卷五三吏、三別評語）這話是很對的。他在這一方面，比起李白來，是更有發展，更從思想內容方面深入了。

從他入蜀、入湘以至於死，那十一二年中，他的生活雖仍是流離轉徙，但狀況已略爲平定。詩中仍多反映現實、關懷時事之作，如三絕句、茅屋爲秋風所破歌、又呈吳郎、歲晏行諸詩，都很優秀。但同時又寫了很多的回憶懷古的作品，似乎在作他一生的總結。尤其在律體上大用心力，達到了很高的成就。他自己也說過「老去漸於詩律細」的話，這正是他這個時期作品的特色。他許多有名的律詩，大都產生於這個時期。如蜀相、野老、出郭、恨別、水檻遣心、悲秋、客夜、聞官軍收河南河北、九日登梓州城、登牛頭山亭子、征夫、登樓、宿府、閣夜、詠懷古迹、旅夜書懷、白帝、諸將、宿江邊閣、秋興、登高、登岳陽樓諸篇，是他律詩中優秀的作品。

伊昔黃花酒，如今白髮翁。追歡筋力異，望遠歲時同。弟妹悲歌裏，乾坤醉眼中。兵戈與關塞，此日意無窮。（九日登梓州城）

白帝城中雲出門，白帝城下雨翻盆。高江急峽雷霆鬭，翠木蒼藤日月昏。戎馬不如歸馬逸

，千家今有百家存。哀哀寡婦誅求盡，慟哭秋原何處村。（白帝）

歲暮陰陽催短景，天涯霜雪霽寒宵。五更鼓角聲悲壯，三峽星河影動搖。野哭千家聞戰伐，夷歌數處起漁樵。臥龍躍馬終黃土，人事音書漫寂寥。（閣夜）

風急天高猿嘯哀，渚清沙白鳥飛迴。無邊落木蕭蕭下，不盡長江滾滾來。萬里悲秋常作客，百年多病獨登臺。艱難苦恨繁霜鬢，潦倒新停濁酒杯。（登高）

洛陽宮殿化為烽，休道秦關百二重。滄海未全歸禹貢，薊門何處盡堯封。朝廷袞職誰爭補，天下軍儲不自供。稍喜臨邊王相國，肯銷金甲事春農。（諸將之四）

聞道長安似弈棋，百年世事不勝悲。王侯第宅皆新主，文武衣冠異昔時。直北關山金鼓振，征西車馬羽書馳。魚龍寂寞秋江冷，故國平居有所思。（秋興之四）

昔聞洞庭水，今上岳陽樓。吳、楚東南坼，乾坤日夜浮。親朋無一字，老病有孤舟。戎馬關山北，憑軒涕泗流。（登岳陽樓）

在這些律詩裏，同樣表現出深厚的愛國感情和關懷人民的思想。諸將五首，傷時感事，反覆唱歎，沉鬱頓挫，感人至深。秋興八首，是一組完整的詩，語言工煉，情感深厚，與諸將諸篇有同工之妙。就藝術上講，都是呈現着更細密更老練的技巧。有人對他的律詩採取輕視的態度，那是非常不正確的。

杜甫的詩歌，具有強烈的政治傾向和豐富的社會內容，廣泛深入地反映了人民的生活和願望，無情地揭露了封建政治的腐朽本質和階級矛盾，發揚了愛國精神。

杜甫因深入社會，忠於生活，他具有非常銳敏的觀察力。他有深厚的文學修養，又能善於學習古典藝術的各種優點，從民歌中吸取營養，提鍊語言，具有高度的表現力。他繼承並且發展了詩經以來的優良傳統，使作品在反映現實的藝術力量上，達到了光輝無比的成就。

杜甫的詩歌形式與詩歌語言，是多種多樣的。他集古典詩歌的大成，在詩歌藝術各方面，加以全面的總結和發展，成爲後代詩人的典範，給予後代詩人以深刻的教育和廣泛的影響。

杜甫作詩的態度，是非常嚴肅的。他把作詩看作是自己的重要事業。「詩是吾家事，人傳世上情」（宗武生日），這是指他的祖父審言也是唐初著名詩人，並用這樣的詩句來勉勵他的兒子。他對於學習和創作的態度，說過下面這些話：「別裁僞體親風雅，轉益多師是汝師」（六絕句），「新詩改罷自長吟。頗學陰何苦用心」（解悶），「讀書破萬卷，下筆如有神」（奉贈韋左丞丈），「爲人性僻耽佳句，語不驚人死不休」（江上値水如海勢聊短述），他這種善於學習傳統、細心修改作品的嚴肅態度，是値得我們學習的。

杜甫一生的悲劇，是黑暗的封建社會與腐敗的統治階級所造成的。一個成爲人民喉舌的詩人，必然要被封建統治階級所排斥，結果乃爲流亡飢餓與疾病所包圍，終於悲慘地死去，屈原是如此，杜甫也是如此。但他們那些熱愛祖國、熱愛人民的作品，永遠新鮮地流傳在人民的口頭！

三　大歷詩人與張籍

杜甫以後，在文學史上，有所謂「大歷十才子」之稱。據新唐書文藝傳中的盧綸傳，十才子是盧綸、吉中孚、韓翃、錢起、司空曙、苗發、崔峒、耿湋、夏侯審和李端。後人也有去韓翃、崔峒、夏侯審，而加進郎士元、李益、李嘉祐和皇甫曾的，實際是成爲十一人了。（見江鄰幾雜志，引自王士禛分甘餘話。）究竟誰是才子誰不是才子，我們現在可以不必管他，只是這一批人在作品的風格上，大致相同，沒有分明的強烈的個性表現，所以都不能成爲第一流的詩人。但其中如錢起、李益，確也有些好的作品，我們是不得不注意的。

在這一羣人的作品裏，雖說沒有直接繼承杜甫的精神，在詩歌方面再開拓再創造，追求更大的收穫，但他們作詩的態度，都嚴肅認真。高仲武評錢起詩云：「芟齊、宋之浮游，削梁、陳之靡嫚」（中興間氣集），這一點是真實的。

錢起　錢起（七二二——七八〇），字仲文，吳興（今屬浙江）人，天寶間進士，曾任考功郎中，翰林學士。他的詩雖然也有少數幾首接觸到社會內容，但更多的却是個人流連光景之作。他在創作上，雖想力去齊、梁浮靡之風，可是究竟還不脫雕琢的痕迹。然他善於鑄煉，時有驚人之筆。如「曲終人不見，江上數峯青」；「竹憐新雨後，山愛夕陽時」，都是警句，而全詩不佳。但如歸雁云：「瀟湘何事等閑回，水碧沙明兩岸苔。二十五弦彈夜月，不勝清怨却飛來」，造意遣辭，特出意表，爲七絕中的佳作。他的集中雜有一些他孫子錢珝的作品，如江行無題一百首，全唐詩指出來是錢珝的詩。

李益 李益（七四八——八二七），字君虞，隴西姑臧（今甘肅武威）人。大曆進士，官至禮部尚書。詩負盛名，尤長七言絕句。胡應麟詩藪說：「七言絕，開元之下，便當以李益爲第一，如夜上西城、從軍北征、受降、春夜聞笛諸篇，皆可與太白、龍標競爽，非中唐所得有也。」

回樂峯前沙似雪，受降城外月如霜。不知何處吹蘆管，一夜征人盡望鄉。（夜上受降城聞笛）

露濕晴花春殿香，月明歌吹在昭陽。似將海水添宮漏，共滴長門一夜長。（宮怨）

造境蘊藉，筆力精深，語言清遠，音律和諧，堪與王昌齡、李太白比肩。其他如從軍北征、春夜聞笛、寫情、上汝州城樓諸篇，都是優秀之作。十才子中雖多點綴昇平之作，雖多華美典雅之篇，但我們仍可感到杜甫給予他們的影響。在耿湋、盧綸的集中，也有一些反映人民生活的作品。

老人獨坐倚官樹，欲語潸然淚便垂。陌上歸心無產業，城邊戰骨有親知。餘生尚在艱難日

，長路多逢輕薄兒。綠水青山雖似舊，如今貧後復何為？（耿湋路旁老人）

傭賃難堪一老身，皤皤力役在青春。林園手種唯吾事，桃李成陰歸別人。（耿湋代園中老人）

行多有病住無糧，萬里還鄉未到鄉。蓬鬢哀吟古城下，不堪秋氣入金瘡。（盧綸逢病軍人）

或寫傷兵的苦痛，或寫農夫的貧窮，或寫戰後老人的悲哀，作者在這方面完全是用寫實的態度，來表現人民的生活感情。這種作品在他們的集子裏雖說不多，然而也可以看出杜甫的文學精神，對於這些作家不是完全沒有影響的。盧綸還有幾首塞下曲和娑勒擒虎歌，寫邊塞壯士的慓悍勇武，寫北國少年生擒猛虎的膽魄，充沛的生氣都畢現於生動的形象中。此外，和他們同時的戎昱、戴叔倫的集裏，也有很好的描寫社會民生的作品。戎昱，荆南（今湖北江陵）人，生卒年不詳，他見過杜甫，在詩歌創作上是受過杜甫的影響的。戴叔倫（七三二——七八九），字幼公，金壇人，貞元進士，曾任撫州刺史。

彼鼠侵我廚，縱狸授粱肉。鼠雖為君除，狸食自須足。冀雪大國恥，翻是大國辱。羶腥逼綺羅，塼瓦雜珠玉。登樓非騁望，目笑是心哭。何意天樂中，至今奏胡曲。（戎昱苦哉行之一）

官軍收洛陽，家住洛陽里。夫婿與兄弟，目前見傷死。呑聲不許哭，還遣衣羅綺。上馬隨匈奴，數秋黃塵裏。生為名家女，死作塞垣鬼。鄉國無還期，天津哭流水。（戎昱苦哉行之

二）

乳燕入巢筍成竹，誰家二女耕新穀。無人無牛不及犂，持刀斫地翻作泥。自言家貧母年老，長兄從軍未娶嫂。去年災疫牛囤空，截絹買刀都市中。頭巾掩面畏人識，以刀代牛誰與同？姊妹相攜心正苦，不見路人唯見土。疏通畦隴防亂苗，整頓溝塍待時雨。日正南岡午餉歸，可憐朝雉擾驚飛。東鄰西舍花發盡，共惜餘芳淚滿衣！（戴叔倫女耕田行）

春來耕田遍沙磧，老稚欣欣種禾麥。麥苗漸長天苦晴，土乾确确鉏不得。新禾未熟飛蝗至，青苗食盡餘枯莖。捕蝗歸來守空屋，囊無寸帛瓶無粟。十月移屯來向城，官教去伐南山木。驅牛駕車入山去，霜重草枯牛凍死。艱辛歷盡誰得知？望斷天南淚如雨！（戴叔倫屯田詞）

這一類作品，社會內容很充實，思想性很強。苦哉行反映作者所親眼看到的安史亂後、唐政府借回紇兵平亂所造成的社會苦難。目笑心哭之哀，羶腥胡曲之意，語意非常沉痛。女耕田行一篇，尤爲生動。杜甫所說的「縱有健婦把鋤犂，禾生隴畝無東西」，雖是沉痛，還沒有這篇寫得真實。因爲大戰亂大災疫，哥哥從軍去了，牛也死了，家裏只剩着老母和兩位少女，在無可奈何之中，只好含羞賣絹買刀來耕田地，維持衣食。對着明媚的春光，自傷身世，這種由大亂反映出的鄉村面貌，由貧苦反映出的少女情懷，在這篇作品裏得到很高的表現。屯田詞一章，一面描寫農民的窮困，同時又表現統治階級對他們的種種剝削，在這裏暗示着勞動者的悲苦生活，是非常真切的。在這種情況下，可知杜甫的詩歌，確實在當代的詩壇發生了很大的影響，許多作家都受了他的啓發和教育。

張籍　在這時期，深受杜甫的影響，而成爲杜、白之間的重要作家的是張籍（約七六六——約八三〇），籍字文昌，原籍吳郡，少時曾僑寓於和州烏江（今安徽和縣）。貞元十五年登進士第。他眼睛有病，五十歲時還做着太祝的窮小官。他後來做過水部員外郎，時人稱他爲張水部，晚年爲國子司業，故又稱爲張司業。他的作品是以樂府著名，但五言律詩也有許多好作品。他是最崇拜杜甫的。雲仙雜記說：「張籍取杜甫詩一帙，焚取灰燼，副以膏蜜，頻飲之曰：『令吾肝腸從此改易。』」（唐馮贄撰，但四庫總目謂此書爲宋王銍所僞託。）這一段故事的真實性雖可懷疑，但張籍對於杜甫的欽佩和對於杜詩的學習，是可信的。他許多樂府詩的創作，和杜甫的精神相同，他所取的社會題材也很廣泛。白居易讀了他的作品，稱爲「舉代少其倫」；姚合稱他的詩：「古風無手敵，新語是人知」，都給他很高的評價。他認爲文學應該描寫民生疾苦，應該具有嚴肅的態度。

羌胡據西州，近甸無邊城。山東收稅租，養我防塞兵。胡騎來無時，居人常震驚。嗟我五陵間，農者罷耘耕。邊頭多殺傷，士卒難全形。郡縣發丁役，丈夫各征行。生男不能養，懼身有姓名。良馬不念秣，烈士不苟營。所願除國難，再逢天下平。（西州）

九月匈奴殺邊將，漢軍全沒遼水上。萬里無人收白骨，家家城下招魂葬。婦人依倚子與夫

，同居貧賤心亦舒。夫死戰場子在腹，妾身雖存如晝燭。（征婦怨）

築城處，千人萬人齊抱杵。重重土堅試行錐，軍吏執鞭催作遲。來時一年深磧裏，盡著短衣渴無水。力盡不得休杵聲，杵聲未盡人皆死。家家養男當門戶，今日作君城下土。（築城詞）

他在這裏盡力描寫當日戰亂所帶來的苦難與人民所受於勞役剝削的痛苦。由於封建腐敗政治所造成的鄉村離亂生活和孤兒寡婦的心境，寫得真實沉痛。所謂願除國難，再逢太平，正是廣大人民的願望。如關山月、妾薄命、遠別離、隴頭行、塞下曲、董逃行諸篇，都是這方面的作品。

老農家貧在山住，耕種山田三四畝。苗疏稅多不得食，輸入官倉化為土。歲暮鋤犁傍空室，呼兒登山收橡實。西江賈客珠百斛，船中養犬長食肉。（山農詞）

金陵向西賈客多，船中生長樂風波。欲發移船近江口，船頭祭神各澆酒。停杯共說遠行期，入蜀經蠻遠別離。金多眾中為上客，夜夜算緡眠獨遲。秋江初月猩猩語，孤帆夜發瀟湘渚。水工持檝防暗灘，直過山邊及前侶。年年逐利西復東，姓名不在縣籍中。農夫稅多長辛苦，棄業寧為販寶翁。（賈客樂）

山頭鹿，角芰芰，尾促促。貧兒多租輸不足，夫死未葬兒在獄。旱日熬熬蒸野岡，禾黍不收無獄糧。縣家唯憂少軍食，誰能令爾無死傷？（山頭鹿）

他在這些詩裏，一面譴責封建統治者對於農民的剝削，一面又極力描寫農民生活的苦痛與商人的富裕奢淫。商人是帶着百斛的珠，舒舒適適地東西逐利，自己的生活不必說，養的貓犬，也是天天吃魚吃肉。農民們一年到頭做着不停，所得的結果，是「夫死未葬兒在獄」。在這裏形成兩個階級兩種生活強烈的對照。很明顯的，他在這種作品裏，提出一個非常嚴重的社會問題，這便是商人的抬頭，商業資本的發展，同統治階級互相勾結，加重對農民的剝削，促成農村生活的破產，而成爲社會動亂的根源。這意義正如鼂錯所說：「商賈大者積貯倍息，小者坐列販賣。操其奇贏，日遊都市，乘上之急，所賣必倍，故其男不耕耘，女不蠶織，衣必文采，食必粱肉。……因其富厚，交通王侯，力過吏勢，以利相傾。千里敖遊，冠蓋相望，乘堅策肥，履絲曳縞。此商人所以兼併農人，農人所以流亡也。」（論貴粟疏）這雖說的是漢代，却也代表了封建社會中官商勾結下農民被迫流亡的普遍現象。張籍看到這一點，並能在作品中用藝術的形式表現出來，而成爲富於現實性的優秀作品。並且統治階級方面，對於民眾一點也不加體恤，打起仗來要徵兵，窮了要催稅，戰亂平後，做官的還是做官，百姓的生死存亡，就無人理會了。在他的廢宅行一篇裏，眞實地描寫了兵亂後的荒涼景象，「亂定幾人還本土？唯有官家重作主」，對封建統治者表示了強烈的不滿。

其次，他在另一方面，又注意到婦女問題。前人的詩，雖多歌詠婦女之作，大半都把婦女的人格和思想感情作了歪曲的描寫，很少有人想到婦女在社會上應有的地位，和她們的生活與道德問題。他在妾薄命、別離曲諸篇裏，都代替婦女喊冤訴苦，覺得婦女有她們的生活要求，有她們的青春幸福，男子長年在外面，把女子拋棄在家裏，實在是最不合理的。「男兒生身自有役，那得誤我少年時？」（別離曲）在封建社會裏提出這樣的問題，實際是對舊道德的反抗。他在這方面的代表作，是他的離婦。

十載來夫家，閨門無瑕疵，薄命不生子，古制有分離。託身言同穴，今日事乖違。念君終棄捐，誰能強在茲？堂上謝姑嫜，長跪請離辭。姑嫜見我往，將決復沈疑。與我古時釧，留我嫁時衣。高堂拊我身，哭我於路陲。昔日初為婦，當君貧賤時。晝夜常紡績，不得事蛾眉。辛勤積黃金，濟君寒與飢。洛陽買大宅，邯鄲買侍兒。夫壻乘龍馬，出入有光儀。將為富家婦，永為子孫資。誰謂出君門，一身上車歸。有子未必榮，無子坐生悲。為人莫作女，作女實難為。

這是一篇婦女在封建家庭的悲劇詩，離婦篇的主角，是一個辛勞忠誠的女子，嫁給一個出身貧賤的丈夫，開始是同甘共苦，經她辛勤的操作，創立家業，買了房屋，買了車馬，可以過一點快樂生活了，不料因一個不生兒子的問題，逼得她離開家庭，去過苦痛黑暗的生活。這是最不公平最不人道的事，而社會上卻全承認這是合理的制度和公平的道德。一千多年來，從沒有對這種制度作過這樣尖銳的抨擊，因此也就不知道有多少女人在這種宗法制度下，犧牲了她的幸福。「爲人莫作女，作女實難爲」，真是封建社會女人心中最悲痛的呼喊。作者能在這方面注意到從未爲人所注意的問題，加以描寫和提出，而變爲婦女的同情者與代言人了。再如董公詩，表示統治階級應當有憂民救世的心懷，天下方可太平，學仙一篇，更是盡力攻擊當日流行的仙道風氣，都是切中時弊。白居易讀他的詩說：

張君何為者？業文三十春。尤工樂府詩，舉代少其倫。為詩意如何？六義互鋪陳。風雅比興外，未嘗著空文。讀君學仙詩，可諷放佚君。讀君董公詩，可誨貪暴臣。讀君商女詩，可感悍婦仁。讀君勤齊詩，可勸薄夫淳。上可裨教化，舒之濟萬民。下可理情性，卷之善一身。始從青衿歲，迨此白髮新。日夜秉筆吟，心苦力亦勤。時無采詩官，委棄如泥塵。恐君百歲後，滅歿人不聞。……言者志之苗，行者文之根。所以讀君詩，亦知君為人。如何欲五十，官小身賤貧。病眼街西住，無人行到門。（讀張籍古樂府）

商女、勤齊二篇，張籍集中不載，想已亡佚，果然應了白氏「恐君百年後，滅歿人不聞」的話。據張司業集序中說：「自皇朝多故，屢經離亂，公之遺集，十不存一。」由此可知他的作品遺失必然很多，決不止商女、勤齊二篇，這真是可惜的。至於白氏在最後所描寫他的窮病蕭條的慘狀，就是我們現在讀了，對於這位不幸的詩人，也要寄以無限的同情。

王建　王建（約七六六——約八三〇），字仲初，潁川（今河南許昌）人。出身寒微。曾官陜州司馬，一度從軍塞上，晚境極爲貧困。他雖以宮詞著稱，然實長於樂府，後人如嚴羽、高棅等對他的樂府，有很高的評價。他所攝取的題材很廣泛，邊陲、農村、水夫、漁人、蠶婦、織女以及民間傳說、家庭生活等都有，可見詩人能關心複雜的社會現象。如簇蠶辭、當窗織、水夫謠、田家行、羽林行、織錦曲諸篇，都是反映現實社會問題，反映階級矛盾的作品，而具有民歌的流暢清新的特點。茲舉當窗織、羽林行二篇爲例：

歎息復歎息，園中有棗行人食。貧家女為富家織，翁母隔牆不得力。水寒手澀絲脆斷，續來續去心腸爛。草蟲促促機下鳴，兩日催成一匹半。輸官上頭有零落，姑未得衣身不着。當窗卻羨青樓倡，十指不動衣盈箱。（當窗織）

長安惡少出名字，樓下劫商樓上醉。天明下直明光宮，散入五陵松柏中。百回殺人身合死，赦書尚有收城功。九衢一日消息定，鄉吏籍中重改姓。出來依舊屬羽林，立在殿前射飛禽。（羽林行）

前首寫得悲痛，後首寫得憤慨。作者對被壓迫者的苦痛表示深切同情，對封建爪牙和殘酷剝削，予以揭露和譴責，是新樂府中的優秀作品。王建與張籍齊名，並有深厚的友誼，集中贈答的詩很多。「年狀皆齊初有髭，鵲山漳水每追隨。使君座下朝聽易，處士庭中夜會詩。新作句成相借問，閑求義盡共尋思。經今三十餘年事，卻說還同昨日時。」（張籍逢王建有贈）一面說明他們的友情，同時也告訴我們他倆是同年生的。

四　白居易的文學理論與作品

白居易是現實主義詩人，新樂府運動有力的領導者。

由八世紀中葉到九世紀，是唐代文學甚至是中國文學史上一個非常重要的時期。這一時期文學的重要特徵，是現實主義進一步的發展。不僅作品是如此，文學理論也提高了。在理論上獲得重大發展的是白居易。

白居易的文學理論

白居易（七七二——八四六），字樂天，其先太原人，後遷居下邽（今陝西渭南附近）。自幼聰慧，刻苦讀書，有口舌成瘡、手肘成胝的苦況。貞元十五年以進士就試，擢甲科，授祕書省校書郎。曾授左拾遺、左贊善大夫，因得罪權貴，貶江州司馬。後歷任忠州、杭州、蘇州刺史，太和年間，授太子少傅，會昌初官刑部尙書。死時年七十五歲。白居易在官場中雖曾身居要職，並不是富貴家子弟，他是從困苦的環境中奮鬬出來的。在他的少年生活中，早已體驗了貧窮的實況與農村的艱苦。後來到了政界，當日荒亂衰敗的政治現象，更促成他有憂民救世、改革社會的思想。在策林裏，可以看到他對於政治的積極意見。同時，他主張要利用文學來作爲一種改革社會人羣的工具，來作爲傳達民意、抨擊黑暗政治的武器。文學的任務，不只是追求藝術形式，最重要的是要使它具有社會功能和教育意義。他檢查過去的作品，能實踐着這種任務的，是少而又少。因此，他對於過去那些追求形式的輕豔華靡的各種作品，一概加以攻擊，發表了激烈的意見：

夫文尚矣，三才各有文。天之文三光首之，地之文五材首之，人之文六經首之。就六經言，詩又首之。何者？聖人感人心而天下和平。感人心者莫先乎情，莫始乎言，莫切乎聲，莫深乎義。詩者根情苗言，華聲實義。上自聖賢，下至愚騃，微及豚魚，幽及鬼神，羣分而氣同，形異而情一，未有聲入而不應，情交而不感者。聖人知其然，因其言，經之以六義；緣其聲，緯之以五音。音有韻，義有類，韻協則言順，言順則聲易入。類舉則情見，情見則感易交。……洎周衰秦興，採詩官廢，上不以詩補察時政，下不以歌洩導人情。乃至於諂成之風動，救失之道缺，於時六義始刓矣。國風變為騷辭，五言始於蘇、李。蘇、李騷人，皆不遇者，各繫其志，發而為文，故河梁之句，止於傷別；澤畔之吟，歸於怨思。徬徨抑鬱，不暇及他耳。然去詩未遠，梗概尚存。……於時六義始缺矣。晉、宋已還，得者蓋寡。以康樂之奧博，多溺於山水；以淵明之高古，偏放於田園；江、鮑之流，又狹於此。如梁鴻五噫之例者，百無一二焉。於時六義寖微矣，陵夷矣。至於梁、陳間，率不過嘲風雪弄花草而已。噫，風雪花草之物，三百篇中豈舍之乎？顧所用何如耳。設如「北風其涼」，假風以刺威虐也。「雨雪霏霏」，因雪以愍征役也。「棠棣之華」，感華以諷兄弟也。「采采芣苢」，美草以樂有子也。皆興發於此，而義歸於彼，反是者可乎哉？然則「餘霞散成綺，澄江淨如練」、「離花先委露，別葉乍辭風」之什，麗則麗矣，吾不知其所諷焉。故僕所謂嘲風雪弄花草而已，於是六義盡去矣。唐興二百年，其間詩人不可勝數。……又詩之豪者世稱李、杜，李之作才矣奇矣，人不逮矣；索其風雅比興，十無一焉。杜詩最多，可傳者千餘首，……然撮其新安吏、石壕吏、潼關吏、塞蘆子、留花門之章，「朱門酒肉臭，路有凍死骨」之句，亦不過三四十首，杜尚如此，況不逮杜者乎？（與元九書）

這是一篇最大膽最有力的文學運動的宣言，在這篇文字裏，對於文學遺產，作了大膽的批判和正確的評價。杜甫有這種意見，沒有說出來，韓愈、柳宗元有些這種看法，雖是說了一些，但是說得不清楚，時時夾雜着道統聖賢的封建保守的理論，反而使他們的文學主張模糊了。只有白居易說得又平淺又有條理，使人一望就可領略他的要點。這一篇宣言，可以代表八世紀中期到九世紀中期將近百年的文學運動最進步的主張。從這些文字裏，可以得到幾個要旨。

一、他承認文學有很高的意義與價值，它的重要使命，是要補察時政洩導人情。因此文學應該是以情為根，以義為實，以言為苗，以聲為華。要這樣才可以文質並重，一面既不致於輕視文學的思想內容，同時又可顧到文學的藝術價值。

二、自三百篇以後，中國的文學漸漸地離開它的重要使命，而趨於形式的個人的道路。這種趨勢，一個時代比一個時代厲害，到了南朝，成爲「嘲風雪弄花草」的貧血症。他嚴厲地批判了六朝的文風，特別強調杜甫的價值，指出文學的明確方向。

三、強調學習詩經的優良傳統，文學要有興寄、諷諭的方法和內容，因此，他便下了改革文學的決心。他說：「僕常痛詩道崩壞，忽忽憤發，或食輟哺，夜輟寢，不量才力，欲扶起之。」這正與陳子昂、李白反六朝詩風，韓愈反駢文的氣概與決心相同。他在寄唐生詩中云：「不能發聲哭，轉作樂府詩。篇篇無空文，句句必盡規。……非求宮律高，不務文字奇。惟歌生民病，願得天子知。」又在新樂府序中說：「其辭質而徑，欲見之者易喻也；其言直而切，欲聞之者深誡也；其事覈而實，使采之者傳信也；其體順而肆，可以播於樂章歌曲也。總而言之，爲君爲臣爲民爲物爲事而作，不爲文而作也。」他的態度非常顯明，文學的第一義，是要具有社會教育意義，所以不求文字宮律的奇美，主要的是求其內容的充實與諷刺的作用，因此便達到他的「文章合爲時而著，歌詩合爲事而作」的反對爲藝術而藝術的結論。

白居易的文學理論，具有進步的歷史意義。他是在孔子、王充、陸機、劉勰、鍾嶸、陳子昂、李白、杜甫的思想基礎上發展起來的，他總結並且提高了前人的理論，進一步發展了現實主義的理論內容。但必須看到，白居易的詩論，其最終目的，還是爲了緩和階級矛盾，爲了鞏固封建王朝的統治。

白居易的作品　白居易不是空言文學改革的人，他有許多優秀的創作，來實踐他的理論。諷諭詩一百七十多篇，是他在這方面的巨大成就。其中秦中吟與新樂府，爲他的代表作。這些富於現實性、人民性的作品，大都產生在他三十五歲到四十五歲的期間。這一時期，他的現實主義力量最充沛，眼光最銳敏，思想最堅實，創作的方向最明確，作品的藝術形象最爲鮮明。諷諭詩的最大特色，是廣泛地反映了勞動人民的悲慘生活，揭露封建統治階級的殘酷剝削與荒淫腐朽的本質，提出許多嚴重的社會問題，具有深厚同情人民的思想和強烈的鬬爭力量。同時，他在詩歌語言上，有意識地要求通俗化，這在詩歌藝術的普及上，在詩歌藝術與人民聯繫的要求上，有很重要的意義。惠洪冷齋夜話云：「白樂天每作詩，令老嫗解之。問曰：解否？嫗曰解，則錄之，不解則易之，故唐末之詩近於鄙俚。」蘇軾說「白俗」，王安石說「白俚」，似乎都在貶他，其實這正是白詩的特色，正是白居易的詩歌語言接近人民的重要說明。

意氣驕滿路，鞍馬光照塵。借問何為者？人稱是內臣。朱紱皆大夫，紫綬或將軍。誇赴軍中宴，走馬去如雲。罇罍溢九醞，水陸羅八珍。果擘洞庭橘，鱠切天池鱗。食飽心自若，酒酣氣益振。是歲江南旱，衢州人食人。（輕肥）

帝城春欲暮，喧喧車馬度。共道牡丹時，相隨買花去。貴賤無常價，酬直看花數。灼灼百朵紅，戔戔五束素。上張幄幕庇，旁織笆籬護。水洒復泥封，移來色如故。家家習為俗，人人

迷不悟。有一田舍翁，偶來買花處，低頭獨長歎，此歎無人諭：一叢深色花，十户中人賦。（買花）

新豐老翁八十八，頭鬢眉鬚皆似雪。玄孫扶向店前行，左臂憑肩右臂折。問翁臂折來幾年？兼問致折何因緣？翁云貫屬新豐縣，生逢聖代無征戰。慣聽梨園歌管聲，不識旗槍與弓箭。無何天寶大徵兵，户有三丁點一丁。點得驅將何處去，五月萬里雲南行。聞道雲南有瀘水，椒花落時瘴烟起。大軍徒涉水如湯，未過十人二三死。村南村北哭聲哀，兒別爺孃夫別妻。皆云前後征蠻者，千萬人行無一迴。是時翁年二十四，兵部牒中有名字。夜深不敢使人知，偷將大石鎚折臂。張弓簸旗俱不堪，從茲始免征雲南。骨碎筋傷非不苦，且圖揀退歸鄉土。此臂折來六十年，一肢雖廢一身全。至今風雨陰寒夜，直到天明痛不眠。痛不眠，終不悔，且喜老身今獨在。不然當時瀘水頭，身死魂孤骨不收。應作雲南望鄉鬼，萬人塚上哭呦呦。老人言，君聽取，君不聞開元宰相宋開府，不賞邊功防黷武！又不聞天寶宰相楊國忠，欲求恩幸立邊功。邊功未立生人怨，請問新豐折臂翁。（新豐折臂翁）

杜陵叟，杜陵居，歲種薄田一頃餘。三月無雨旱風起，麥苗不秀多黃死。九月降霜秋早寒，禾穗未熟皆青乾。長吏明知不申破，急斂暴征求考課。典桑賣地納官租，明年衣食將何如？剝我身上帛，奪我口中粟。虐人害物卽豺狼，何必鉤爪鋸牙食人肉！不知何人奏皇帝，帝心

惻隱知人弊。白麻紙上書德音，京畿盡放今年稅。昨日里胥方到門，手持敕牒榜鄉村。十家租稅九家畢，虛受吾君蠲免恩。（杜陵叟）

這些詩的主題，非常明確。封建統治階級加於民衆的殘酷剝削，窮兵黷武的戰爭帶給人民的苦難，以及大官和窮苦人民對立的種種不平現象，作者盡力地加以描寫和暴露。作者是站在民衆這一面，替民衆呼號叫喊，無論是怨恨或是憤怒，表達了人民大衆的思想感情，白居易在這一方面，繼承了詩經的風、雅、漢代的樂府歌辭以及李白、杜甫作品的精神，有意識地造成一個有力的新樂府運動，這一運動，成爲中晚唐詩歌的主流。

諷諭詩以外，白居易的敍事詩也有很高的成就。在他的樂府詩裏，如折臂翁、上陽白髮人、縛戎人等篇，都是通過敍述故事的手法表現出來的。膾炙人口的長恨歌與琵琶行，是他敍事詩中的傑作。這兩首詩流傳在人民的口頭最爲普遍，還被後人改爲小說、戲曲、彈詞，是兩篇最富於感染性的作品。

長恨歌是白居易早年所作，寫明皇誤國、貴妃死難的悲劇。這篇作品受有當代傳奇文學的影響，再加以神仙、道士的穿插，豐富奇詭的想像，使這一故事充滿了戲劇性的色彩。作者一面對封建統治階級的荒淫誤國，作了強烈的批判與諷刺，同時，通過美化的藝術形象，把一個宮廷的戀愛故事，描寫得非常美麗動人，在歌頌愛情這一點上，由於藝術的感染力量，得到了讀者的傳誦和喜愛。佈局謹嚴，故事曲折，語言美麗，形象鮮明，是長恨歌的藝術特色。

琵琶行是白居易在政治上失敗貶江州司馬時所作。比起長恨歌來，它更富於現實意義。作品以琵琶女的淪落身世爲主題，再結合作者自己在政治上所受的迫害，反映出被壓迫者的悲慘命運。作者以非常同情的詩筆，把那一個「門前冷落車馬稀，老大嫁作商人婦」的琵琶女的生活感情，極其生動地描繪出來。「同是天涯淪落人，相逢何必曾相識」，表露出他們之間共同的不幸遭遇和悲憤的情感。在中唐商業經濟發達城市繁榮的環境裏，在當日互相排擠傾軋的政治環境裏，琵琶女的形象和作者的境遇，都是具有典型意義的。這詩的藝術特色，是充分運用優美明快和富於音樂感的語言，襯托蕭瑟淒涼的自然景色，成爲敘事詩中的傑作。

此外，還應當指出白居易詩歌中所反映的婦女問題。他和前述的張籍一樣，對封建社會中婦女的悲慘陰暗的命運，表現出深厚的同情和真誠的關懷，而感應的敏銳，態度的明確，則又過之。從幽居深宮的白髮宮女，到淪落江頭的長安歌妓，作者都通過氣氛的渲染，婉轉曲折地寫出了她們一生的無告無望的境遇，並爲她們作了強烈的不平之鳴。而太行路中的「人生莫作婦人身，百年苦樂由他人」，尤爲沉痛悽惻，也闡明了白居易確是忠實地在實踐「歌詩合爲事而作」的主張的。

然而白居易是一個活了七十五歲的長壽詩人。他隨着年齡的衰老、政治的失望，更重要的是佛教思想的影響，使得他的晚年，轉變爲高人隱士的恬靜生活。他自己在池上篇的序中說：「酒酣琴罷，又命樂童登中島亭，合奏霓裳散序，聲隨風飄，或凝或散，悠揚於竹煙波月之際者久之。曲未竟，而樂天陶然石上矣。」他晚年好釋老之學，與僧如滿結香火社，往來香山之間，自稱香山居士。在他的集中，有「閒適」一類，他自己說是知足保和、吟玩情性之作。這些作品同他的諷諭詩比較起來，確實是社會性減少，個人性加多，由熱烈的鬪爭與攻擊，變爲平和的閑澹的情調，失去了前期現實主義的光彩。但是，在這些詩篇中，也有少數反映出他的純樸生活和不甘同流合污的作品。他的閑居詩云：「肺病不飲酒，眼昏不讀書。端然無所作，身意閑有餘。雞棲籬落晚，雪映林木疎。幽獨已云極，何必山中居。」看他肺也病了，眼也昏了，到了這種境界，就失去壯年時代的積極精神，終歸於「栖心釋梵，浪跡老莊」的地步了。消極思想的發展，使其創作失去了光輝，文學批評的精神也日趨於衰頽。他將他自己的詩，分爲諷諭、閒適、感傷、雜律四類。他認爲除了一二兩類値得保存以外，其餘都應該刪棄，在這裏，同樣表現出他對閒適詩的重視。

元稹是白居易的詩友，是新樂府運動有力的支持者。他倆的詩歌風格近似，世稱元、白。

元稹　元稹（七七九——八三一），字微之，河南（今河南洛陽）人。家庭貧困，刻苦自學。貞元間進士。穆宗時曾作宰相，因與裴度不容，罷相而去。後歷任同州、越州刺史兼浙東觀察使，武昌軍節度使，以暴疾卒於武昌，年五十三。元稹對於文學的見解，和白居易相同。他在樂府古題序中，對古代文學，作了與白氏同樣意見的評論。又在敍詩寄樂天書中說：「得杜甫詩數百首，愛其浩蕩津涯，處處臻到，始病沈、宋之不存寄興，而訝子昂之未暇旁備矣。」他在杜甫的墓誌銘裏，尊杜抑李，這看法和白居易也是一致的。再他在和李校書新題樂府序中說：「予友李公垂（李紳）貺予樂府新題二十首，雅有所謂，不虛爲文。予取其病時之尤急者列而和之，蓋十二而已。昔三代之盛也，士議而庶人謗。又曰：世理則詞直，世忌則詞隱。予遭理世，而君盛聖，故直其詞以示後，使夫後之人，謂今日爲不忌之時焉。」他所說的，正是白居易的文學合爲時事而作的見解。又由於元、白兩人的見解相接近，所以友誼也十分深篤，元稹聽到白居易謫爲江州司馬時，曾寫了一詩：「殘燈無焰影憧憧，此夕聞君謫九江。垂死病中驚坐起，暗風吹雨入寒窗。」白居易也有藍橋驛見元九詩：「藍橋春雪君歸日，秦嶺秋風我去時。每去驛亭先下馬，循牆繞柱覓君詩。」他們兩人的感情，可於這兩首詩中見之。

元稹有樂府古題十九首（和劉猛及李餘的），新題樂府十二首（和李紳的），都在一定程度上，反映了民生的疾苦和階級的剝削。在這些作品中，可以看出他作詩的精神。

織婦何太忙，蠶經三臥行欲老。蠶神女聖早成絲，今年絲稅抽徵早。早徵非是官人惡，去歲官家事戎索。征人戰苦束刀瘡，主將勳高換羅幕。繅絲織帛猶努力，變緝撩機苦難織。東家頭白雙女兒，為解挑紋嫁不得。簷前嫋嫋游絲上，上有蜘蛛巧來往。羨他蟲豸解緣天，能向虛空織羅網。（織婦詞）

牛吒吒，田确确，旱塊敲牛蹄趵趵，種得官倉珠顆穀。六十年來兵簇簇，月月食糧車轆轆。一日官軍收海服，驅牛駕車食牛肉。歸來收得牛兩角，重鑄鋤犂作斤劚。姑舂婦擔去輸官，輸官不足歸賣屋。願官早勝讎早覆，農死有兒牛有犢，誓不遣官軍糧不足。（田家詞）

這些作品，眞實地反映了勞動人民的窮苦生活。再有估客樂長詩一篇，描寫了在當代商業經濟發達的環境中，商人唯利是圖和他們的奢侈生活的眞實面貌。連昌宮詞是一篇諷刺政治描寫離亂的敘事詩，也是以安祿山事變爲背景，後世曾將它與長恨歌並稱。

在白居易、元稹時代，盡力於新樂府運動的還有李紳、劉猛、李餘、唐衢諸人，可惜他們的詩都不傳了。李紳現存昔遊詩三卷、雅詩一卷，元稹所和他的樂府詩並不在內，不知何故。但他的憫農詩確是好的。詩云：「春種一粒粟，秋收萬顆子。四海無閑田，農夫猶餓死。」其二云：「鋤禾日當午，汗滴禾下土。誰知盤中飧，粒粒皆辛苦。」（見唐詩紀事）以通俗淺顯的詩句，眞實地反映出封建社會農民們的悲慘生活和痛苦的感情，有強烈的感人力量。

劉禹錫　元稹死後，和白居易齊名的有劉禹錫（七七二——八四二），故世亦稱劉白。禹錫字夢得，唐書說他是彭城人，當是舉他的郡望而言，實爲中山無極（今屬河北）人。貞元間進士。因與柳宗元等參加王叔文集團，一度貶爲朗州（今湖南常德）司馬，遷連州（今廣東連縣）刺史，爲當時八司馬之一，後官終檢校禮部尙書。他繼柳宗元的天說作天論三篇，創立「天與人交相勝還相用」之說，力斥世俗的因果、感應的論調，在政治態度和哲學思想上，都具有鮮明的進步傾向。因此，表現在詩歌內容方面，每每就日常生活中所見所聞的，發爲憤時諷世之詞，如聚蚊謠、飛鳶操、賈客詞、插田歌等，或指責小人的得勢，或揭露貧富的對立，都是寄託深遠，有感而發。

其次，由於劉禹錫曾遠貶南荒，接觸了當地人民的生活，並努力學習民歌中的健康活潑的優點，因而寫出了不少具有特殊風格的作品，其中如竹枝詞、踏歌詞、楊柳枝詞、浪淘沙、隄上行等，都是色澤清瑩、音調和美，爲唐詩中別開生面之作，也是劉詩中的精華部分。

楊柳青青江水平，聞郎江上唱歌聲：東邊日出西邊雨，道是無晴却有晴。（竹枝詞）

山桃紅花滿上頭，蜀江春水拍山流，花紅易衰似郎意，水流無限似儂愁。（竹枝詞）

春江月出大堤平，堤上女郎聯袂行。唱盡新詞歡不見，紅霞映樹鷓鴣鳴。（踏歌詞）

九曲黃河萬里沙，浪淘風簸自天涯。如今直上銀河去，同到牽牛織女家。（浪淘沙）

作者在竹枝詞的序言中，曾說他的這些詩歌，是受了屈原九歌的啓迪而作的。這說明了作者不僅是在繼承屈原的善於學習民歌的創作傳統，也流露出他當時遭受政治迫害的心情。除這些作品以外，劉禹錫的一些弔古傷今之作如石頭城、烏衣巷、西塞山懷古等篇，也都爲後人所傳誦。劉禹錫的詩，善於抒情，短篇勝於長篇。在反映現實生活的思想內容上，雖不如白居易，但善於吸取民歌的精華，而具有優美圓熟的藝術技巧。

五　孟韓的詩風

在杜甫到元、白這一新樂府運動的主要潮流中，另有幾位詩人，比較偏重藝術技巧的新創，在風格上別成一派，並且對於後代的詩人也發生很大的影響的，是以孟郊、韓愈爲代表的奇險冷僻的一派。賈島、盧仝、馬異、劉叉，都是這一派的詩人。

孟郊　孟郊（七五一——八一四），字東野，湖州武康（今屬浙江）人，少隱居嵩山。他賦性狷介，生活非常窮困。一再下第，到了年近五十，才登進士，任溧陽縣尉。晚年兒子死去，極爲傷感。中間雖有李觀、韓愈、李翺諸人用力薦他，也只做到一個判官。他有贈崔純亮詩云：「食薺腸亦苦，強歌聲無歡。出門卽有礙，誰謂天地寬。」這正畫出這位窮苦詩人的悲涼心境。在他的詩裏，表露出封建社會知識分子懷才不遇的苦境和對於窮困者的同情。

孟郊的詩，傾心於技巧，用字造句，費盡苦心。他要務去陳言，立奇驚俗。這種詩的好處，是能救平滑淺露之失，而其弊病，卻又冷僻艱澀，但他的作詩態度是非常嚴肅認真的。杜甫所說的「語不驚人死不休」，正是他們這一派人努力的目標。

臥冷無遠夢，聽秋酸別情。高枝低枝風，千葉萬葉聲。淺井不供飲，瘦田長廢耕。今交非古交，貧語聞皆輕。（秋夕貧居述懷）

孤骨夜難臥，吟蟲相唧唧。老泣無涕洟，秋露為滴瀝。去壯暫如剪，來衰紛似織。觸緒無新心，叢悲有餘憶。詎忍逐南帆，江山踐往昔。（秋懷十五首之一）

惡詩皆得官，好詩空抱山。抱山冷殑殑，終日悲顏顏。好詩更相嫉，劍戟生牙關。前賢死已久，猶在咀嚼間。以我殘杪身，清峭養高閑。求閑未得閑，眾誚瞋䖘䖘。（懊惱）

無子抄文字，老吟多飄零。有時吐向床，枕席不解聽。鬫蟻甚微細，病聞亦清泠。小大不自識，自然天性靈。（老恨）

在這些詩裏，一面可以看出他的悲憤的感情和窮困寒苦的生活，同時也表現出他作品的特殊風格。他的造句用字，確有特點。再如他的長安道、出門行、織婦辭、長安早春、寒地百姓吟諸篇，或抒悲憤的感情，或寫不平的懷抱，或反映社會生活，與當日新樂府運動的精神，是完全一致的。而遊子吟、聞砧等詩，語言樸質自然，感情細致委婉，頗有古樂府的風味，與上述這些詩的風格則又很不相同了。

韓愈　韓愈本以散文著名，但在詩歌上也有獨自的成就，他是唐詩中的一大家。他有才力與氣魄，學力又非常雄厚，形成他自己的風格。

一、用作散文的方法作詩，開展一個新局面。如南山中連用或字五十一句，那完全近於散文，因爲過於重複，很容易破壞詩的和諧性與完整性。南山中歷敘山石草木，月蝕中歷敘四方神祇，譴瘧鬼中歷敘醫師祖師符師，那種鋪張排比的方法，與司馬相如、揚雄作賦的手法相同。這種形式對於詩歌是不利的。

二、用奇字，造怪句。韓愈是一個熟讀尙書、詩經和說文解字的文人。他做起詩來喜用奇字險韻。明明是一句很平淺的意思，他偏要用那些古怪字眼，令人讀時要去翻字典。至於他的造句，更和旁人不同。在陸渾山火詩裏，有「虎熊麋豬逮猴猨，水龍鼉龜魚與黿，鴉鴟鵰鷹雉鵠鵾，燖炰煨爊孰飛奔」這類奇怪的句子。人家的五言，多半是上二下三，他偏用上三下二或上一下四的拗句。如「有窮者孟郊」（薦士）和「乃一龍一豬」（符讀書城南）等等，人家的七言通常是上四下三，他偏要造上三下四的形式，如「子去矣時若發機」（送區弘南歸）等等，這些都是很突出的例子。

韓愈稱讚孟郊的詩說：「東野動驚俗，天葩吐奇芬」（醉贈張祕書），所謂吐奇驚俗，正是他自己所努力的目標，他在每一篇詩裏，都想做到這一點。他在薦士中評論孟郊的詩，說過「橫空盤硬語，妥帖力排奡」的話。這十個字拿來評韓愈自己的作品，倒是最適當的了。趙翼說：「至昌黎時，李、杜已在前，縱極力變化，終不能再闢一徑。惟少陵奇險處，尙有可推擴。故一眼覷定，欲從此闢山開道，自成一家，此昌黎注意所在也。然奇險處，亦自有得失。蓋少陵才思所到，偶然得之，而昌黎則專以此求勝，故時見斧鑿痕跡，有心與無心異也。」（甌北詩話）他這種分析與批評，有一定的理由。宋人沈括說「退之詩押韻之文耳，雖健美富贍，然終不是詩。」（惠洪冷齋夜話引），明人王世貞也說「韓退之於詩本無所解，宋人呼爲大家，直是勢利。」（藝苑卮言）只看到他的缺點，沒有看到他的優點，因此就顯得片面了。

韓愈詩歌的最大特色，是氣象雄渾，筆力剛勁，務去陳言，富於獨創，一掃庸俗浮淺之風。李肇唐國史補云：「大歷之風尙浮，貞元之風尙蕩。」韓愈的詩歌，在反對當日流行的輕浮靡蕩的詩風上，是起了很大的作用的。他以文爲詩，別開蹊徑，同他反駢復古的散文運動的思想是一致的。問題不在於以文爲詩，而在於以文爲詩有沒有成就；韓愈在這方面雖有缺點，但也創作了許多優秀的詩篇。

山石犖确行徑微，黃昏到寺蝙蝠飛。升堂坐階新雨足，芭蕉葉大梔子肥。僧言古壁佛畫好，以火來照所見稀。鋪床拂席置羹飯，疏糲亦足飽我飢。夜深靜臥百蟲絕，清月出嶺光入扉。天明獨去無道路，出入高下窮煙霏。山紅澗碧紛爛漫，時見松櫪皆十圍。當流赤足踏澗石，水聲激激風吹衣。人生如此自可樂，豈必局束為人鞿！嗟哉吾黨二三子，安得至老不更歸。（山石）

纖雲四卷天無河，清風吹空月舒波。沙平水息聲影絕，一杯相屬君當歌。君歌聲酸辭且苦，不能聽終淚如雨。洞庭連天九疑高，蛟龍出沒猩鼯號。十生九死到官所，幽居默默如藏逃。下床畏蛇食畏藥，海氣濕蟄熏腥臊。昨者州前搥大鼓，嗣皇繼聖登夔皐。赦書一日行萬里，罪從大辟皆除死。遷者追回流者還，滌瑕蕩垢清朝班。州家申名使家抑，坎軻祇得移荆蠻。判司官卑不堪說，未免捶楚塵埃間。同時輩流多上道，天路幽險難追攀。君歌且休聽我歌，我歌今與君殊科。一年明月今宵多，人生由命非由他。有酒不飲奈明何？（八月十五日夜贈張功曹）

這是韓集中通順流暢的好詩，也最能表現韓愈詩歌藝術的獨具風格。好處是清新而不險怪，雄俊而不艱澀。在這些詩裏，我們可以看出他心中有無限的感慨，有被壓抑的悲哀，信筆直書，才情横溢，沒有一點矯揉做作的痕跡。再如歸彭城的反映現實，華山女揭露女道士的醜態，都是優秀的作品。至於他的城南聯句、鬬雞聯句、元和聖德詩、陸渾山火、月蝕、譴瘧鬼諸篇，心中本無情感衝動，只想在文字上爭奇鬬勝、標奇立異，於是大掉書袋，大用典故，結果是佶屈聱牙，詩情大減了。

唐代詩歌，一變於陳子昂，再變於李白，三變於杜甫，四變於韓愈。葉燮說：「韓愈爲唐詩之一大變。其力大，其思雄，崛起特爲鼻祖，宋之蘇、梅、歐、蘇、王、黃，皆愈爲之發其端，可謂極盛。」（原詩內篇）前人評韓愈，或褒或貶，頗有誇張之處。韓愈是唐代重要詩人之一，特別是對於宋人發生過很大影響這一點，是值得我們注意的。

孟、韓以外，我們要介紹的是賈島。

賈島　賈島（七七九——八四三），字閬仙，一作浪仙，范陽（今河北涿縣）人。初爲僧，名無本，韓愈勸之還俗，屢舉進士不第，文宗時爲長江主簿，故世人稱爲賈長江。他的境遇，非常窮困，和孟郊相似，他的詩也很像孟郊，充滿了寒酸枯槁的情調。在他們的詩中，都缺少韓愈的雄渾氣魄，這與他們的生活境遇有關。前人所說的「郊寒島瘦」，不僅說明了他們詩的風格，並且把他們的生活狀態也說明了。又有人把清奇僻苦四字來形容他們的詩，也是十分精當的評語。賈島作詩的態度極爲刻苦認真。據唐宋遺史載：「賈島苦吟赴舉，至京師，得句云：『鳥宿池邊樹，僧敲月下門。』又欲改『敲』爲『推』，騎驢舉手吟哦，引手推敲之勢，不覺衝京尹韓退之節，左右擁之至，具述其事，退之笑曰：『作敲字佳。』乃命乘驢並轡哦詩，久之而去。」（轉引自曾慥類說）可知他作詩，真是一字不苟，刻苦推敲，真想吐奇驚俗。他自己也說「二句三年得，一吟雙淚流。知音如不賞，歸臥故山秋」，這是他做出「獨行潭底影，數息樹邊身」（送無可上人）兩句得意之作以後，所得到的體會，這是何等認真的態度。孟郊長於五古，韓愈長於七古，賈島則以五律著名。他在刻畫自然風物的幽深清峭的形象上，表現了優美的技巧。

閑居少隣並，草徑入荒園。鳥宿池邊樹，僧敲月下門。過橋分野色，移石動雲根。暫去還來此，幽期不負言。（題李凝幽居）

倚杖望晴雪，溪雲幾萬重。樵人歸白屋，寒日下危峯。野火燒岡草，斷煙生石松。卻迴山寺路，聞打暮天鐘。（雪晴晚望）

天寒吟竟曉，古屋瓦生松。寄信船一隻，隔鄉山萬重。樹來沙岸鳥，窗度雪樓鐘。每憶江中嶼，更看城上峯。（題朱慶餘所居）

圭峯霽色新，送此草堂人。麈尾同離寺，蛩鳴暫別親。獨行潭底影，數息樹邊身。終有煙霞約，天台作近鄰。（送無可上人）

這些詩真可算得是清奇僻苦的作品。但是因爲他過於刻劃，過於求新求奇，所以總是佳句多而佳篇少。孟郊的詩是如此，賈島的律詩更是如此。就在上面所舉的這幾首裏，這種情形也很顯然。但韓愈對於他們，卻是推崇備至。他有詩云：「孟郊死葬北邙山，日月星辰頓覺閒。天恐文章中斷絕，再生賈島在人間。」這可以算得是真正的知音了。由孟、韓這一派的奇險怪僻，再變本加厲地演變下去，便產生盧仝、劉叉、馬異諸人的怪體。我們讀了盧仝的月蝕、與馬異結交詩，覺得他們的詩，真是愈來愈怪。如果一定要指出他們的長處，那便是大膽。劉叉自問詩云：「酒腸寬似海，詩膽大於天」，真是道出他們自己的特性了。

六　晚唐詩人

晚唐詩人，前期以李賀、杜牧、李商隱爲代表，後期以杜荀鶴爲代表。李賀年代略早，應當歸於中唐，但從詩風上說，放在這一時期，較爲相宜。後期還有于濆、皮日休、聶夷中，也都有一些好作品。

李賀　李賀（七九一——八一七），字長吉，生於昌谷（今河南宜陽），唐宗室鄭王之後，曾官奉禮郎，是一個多才善感、只活了二十七歲的短命詩人。他天才早熟，相傳七歲能文，韓愈、皇甫湜訪之，成高軒過一篇，韓愈很賞識他。他避父諱，不能考進士，憤慨不平，加以體弱多病，情調感傷。因爲他缺少社會生活的實際體驗，從總的傾向來說，詩歌的內容比較貧乏。但其藝術技巧很有特色，特別富於藝術的幻想和鑄鎔詩歌語言的才力。

每旦日出，騎弱馬，從小奚奴，背古錦囊。遇所得，書投囊中，未始先立題然後為詩，如他人牽合程課者。及暮歸，足成之，非大醉弔喪，日率如此。（新唐書）

寒食諸王妓遊，賀入座，因采梁簡文詩調，賦花遊曲，與妓彈歌。（花遊曲序）

在這裏說明了他的作詩態度。他寫了貴公子夜闌曲、蘇小小歌、宮娃歌、洛姝真珠、屏風曲、夜飲朝眠曲、蝴蝶飛、房中思、殘絲曲、美人梳頭歌、惱公、花遊曲等作，這些作品，辭藻華美，格調卑弱。但他並不是一個片面追求形式美的詩人，其詩中雖存在着一些消極因素，但還有不少富於現實性而又富於浪漫主義精神的優秀作品。

老兔寒蟾泣天色，雲樓半開壁斜白。玉輪軋露濕團光，鸞佩相逢桂香陌。黃塵清水三山下，更變千年如走馬。遙望齊州九點煙，一泓海水杯中瀉。（夢天）

採玉採玉須水碧，琢作步搖徒好色。老夫飢寒龍為愁，藍溪水氣無清白。夜雨岡頭食榛子，杜鵑口血老夫淚。藍溪之水厭生人，身死千年恨溪水。斜山柏風雨如嘯，泉脚挂繩青裊裊。村寒白屋念嬌嬰，古台石磴懸腸草。（老夫採玉歌）

茂陵劉郎秋風客，夜聞馬嘶曉無跡，畫欄桂樹懸秋香，三十六宮土花碧。魏官牽車指千里，東關酸風射眸子。空將漢月出宮門，憶君清淚如鉛水。衰蘭送客咸陽道，天若有情天亦老，攜盤獨出月荒涼，渭城已遠波聲小。（金銅仙人辭漢歌）

桐風驚心壯士苦，衰燈絡緯啼寒素。誰看青簡一編書，不遣花蟲粉空蠹。思牽今夜腸應直，雨冷香魂弔書客。秋墳鬼唱鮑家詩，恨血千年土中碧。（秋來）

尋章摘句老雕蟲，曉月當簾挂玉弓。不見年年遼海上，文章何處哭秋風！（南園）

長卿牢落悲空舍，曼倩詼諧取自容。見買若耶溪水劍，明朝歸去事猿公。（南園）

這些詩篇，在不滿現實的基礎上，表露出懷才不遇的感情，關懷人民生活的疾苦，和理想與現實、人生與藝術的矛盾，同時也可以看出他作品中的強烈幻想和特殊風格。深細新巧，險僻幽奇，色彩冷豔，而形象特別鮮明。造語修辭，尤爲精煉，對於每個字都不放過錘磨功夫而有獨創的特點。其他如李憑箜篌引、浩歌、雁門太守行、南山田中行諸篇，都是他的富有特色的作品。

李賀的作品，受到晚唐詩人李商隱、杜牧的極大推崇。李商隱有李賀小傳，杜牧有李長吉詩序，都一致讚歎這位詩人的絕代才華，悼惜他的短命。杜牧讚美他的詩說：

> 雲煙綿聯，不足為其態也；水之迢迢，不足為其情也；春之盎盎，不足為其和也；秋之明潔，不足為其格也；風檣陣馬，不足為其勇也；瓦棺篆鼎，不足為其古也；時花美女，不足為其色也；荒國陊殿，梗莽丘隴，不足為其怨恨悲愁也；鯨吸鼇擲，牛鬼蛇神，不足為其虛荒誕幻也。

對於李賀的藝術，杜牧作了這樣高的評價，並且接着還說「蓋騷之苗裔，理雖不及，辭或過之」，杜牧一面贊歎李詩的藝術美，一面又指出內容的不足，這是比較正確的。

杜牧　杜牧（八〇三——八五二，一作八五三），字牧之，京兆萬年（今陝西西安）人。太和二年進士，歷任監察御史、司勳員外郎等職，也曾出任黃州、池州、睦州、湖州等地刺史，晚年任中書舍人。他出身于高門世族（祖父杜佑，曾任三朝宰相），沾染了當時新興進士的習氣，生活較爲放蕩，頗有浮薄之風；但賦性剛直，不善逢迎。在他的一些詩篇裏，反映了城市生活和妓女歌姬的戀情。在中晚唐的商業經濟發達下，市民的生活氣息，給杜牧的詩歌，塗上了鮮明的色彩。

落魄江湖載酒行，楚腰纖細掌中輕。十年一覺揚州夢，贏得青樓薄倖名。（遣懷）

青山隱隱水迢迢，秋盡江南草未凋。二十四橋明月夜，玉人何處教吹簫？（寄揚州韓綽判官）

娉娉嫋嫋十三餘，豆蔻梢頭二月初。春風十里揚州路，捲上珠簾總不如。（贈別）

這類的作品，杜牧寫了很多，有的庸俗，有的柔靡，也有些流於輕薄。上面這幾首，流傳很廣，但格調畢竟不高。但是，杜牧又是一個有經世抱負的人，他曾經反對佛教，力主充實國防和削平藩鎮，因此，在他的詩文裏，也有不少富於現實意義的作品，「牧羊驅馬雖戎服，白髮丹心盡漢臣」（河湟），可見他的政治態度。但在藝術上最富有特色的，是七言絕句，如：

長安回望繡成堆，山頂千門次第開。一騎紅塵妃子笑，無人知是荔枝來。（過華清宮）

千里鶯啼綠映紅，水村山郭酒旗風。南朝四百八十寺，多少樓臺煙雨中。（江南春）

煙籠寒水月籠沙，夜泊秦淮近酒家。商女不知亡國恨，隔江猶唱後庭花。（泊秦淮）

遠上寒山石徑斜，白雲生處有人家。停車坐愛楓林晚，霜葉紅於二月花。（山行）

這些詩才是杜牧的代表作。借古諷今，意味深遠，遣辭造句，尤具含蓄之長。他的阿房宮賦，也正是屬於同一的手法和寓意的。最後一首，為寫景傑作，詩情畫意，宛然在目。他的絕句，有很高的成就，在晚唐可與李商隱媲美。

杜牧很推崇李、杜、韓、柳（見冬至日寄小姪阿宜），但他的詩並不屬於這四家。他又說過：「某苦心爲詩，本求高絕，不務奇麗，不涉習俗。」（獻詩啓）就杜牧的全部作品看來，習俗之氣雖不重，華麗的色彩還是相當濃厚的。

李商隱 李商隱（八一二——約八五八），字義山，號玉溪生，懷州河內（今河南沁陽）人。少有才名，二十餘歲，進士及第。做過弘農縣尉和祕書省祕書郎及工部郎中等職。他同杜牧一樣，是一個多才善感的人。唐書本傳說他「詭薄無行」，他在生活上或許有些放蕩，但卻是一個有政治抱負和正義感的人。他一生糾纏於政治派別與戀愛的痛苦裏，養成感傷抑鬱的性格，這對於他的詩歌有明顯的影響。李商隱時期，正是政治上牛、李兩派排擠傾軋很激烈的時期。李商隱原依牛派的令狐綯考取進士，後又與李派的王茂元的女兒結婚，政治上的矛盾，使他鬱鬱不得志。到處被人排擠，而潦倒終身。其次，他在愛情上也曾遭受過種種的失敗和苦痛。可能在結婚之前，就有過多次的戀愛，後來同才貌雙全的王夫人結婚了，有過一個時期的美滿生活，不久，王夫人死了，使他非常傷感，這一切都成爲他抒情詩的題材。他的抒情詩表現了很高的藝術成就。

李商隱作詩，愛用冷僻的典故，精確的對偶，工麗深細的語言，和美婉轉的音律，外形特別美麗，意義往往隱晦。而其佳者，含蓄蘊藉，韻味深厚。他這種手法，後人不善於學習他的，徒有外貌，無其精神，很容易產生形式主義、唯美主義的偏向。元好問論詩絕句云：「望帝春心托杜鵑，佳人錦瑟怨華年。詩家總愛西崑好，獨恨無人作鄭箋。」因此註家輩出，往往一詩有各種各樣的意見。愛其詩者，謂其男女花草的歌詠，無不有君子小人傷時憂國的寄寓，比興有如三百篇，忠憤有如杜甫；惡其詩者謂義山才高行劣，其詩都是帷房淫暱之詞。唐末李涪說他的作品，「無一言經國，無纖意獎善」（釋怪），這些意見都是片面的。

李商隱雖少直接反映人民疾苦生活的作品，但在不少詩篇中，表現出比較鮮明的政治傾向。他對晚唐政治的敗壞，君主的荒淫，宦官的專橫，表示不滿。許多優秀的詠史詩歌，大都是借托史事，寄其弔古傷今之意，而具有較深的諷刺性。如漢宮詞、楚宮、瑤池、齊宮詞、賈生、北齊、隋宮、南朝、馬嵬、籌筆驛諸篇，意義都很明顯。再如重有感、隨師東、曲江、安定城樓、漢南書事、哭劉蕡、行次西郊作諸詩，俱爲傷時感事而作，諷諭之意亦明。這些作品，研究李商隱時都是很重要的。前人說李詩學杜甫，應該是指的這些詩。

宣室求賢訪逐臣，賈生才調更無倫。可憐夜半虛前席，不問蒼生問鬼神。（賈生）

海外徒聞更九州，他生未卜此生休。空聞虎旅傳宵柝，無復鷄人報曉籌。此日六軍同駐馬，當時七夕笑牽牛。如何四紀為天子，不及盧家有莫愁。（馬嵬）

路有論冤謫，言皆在中興。空聞遷賈誼，不待相孫宏。江闊惟迴首，天高但撫膺。去年相

送地，春雪滿黃陵。（哭劉司戶蕡）

在這些詩篇裏，表現出作者的政治態度。或託史實，或寫時事，在精美而又略帶哀感的詩歌語言裏，透露出悲憤的感情。

李商隱的「無題」一類的抒情詩篇，在藝術上具有更鮮明的特色，流傳較廣，對於後人也產生較大的影響。

相見時難別亦難，東風無力百花殘。春蠶到死絲方盡，蠟炬成灰淚始乾。曉鏡但愁雲鬢改，夜吟應覺月光寒。蓬山此去無多路，青鳥殷勤為探看。（無題）

悵臥新春白袷衣，白門寥落意多違。紅樓隔雨相望冷，珠箔飄燈獨自歸。遠路應悲春晼晚，殘宵猶得夢依稀。玉璫緘札何由達，萬里雲羅一雁飛。（春雨）

我們讀了這些詩，便知道李商隱寫愛情詩手腕的高妙。他的長處，是嚴肅而不輕薄，清麗而不浮淺。有真實的情感，也有真實的體驗。抒情深而厚，造意細而深。從這些詩裏，可以體會到作者對於愛情的態度，和在藝術表現上的技巧。無論描寫什麼境界，他都能選擇那種最適合於某種境界的語言，千錘百鍊，來增加他藝術的魅力與情感的涵蘊。再在表情的細微與用字的深刻方面，也有獨到之處。後人學他的只得其表面的華豔，而無真情實感，就流於淫靡了。他的絕句，也是自成一格的。

雲母屏風燭影深，長河漸落曉星沉。嫦娥應悔偷靈藥，碧海青天夜夜心。（嫦娥）

遠書歸夢兩悠悠，只有空床敵素秋。階下青苔與紅樹，雨中寥落月中愁。（端居）

竹塢無塵水檻清，相思迢遞隔重城。秋陰不散霜飛晚，留得枯荷聽雨聲。（宿駱氏亭寄懷崔雍崔袞）

尋芳不覺醉流霞，倚樹沈眠日已斜。客散酒醒深夜後，更持紅燭賞殘花。（花下醉）

這些絕句最能表現他的藝術特色。再如霜月、夜雨寄北、關門柳、灞岸諸詩，俱爲佳作。他的絕句，抒情的技巧不在王昌齡、李白之下。所不同者，在王、李的詩裏，充滿熱烈的青春生命與雄奇的氣勢；李商隱的詩，傾向於纖巧與柔美，呈現着濃厚的缺月殘花的遲暮的感傷情調。所謂「枯荷聽雨聲」、「紅燭賞殘花」的境界，正是這種遲暮感傷情調的表現。但在表情的工細與深刻上講，確有他自己的獨創性。

杜牧有詩云：「停車坐愛楓林晚，霜葉紅於二月花。」李商隱也有詩云：「夕陽無限好，只是近黃昏。」在這種清幽冷豔的句子裏，說明他們的作品，已失去李、杜時代那種壯年的強大的熱力和氣魄，已臨到秋暮冬初的晚景了。其他如溫庭筠、段成式、李羣玉、韓偓諸人，都是這時期的作家，作風大體上是相同的，但他們的成就，都不如杜牧與李商隱，所以不講了。至於溫庭筠，是詞勝於詩，留在下一章再說。

杜荀鶴及其他詩人　唐代末年，由於統治階級的極度腐化，階級矛盾尖銳深刻，終於爆發了以黃巢爲首的農民大起義。這一時期的詩歌，雖有華豔的傾向，但現實主義的創作，仍然是有力的一面。于濆（八三二——？）、曹鄴、劉駕諸人，對於當日拘束聲律、輕浮豔麗的詩風表示不滿；所作富于比興，關懷民生疾苦。于濆曾作古風三十篇，號爲「逸詩」，力欲矯正時弊。更值得我們注意的，是皮日休、聶夷中和杜荀鶴。杜荀鶴的成就尤高。聶夷中（八三七——約八八四），字坦之，河東（今山西永濟）人。仕途失意，曾任華陰縣尉。杜荀鶴（八四六——九〇四），字彥之，池州石埭（今屬安徽）人。大順進士。他們大都出身貧寒，經歷兵亂，對於人民生活的痛苦，有比較深的體驗。在他們的作品裏，對於當時殘酷黑暗的社會現實，作了有力的暴露和狙擊，如皮日休的橡媼嘆中所描寫的，一方面是廣大的勞苦羣眾，只能踏着早晨的寒霜，拾着苦澀的橡仁來充飢；一方面是一些巧取豪奪的貪官酷吏，已經連法律都無所畏懼，賄賂也無所避忌了。杜荀鶴的「蠶無夏織桑充寨，田廢春耕犢勞軍。如此數州誰會得，殺民將盡更邀勳。」（題所居村舍）「四海十年人殺盡，似君埋少不埋多。」（哭貝韜）也寫得很尖銳。從這些詩中所揭露的統治階級殘暴毒辣的手段看來，也闡明了唐末農民起義聲勢所以如此猛烈，以及起義軍所以能得到羣眾的擁護，正有其歷史的必然性，因此也可以當作「史詩」來讀。

壠上扶犂兒，手種腹長飢，窗下拋梭女，手織身無衣。我願燕趙姝，化為嫫母姿，一笑不

值錢，自然家國肥。（于濆苦辛吟）

古鑿岩居人，一廛稱有產。雖沾巾復形，不及貴門犬。驅牛耕白石，課女經黃繭。歲暮霜霰濃，畫樓人飽暖。（于濆山村叟）

秋深橡子熟，散落榛蕪岡。傴僂黃髮媼，拾之踐晨霜。移時始盈掬，盡日方滿筐。幾曝復幾蒸，用作三冬糧。山前有熟稻，紫穗襲人香，細穫又精舂，粒粒如玉璫。持之納於官，私室無倉廂。如何一石餘，只作五斗量？狡吏不畏刑，貪官不避贓，農時作私債，農畢歸官倉。自冬及於春，橡實誑飢腸。吾聞田成子，詐仁猶自王。吁嗟逢橡媼，不覺淚沾裳！（皮日休橡媼歎）

二月賣新絲，五月糶新穀；醫得眼前瘡，剜卻心頭肉！我願君王心，化作光明燭；不照綺羅筵，只照逃亡屋。（聶夷中詠田家）

夫因兵死守蓬茆，麻苧衣衫鬢髮焦。桑柘廢來猶納稅，田園荒盡尚征苗。時挑野菜和根煮，旋斫生柴帶葉燒。任是深山更深處，也應無計避征徭！（杜荀鶴山中寡婦）

八十衰翁住破村，村中何事不傷魂！因供寨木無桑柘，為點鄉兵絕子孫！還似平寧征賦稅，未嘗州縣略安存。至今雞犬皆星散，日落西山獨倚門。（杜荀鶴亂後逢村叟）

去歲曾經此縣城，縣民無口不冤聲。今來縣宰加朱紱，便是生靈血染成。（杜荀鶴再經胡

城縣）

這些作品，描寫真實，情感沉痛，深刻地反映出亂離時代廣大人民的生活面貌，也是激烈的階級鬥爭下的產物。後人批評他們作品的缺點是淺露粗率，風格卑下；但反過來也正是他們的優點，這便是語言淺近通俗，傾向性鮮明，正像批評白居易之「白俗」一樣不足爲病。由此也可體會到，唐代末年的許多詩人們，仍然是繼承杜甫、白居易的現實主義精神和新樂府的傳統。在這人民苦難的呼聲中，幾百年的唐詩，完成了繼往開來的光榮的歷史使命！

最後，我將簡略地介紹一下司空圖的詩品，作爲本章的結束。

司空圖　司空圖（八三七——九〇八），字表聖，河中（今山西永濟）人。咸通進士，曾官中書舍人。後隱居中條山，自號耐辱居士。朱全忠稱帝，召他爲官，他不食而死。

他的詩以寫景抒情爲多，風格清淡自然，但社會內容較爲貧乏，在唐詩中地位不高，而影響較大的是他的詩品。

詩品是專論詩歌風格的著作，篇幅雖小，但很有特色。劉勰在文心雕龍體性篇裏，討論到文章的八體，分爲典雅、遠奧、精約、顯附、繁縟、壯麗、新奇和輕靡，主要是談的風格問題。到了司空圖，在唐詩進一步繁榮、發展的基礎上，對於詩歌風格有更深的體會，區分得更爲細密，發展了劉勰的理論，以很強的概括力，將詩歌風格，分爲雄渾、沖淡、纖穠、沉著、高古、典雅、洗煉、勁健、綺麗、自然、含蓄、豪放、精神、縝密、疎野、清奇、委曲、實境、悲慨、形容、超詣、飄逸、曠達、流動二十四品，各以四言韻語十二句，描繪出各種風格的特徵。在詩歌形象的美學範疇上，作出了貢獻，在晚唐這一類的著作中，具有代表性的意義。

因爲風格本身是屬於抽象性的，所以詩品所論，也容易偏於抽象。但其中也有不少富於具體形象的描繪。如雄渾云：「具備萬物，橫絕太空，荒荒油雲，寥寥長風」；纖穠云：「采采流水，蓬蓬遠春；窈窕深谷，時見美人」；豪放云：「天風浪浪，海山蒼蒼，真力彌滿，萬象在旁」等等，在象徵、比喻的語言裏，傳達出各種風格的獨特精神，使人對於詩歌的形象美，得有深切的感受和領會。但其中如「精神」、「形容」一類，應爲各體所共有，很難獨成一格。

司空圖在詩品裏，雖以雄渾爲首，也列舉了豪放、勁健、沉著、悲慨各品，而其傾向却偏在沖淡、飄逸一類。這同他脫離現實、迴避政治鬬爭的隱逸生活和思想感情很有關係。他有與李生論詩書一文，表現了他的詩歌理論。

文之難，而詩之難尤難。古今之喻多矣，而愚以為辨於味，而後可以言詩也。……詩貫六義，則諷諭、抑揚、渟蓄、溫雅，皆在其間矣。然直致所得，以格自奇。前輩諸集，亦不專工於此，矧其下者耶？王右丞、韋蘇州澄澹精緻，格在其中，豈妨於遒舉哉？賈浪仙誠有警句，視其全篇，意思殊餒，大抵附於蹇澀，方可致才，亦為體之不備也。矧其下者哉！噫，近而不浮，遠而不盡，然後可以言韻外之致耳。……蓋絕句之作，本於詣極，此外千變萬狀，不知所以神而自神也，豈容易哉！今足下之詩，時輩固有難色，倘復以全美為工，即知味外之旨矣。

司空圖論詩，以韻味爲主。說作詩要「近而不浮，遠而不盡」，這是很正確的，但過於強調「韻外之致」、「味外之旨」和「不知所以神而自神」，不但把詩歌引到空虛的境界裏去，而且必然要貶低諷諭一類富於現實性的作品。正因如此，他尊奉王、韋詩篇的澄澹精緻，作爲準則，而貶元、白爲都市豪沽（見與王駕評詩書）。書中雖言「詩貫六義」，首標諷諭，而實際祇談韻味。他的詩品正是以這種精神爲基礎的。論沖淡要「遇之匪深，卽之愈稀」，就是論雄渾，也要「超以象外，得其環中」，追求韻味與超脫，是詩品的共同傾向。宋嚴羽的妙悟說，清王士禛的神韻說，都受到他的影響。

第十六章　詞的興起

一　詞的起源與成長

詩歌發展到了唐末，無論古體律絕，長篇短製，都達到了很成熟的階段，產生了許多偉大、傑出的詩人，產生了大量富於思想性、現實性的優秀精美的作品。但在唐詩發展繁榮的歷史過程中，中國詩歌形式開始了新的轉變。這種轉變，便是詞的興起。

廣義的說，詞就是詩。比起詩來，詞與音樂發生更密切的聯繫。在初期，詞只是音樂的附庸，與樂府詩很相近似。不過古樂府多爲徒歌，後由知音者作曲入樂，而詞是以曲譜爲主，是先有聲而後有辭的。由這一點，詞的音樂生命，更重於樂府詩了。歐陽炯稱詞爲「曲子詞」，王灼稱爲「今曲子」，宋翔鳳說：「宋、元之間，詞與曲一也。以文寫之則爲詞，以聲度之則爲曲。」（樂府餘論）在這些地方，便可顯出詞的性質。因此，古人有稱詞爲詩餘、樂府或長短句的。如蘇軾的東坡樂府、賀鑄的東山寓聲樂府、秦觀的淮海居士長短句、辛棄疾的稼軒長短句、廖行之的省齋詩餘、吳則禮的北湖詩餘等等。還有「樂章」、「歌曲」、「琴趣」等名稱。這些題名，或就形式言，或就性質言，都有他們自己的理由。但在這裏，我們很可以體會出，這種新起的詞體，在初期並沒有把它看作是一種與詩平行的體裁。後來經過了許多大家的大量製作，得到了優美的藝術成就，無論在形式上、風格上，都顯然同詩有明確的界限與獨立的地位。於是詞這一種體裁，成爲宋代韻文史上的重要形式了。

詞的產生　詞這種體裁，究竟是怎樣產生的？在什麼時候萌芽起來的呢？

關於詞的起源，古人有各種各樣的說法。要之，以詞出於樂府與由於唐代的近體詩變化而來的兩說最爲有力。王應麟困學紀聞（引致堂語）云：「古樂府者，詩之旁行也；詞曲者，古樂府之末造也。」（卷十八評詩。胡寅的題酒邊詞裏，亦有此語。）近人王國維氏也說：「詩餘之興，齊、梁小樂府先之。」（戲曲考源）這種議論，他們都認識了詞與樂府的共同性。其次便是說詞出於唐代的近體詩，以爲詞的產生過程，是由律詩絕句變化而來。方成培云：「唐人所歌，多五七言絕句，必雜以散聲，然後可被之管紘。如陽關詩必至三疊而後成音，此自然之理。後來遂譜其散聲，以字句實之，而長短句興焉。故詞者，所以濟近體之窮，而上承樂府之變也。」（香研居詞麈）宋翔鳳也說：「謂之詩餘者，以詞起於唐人絕句，如太白之清平調，卽以被之樂府；太白憶秦娥、菩薩蠻皆絕句之變格，爲小令之權輿。旗亭畫壁賭唱，皆七言斷句。後至十國時，遂競爲長短句。自一字兩字至七字，以抑揚高下其聲，而樂府之體一變，則詞實詩之餘，遂名曰詩餘。」（樂府餘論）這兩種說法表面雖似不同，其實內容卻大略一致。他們都承認詞有兩個要素：一，詞本身的性質是詩；二，詞的功能是音樂。漢、魏樂府，固然是樂府，唐代可歌的近體詩也是樂府；李白的清平調和旗亭畫壁賭唱是詩，漢、魏的樂府又何嘗不是詩。明乎此，說詞出於樂府也可，說出於近體詩也可，就是再遠一點，說是與周頌、國風同流，也無不可了。

不過，詞和詩雖有這種淵源，但在形式上畢竟是不同的。詞體的構成，不只是一種文體的自然變化，實依賴着外部的動力，這種動力，便是音樂的適合性。這一種適合性，並不是樂府與音樂的平行狀態，而是以樂調爲主，歌辭爲副的主從狀態。就在這一種環境下，產生了在外表上似乎是不整齊，其實是比詩更要整齊更要嚴格的詞了。

> 詩之外又有和聲，則所謂曲也。古樂府皆有聲有詞，連屬書之，如曰賀賀賀、何何何之類，皆和聲也。今管絃中之纏聲，亦其遺法也。唐人乃以詞塡入曲中，不復用和聲。（沈括夢溪筆談）

> 古樂府只是詩，中間卻添許多泛聲，後來人怕失了那泛聲，逐一聲添個實字，遂成長短句，今曲子便是。（朱子語類一四〇）

這裏所說的和聲與泛聲，性質雖未必全同，但在歌唱的時候，都是補足詩的文句的不足。因爲樂府詩中可歌者，無論古體、近體，大都是整齊的五言、六言或七言，但樂譜長短曲折，變化無窮，用長短一律的字句去歌唱時，自然是感着不能盡其聲音之美妙，因此只好加添一些字進去

，於是便產生了泛聲與和聲。如上留田行云：（瑟調，傳爲曹丕作）

居世一何不同，上留田。富人食稻與粱，上留田。貧子食糟與糠，上留田。貧賤一何傷，上留田。祿命懸在蒼天，上留田。今爾歎惜，將欲誰怨，上留田。

在這一首歌裏，連雜着「上留田」六處，在意義上用處不大，在歌唱時，爲了適應那固定的樂調，想必非此不可。古代樂府裏，這種和聲是很多的。至於梁武帝的江南弄七首，每首各有和辭，文句亦清麗有詩意，是由和聲變爲和辭，是由無意義的和聲，變爲有詩意的和辭了。如江南弄和云：「陽春路，娉婷出綺羅」，採蓮曲和云：「採蓮渚，窈窕舞佳人」，可知他塡寫這些和辭時，一面是依聲，一面又注重辭。這樣的作品，實際是詞的雛形，比起上留田來是大進步了。同時也可以看到，江南弄、採蓮曲一類的調子如上留田一樣，是來自民間，是從民間文藝的基礎上提高起來的。

再如詩體過於整齊，樂譜過於曲折繁長者，專添一些和聲，還不能歌唱，因此只好將詩句改頭換面，長短其句，以就其曲拍，於是文字增多了，句子也變成長短不齊的形式，這種削足適履的辦法，自然是爲了音樂的限制。如古詩云：

生年不滿百，常懷千歲憂。晝短苦夜長，何不秉燭遊？為樂當及時，何能待來茲？愚者愛惜費，但為後世嗤。仙人王子喬，難可與等期。

這一首很完美的好詩，是無可增減的，但一變爲樂府詩的西門行，文句就完全兩樣了。

出西門，步念之。今日不作樂，當待何時？（一解）夫為樂，為樂當及時。何能坐愁怫鬱，當復待來茲？（二解）飲醇酒，炙肥牛，請呼心所歡，可用解愁憂。（三解）人生不滿百，常懷千歲憂。晝短而夜長，何不秉燭遊？（四解）自非仙人王子喬，計會壽命難與期。自非仙人王子喬，計會壽命難與期。（五解）人壽非金石，年命安可期。貪財愛惜費，但為後世嗤。（六解）（此為晉樂所奏。據樂府詩集。）

從詩的藝術上看，自然是後不如前，但在音樂的效能上，想必一定要像後面這樣子，才可以歌唱。朱彝尊說：「古詩是古西門行裁剪而成者」，這是因爲他只注意詩的藝術而忽略了樂府詩適應音樂效能的形式。在上面所舉的那些因爲適應音樂而加添或是長短其字句的例子中，恰好證明了夢溪筆談和朱子語類中所講的由詩入樂必用和聲泛聲的見解之正確。就在那些詩裏，仍是有和聲的，所以還不能算是嚴格的詞，一定要如沈括所說等到「唐人以詞塡入曲中，不復用和聲」的時候，詞的形體才正式成立。正如朱熹所說「逐一聲添個實字，遂成長短句」了。詞體正式成立的特點，必得一面有完全的音樂效能，同時在文句的組織上，又完全成爲一個整體的藝術品。「夫詞寄於調。字之多寡有定數，句之長短有定式，韻之平仄有定聲，杪忽無差，始能諧合。」（詞譜序）要這樣，才算是真正的詞。

唐代的近體雖然多可歌，但作詩的人只是爲詩而作詩，並沒有想到要拿去合樂。用詩入樂，是樂工們的事。樂調的變化是無窮的，它有長短高低剛柔種種的分別。但詩人們的作品，無論五言六言和七言，都是一樣的整齊，一樣的字數，在古代的文獻裏，雖載着許多妓女伶工歌唱近體詩的故事，但我們可以知道，同樣是一首七絕或五絕，那樂調是完全不同的。李白的淸平調，王維的渭城曲，王之渙的涼州詞，雖同爲七言，歌唱時的調子，自然是各不相同。當時樂工們雖增加些和聲泛聲，這畢竟是一種不方便的事。後來音樂效能的要求增加了，樂譜與歌詞漸漸接近而聯繫起來，於是便有人依樂譜來製作歌詞，這便是後人所謂塡詞。全唐詩中論詞云：「唐人樂府原用律絕等詩雜和聲歌之。其并和聲作實字，長短其句以就曲拍者爲塡詞。」這幾句說明詞的構成，算是最簡明的了。不過我們要知道，按曲拍塡詞的事，在教坊與民間，都是早就有了的，但要等到有名的詩人們出來做這種工作時，詞這種體裁，才能豐富和發展，才能提高文學的價値，才能在中國韻文史上佔着重要的地位。

詞是怎樣產生的，由於上面的說明，我們大概可以明瞭了。現在要討論的是詞體的萌芽和它正式成立的時代。我在上面說過，漢、魏的樂府詩，雖與詞的性質有些近似，但在調與字方面，完全沒有定格定數的形式，算不得依曲拍塡詞，只能算是因詩入樂。但到了齊、梁間之小樂府，句法字數確有一定的形式。如梁武帝的江南弄云：

眾花雜色滿上林，舒芳耀綠垂輕陰，連手躞蹀舞春心。　舞春心，臨歲腴。中人望，獨踟躕。

據古今樂錄，此曲爲武帝改西曲所製，共有七篇：一爲江南弄，二龍笛，三採蓮，四鳳笙，五採菱，六遊女，七朝雲。同時沈約也有四篇，調格字句全同，並同有轉韻。可知江南弄一調已爲定格，諸家所作，都是依其調而爲辭者，與往日之樂府詩不同，確實是晚唐、五代之詞的雛形了。梁啓超在詞之起源中說：「觀此可見凡屬於江南弄之調，皆以七字三句、三字四句組織成篇。七字三句，句句押韻，三字四句，隔句押韻。第四句『舞春心』，卽覆疊第三句之末三字。如憶秦娥調第二句末三字『秦樓月』也。似此嚴格的一字一句，按譜製調，實與唐末之倚聲新詞無異。梁武帝復有上雲樂七曲，此七曲字數句法亦同一，惟內中有兩首於首四句之三字句省去一句，是否傳鈔脫落，不得而知。此外如沈約之六憶詩，隋煬帝全依其譜爲夜飲朝眠曲，僧法雲之三洲歌，徐勉之送客曲，皆有一定字句。此種曲調及作法，其爲後來塡詞鼻祖無疑。故朱弁曲洧舊聞謂：『詞起於唐人，而六代已濫觴也。』」由此看來，塡詞的萌芽確起於齊、梁間，而梁武帝在這種嘗試的塡詞工作中，是一位重要的代表。不過我們要注意，在江南弄七曲每首的第三句後面，都附有和辭二句，還保存着樂府詩的一部分遺形，因此還不能算是嚴格的詞，但我們可以把這些作品，看作是由詩入詞的過渡形式。同時說南朝是詞的萌芽時代，也無可疑。楊愼說：「塡詞必溯六朝者，亦探河窮源之意也。」他這意見，是可以贊同的。

隋、唐初年，詞還在醞釀時代。煬帝的夜飲朝眠曲已初步具備着詞的形式，就是他和王冑同作的紀遼東，觀其換韻法和長短句的組織，也接近詞的形體了。樂府詩集列爲近代曲辭之冠，想不是無意的。據孟棨本事詩云：

沈佺期以罪謫，遇恩復官秩，朱紱未復。嘗內宴，羣臣皆歌迴波樂，撰詞起舞，因是多求遷擢。佺期詞曰：「迴波爾時佺期，流向嶺外生歸。身名已蒙齒錄，袍笏未復牙緋。」中宗卽以緋魚賜之。

又云：

時韋庶人頗襲武氏之風軌，中宗漸畏之。內宴唱迴波詞。有優人詞曰：「迴波爾時栲栳，怕婦也是大好。外邊只有裴談，內裏無過李老。」韋后意色自得，以束帛贈之。

在這記事裏，可知迴波樂已成爲定格的曲調。前後兩首的用韻與字句的長短組織也完全相同，這是依曲塡詞的明證。上文所說的羣臣撰詞起舞，可知當日塡詞的人，不只沈佺期一人，是大家都能塡的，不僅文人能作，就是伶人也能作了。因此可以斷定，「依曲拍爲句」的這種工作，並不開始於劉禹錫、白居易，在隋、唐初年已經萌芽了。宋人王灼說：「蓋隋以來，今之所謂曲子者漸興，至唐稍盛。今則繁聲淫奏，殆不可數。」（碧雞漫志）這是合乎詞的發生、發展的歷史的。不過當時那種作品，雖有音樂的效能，但還缺少文學價值。因此，一定要等到劉禹錫、白居易各家的作品出來（一面是音樂的，一面又是詩的），詞體才正式成立，詞才在韻文史上佔有地位。

詞的成長與進展　詞在唐代，尤其是中晚唐時代，迅速地成長起來，一面是與唐代音樂的關係，更重要的，是由於商業城市的社會生活基礎。

中國的音樂，自西晉外族深入到隋、唐統一，是一個劇變的時代。原有音樂在這時代漸次淪亡，西域音樂因軍事、通商和傳教的各種關係，大量地輸入。這些外樂不僅聲調與原有音樂不同，就是所用的樂器，也大都兩樣，加以那種樂調繁複曲折，變化多端，令人感到悅耳新奇，於是這種外樂便盛行於朝廷，廣佈於民間了。隋書音樂志下云：

> 始，開皇初，定令置七部樂。一曰國伎，二曰清商伎，三曰高麗伎，四曰天竺伎，五曰安國伎，六曰龜茲伎，七曰文康伎。……及大業中，煬帝乃定清樂、西涼、龜茲、天竺、康國、疏勒、安國、高麗、禮畢以為九部，樂器工伎，創造既成，大備於茲矣。
>
> 西涼者起苻氏之末，呂光、沮渠蒙遜等據有涼州，變龜茲聲為之，號為秦漢伎。魏太武既平河西，得之，謂之西涼樂。至魏、周之際，遂謂之國伎。今曲項琵琶、豎頭箜篌之徒，並出自西域，非華夏舊器。楊澤新聲、神白馬之類，生於胡戎，胡戎歌，非漢、魏遺曲，故其樂器聲調，悉與書史不同。

龜茲者起自呂光滅龜茲，因得其聲。……至隋有西國龜茲、齊朝龜茲、土龜茲等凡三部。開皇中，其器大盛於閭閈。時有曹妙達、王長通、李士衡等，皆妙絕絃管，新聲奇變，朝改暮易，持其音技，估衒王公之間，舉時爭相慕尚。高祖病之，謂羣臣曰：聞公等皆好新變，所奏無復正聲，此不祥之大也。……公等對親賓宴飲，宜奏正聲，聲不正，何可使兒女聞也？帝雖有此勅，而竟不能救焉。（節錄）

唐武德初，因隋舊制，用九部樂。太宗增高昌樂，又造讌樂而去禮畢曲，其著令者十部，而總謂之「燕樂」。聲詞繁雜，不可勝紀。凡燕樂諸曲，始於武德、貞觀，盛於開元、天寶，其著錄者十四調，二百二十二曲。（樂府詩集）

又杜佑論「清樂」中云：

自周、隋以來，管絃雜曲將數百曲，多用西涼樂，鼓舞曲多用龜茲樂，其曲度皆時俗所知也。唯彈琴家猶傳楚、漢舊聲，及清調琴調蔡邕五弄調，謂之九弄。（通典）

在這些記事裏，把那幾百年來國樂淪亡外樂輸入的情形，說得非常明顯。同時，無論君主臣僚以及民眾，都喜歡那種新聲，於是外樂盛行於宮廷貴族之間而又普及於民眾，造成了顏之推上書中所說的「太常雅樂，並用胡聲」，以及「胡樂大盛於閭閻」的狀態了（隋書音樂志）。到了這時，所謂國樂的楚、漢舊聲，已被外樂的新聲完全擊敗，而漸趨於淪亡，剩有幾個老調，成爲彈琴專家的絕技了。音樂起了這麼大的變化，與音樂發生最密切關係的詞，就在這種環境下發育滋長起來。舊唐書音樂志說：「自開元以來，歌者雜用胡夷里巷之曲」，胡夷便是上面所說的那些外樂，里巷是指的民間歌曲，音樂經過這種混雜同化，自然是變得更爲繁複了。如漁歌體的漁歌子，船夫曲的欸乃曲，民間情歌體的竹枝詞、楊柳枝詞諸調，都是里巷曲中最通行的。外樂民樂，便是詞調的兩大來源。劉禹錫說：「里中兒聯歌竹枝，吹短笛，擊鼓以赴節，歌者揚袂睢舞，以曲多爲賢。聆其音，中黃鐘之羽，卒章激訐如吳聲。雖傖儜不可分，而含思宛轉，有淇澳之豔音。」（竹枝詞序）在這幾句話裏，說明里巷樂曲雖是悅耳可聽，但其詞句卻很粗野，於是文人就在這時候產生了改作或是倣作新詞的動機。外樂民曲錯雜流行於世，對於詞的成長，有很大的影響。

詞的形式，雖由於音樂的形式所決定，但詞的發展，却在於民間，而有賴於商業經濟發達與城市繁榮的社會基礎。詞是配合歌舞的曲詞，是樂工、歌女所唱的。它們一面適合宮廷、豪門、富商的需要，同時也適合廣大市民的需要。上層社會利用這些新興的歌曲，作爲享樂生活的工具；民間的作品，有許多用來歌唱歌妓的悲慘命運，反映其他社會性的題材。中晚唐，是商業經濟進一步發展繁榮的時期。由於當代手工業的發達，國內外水陸交通暢達，商業得到迅速的發展。各大城市都有商業行會，國內運輸站多至一千餘處，國際貿易也空前發達，僅長安一市，就有外商數千人。在商業經濟這樣蓬勃發展的情況下，必然形成市民階層的成長與都市的繁榮。當時除長安、洛陽外，出現了許多繁華的商業都市。在白居易、元稹、杜牧諸人的詩篇裏，描寫了許多繁華城市的盛況。這樣的社會環境，對於音樂、歌舞、曲藝的發展，起了促進作用。詞起於民間，萌芽很早，但到了中晚唐才興盛起來，商業經濟和城市生活是起了決定性的作用的。

唐代詩人的詞 唐代詩人中塡詞最早的，前人都說是李白。李白的時代，不能說沒有產生長短句的可能，但流傳下來的幾首李白的作品，確實令人懷疑。尊前集收他的詞十二首（連理枝一、清平樂五、菩薩蠻三、清平調三）；全唐詩收十四首（除清平樂、清平調八首外，還有菩薩蠻一、憶秦娥一、桂殿秋二、連理枝二）。但除清平調三首七言外，在他本人的集中和樂府詩集內，都沒有這些作品。玄宗時人崔令欽的教坊記附錄的曲名表中，雖有菩薩蠻調名，但唐末蘇鶚的杜陽雜編中說：「大中初，女蠻國貢雙龍犀。……其國人危髻金冠，纓絡被體，故謂之『菩薩蠻』。當時倡優遂製菩薩蠻曲，文士亦往往聲其詞。」可知菩薩蠻曲創於大中初年（約當八五〇年）。那末生於開元、天寶時代的李白要塡菩薩蠻的詞是不可能的了。教坊記中有此曲名，可能是後人增加進去的。至於其他如清平樂、桂殿秋、連理枝諸詞，在古今詞話、苕溪漁隱叢話、筆叢諸書裏，前人已有辨僞的說明，那自然是更不可信了。不過，菩薩蠻、憶秦娥二詞，雖非出自李白，但其藝術的價值是很高的，正如李陵、蘇武的古詩一樣，雖爲後人僞託，但其文學藝術的本身，仍有很高的價值。

平林漠漠煙如織，寒山一帶傷心碧。暝色入高樓，有人樓上愁。　玉階空佇立，宿鳥歸飛急。何處是歸程？長亭更短亭！（菩薩蠻）

簫聲咽，秦娥夢斷秦樓月。秦樓月，年年柳色，灞陵傷別。　樂遊原上清秋節，咸陽古道音塵絕。音塵絕。西風殘照，漢家陵闕。（憶秦娥）

胡應麟疑此二作爲溫庭筠所爲，嫁名太白者。但溫詞風格華豔，與上詞之高古淒怨者不類。細味憶秦娥詞句，頗寓國破城春、故宮禾黍之感，可能爲唐亡以後之作。無論從詞的風格及藝術的成就上說，這種成熟的作品，很難產生於塡詞的初期，也很難產生於溫庭筠以前。

李白的作品雖不可信，但到了八世紀下半期，詩人塡詞的風氣開始了。依着胡夷里巷的曲譜而作長短句的人，也漸漸地出現了。如張志和、張松齡、顧況、戴叔倫、韋應物諸人，都有了依曲拍爲長短句的詞。最有名的是張志和的五首漁父詞（見尊前集），又名漁歌子。

西塞山前白鷺飛，桃花流水鱖魚肥。青箬笠，綠蓑衣，斜風細雨不須歸。

張志和（約七三〇——約八一〇），字子同，婺州（今浙江金華）人，肅宗時待詔翰林，後來厭惡那種煩囂生活，便放浪江湖，自號煙波釣徒，日與山水漁樵爲友。他能書畫，擊鼓，吹笛。在漁父詞裏，充分地表現出他的熱愛自然的人生觀，對於自然景色和漁父生活，作了非常生動的描寫。同時，我們還可想到，漁父詞這一個曲調，一定是當日漁人們流行的民間里巷之曲，經他依曲拍作詞而傳於後世，成爲流行的詞調了。西吳記云：「志和有漁父詞，刺史顏真卿、陸鴻漸、徐士衡、李成矩遞相唱和。」（詞林紀事引）由這兩句話，可知在張志和時代塡詞的風氣，在文人中已相當流行了。他的哥哥張松齡也有漁父一首，詞旨風格，同他的弟弟很相近似。

其次要注意的，是戴叔倫和韋應物的作品。他們的詞可靠的，戴有調笑令（卽轉應曲，與宋詞的調笑令不同。）一首，韋有同調二首。

邊草，邊草，邊草盡來兵老。山南山北雪晴，千里萬里月明。明月，明月，胡笳一聲愁絕。（戴叔倫）

河漢，河漢，曉挂秋城漫漫。愁人起望相思，塞北江南別離。離別，離別，河漢雖同路絕。（韋應物）

寫江湖的放浪生活，喜用漁父，寫邊塞別離的俱用調笑，可知文人塡詞的初期所用的詞調不多，同時也可看出漁父一調是出自民間，調笑聲律的急促高昂及其表現的內容，似是出於外樂了。其餘如元結的欸乃曲五首，雖是模倣船歌的作品，但形式爲七絕，顧況的漁父引，爲六言三句，韋應物的三臺，爲六言絕句，這些都不能算是嚴格的詞。王建是以作宮詞出名的，他現存調笑令四首，其作風與他的宮詞相同，大都是寫失寵美人的哀怨的，其中以「團扇」一首最爲有名。

團扇，團扇，美人病來遮面。玉顏憔悴三年，誰復商量管弦？弦管，弦管，春草昭陽路斷。

詞調雖是一樣，但所表現的內容與風格，同戴叔倫、韋應物之作完全不同了。劉禹錫與白居易是詞體文學的有力推動者。詞到這時候，經了許多先驅者的努力，從事這工作的人日衆，詞調也日益加多，作品也日見優美了。白居易有憶江南三首，花非花一首，如夢令三首（尊前集作宴桃源），長相思二首。劉禹錫有憶江南二首，紇那曲二首，瀟湘神二首，拋球樂二首。（全唐詩）依照文體發展進化的規律，詞到了劉、白時代，有這些調子，有這些作品，原是可能的事。不過他們的詞，除憶江南外，其餘的或不見其本集，或附於卷末，因此，都有人表示懷疑。

江南好，風景舊曾諳。日出江花紅勝火，春來江水綠如藍。能不憶江南？（白居易憶江南）

春去也，多謝洛城人。弱柳從風疑舉袂，叢蘭裛露似霑巾。獨坐亦含顰。（劉禹錫憶江南）

這種作品一面是有音樂的效能，同時又有藝術的價值。詞要到這時候，才能離開詩獨立起來，成爲一種韻文的新體裁。劉禹錫作憶江南時，註云：「和樂天春詞，依憶江南曲拍爲句」，這是詩人依曲塡詞的第一次自白。

二　敦煌曲詞

我在上面說過，在詩人正式塡詞之前，詞已在民間流行。它們主要的目的，是在入樂與歌唱，所以在辭句上免不了俚俗。正如劉禹錫所說的民間的竹枝詞傖儜不雅一樣。又沈義父樂府指迷云：「如秦樓楚館所歌之詞，多是教坊樂工及鬧井做賺人所作。只緣音律不差，故多唱之。求其下語用字，全不可讀。甚至詠月卻說雨，詠春卻說涼。如花心動一詞，人目之爲一年景。又一詞中，顚倒重複，如曲遊春云：『賒薄難藏淚』，過云：『哭得渾無氣力』，結又云：『滿袖啼紅』，如此甚多，乃大病也。」他所說的是宋代的情形，而我們可以知道唐代教坊樂工及鬧井做賺人（賺是合諸家腔譜而爲一曲的一種曲調）之作，大都也是如此。一詞之中，雖有顚倒重複，下語用字，雖是傖儜不雅，然那些卻正是民間文學的本色。因爲在文字上有這些缺點，詩人們才起來潤飾。在文學史的研究上，這種顚倒重複、傖儜不雅的民間作品，正是詞的來源，有很重要的意義。蔡嵩雲說：「蓋當時風氣，文士不重律，樂工不重文，兩者背道而馳，此詞之音律與辭章分離之一大關鍵也。」（樂府指迷箋釋）也是很能說明文士與樂工之間的分工情況的。

敦煌文庫的發現，在中國古代文化的研究上，是很重要的。關於變文的部分，我在上卷裏已略略地敘述過了。現在在這裏，要講一講敦煌石室發現的民間詞。這些作品除我們熟知的雲謠集雜曲子三十首外（彊村遺書），還有羅振玉的敦煌零拾、劉復的敦煌掇瑣以及周泳先的敦煌詞掇，都有所收錄，但爲數不多。到王重民輯的敦煌曲子詞集，收羅較富，得詞一百六十餘首（內七首殘）。這樣多的作品，在民間詞的考察上，在詞學史的研究上，具有重要的價值。這些作品，除了少數幾首可以考出作者的姓名以外（如溫庭筠、歐陽炯、唐昭宗），絕大多數是無名氏的民間作品。其中調名很多，有小令，有長調，還有與大曲有關的歌詞（如樂世詞、蘇幕遮、鬬百草等）。無論從詞調、詞的語言和內容方面來看，大部分作品，都保存了民間文學的素樸的真實形態。

敦煌曲詞，代表一個很長的時期，大約產生在八世紀到十世紀中期這一個階段。因爲這些作品來自民間，內容非常豐富，反映的社會面非常廣闊，特別是商業城市的生活面貌，反映得更爲鮮明。如妓女的苦痛和願望，商人的生活，歌妓的戀情，旅客的流浪，都表現得非常真實。同時，它們也描寫征人離婦的哀愁，邊區失土人民的愛國思想，以及黃巢起義的歷史事蹟，極富於現實意義。

哀客在江西，寂寞自家知。塵土滿面上，終日被人欺。　朝朝立在市門西，風吹淚點雙垂。遙望家鄉長短，此是貧不歸。（長相思）

莫攀我，攀我太心偏。我是曲江臨池柳，這人折了那人攀。恩愛一時間。（望江南）

叵耐靈鵲多滿（謾）語，送喜何曾有憑據？幾度飛来活捉取，鎖上金籠休共語。比擬好心來送喜，誰知鎖我在金籠裏？欲他征夫早歸來，騰身卻放我向青雲裏。（鵲踏枝）

迴覷簾前悔嫁風流婿，風流無准憑。攀花折柳得人憎。夜夜歸來沉醉，千聲喚不應。月，鴛鴦帳裏燈，分明照見負心人。問道些須心事，搖頭道不曾。（南歌子）

或寫商人的落魄境遇，或寫妓女的苦痛生活和戀情，無不生動自然。表情的曲折深細，用語的素樸尖新，表現了民間文藝的特色。像雲謠集雜曲子諸作，在語言藝術上，雖仍不免有俚俗之跡，但已是典雅多了。看它冠以「雲謠集」之名，再加以「共三十首」之原註，我們便可推想這些民間詞，是經過文人們編輯整理的。原作兩本，藏於倫敦博物院及巴黎國家圖書館，但俱不完全，後經朱祖謀氏整理，去其重複，恰合三十首之原數。

綠窗獨坐，修得為君書。征衣裁縫了，遠寄邊隅。想得為君貪苦戰，不憚崎嶇。終朝沙磧裏，已憑三尺，勇戰奸愚。　豈知紅臉，淚滴如珠。枉把金釵卜，卦卦皆虛。魂夢天涯無暫歇，枕上長噓。待公卿迴故日，容顏憔悴，彼此何如？（鳳歸雲）

燕語啼時三月半，煙蘸柳條金線亂。五陵原上有仙娥，攜歌扇，香爛漫，留住九華雲一片。　犀玉滿頭花滿面，負妾一雙偷淚眼。淚珠若得似眞珠，拈不散，知何限，串向紅絲應百

萬。（天仙子）

詞的意義是很明顯的。風格雖仍是民歌，但文字卻較爲修鍊。並且詞中長調頗多，如傾杯樂長一百十一字，內家嬌長一百零四字，拜新月長八十六字，鳳歸雲長八十四字，在溫庭筠的作品裏，從沒有見過這樣的長調。這樣看來，上面那些小曲，可能產生較早，這些長詞，產生或許稍遲。但是，我們把這些詞看作是北宋慢詞的先聲，卻是很合理的。可知在小令流行的晚唐、五代，民間早已有人在製作長詞了。

三　晚唐詞人溫庭筠

到了晚唐，塡詞的風氣更是普遍了，藝術性也提高了，詞調也增加了。詞體文學，呈現着蓬勃發展的現象。杜牧、段成式、鄭符、張希復都塡過詞，那些作品雖較爲平庸，但到了皇甫松、司空圖、韓偓、唐昭宗（李曄）們的作品，現出明顯的進步。皇甫松是皇甫湜之子，生卒未詳，花間集所載諸詞人，俱稱其官銜，獨於皇甫松只稱爲先輩，想必他是沒有做過官的。他是睦州新安人，字子奇，自稱檀欒子。其他事蹟均不可考。花間集載其詞十一首，全唐詩共十八首。除采蓮子、拋球樂、浪淘沙、怨回紇、楊柳枝諸調爲五七言外，成爲長短句者，有天仙子、摘得新、夢江南諸調。在他這些作品裏，寫得比較好的，是摘得新和夢江南。

酌一卮，須教玉笛吹。錦筵紅蠟燭，莫來遲。繁紅一夜經風雨，是空枝。（摘得新）

蘭燼落，屏上暗紅蕉。閑夢江南梅熟日，夜船吹笛雨瀟瀟，人語驛邊橋。（夢江南）

前首用清麗的字句，描寫景物，而其中又寄寓着哀怨的感慨，雖側豔而不淫靡，但其情調低沉。夢江南意境較高，設境遣詞尤勝，最後二句，言盡意遠。詩品的作者司空圖，也能詞。他有酒泉子詞一首，是寫他晚年退休的心境的。

買得杏花，十載歸來方始坼。假山西畔藥蘭東，滿枝紅。旋開旋落旋成空。白髮多情人便惜，黃昏把酒祝東風，且從容。

韓偓（八四四——九二三），字致堯（一作致光），小字冬郎，京兆萬年（今陝西西安）人，曾官中書舍人。朱全忠稱帝，他不肯入朝，後依閩王王審知而卒。他少有才名，深得李商隱的賞識。其詩詞彩富麗，多寫豔情，後人稱爲「香奩體」，但也有感傷離亂的作品。如亂後春日經野塘、自沙縣抵龍溪縣值泉州軍過後村落皆空因有一絕諸詩，寫得很沉痛。他的詞生查子和浣溪紗，卻都是豔情之作，但描寫婦女的心理狀態較爲細緻。

侍女動妝奩，故故驚人睡。那知本未眠，背面偷垂淚。嬾卸鳳凰釵，羞入鴛鴦被。時復見殘燈，和煙墜金穗。（生查子）

攏鬢新收玉步搖，背燈初解繡裙腰。枕寒衾冷異香焦。深院不關春寂寂，落花和雨夜迢迢。恨情殘醉卻無聊。（浣溪紗）

唐昭宗李曄（八六七——九〇四），身死朱全忠之手。他多才多藝，愛好文學。全唐詩云：「帝攻書好文，而承廣明寇亂之後，唐祚日衰。遺詩隻韻，皆其播遷所製也。」由此可見他的愛好文藝的性情和他創作的環境了。他現存詞四首。巫山一段雲二首，遣詞雖稍覺華豔，尚不輕浮。如「殘日豔陽天，苧蘿山又山」等句，意境尚佳。菩薩蠻二首，爲其感傷國事之作，哀怨淒涼，恰好反映出一位國運無可挽回的君主的絕望心境。今舉一首於下：

登樓遙望秦宮殿，茫茫只見雙飛燕。渭水一條流，千山與萬丘。遠煙籠碧樹，陌上行人去。安得有英雄，迎歸大內中。

溫庭筠　由上面這些作品看來，知道詞到了晚唐，確實是進步了。能稱爲當代詞家的代表的是溫庭筠。庭筠（八一二——約八七〇），字飛卿，太原（今屬山西）人，在文壇上與李義山、段成式齊名，文筆華麗，風靡一時，因三人排行都是十六，故號爲三十六體。溫庭筠的先世雖是貴族，但到他的時候，家世已經衰微了。他在政治上遭受到統治者的種種壓迫，鬱鬱不得志，官止國子助教，於是生活趨於頹廢放蕩。舊唐書文苑傳說他：「士行塵雜，不修邊幅。能逐絃吹之音，爲側豔之詞」，這說明了他的生活和作品的關係。他文筆美麗，又善於音樂。因常出入於歌樓妓院，對於歌妓們的生活情感，有了較深的觀察和體會，對她們悲慘的命運，寄予一定的同情。同時又吸收民間歌曲和民間語言的養料，提高了他的藝術技巧。他的詞的內容，是非常窄狹的，主要是描寫歌妓們的苦悶情緒和追求真誠的愛情以及美好生活的願望，特別是善於描摹女人們的細緻曲折的心理變化。但文字非常華豔，令人感到一種典麗的富貴氣和庸俗的脂粉氣，這正是城市物質生活的鮮明反映。但在這些華豔的色彩裏，卻隱藏着被壓迫的歌妓的苦痛和哀愁。溫庭筠的面貌奇醜，時人稱爲溫鍾馗。

溫庭筠有握蘭、金荃二集（其詩集溫飛卿詩集亦名金荃集），均已散亡，現存於花間集者尚有六十餘首，可知他是一個努力塡詞的人。前人見其詞中多寫女人香草，每每加以寄託比興的解釋，實在是多餘的。孫光憲北夢瑣言云：「溫詞有金荃集，蓋取其香而軟也」，這正是他的生活情感和藝術感受的實質，也可說是溫詞的顯著弱點；一定要說他某詞有家國之痛，某詞有興亡之感，那反而不眞實了。

在他的六十餘首詞中，包括着菩薩蠻、更漏子、南歌子、淸平樂、訴衷情以下十八調。晚唐詞人用調最多的，無過於他了。他的作品，當以菩薩蠻、更漏子、夢江南諸詞爲代表。在這些詞裏，充分地表現出他善於描寫婦女生活以及婦女心理的技巧。

小山重疊金明滅，鬢雲欲度香腮雪。懶起畫蛾眉，弄妝梳洗遲。　照花前後鏡，花面交

相映。新帖繡羅襦，雙雙金鷓鴣。（菩薩蠻）

玉樓明月長相憶，柳絲裊娜春無力。門外草萋萋，送君聞馬嘶。　畫羅金翡翠，香燭銷成淚。花落子規啼，綠窗殘夢迷。（同上）

星斗稀，鐘鼓歇，簾外曉鶯殘月。蘭露重，柳風斜，滿庭堆落花。　虛閣上，倚欄望，還似去年惆悵。春欲暮，思無窮，舊歡如夢中。（更漏子）

玉爐香，紅蠟淚，偏照畫堂秋思。眉翠薄，鬢雲殘，夜長衾枕寒。　梧桐樹，三更雨，不道離情正苦。一葉葉，一聲聲，空階滴到明。（同上）

詞的顏色雖是非常濃豔，但與詞的內容卻很調和。他寫詞的手法，是將許多可以調和的顏色景緻物件放在一處，使他們自己組織配合，形成一個意境，一個畫面，讓讀者自己去領略其中的情意。他這手法是成功了的；不過，他塗的顏色有時過於濃烈，詞藻也過於繁褥。在他的詞裏，到處都是金、玉、畫羅、繡衣、翡翠、鴛鴦、鳳凰、紅淚這一類的字眼。少讀還可以，多讀下去，令人有一種虛浮庸俗的感覺。但上面這幾首，是比較優秀的。王國維云：「畫屏金鷓鴣，飛卿語也，其詞品似之。」（人間詞話）這種評語是有褒有貶的。

雖如此說，溫詞中許多優美的句子，我們是值得重視的。如菩薩蠻中的「花落子規啼，綠窗殘夢迷」，「人遠淚闌干，燕飛春又殘」，更漏子中的「一葉葉，一聲聲，空階滴到明」等句，意境高遠，描寫深刻。他的藝術特色，是表情細膩，造語清新，善於描繪具體鮮明的形象。再看他的夢江南：

千萬恨，恨極在天涯。山月不知心裏事，水風空落眼前花。搖曳碧雲斜。

梳洗罷，獨倚望江樓。過盡千帆皆不是，斜暉脈脈水悠悠。腸斷白蘋洲。

描寫的內容雖是相同，但他表現的方法，完全去了前面那種濃豔的襯托，而以細密的心理描寫，婉約的筆調出之，呈現出另一種風格。他的詞，還是以色澤素淡的爲較好之作。在晚唐的詞壇，溫庭筠是有重要的地位的。他的重要性，有下列的幾點：

一、溫氏以前，詩人雖有塡詞者，但都以詩爲主，把塡詞只當作一種嘗試，故作品不多。溫氏雖也以詩名，他卻是一個專力塡詞的人，詞的成就，在其詩之上。詞到了他，形成了一種正式的文學體裁，在韻文史上離開了詩，得到了獨立的地位。

二、溫氏以前的詞，無論形式風格，多與詩相近似；到了溫庭筠，在修辭和意境上，才形成詩詞不同的風格，詞律也更趨嚴整。

三、他是詩詞過渡期的重要橋樑。由於他在詞上的創作與成就，成爲晚唐詞人的代表，開展五代、宋詞發展的道路。前人稱他爲「花間鼻祖」。（見王士禛花草蒙拾）

四 五代詞的發展與花間詞人

歷史上所稱的五代，雖在國號上共換了五次，但在時期上，只佔有半世紀（九〇七——九六〇）。這一時期的政局的動搖紛擾，更甚於三國與南北朝。由後梁朱全忠、後唐李存勗、後晉石敬瑭、後漢劉知遠、後周郭威五人主演的五代以外，另有前蜀（王建）、後蜀（孟知祥）、北漢（劉旻，卽劉崇）、南漢（劉龑，卽劉巖）、荆南（高季興）、楚（馬殷）、吳（楊行密）、南唐（李昪）、吳越（錢鏐）、閩（王審知）十國。五代中國運最長的是後梁十一年，最短的要算僅僅四年的後漢了。十國都因爲離開中原過遠，得以苟延，因此壽命也有延至七八十年（如吳越享國達八十四年）者。在那一種混亂的政治局面下，文化學術的衰歇，思想藝術的消沉，自是必然的現象。但適應於那種女樂聲伎的詞，卻又得着發展的機運。我們試看當代的君主大都是淫蕩奢侈的荒君，當代的詞人也大都是流連聲色的浪子。後唐莊宗雖是一介武夫，然精音律，善度曲，日與俳優爲伍，結果是爲伶人所殺，並將他的身體雜入樂器之中一同焚化了。他有如夢令云：「曾宴桃源深洞，一曲舞鸞歌鳳。長記別伊時，和淚出門相送。如夢，如夢，殘月落花煙重。」再如前蜀主王衍的醉妝詞云：「者邊走，那邊走，只是尋花柳。那邊走，者邊走，莫厭金杯酒。」在這些詞裏，活畫出一幅五代十國宮廷荒淫的面影。無論這邊走，只是尋花問柳，無論那邊走，只是端着金杯喝酒，而這些自然是少不了「一曲舞鸞歌鳳」的。這一時期詞的發達，恰好建立在這樣一個荒淫的生活基礎上，恰好供給那些權貴豪門以享樂的藝術的需要。

初莊宗（李存勗）為公子時，雅好音律，又能自撰曲子詞。其後凡用軍，前後隊伍皆以所撰詞授之，使揭聲而歌之，謂之御製。（五代史本紀注引五代史補）

北夢瑣言云：「蜀主裹小巾，其尖如錐。宮妓多衣道服，簪蓮花冠，施脂夾粉，名曰醉妝。自製醉妝詞云云。又嘗宴於怡神亭，自執板，歌後庭花、思越人曲。」（詞林紀事引）

溫叟詩話：「蜀主孟昶，令羅城上盡種芙蓉，盛開四十里，語左右曰：『以蜀為錦城，今觀之眞錦城也。』嘗夜同花蕊夫人避暑摩訶池上，作玉樓春詞。」（詞林紀事引）

韋莊以才名寓蜀，王建割據，遂羈留之。莊有寵人，姿質豔麗，兼善詞翰，建聞之，託以教內人為辭，強莊奪去。莊追念悒怏，作小重山及空相憶，情意悽怨。人相傳播，盛行於時。（古今詞話）

煜善屬文，工書畫……性驕侈，好聲色，又喜浮圖高談，不恤政事。（新五代史南唐世家）

在這些記事裏，充分地暴露出當日君主臣僚的荒淫，和那些作家的放浪生活的背境。爲妓女宮娥們所唱的詞，正是他們所需要的。再進一步，用着這種新詩體，來作爲歌功頌德的工具，如供奉內廷的毛文錫，自然會作出「近天恩」（柳含烟）和「堯年舜日，樂聖永無憂」（甘州遍）一類作品了。

塡詞的風氣，到了五代是非常普遍，並且已由中原推廣到西蜀、江南一帶。同時作爲五代詞壇的代表區域，不在中原，而在西蜀與南唐。因爲中原戰亂頻仍，經濟文化遭到慘重的破壞，四川、江南成爲苟安之局，人民大量南移，加以這兩個地區，經濟仍能繼續發展，物產豐饒，歌樂素稱興盛，君主又都愛好文藝，用以消閒，因此詩人詞客，俱聚集於此，而造成當代兩個經濟文化的重心。

後蜀趙崇祚所編的花間集，正是西蜀詞的代表。花間集共收十八家，其中溫庭筠、皇甫松已在上面敍述外，其他如韋莊、薛昭蘊、牛嶠、張泌、毛文錫、牛希濟、歐陽炯、顧敻、孫光憲、魏承班、鹿虔扆、閻選、尹鶚、毛熙震、李洵（一作李珣）諸人，或是蜀產，或仕於蜀，同四川大都是發生關係的。只有和凝是鄆州須昌（今山東東平）人。

花間集的作家與作品雖有那麼多，但除了少數例外，他們的作品，都有一個共同的內容與格調，大都是用着豔麗的辭句，華美的色彩，集全力去描寫女人的姿態、生活和戀情。在這種地方，一面是反映着當代宮廷和官僚社會的糜爛生活，一面也是承受和發展了溫詞的影響。

玉樓冰簟鴛鴦錦，粉融香汗流山枕。簾外轆轤聲，斂眉含笑驚。　柳陰烟漠漠，低鬢蟬

釵落。須作一生拚，盡君今日歡。（牛嶠菩薩蠻）

晚逐香車入鳳城，東風斜揭繡簾輕。慢回嬌眼笑盈盈。　消息未通何計是？便須佯醉且隨行。依稀聞道太狂生。（張泌浣溪沙）

一爐龍麝錦帷旁。屏掩映，燭熒煌。禁樓刁斗夜初長，羅薦繡鴛鴦。山枕上，私語口脂香。（顧敻甘州子）

雪霏霏，風凜凜，玉郎何處狂飲？醉時想得縱風流，羅帳香幃鴛寢。　春朝秋夜思君甚，愁見繡屏孤枕。少年何事負初心？淚滴縷金雙衽。（魏承班滿宮花）

在這些詞句裏，表現了一些什麼呢？說來說去，總不外是男女的情愛。無論她們的面貌衣飾寫得怎樣出色，情感寫得怎樣纏綿，但這些詞都患着一種共同的貧血症。一切的藝術環境，都在突出色情的暗示，冷夜的風月，園中的花草，天空中飛舞的雙燕雙蝶，都成了暗示的題材。再進一步的，甚至於寫出男女幽會的情態，如歐陽炯的浣溪沙，那真是中國淫詞的代表了。再如張泌的浣溪沙，顧敻的荷葉杯諸作，描寫得更其大膽露骨了。在一本花間集裏，幾乎充溢着這種強烈的淫慾。它們在作風上雖是繼承着溫詞，但在成就上實不如溫。溫詞固然華豔，卻尚有較真實的感情。這些作品，只有表面的華豔，沒有純真的內情，結果是流於淫靡頹蕩，詞格非常卑弱。如鹿虔扆臨江仙的感傷離亂，李洵巫山一段雲的弔古傷今，那真是鳳毛麟角了。

古廟依青嶂，行宮枕碧流。水聲山色鏁粧樓。往事思悠悠。　雲雨朝還暮，煙花春復秋。啼猿何必近孤舟，行客自多愁。（李洵巫山一段雲）

金瑣重門荒苑靜，綺窗愁對秋空。翠華一去寂無蹤。玉樓歌吹，聲斷已隨風。　煙月不知人事改，夜闌還照深宮。藕花相向野塘中。暗傷亡國，清露泣香紅。（鹿虔扆臨江仙）

境界高遠，詞格莊重，情感更是淒怨，完全脫了花間詞風的籠罩。鹿、李二家，在西蜀詞壇，作品雖不算多，但是值得重視的。

韋莊在花間集裏，作品的內容雖仍是脫不了言情說愛，但在作風上，卻能初步轉變溫庭筠的濃豔氣息，帶着疏淡秀雅的筆調，成爲當代詞壇的重鎭的，是當日稱爲「秦婦吟秀才」的韋莊（八三六——九一〇）。莊字端已，長安杜陵（今陝西西安）人，是韋應物的四世孫，孤貧力學，才敏過人。乾寧元年進士，任校書郎。他在長安應考時，值黃巢起義，後來便將當日目見耳聞的社會離亂情形，寫成一篇長達一千六百餘字的秦婦吟。這篇敘事詩在當日雖很有名，但因其中有「內庫燒爲錦繡灰，天街踏盡公卿骨」句，他自己有所忌諱，故特撰「家戒」，不許收秦婦吟，因此在浣花集及全唐詩中都沒有收，是久已失傳了。後來在敦煌文庫中發現，得有數種五代人的寫本，因此得復傳於世。內容借一女郎之口，對戰亂中人民所遭受的流離喪亡的慘痛處境，作了一定的描寫，對於官軍的腐敗暴亂，予以譴責和諷刺；但對農民起義軍則採取了仇視的態度，並作了惡意的歪曲。

長安亂後，他避地洛陽，後遊江南，在將近十年的時期中，足跡走遍了大江南北。江南一帶的繁華安定，使他忘記了秦婦吟中的離亂苦況。在菩薩蠻裏，反映出他當日的生活狀態。所謂春衫年少，醉入花叢，倚馬斜橋，滿樓紅袖，正是他這時期生活經歷。後入蜀依王建。及朱全忠篡唐自立，他便勸王建卽位，自己做了宰相。前蜀開國的一切典章制度，都是他定的。卒於成都。

韋莊以情詞聞名，但他所描寫的內容，與那些泛寫歌姬妓女的有所不同，在他的生活過程中，確有許多情愛的葛藤，有實際生活的感受，這種感情，也眞實地表現在他作品中。同時在修辭與表現的技巧上，脫離溫庭筠的濃豔，和張泌、歐陽炯式的輕薄。他善於運用清雋的字句，白描的筆法，再加以纏綿婉轉的深情，使他在花間集中，卓然成爲與溫庭筠不同的風格。據古今詞話所說，他的愛人被王建奪去以後，他追念悒怏，作詞多悽怨之音。但此事恐不可信，因韋莊入蜀，已是六十多歲的老人，未必還有那樣的事。那些情詞，可能有不少是入蜀以前之作。在長安、洛陽、江南一帶，他的生活是多方面的，正是產生這些詞的環境。有的寫失戀，有的寫歡情，有的寫悼亡的哀痛，有的寫歌妓的生活。非寫一事，也非作於一時，我想這樣來理解，是比較全面的。

夜夜相思更漏殘，傷心明月凭欄干。想君思我錦衾寒。咫尺畫堂深似海，憶來唯把舊書看。幾時攜手入長安？（浣溪沙）

紅樓別夜堪惆悵，香燈半捲流蘇帳。殘月出門時，美人和淚辭。琵琶金翠羽，絃上黃鶯語。勸我早還家，綠窗人似花。（菩薩蠻）

四月十七，正是去年今日，別君時。忍淚佯低面，含羞半斂眉。不知魂已斷，空有夢相隨。除卻天邊月，沒人知。（女冠子）

昨夜夜半，枕上分明夢見，語多時。依舊桃花面，頻低柳葉眉。半羞還半喜，欲去又依依。覺來知是夢，不勝悲。（同上）

別來半歲音書絕，一寸離腸千萬結。難相見，易相別。又是玉樓花似雪。暗相思，無處說。惆悵夜來煙月。想得此時情切，淚沾紅袖黦。（應天長）

在上面這些詞裏，或爲憶往，或爲傷今，全是表現那種低徊曲折的情緒。他所用的都是通俗質樸的言語，沒有一點濃豔的顏色，沒有一點珠寶的堆砌，因而成爲白描的高手。王國維以「畫屏金鷓鴣」一句象徵溫庭筠的詞品，「絃上黃鶯語」一句象徵韋莊，是很形象的。在兩人的風格上，這界限確很鮮明。

五　李煜與南唐詞

西蜀、南唐同爲當代的文藝重心。南唐流傳下來的作品與作家雖說不多，其地位與價值，卻在西蜀之上。因爲南唐沒有趙崇祚那一類的人去收集保存，因此所傳者就寥寥無幾了。看陳世修序陽春集說：「公以金陵盛時，內外無事，朋僚親舊，或當讌集，多運藻思爲樂府新詞，俾歌者倚絲竹而歌之。」在這種環境下，詞家與作品的產生，想是不少的。現今南唐流傳下來的少數詞人，都有一定的成就，特別是李煜，他是晚唐、五代詞人的代表，對後代發生很大的影響，在中國詞史上有重要的地位。

李璟（九一六——九六一），字伯玉，一名景，徐州人，一說湖州人。李昪的長子，南唐保大元年，昪卒，他卽位，是爲中主。他的用人行政及軍事才略，都非常平庸，因此他父親費了大力創造出來一個好好的南唐基地，不到十幾年，就淪爲不可收拾的局面。等到後周的軍隊進駐揚州，他知道事勢危急，便獻江北諸地，並且歲貢數十萬，奉周正朔，劃江南爲界，奉表稱臣，並去帝號。他在政治軍事上，雖是這麼失敗，但他卻很有文藝修養。馬令南唐書說：

美容止，有文學。甫十歲，吟新竹詩云：「棲鳳枝梢猶軟弱，化龍形狀已依稀。」人皆奇之。

元宗嘗戲延巳曰：「吹皺一池春水」，干卿何事？延巳對曰：「未如陛下小樓吹徹玉笙寒」。元宗悅。

帝音容閑雅，眉目如畫。好讀書，能詩，多才藝。（十國春秋）

在這些記事裏，說明李璟是一個愛好文學而又是多才多藝的詩人。他的攤破浣溪沙，在詞的藝術上有很高的成就。

手卷眞珠上玉鈎，依前春恨鎖重樓。風裏落花誰是主？思悠悠。　青鳥不傳雲外信，丁香空結雨中愁。回首綠波三峽暮，接天流。（攤破浣溪沙）

菡萏香銷翠葉殘，西風愁起綠波間。還與韶光共憔悴，不堪看。　細雨夢回雞塞遠，小樓吹徹玉笙寒。多少淚珠何限恨，倚欄干。（同上）

李璟流傳下來的作品，雖只有三首（全唐詩），然而由此也很可看出他的卓越的詩才，和他那種委婉哀怨的風格。文筆一掃華豔，表露出他的特殊境遇和蒼涼的情調。他雖愛好藝術，卻不是一個沉溺於酒色的人。他也關心時事。江表志說他「每北顧，忽忽不樂」，可見他心情的沉重。在上面那幾首詞裏，我們能體會到他的傷時感事的心情。南唐詞格之高於西蜀，正在這種地方。

馮延巳　馮延巳（九〇三——九六〇），一名延嗣，字正中，廣陵（今江蘇揚州）人。多才藝，善辨說，工詩，尤善爲樂府詞。他善於爲官，由祕書做到宰相，看孫晟罵他說：「僕山東書生，鴻筆藻麗十不及君，詼諧飲酒百不及君，諂佞險詐，累刼不及君。」（見十國春秋）可見他的人品不高。但他的詞卻是五代的一個重要作家。他的作品在宋初已多散佚，陳世修編輯的陽春集，共得詞一百二十闋，但其中雜入溫庭筠、韋莊、李煜、歐陽修諸人之作，真可信爲馮作的，還不到一百首。近百首雖不算多，但在五代詞人中，他的作品要算是最豐富的了。其詞雖亦多言閨情離思，然其造句用字，俱清新秀美，表情寫景，尤富於形象。王國維說延巳南鄉子的「細雨濕流光」句，「能攝春草之魂」，實在很能說明馮詞的特色。

馬嘶人語春風岸，芳草綿綿，楊柳橋邊，日落高樓酒旆懸。　舊愁新恨知多少？目斷遙天，獨立花前。更聽笙歌滿畫船。（采桑子）

蕭索清愁珠淚墜。枕簟微涼，展轉渾無寐。殘酒欲醒中夜起，月明如練天如水。　堦下寒聲啼絡緯。庭樹金風，悄悄重門閉。可惜舊歡攜手地，思量一夕成憔悴。（蝶戀花，一作鵲踏枝）

幾日行雲何處去？忘了歸來，不道春將暮。百草千華寒食路，香車繫在誰家樹？　淚眼倚樓頻獨語。雙燕飛來，陌上相逢否？撩亂春愁如柳絮，悠悠夢裏無尋處。（蝶戀花，別作歐陽修）

我們讀了這些作品，便可體會到他的作風與溫庭筠不同，與以白描見稱的韋莊，卻有些相像。不過他在寫情方面，較之韋莊要更曲折，更深入，同時也更含蓄。在他作品中所表現出來的情感，一點沒有怨恨和追悔，只是把一切的情懷深刻地描繪出來，因此顯得格外委婉動人。他的詞給與北宋諸家的影響，實較花間爲大。近人馮煦評他：「鼓吹南唐，上翼二主，下啓歐、晏。實正變之樞紐，短長之流別。」（唐五代詞選序）王國維也說：「正中詞雖不失五代風格，而堂廡特大，開北宋一代風氣。」（人間詞話）

李煜　最後，我們要討論的是李煜（九三七——九七八）。他初名從嘉，字重光，號鍾隱，李璟的第六子。他卽位時，南唐已奉宋正朔，窮處江南一隅之地。宋朝時時對他壓迫欺侮，他的立國方針，只是用金銀財寶去犒師修貢，以謀妥協。宋史南唐李氏說：「煜每聞朝廷出師克捷及嘉慶之事，必遣使犒師修貢。其大慶卽更以買宴爲名，別奉珍玩爲獻。吉凶大禮，皆別修貢助。」這樣看來，當日的南唐，實際已是宋主的附庸。不過他這種結歡修貢，絕不是一個禦敵圖存的根本方法。並且宋主也決不能以此爲滿足，一有機會和力量，他是要渡江的。果然宋太祖開寶七年（九七四年。時南唐已去年號。）宋將曹彬伐南唐，次年冬，陷金陵。南唐的軍隊一點抵抗也沒有，就是後主自己，事前全不知道。等到兵臨城下，內外隔絕時，他還在淨居寺聽和尙講經。到這時候，他只有兩條路可走，一是殉國，一是肉袒出降。結果他走了第二條路。

他不是一個政治家，是一個多愁善感的詞人。他的文學環境是非常優良的。除了多才多藝的父親外，還有兩個富於文藝修養的弟弟（韓王從善與吉王從謙），以及那兩位精於音律歌舞的夫人（大小周后姊妹）。唐音戊籤說：「煜少聰慧，善屬文。性好聚書，宮中圖籍充牣，鍾、王墨跡尤多。置澄心堂於內苑，延文士居其間。……著雜說百篇，時人以爲可繼典論。兼善書畫，又妙於音律。」可見他不是一個暴君。只是遭遇着羣雄爭奪的紛亂時代，最後是做了亡國的俘虜，毒藥的犧牲者了。

李煜的詞，因他前後生活環境的劇烈變動，內容和風格都可分爲前後兩期，他的代表作品，都產生在後期。後人將他及其父李璟的作品，合刻爲南唐二主詞。

雖說在他父親時代，就臣服於後周（他那時年紀還很輕），到了他自己，又成了宋主的附庸，國勢日弱，在軍事政治上毫無自主之力，但他的妥協外交，一直維持到開寶八年。在這一時期中，他仍不失爲一國之主，過着奢侈淫佚的享樂生活。五國故事云：「嘗於宮中以銷金紅羅幕其壁，以白銀釘、瑇瑁押之，又以綠鈿刷隔眼，糊以紅羅，種梅花於其外。」又默記云：「（李後主）宮中本閣至夜則懸大寶珠，光照一室如日中也。」又陶穀清異錄云：「李煜僞長秋周氏居柔儀殿。有主香宮女，其焚香之器曰把子蓮、三雲鳳、折腰獅子，金玉爲之，凡數十種。」在這裏我們可以看出他生活的富麗豪奢，這樣的生活環境，對於他前期的作品有很大影響。

昭惠國后周氏，小名娥皇。……通書史，善歌舞，尤工琵琶。……嘗雪夜酣讌，舉杯請後主起舞。後主曰：「汝能創為新聲則可矣。」后卽命箋綴譜，喉無滯音，筆無停思，俄頃譜成，所謂邀醉舞破也。又有恨來遲破亦后所製。故唐盛時，霓裳羽衣最為大曲，亂離之後，絕不復傳。后得殘譜，以琵琶奏之，於是開元、天寶之遺音復傳於世。（陸游南唐書昭惠國后周氏傳）

這樣一個女藝術家，對於後主的文學影響，是可想而知的。還有小周后是昭惠的妹子，對後主的創作上，也很有影響。李煜前一時期生活於這種奢靡浪漫的宮廷生活裏，他耳聞目見的，他心中所感受的，表現於作品中的，大都是這種享樂生活的反映。

晚妝初了明肌雪，春殿嬪娥魚貫列。鳳簫吹斷水雲間，重按霓裳歌遍徹。　臨風誰更飄香屑，醉拍闌干情味切。歸時休放燭花紅，待踏馬蹄清夜月。（玉樓春）

晚妝初過，沈檀輕注些兒個。向人微露丁香顆，一曲清歌，暫引櫻桃破。　羅袖裛殘般色可，杯深旋被香醪涴。繡牀斜凭嬌無那。爛嚼紅茸，笑向檀郎唾。（一斛珠）

這種作品，同他前期的頹廢的生活情調，正是一致。在創作上雖表現了一定的技巧，但由於內容的限制，仍呈現着花間的氣息，這是他前期作品的共同缺點。但這種境遇，是不長久的；不久，他的愛兒瑞保死了，大周后也死了，加以外侮日急，接着是曹彬過江，金陵淪陷，於是肉袒出降，全家北徙，宋太祖封他為違命侯，穿戴着白衣紗帽，忍受着人世間最難堪的俘虜生活。

他做了俘虜以後，精神方面所受的痛苦與侮辱，是不待言的。宋史說：「太平興國二年，煜自言其貧」，又他與故宮人書云：「此中日夕以淚洗面。」（避暑漫抄引）在這些話裏，可以想像他處境的淒苦。但是他的心並沒有死，發之於詞，表現出家國之痛和傷今憶往之情，這在宋朝統治者的眼裏，覺得是一種叛逆。因此就遭了宋太宗的毒手，用着牽機藥結果了他的生命，那時正是七月七日的晚上，他剛好是四十二歲的壯年。

他後期的生活環境，較之前期的宮廷生活是完全不同的。從一個享樂的空氣裏，墮入於一個求生不得的境界。他這時才對於政治、人生有深一層的體會與領悟，而感到往日生活的舒適，精神的自由，故國江山的可愛，和過去種種錯誤的追悔了。一切成了空，一切趨於毀滅，在這種沉痛而又是絕望的情感中，產生出來的作品，遂形成感傷低沉的消極情調。

林花謝了春紅，太怱怱！無奈朝來寒雨晚來風。　胭脂淚，相留醉，幾時重？自是人生長恨水長東！（相見歡或作烏夜啼）

人生愁恨何能免，銷魂獨我情何限。故國夢重歸，覺來雙淚垂。　高樓誰與上，長記秋晴望。往事已成空，還如一夢中。（子夜歌）

簾外雨潺潺，春意闌珊。羅衾不耐五更寒。夢裏不知身是客，一晌貪歡。　獨自莫凭欄，無限江山；別時容易見時難！流水落花春去也，天上人間！（浪淘沙）

春花秋月何時了，往事知多少！小樓昨夜又東風，故國不堪回首月明中！　雕欄玉砌應猶在，只是朱顏改。問君能有幾多愁？恰似一江春水向東流！（虞美人）

在這些作品中，流露着沉痛與哀傷的情緒，而又表現了很高的藝術技巧。

關於李煜詞的思想性問題，應當從作者的主觀思想與藝術的客觀效果的結合上去考察。李煜的作品，不能說有愛國思想，他的懷念故國和往事，不過是追戀過去皇帝的生活，並沒有人民的思想感情；但是我們必須知道，這在作者的主觀思想上來考察是正確的，等到通過他的優秀的抒情技巧和形象化的藝術語言時，便構成作品的客觀效果上一種強烈的感染力，在一定條件下，引起了讀者的共鳴，以至對於他的慘痛的亡國生活的同情，這也是很難否認的。我們讀到「故國夢重歸，覺來雙淚垂」，「小樓昨夜又東風，故國不堪回首月明中」這些動人的抒情詞句的時候，是會引起這種感情的。那就是藝術的客觀效果，超過了作者的主觀思想；也就是比作者創作時的指導思想要豐富得多。由藝術的客觀效果所引起的故國之思鄉土之感，特別是在舊時代的亂離顛沛的生活中，更加容易引起讀者情緒上的錯綜的聯繫。評價李煜的詞，一方面要指出他的主觀思想的局限性，同時也要重視他的藝術效果的客觀性。

評價李煜的詞，同時還要注意文學發展的觀點。詞起於民間，它是在中晚唐的城市經濟基礎上，在當代的宮廷豪門的環境裏發展起來的。它們有嚴格的音樂性，活在伶工歌女們的口頭上，它們的內容很窄狹，主要是描寫歌舞、婦女生活和離情別意，所以風格都不很高。到了李煜的後期作品，衝破了詞的原有藩籬，擴大了詞的境界，在內容風格上，超越了溫庭筠和馮延巳，呈現出新的方向和新的力量，對於詞的發展，起了很大的推動作用。

李煜詞的藝術特色，具有高度的抒情技巧。他善於構造和鍛鍊詞的語言，形象鮮明，結構縝密，有驚人的表現力。最突出的，是沒有書袋氣，到了晚期，也沒有脂粉氣，純粹用的白描手法，創造出那些人人懂得的通俗語言而同時又是千錘百鍊的藝術語言（兩者結合得好，是非常難達到的境界），真實而深刻地表現出那最普遍最抽象的離愁別恨的情感，把這些難以捉摸的東西，寫得很具體很形象。不僅心裏可以感到，眼裏也可以看到，幾乎手也可以接觸到。如「問君能有幾多愁？恰似一江春水向東流」，「離恨恰如春草，更行更遠還生」這些句子，在抒情的藝術上，達到了前人所未達到的成就。有他的精鍊性的，往往沒有他的通俗性；有他的通俗性的，往往沒有他的精鍊性。他的抒情，是善於概括，富於暗示，感染力強，造境生動，對於周圍事物具有特殊的敏感，因而構成一種特有的風格。一方面由於他的文藝修養的深厚，同時由於他亡國以後對苦痛生活的深刻體驗，形成了他這種卓越的抒情藝術。

第十七章　宋代的社會環境與文學發展

一　宋代的社會環境與文學趨勢

經過晚唐、五代的混亂局面，由於趙匡胤（宋太祖）、趙光義（太宗）的軍事力量，取得了全國的統一。宋太祖、太宗都是很有才略的人，他們看到晚唐中央政權的旁落，統一以後，便命令各州郡於度支所必需外，所有餘款，悉歸京師；特設轉運使，管理各路財賦，於是財政權盡歸中央。同時將文臣補藩鎭缺，各州的強兵，都升爲禁軍，直隸三衙。殘弱的兵隊才留守本州，謂之廂軍，不甚操練，名義雖爲兵，其實不過是給役而已，於是軍事的大權，也歸之於中央了。同時在政治制度上，也有所改革，歷代的宰相，各事都管，到了宋朝，則中書治民，三司理財，樞密主兵，各不相侵，而監察言路的權又非常大，最後的裁決，必得歸之於皇帝。這樣一來，無論軍事、財政以及司法各種大權，都集權於中央。所以宋朝是一個皇權至尊的絕對專制主義的時代。這一種政治特徵，是漢、唐所不曾有的。

太祖、太宗以後，接着是眞宗、仁宗的休養生息，樹立了比較穩固的基礎，影響所及，直至徽、欽事變以前，北宋一百餘年，中原未受干戈之亂，階級矛盾比較緩和，因農業的恢復發展，促成社會經濟的繁榮。在這樣的歷史條件下，形成大都市的發達，市民階層的擴大，工商業的繁榮，宮廷的奢侈。到了徽宗時代，這種情況就更爲顯著。孟元老東京夢華錄序云：

僕從先人宦遊南北，崇寧癸未到京師。卜居于州西金梁橋西夾道之南，漸次長立，正當輦轂之下，太平日久，人物繁阜。垂髫之童，但習鼓舞，班白之老，不識干戈。時節相次，各有觀賞。燈宵月夕，雪際花時，乞巧登高，教池遊苑。舉目則青樓畫閣，繡戶珠簾。雕車競駐於天街，寶馬爭馳於御路。金翠耀目，羅綺飄香。新聲巧笑於柳陌花衢，按管調絃於茶坊酒肆。八荒爭湊，萬國咸通。集四海之珍奇，皆歸市易；會寰區之異味，悉在庖廚。花光滿路，何限春遊；簫鼓喧空，幾家夜宴。伎巧則驚人耳目，侈奢則長人精神。

他在這裏將汴京的繁華狀態寫得非常熱鬧。在這些文字裏，明顯地反映出當日工商業的盛況以及宮廷豪門和一般市民的游樂生活。其他如成都、揚州、河間諸大都市，也都呈現着高度的繁榮與發展。再看張淏的壽山艮嶽前記云：

上（徽宗）頗留意苑囿。政和間，遂卽其地大興工役，築山，號壽山艮嶽，命宦者梁師成專董其事。時有朱勔者，取浙中珍異花木竹石以進，號曰「花石綱」。專置應奉局於平江，所費動以億巨萬計，諸民搜巖剔藪，幽隱不置。一花一木，曾經黃封，護視稍不謹，則加之以罪。斸山輦石，雖江湖不測之淵，力不可致者，百計以出之，至名曰神運。舟楫相繼，日夜不絕。……竭府庫之積聚，萃天下之伎藝，凡六歲而始成。亦呼為萬歲山。奇花美木，珍禽異獸，莫不畢集。飛樓傑觀，雄偉瓌麗，極於此矣。越十年，金人犯闕，大雪盈尺，詔令民任便斫伐為薪，是日百姓奔往，無慮十萬人，臺榭宮室，悉見拆毀，官不能禁也。（雲谷雜記補編卷一）

在這裏真實地描寫了宮苑奢侈的情形和剝削人民的罪惡，我們再看一看徽宗自撰的艮嶽記和蜀僧祖秀的華陽宮記，便會驚訝那一次工程的富麗與糜費，幾乎在中國的歷史上是沒有過的。但同時在那裏正埋伏着民眾對於荒君佞臣的反抗的怒火，宋江、方臘手底下的英雄，那時已是遍滿着各處了。金兵一動，宋軍便無力抵抗，勢如破竹地陷了汴京，徽、欽二帝被擄北去，民眾不僅不追懷歎息，反而憤恨的帶着刀劍，大斫其萬壽山的花木了。

當時的宮廷與社會的情形是如此，所謂詩人詞客之流，更是狎妓酣歌，過着放浪的享樂生活。

（宋祁）多內寵，後庭曳羅綺者甚眾。嘗宴於錦江，偶微寒，命取半臂；諸婢各送一枚，凡十餘枚皆至。子京視之茫然。恐有厚薄之嫌，竟不敢服，忍冷而歸。（魏泰東軒筆錄）

道君幸李師師家，偶周邦彥先在焉。知道君至，遂匿於牀下。道君自攜新橙一顆，云江南初進來，遂與師師謔語，邦彥悉聞之，檃括成少年游云。……李師師因歌此詞，道君問誰作，李師師奏云周邦彥詞。道君大怒，……得旨，周邦彥職事廢弛，可日下押出國門。隔一二日，道君復幸李師師家，不見李師師，問其家，知送周監稅。道君方以邦彥出國門為喜，既至不遇。坐久，至更初，李始歸，愁眉淚睫，憔悴可掬。道君大怒云：爾去那裏去？李奏臣妾萬死，知周邦彥得罪，押出國門，略致一杯相別，不知官家來。道君問曾有詞否？李奏云：有蘭陵王詞，今「柳陰直」者是也。道君云：唱一遍看。李奏云：容臣妾奉一杯，歌此詞為官家壽。曲終，道君大喜，復召為大晟樂正。（張端義貴耳集）

（毛滂）其令武康，東堂蓊山溪詞最著。……迄今讀山花子、剔銀燈、西江月諸詞，想見一時主賓試茶勸酒、競渡觀燈、伐柳看山、插花劇飲，風流跌宕，承平盛事。試取「聽訟陰中苔自綠，舞衣紅」之句，曼聲歌之，不禁低徊欲絕也。（詞林紀事）

這是當日皇帝、詩人、士大夫的生活面貌。在前人的記載裏，這一類的故事還不知道有多少。這一種生活環境，助長了作爲歌唱的詞體文學的發達。再加以商業城市的發展，於是各種各樣的「說話」，以及雜劇、影子戲、傀儡戲、鼓子詞、諸宮調一類的市民文藝也都在這樣的社會基礎上迅速地發展起來了。

宋帝國的社會情形是如此，但其對外政策，一直是軟弱的妥協的。從開國起，先後遭受着遼、夏、金的嚴重壓迫和侵略，成爲中國歷史上封建王朝中最衰弱無能的朝代。到十二世紀的二十年代，金兵滅遼，揮戈南下，攻破了汴京，北宋也就完了。

金兵的南侵，徽、欽的被擄，無異於在大都市的中心，擲下一個炸彈，往日的繁榮與安樂，一切都毀滅了。國破家亡，妻離子散，街市變成了墓道，財產都成了灰燼。於是北宋時代的繁華，到這時都荒廢了。康與之的訴衷情令云：「阿房廢址漢荒坵，狐兔又羣遊。豪華盡成春夢，留下古今愁」。又曾覿的金人捧露盤詞云：「到於今，餘霜鬢。嗟前事，夢魂中。但寒煙滿目飛蓬。雕欄玉砌，空餘三十六離宮。塞笳驚起暮天雁，寂寞東風。」現在反映在詞人眼裏的，不是花叢紅袖，不是妙舞清歌，是狐兔的羣遊，故宮的禾黍了。姜夔揚州慢敘云：「淳熙丙申至日，余過維揚。夜雪初霽，薺麥彌望。入其城，則四顧蕭條，寒水自碧，暮色漸起，戍角悲吟。予懷愴然，感慨今昔。」在短短的幾句裏，把盛極一時的揚州的都市寫得這樣凋敝。北國汴京的情形，也就可想而知了。

政治社會起了這麼大的變化，不僅經濟生活要衰微崩潰，而影響最大的，是人們心靈上所起的巨大變動。文人學士在那一個大時代裏，當然有所覺悟，有所感傷。雖說那時有不少貪利的漢奸和主和的宰相，但由李綱、趙鼎、韓世忠、劉錡、岳飛們的呼號奮鬭，確也表現出正義的精神與壯烈的勇氣。把這一種精神與勇氣反映於文學上的，是張元幹、岳飛、張孝祥、陸游、辛棄疾、陳亮諸人的詩詞。在他們的作品裏，用着豪放悲壯的調子，描寫故國山河之慟，表現強烈的愛國思想，一掃過去那些綺羅香澤的氣息和纏綿柔媚的情調，使詞的內容和風格大大得到充實和提高。

南渡以後，宋、金雖也時常發生戰事，在外交政策上，卻總是主和派佔勝，並以淮水、大散關爲界，每年納銀幾十萬兩，絹幾十萬疋，稱臣稱姪，無非想圖一個偏安，而把國格喪盡了。就在這種情況下，南宋得到了將近百年的喘延局面。江南一帶，本來是富庶之區，加以廣州、泉州幾個大的國際貿易港，年年接濟大量的關稅，當日的財政，並不窘迫。自南渡以來，中原的衣冠貴族，學士文人，以及富商巨賈都隨之南下，於是在那個時期，不僅把江南一帶造成了高度的經濟繁榮，同時形成了經濟文化的中心地。

今中興行都已百餘年，其户口蕃息，近百餘萬家，城之南西北三處，各數十里，人煙生聚，市井坊陌，數日經行不盡，各可比外路一小小州郡，足見行都繁盛。（灌圃耐得翁都城紀勝坊院）

翠簾銷幕，絳燭籠紗。徧呈舞隊，密擁歌姬。脆管清吭，新聲交奏，戲具粉嬰，鬻歌售藝者紛然而集。至夜闌，則有持小燈照路拾遺者，謂之掃街。遺鈿墮珥，往往得之，亦東都遺風也。（周密武林舊事元夕）

貴璫要地，大賈豪民。買笑千金，呼盧百萬。以至癡兒騃子，密約幽期，無不在焉。日糜金錢，靡有紀極。故杭諺有「銷金鍋兒」之號，此語不為過也。（周密武林舊事西湖遊幸）

這裏所寫的杭州的繁華，幾有過於當年的汴京。工商業的發達，宮廷豪門的享樂，市民的歡樂，都呈現着承平的現象，北都滅亡的慘痛，徽、欽被擄的大辱，賠款稱姪的奇恥，國勢的危急，這一切都被人們忘記了。無怪當日詩人有「暖風薰得遊人醉，直把杭州作汴州」之嘆了。所謂詩人詞客之流，又在狎妓酣歌，大製其豔詞綺語了。

張鎡能詩，一時名士大夫莫不交遊。其園池聲伎服玩之麗甲天下。……王簡卿侍郎嘗赴其牡丹會云：衆賓既集，坐一虛堂，寂無所有。俄問左右云：香已發未？答云：已發。命捲簾，則異香自內出，郁然滿座。羣妓以酒肴絲竹，次第而至。別有名姬十輩，皆衣白，凡首飾衣領皆牡丹，首帶照殿紅。一妓執板奏歌侑觴，歌罷樂作，乃退。復垂簾，談論自如。良久香起，捲簾如前。別十姬易服與花而出。大抵簪白花則衣紫，紫花則衣鵝黃，黃花則衣紅。如是十杯，衣與花凡十易。所謳者皆前輩牡丹名詞。酒竟，歌者樂者，無慮百數十人，列行送客。燭光香霧，歌吹雜作，客皆恍然如仙遊也。（周密齊東野語張功甫豪侈）

小紅，順陽公（范成大）青衣也。有色藝，順陽公之請老，姜堯章詣之。一日授簡徵新聲，堯章製暗香、疎影兩曲，公使二妓肄習之，音節清婉。姜堯章歸吳興，公尋以小紅贈之。其夕大雪，過垂虹賦詩曰：自琢新詞韻最嬌，小紅低唱我吹簫。曲終過盡松陵路，回首煙波十四橋。堯章每喜自度曲，吹洞簫，小紅輒歌而和之。（陸友硯北雜志）

都城自舊歲孟冬駕回，則已有乘肩小女鼓吹舞綰者數十隊，以供貴邸豪家幕次之翫，而天街茶肆，漸已羅列燈毬等求售，謂之燈市。自此以後，每夕皆然。三橋等處，客邸最盛，舞者往來最多。每夕樓燈初上，則簫鼓已紛然自獻於下。酒邊一笑，所費殊不多。往往至四鼓乃還。自此日盛一日。姜白石有詩云……吳夢窗玉樓春云……深得其意態也。（周密武林舊事元夕）

在這一種偏安享樂的環境中，不少文學家們，忘記了慘痛的現實，醉生夢死，侷促於自我陶醉的小天地裏，或是描寫豔情，或是吟風弄月。於是什麼詠蟋蟀、詠蝴蝶、詠新月、詠雪、詠梅花、詠美人等作品，都應時而起。結社填詞，分題限韻，一味注意聲律的協調，字句的雕鏤，典故的堆砌，形成無生無氣的柔弱的文風。所謂民族精神的表現，壯烈豪放的氣概，在當日的作品裏，是漸漸地消滅了。

十三世紀初期，金人的勢力雖趨於衰弱，然代之而起的，卻是一個更強有力的元蒙。開始宋朝想和蒙古統治者勾結，借外力來擊倒金人，藉此收復失地，以報國仇，不料金亡不久，元兵便指戈南下了。當日的南宋君臣，在那樣一個沉溺於酣歌醉舞的情狀下，想同強悍的元兵抵抗，自然是不容易的。終於是樊城、襄陽、武昌相繼淪陷，加以一部分守將的不力，內相的昏庸，到了德祐二年（一二七六），元兵攻陷了臨安，虜恭帝北去。後來雖還有端宗卽位福州，帝昺立於崖山，都是曇花一現，無所作爲，南宋就是這麼亡了。這一次的政治變動，却與汴京的淪陷不同，汴京丟了，還有江南一帶的富庶之區，可以棲身託命；做皇帝仍然可以做皇帝，做官的可以做官，經商的可以經裔，享樂的可以享樂。但臨安一陷，無可退避，退福州追到福州，退崖山追到崖山。外來的大刀鐵馬，把所有的一切都毁滅得乾乾淨淨。到這時大家才知道國破家亡的苦痛，對侵略者的反抗與憤恨，燃起了強烈的火焰。

至元十三年丙子春正月十八日，淮安王伯顏以中書右相統兵入杭，宋謝、全兩后以下皆赴北。有王昭儀者，題滿江紅詞於驛云：「太液芙蓉，渾不似舊時顏色。曾記得春風雨露，玉樓金闕。名播蘭簪妃后裏，暈潮蓮臉君王側。忽一朝鼙鼓揭天來，繁華歇。龍虎散，風雲滅。千古恨，憑誰說。對山河百二，淚霑襟血。驛館夜驚塵土夢，宮車曉碾關山月。願嫦娥相顧肯從容，隨圓缺。」昭儀名清蕙，字沖華，後為女道士。……又岳州徐君寶妻某氏，亦同時被虜來杭，居韓蘄王府。自岳至杭，相從數千里，其主者數欲犯之，而終以巧計脫。蓋某氏有令姿，主者弗忍殺之也。一日，主者怒甚，將卽強焉。因告曰：「俟妾祭謝先夫，然後乃為君婦不遲也，君奚用怒哉！」主者喜諾，卽嚴妝焚香，再拜默祝，南向飲泣，題滿庭芳詞一闋於壁上，已，投大池中以死。詞曰：「漢上繁華，江南人物，尚遺宣政風流。綠窗朱户，十里爛銀鉤，一旦刀兵齊舉，旌旗擁百萬貔貅。長驅入歌樓舞榭，風捲落花愁。清平三百載，典章文物，掃地俱休。幸此身未北，猶客南州。破鑑徐郎何在，空惆悵相見無由。從今後斷魂千里，夜夜岳陽樓。」（陶宗儀南村輟耕錄卷三貞烈）

這些詞是否真出於王清蕙、徐妻之手，我們不必去管他，但在這些沉痛的句子裏，真實地表現了亡國之慟，離亂之情。同時也可看出就是那樣手無寸鐵的弱女子，也都抱握着抗敵全身的正義感，情願遁入空門，或是投池自殺。陶宗儀在這段記載中並說：「噫！使宋之公卿將相，貞守一節若此數婦者，則豈有賣降覆國之禍哉？宜乎秦賈之徒爲萬世之罪人也。」可謂慨乎言之。因此這一類作品，在宋末的文壇，放出異樣的光彩。它們的價值，並不在柳永、周邦彥、姜夔、吳文英之下。是的，那些詞家的作品，在音律與辭藻的藝術上，可能要高雅典麗得多，但是他們卻缺少淋漓飽滿的血肉，活躍熱烈的生命，和鼓舞人心的悲壯感情。把這種思想情調反映於文學的，是南宋遺民的作品。是的，那一般人雖說在政治上文壇上沒有什麼顯著的地位，然而他們的作品，卻都淒涼激越，沉痛而又有力量，決不是專在形式上講一點文采和聲律的那般空泛，也不是專在作法上講什麼擬杜擬韓的那麼空虛。他們是拿着詩或詞，來表現心中的憤恨與哀傷，在憤恨哀傷中，有國恨，有家愁，有妻離子散的哀痛，有社會離亂的影子。因此顯得有骨有肉，顯得格外的悲壯而堅實了。

宋朝在政治上軍事上雖是軟弱無力，然而我國封建時代的文化思想，在那幾百年中卻得到很大的發展。由於民間書院的設立，開展了私人講學的風氣。如白鹿洞書院、嶽麓書院、石鼓書院等，在北宋初期就出現了。這對於宋代思想文化的交流與普及，起了很大的推動作用。其次是印刷術的應用與提高。雕版印刷起於隋初，唐末五代已逐漸流行，到了宋仁宗年間，畢昇發明了用膠泥製字模的活字印刷術，使印刷術提高了一大步。印刷術的普遍使用，對文化的普及與傳播，起了重要作用。再由於過去長期的儒佛道三家的思想的融化，到了宋朝，形成了在中國思想界有名的理學運動。一方面因爲適應工商業發達和城市生活的需要，市民文學的戲劇與話本得以繁衍發展。同時，和當代的理學思想取着一致步調的，是儒家道統文學思想的進展。由當代社會環境的要求，在唐代韓、柳曾提倡過、至晚唐、宋初遭了挫折的散文運動，到了北宋，得到了很好的成績，推動了中國散文的發展。詩到了宋朝，由於歐陽修、王安石、蘇軾、黃庭堅、陸游、范成大、楊萬里諸家的創作及南宋遺民的悲歌慷慨之音，都各顯出了時代的特色。因了這種種力量，形成了宋代文壇的活躍絢爛的氣象，形成了宋代文學思想界多方面的鬪爭。關於宋詞的成就，將在後面作較詳的敘述。

二　宋代的古文運動

西崑體與反西崑體的鬥爭　中唐時代韓愈、柳宗元領導的古文運動，在反對駢體建立散文的工作上，取得了很大的成就，但是還不夠普遍和深入。到了晚唐，由於李商隱、段成式諸人駢儷文風的興起，古文運動的發展，受到了阻礙。李商隱的詩文，有他的藝術成就，也有他的缺點，並且他也善作古文。但他那些好用典故和追求辭藻華美的詩歌和駢文，給予宋初文壇以不良的影響。在宋初盛行一時的西崑體，就是在這種影響下形成的一個形式主義的文學流派。

西崑體的領袖是楊億、劉筠與錢惟演。他們俱有文名，後同入館閣，遂主盟文壇，所作詩文，一以李商隱爲宗，專取其豔麗、雕鏤、駢儷的技巧的一面，而忽略其內容和精神。大家唱和，競相仿效，這樣推演下去，於是那風氣就愈演愈烈了。

現存西崑酬唱集二卷，爲楊億所編。參加酬唱者，除上述楊、劉、錢三人外，尚有李宗諤、陳越、李維、劉隲、丁謂、刁衎、張詠、錢惟濟、任隨、舒雅、晁迥、崔遵度、薛映、劉秉諸人（原爲十八人，中缺一人）。卷首楊億序云：

予景德中忝佐修書之任，得接羣公之遊。時今紫微錢君希聖，祕閣劉君子儀，並負懿文，尤精雅道，雕章麗句，膾炙人口。予得以遊其牆藩，而咨其楷模。二君成人之美，不我遐棄，博約誘掖，寘之同聲。因以歷覽遺編，研味前作。挹其芳潤，發於希慕，更迭唱和，互相切劘。而予以固陋之姿，參酬繼之末。入蘭遊霧，雖獲益以居多；觀海學山，嘆知量而中止。……其屬而和者又十有五人，析為二卷，取玉山策府之名，命之曰西崑酬唱集云爾。

這裏講的雖是詩歌，但他們喜作駢文，華豔之風，又與詩歌一致。在這短短的序裏，可以看出他們作品的特色是「雕章麗句」，他們作品的產生，是由於「更迭唱和」。「雕章麗句」，只注意對偶工巧、音調和諧和字句美麗而已，都是屬於作品的形式。「更迭唱和」，只是一種應酬的動機，誇奇鬬豔的遊戲，沒有創作熱情的要求和表現。雖然在用字的精工鎔鑄上下了一些功夫，但內容貧乏，價值不高。他們的詩是如此，文也是如此。四庫提要云：

其詩宗法唐李商隱，詞取妍華而不乏興象，效之者漸失本眞，惟工組織，於是有優伶撏撦之譏。

這批評是較爲全面的。然而這一種風氣，因爲他們的政治地位和當日時代還比較安定，故能在文壇上盛行三四十年。楊億序中所云「膾炙人口」，歐陽修所說「楊、劉風采，聳動天下」，也就可知當日西崑勢力之盛了。

華靡文風當日雖是風靡天下，然而一般較有進步思想的作者，感到很不滿意。他們在文壇的名望雖無楊、劉輩之大，不容易激起很大的力量，但他們是帶着嚴肅的態度，在那裏寫作和當日文風完全相反的作品。如王禹偁、范仲淹諸人的古文，寇準、林逋、魏野諸人的詩，或以平淺質樸的散體說理記事，或以清醇平淡之音，表現現實自然的生活，一掃淫靡文風的富貴氣與浮豔氣，而歸於質樸無華、不事虛語的平實境界。他們因爲未曾在理論上積極地起來反抗西崑，只是在創作上消極地取着不同的態度，故他們一時未能在當日的文壇，造成有力的運動。對西崑派正式加以嚴厲的攻擊和批判的，是始於理學家石介（一〇〇五——一〇四五），介字守道，奉符（今山東泰安）人，時稱徂徠先生，曾任國子監直講等職。他在怪說中說：

昔楊翰林欲以文章為宗於天下，憂天下未盡信己之道，於是盲天下人目，聾天下人耳。使天下人目盲，不見有周公、孔子、孟軻、揚雄、文中子、韓吏部之道；使天下人耳聾，不聞有周公、孔子、孟軻、揚雄、文中子、韓吏部之道。俟周公、孔子、孟軻、揚雄、文中子、韓吏部之道滅，乃發其盲，開其聾，使天下惟見己之道，惟聞己之道，莫知其他。今天下有楊億之道四十年矣。……周公、孔子、孟軻、揚雄、文中子、吏部之道，堯、舜、禹、湯、文、武之道也，三才九疇五常之道也。反厥常則為怪矣。夫書則有堯舜典、皋陶、益稷謨、禹貢、箕子之洪範；詩則有大小雅、周頌、商頌、魯頌；春秋則有聖人之經；易則有文王之繇、周公之爻、夫子之十翼。今楊億窮妍極態，綴風月，弄花草，淫巧侈麗，浮華纂組，刓鎪聖人之經，破碎聖人之言，離析聖人之意，蠹傷聖人之道。使天下不為書之典謨、禹貢、洪範，詩之雅頌，春秋之經，易之繇、爻、十翼，而為楊億之窮妍極態，綴風月，弄花草，淫巧侈麗，浮華纂組，其為怪大矣。

他對於西崑派的領袖楊億的攻擊，是很有力量的。但他的文學思想，處處將文學與聖道聯繫起來，宣揚腐朽的封建道德，並將尚書、周易同三百篇一同視爲文學的正統，將堯、舜、周、孔一同視爲文學作家的典範。宋代道統文學基礎由此初步建立，後來許多道學家對於文學的觀念，都是沿着這條路線發展演進的。

比石介略早，在文學上同樣鼓吹復古運動、主張文道合一的思想的，還有柳開、孫復、穆修諸人。他們雖非文學家，但對文學的見解，在文學思想史上也有一定的影響。在他們的言論裏雖難免有繁複之處，歸納起來，不外「明道」、「致用」、「尊韓」、「重散體」、「反西崑」五點。總之，他們的意見，有進步性，也有落後性；但對西崑體的激烈反抗，起了積極的作用。

文與道的關係，在荀子、揚雄、劉勰、文中子的作品裏，早已討論過。到了韓愈，他一生學道好文，二者並重，於是道統與文統，緊緊地聯繫起來。他在原道中云：「堯以是傳之舜，舜以是傳之禹，禹以是傳之湯，湯以是傳之文、武、周公，文、武、周公以是傳之孔子，孔子傳之孟軻，孟軻之死，不得其傳焉。」他在題歐陽生哀辭後中又說：「愈之爲古文，豈獨取其句讀，不類於今者耶？思古人而不得見，學古道則欲兼通其辭。通其辭者，本志乎古道者也。」他在這裏明顯地提出了一個道的系統，同時也就提出了一個文的系統。韓愈自己是自命爲這個道統與文統的繼承人的。在道統上是極力地排擊與儒道不相容的釋道思想，在文統上是尊經重散。宋代的文學思想，一般是繼承韓愈所倡導的運動，到後來那些頑固的理學家，更是變本加厲，而走到了道統的極端，幾乎把文學的價值否定了。因爲如此，他們第一重視的問題，便是道統問題。

文章為道之筌也，筌可妄作乎？筌之不良獲斯失矣。女惡容之厚於德，不惡德之厚於容也

。文惡辭之華於理，不惡理之華於辭也。（柳開上王學士第三書）

故兩儀文之體也，三綱文之象也，五常文之質也，九疇文之數也，道德文之本也，禮樂文之飾也，孝悌文之美也，功業文之容也，教化文之明也，刑政文之綱也，號令文之聲也。聖人，職文者也。君子章之，庶人由之。具兩儀之體，布三綱之象，全五常之質，敘九疇之數。道德以本之，禮樂以飾之，孝悌以美之，功業以容之，教化以明之，刑政以綱之，號令以聲之。燦然其君臣之道也，昭然其父子之義也，和然其夫婦之順也。尊卑有法，上下有紀，貴賤不亂，內外不瀆，風俗歸厚，人倫既正，而王道成矣。（石介上蔡副樞密書）

夫學乎古者所以為道，學乎今者所以為名。道者仁義之謂也，名者爵祿之謂也。然則行道者有以兼乎名，中名者無以兼乎道。……有其道而無其名，則窮不失為君子；有其名而無其道，則達不失為小人。與其為名達之小人，孰若為道窮之君子。……學之正偽有分，則文之指用自得，何惑焉。（穆修答喬適書）

在這些文字裏，他們一致主張道是主體，文學只是道的附庸。「文章爲道之筌也」，這是他們共同的思想。因爲要達到明道的目的，因此便強調「文惡辭之華於理，不惡理之華於辭」的重質輕文的主張。其次，他們對於文學的要求是致用，致三綱五常之用，要有勸導的教化的實際功用，那便是詩序上所說的那一種「經夫婦，成孝敬，厚人倫」的儒家教化的社會效能。

文籍之生於今久也矣。天下有道則用而為常法，無道則存而為具物，與時偕者也。夫所以觀其德也，亦所以觀其政也，隨其代而有焉，非止於古而絕於今矣。（柳開上王學士第四書）

故文之作也必得之於心，而成之於言。得之於心者明諸內者也；成之於言者見諸外者也。明諸內者故可以適其用，見諸外者故可以張其教。（孫復答張洞書）

介近得姚鉉唐文粹及昌黎集，觀其述作，……必本於教化仁義，根於禮樂刑政，而後為之辭。大者驅引帝王之道施於國家，教於人民，以佐神靈，以浸蟲魚；次者正百度，敘百官，和陰陽，平四時，以舒暢元化，緝安四方。今之為文，其主者不過句讀妍巧，對偶的當而已；極美者不過事實繁多，聲律調諧而已。雕鎪篆刻傷其本，浮華緣飾喪其眞，於教化仁義禮樂刑政，則缺然無髣髴者。（石介上趙先生書）

文學能達到「明道」的地步，便可達到「致用」的目的。到這時候，「明道」與「致用」發生了因果的聯繫作用，而成爲文學的最高準則。韓愈的文章是好的，同時他在作品中又大事宣傳儒道，尊聖宗經，排除異端，諫迎佛骨，在石介們看來，韓愈確實合了他們的標準，算得是道統與文統的繼承人，因此一致發出尊韓的論調，被晚唐、宋初的文風壓抑了將近百年的韓愈的思想和作品，到這時候又復活起來。歐陽修、蘇軾諸家都受了韓愈的影響。

孔子為聖人之至，噫，孟軻氏、荀況氏、揚雄氏、王通氏、韓愈氏五賢人。吏部為賢人之至。不知更幾千萬億年復有孔子，不知更幾千百數年復有吏部。孔子之易、春秋，自聖人來未有也。吏部原道、原人、原毀、行難、禹問、佛骨表、諍臣論，自諸子以來未有也。嗚呼，至矣。（石介尊韓）

近世為古文之主者，韓吏部而已。……吏部之文與六籍共盡。（王禹偁答張扶書）

唐之文章，初未去周、隋五代之氣，中間稱得李、杜，其才始用為勝，而號雄歌詩，道未極渾備。至韓、柳氏起，然後能大吐古人之文，其言與仁義相華實而不雜。如韓元和聖德、平淮西，柳雅章之類，皆辭嚴義密，製述如經，能崒然聳唐德於盛漢之表蔑愧讓者，非先生之文則誰歟？（穆修唐柳先生集後序）

他們對於韓愈這樣一致的推崇，因爲他一生學道能文，二者兼重，他持有道統與文統的雙重資格。柳宗元雖沒有道統的地位，然因其對於古文運動的贊助以及其散文的優越成績，成爲韓派的重要支持者，於是在宋代尊韓的思潮中，他也成爲一般人重視的對象了。「明道」、「致用」既是文學的最高目的與準則，要達到這種目的與準則，他們認爲駢文詩歌是不適用的。穆修所說的「李杜雄歌詩，道未極渾備」，這是他們對詩歌表示不滿意的態度；而認爲只有散體古文，才能達到「辭嚴義密，製述如經」和明道致用的功效。所以他們不重視詩人李、杜、元、白之流，而只推尊古文家韓、柳了。

> 子責我以好古文，子之言何謂為古文。古文者非在辭澀言苦，使人難讀誦之；在於古其理，高其意，隨言短長，應變作制，同古人之行事，是謂古文也。子不能味吾書，取吾意，今而視之，今而誦之，不以古道觀吾心，不以古道觀吾志，吾文無過矣。吾若從世之文也，安可垂教於民哉？亦自愧於心矣。欲行古人之道，反類今人之文，譬乎遊於海者乘之以驥，可乎哉？苟不可，則吾從於古文。（柳開應責）

柳開在這裏，把尊重古文的理由說得非常明白。古文的特點並非在其辭澀言苦，使人難讀，而在於古其理，高其意，隨言短長、垂教於民的種種好處，並且他又宜於用質樸平淺的言語表達出來，不致於發生辭華於理的弊病。在他們這種「明道」、「致用」、「尊韓」、「重散」四個主旨之下，對於當日風靡天下的「綴風月，弄花草，淫巧侈麗，浮華纂組」的西崑文風，自然要一致地加以攻擊和反對了。

> 復自翰林楊公唱淫詞哇聲，變天下正音四十年，眩迷盲惑，天下瞶瞶晦晦，不聞有雅聲。嘗謂流俗益弊，斯文遂喪。（石介與君貺學士書）

> 今夫文者以風雲為之體，……雕鏤為之飾，組繡為之美，浮淺為之容，華丹為之明，對偶為之綱，鄭、衛為之聲，浮薄相扇，風流忘返。（石介上蔡副樞密書）

蓋古道息絕不行，於時已久。今世士子習尚淺近，非章句聲偶之辭，不置耳目，浮軌濫轍，相跡而奔，靡有異途焉。其間獨敢以古文語者，則與語怪者同也。衆又排詬之罪毁之，不目以為迂，則指以為惑，謂之背時遠名，闊於富貴。先進則莫有譽之者，同儕則莫有附之者，其人苟無自知之明，守之不以固，持之不以堅，則莫不懼而疑，悔而思，忽焉且復去此而卽彼矣。噫！仁義忠正之士，豈獨多出於古而鮮出於今哉。亦由時風衆勢，驅遷溺染之使不得從乎道也。（穆修答喬適書）

在這些文字裏，他們對於西崑派的攻擊固然是激烈厲害，但同時也可以看出當日西崑聲勢的浩大，而從事古文運動者，確是勢孤力薄，工作是很艱巨的。正如穆修所說，提倡古文的人，大都被排詬罪毁，目爲怪異。旣非富貴利祿之門，又得不到先輩師友的奬譽。加以這些人物，在創作上沒有成績，雖說他們的理論有相當的力量，但對於當日的文風，不能發生大的影響。因此，眞能復興韓、柳的功業，傳佈石介、穆修諸人的理論，一掃西崑浮豔之風，在文壇上捲起了巨大的變動的，是不得不待之於歐陽修了。

此外，關於宋代古文運動家承前啓後的淵源和過程，在范仲淹的尹師魯河南集序裏，也作了較概括的介述。他從韓愈、柳開、穆修、尹洙、直至歐陽修這些人在古文運動上的成就，都給以很高的評價，「由是天下之文一變，而其深有功于道歟？」可見當時對古文運動家的評價，也是從「文」與「道」的關係上來推崇他們，肯定他們的。范仲淹是宋初人，也是古文運動的有力支持者，對於「專事藻飾，破碎大雅」的文風尤爲不滿，因此他這篇文章，也很值得我們重視。

歐陽修與古文運動　歐陽修（一〇〇七——一〇七二），字永叔，廬陵（今江西吉安）人。他幼孤家貧，在母親鄭氏的嚴格教育下，刻苦學習，學問猛進。天聖八年，中進士，官館閣校勘。這時期發生了呂夷簡與范仲淹在政治上的鬬爭，歐陽修站在進步的范仲淹這一面。後范仲淹被貶，歐陽修也被貶夷陵。他一生在政治上雖受了不少挫折，出任地方官多年，但也擔任過樞密副使、參知政事等重要職務。他在文學方面的成就是多方面的。更樂於提拔人才，獎引青年。宋史本傳說：「獎引後進，如恐不及，賞識之下，率爲聞人。」蘇洵父子、梅堯臣、蘇舜欽、王安石、曾鞏諸人，都是在他直接間接的培養和鼓勵下，成長發展起來的作家。他有這種羣眾基礎，才能成爲當代古文運動的領袖。

歐陽修在古文運動方面的成功，因爲他不是專發議論，同時在作品上表現了優秀的成就。他不僅是散文大家，詩、詞、駢文，都是一代名手。無論贊成他的或是反對他的，都對他的作品表示欽佩，決不會把他看作是一個迂腐頑固的理學家。加之他在政治上學術上都有很高的地位，威望很隆。再有他的朋輩尹洙、梅堯臣、蘇舜欽的切磋，門下士蘇軾、曾鞏、王安石的推動，古文運動便有了一個強有力的集團，而達到較韓、柳時代更普遍的成就。歐陽修在文學思想方面，遠與韓、柳，近與石、穆諸人，大致是相同的，但是他的特色，是重道又重文。

夫學者未始不為道，而至者鮮焉，為非道之於人遠也，學者有所溺焉爾。蓋文之為言，難工而可喜，易悅而自足。世之學者往往溺之，一有工焉，則曰吾學足矣。甚者至棄百事，不關於心，曰：「吾文士也，職於文而已。」此其所以至之鮮也。……聖人之文，雖不可及，大抵道勝者，文不難而自至也。（答吳充秀才書）

學者當師經，師經必先求其意，意得則心定，心定則道純，道純則充於中者實，中充實則發為文者輝光。（答祖擇之書）

予讀班固藝文志、唐四庫書目，見其所列，自三代秦漢以來，著書之士，多者至百餘篇，少者猶三四十篇，其人不可勝數，而散亡磨滅，百不一二存焉。予竊悲其人，文章麗矣，言語工矣，無異草木榮華之飄風，鳥獸好音之過耳也。方其用心與力之勞，亦何異眾人之汲汲營營，而忽焉以死者，雖有遲有速，而卒與眾人同歸於泯滅。夫言之不可恃也蓋如此。今之學者，莫不慕古聖賢之不朽，而勤一世以盡心於文字間者，皆可悲也。（送徐無黨南歸序）

他所說的「道勝者文不難而自至」，「學者當師經，……則發爲文者輝光」，正表明他重道又重文，先道後文的觀點。「勤一世以盡心於文字間者，皆可悲也」，專重文而輕道，他當然是反對的。

予為兒童時，得唐昌黎先生文集六卷。讀之見其言深厚而雄博，然予猶少，未能悉究其義，徒見其浩然無涯之可愛。是時天下學者，楊、劉之作，號為時文，能取科第擅名聲，以誇榮當世，未嘗有道韓文者。予亦方舉進士，以禮部詩賦為事。年十七，試於州，為有司所黜，因取所藏韓氏之文，復閱之，則喟然歎曰：「學者當至於是而止爾。」……後七年舉進士及第，官於洛陽，而尹師魯之徒皆在，遂相與作為古文。因出所藏昌黎集而補綴之，求人家所有舊本而校定之。其後天下學者亦漸趨於古，而韓文遂行於世，至於今蓋三十餘年矣。學者非韓不學也，可謂盛矣。（記舊本韓文後）

可知石介、穆修他們雖是努力地鼓吹尊韓，但在那時候，一般人還都是從事楊、劉的時文，以圖博取科第功名，不僅作韓文者少，就連昌黎文集，也並不流行。要等到歐陽修補綴校定，鼓吹提倡以後，韓愈的精神，才正式復活，韓文也就大行於世，而達到「天下學者非韓不學」的盛況了。那時候，西崑體已統治了宋初文壇將近半世紀，作風愈演愈卑下，自然爲一般有思想的文學青年所不滿，急思有所改革，加之當日哲學思想逐漸發展，需要一種簡明的文體作爲表達的工具，那種專事雕飾的駢體，自不爲時流所歡迎。並且因印刷術的進步，教育日漸發達，那種駢儷的文體，更不適宜於中下層知識分子和廣大市民的需要與實用。歐陽修在這一個時代環境下，上繼韓、柳，並與石、穆呼應，因此這一個文學運動，便在他的手下形成了。加以許多有力的同道者，都從事支持推動，重要的如蘇舜欽、梅堯臣、三蘇、曾鞏、王安石諸家，或從事散文的創作，或從事詩風的改革，都是宋代文壇上有名的人物。風勢所趨，彼呼此應，古文運動取得了很大的成就，文風發生了轉變。唐、宋八家的散文系統由此建立，（韓愈、柳宗元、歐陽修、蘇洵、蘇軾、蘇轍、王安石、曾鞏，明人稱爲唐、宋古文八大家。）而成爲後人的典範。這結果，在賦中由律賦產生了散文賦，歐陽修的秋聲賦，蘇軾的赤壁賦，就是這方面的代表作品。再如那種「錦心繡口、駢四儷六」的駢文，也變成古雅的散行了。陳師道云：「歐陽少師始以文體爲對屬，又善敘事，不用故事陳言，而文益高。」清孫梅也說：「宋初諸公，駢體精敏工切，不失唐人矩矱。至歐公倡爲古文，而駢體亦一變其格。始以排奡古雅，爭勝古人。」至於宋詩的散文化與議論化，那是人人所知道的宋代詩歌的特色。在這些地方，可以看出這一次的運動，在宋代文壇所發生的重大影響了。這種功績，自然不能歸之於歐陽修一人，然而他實在是這一運動有力的領導者。難怪蘇軾序歐陽修的居士集時，對他要大加稱頌了。

自漢以來，道術不出於孔氏，而亂天下者多矣。晉以老莊亡，梁以佛亡，莫或正之。五百餘年而後得韓愈。學者以愈配孟子，蓋庶幾焉。愈之後三百有餘年，而後得歐陽子。其學推韓愈、孟子，以達於孔氏，著禮樂仁義之實，以合於大道。其言簡而明，信而通，引物連類，折之於至理，以服人心，故天下翕然師尊之。自歐陽子之存，世之不說者，譁而攻之，能折困其身，而不能屈其言。士無賢不肖，不謀而同曰：「歐陽子今之韓愈也。」宋興七十餘年，民不知兵，富而教之，至天聖、景祐極矣，而斯文終有愧於古。士亦因陋守舊，論卑而氣弱，自歐陽子出，天下爭自濯磨，以通經學古為高，以救時行道為賢，以犯顏納說為忠。長育成就，至嘉祐末，號稱多士，歐陽子之功為多。嗚呼！此豈人力也哉，非天其孰能使之？……歐陽子論大道似韓愈，論事似陸贄，記事似司馬遷，詩賦似李白。此非余言也，天下之言也。

蘇氏立論的範圍，雖極廣泛，主旨却很分明。歐陽修在轉移風俗與改革文學兩方面，確有不朽的功績，說他是宋朝的韓愈，是比較適當的。

歐陽修所提倡的文學改革運動，雖時時以明道、致用等口號相標榜，但仍有文道兼營、二者並重之意。他重視文與道的聯繫，也注意到道與文的區別。三蘇在這一方面，更有重文的傾向，所以他們父子的議論也較爲活潑，而尤以東坡之論爲佳。

所示書教及詩賦雜文，觀之熟矣。大略如行雲流水，初無定質，但常行於所當行，常止於不可不止，文理自然，姿態橫生。孔子曰：「言之不文，行之不遠。」又曰：「辭達而已矣。」夫言止於達意，卽疑若不文，是大不然。求物之妙，如繫風捕影，能使是物了然於心者，蓋千萬人而不一遇也，而況能使了然於口與手者乎？是之謂辭達。辭至於能達，則文不可

勝用矣。（答謝民師書）

夫昔之為文者，非能為之為工，乃不能不為之為工也。山川之有雲霧，草木之有華實，充滿勃鬱而見於外，夫雖欲無有，其可得耶？（江行唱和集序）

他這些理論，都是說的藝術境界，絕不是道的境界。所說的「文理自然，姿態橫生」的詞達，和「不能不爲之爲工」的現象，都是指的藝術的最高成就。再如蘇洵、蘇轍論文時，每喜以孟、韓作例，然其所論，都是從文的風格與氣勢而言。試讀蘇洵的上歐陽內翰書和蘇轍的上樞密韓太尉書，這意思是很明顯的。

歐、蘇、王、曾在散文的創作上，都有很高的成就。他們的長處雖各有不同，但共同的特點是：語言純潔準確，邏輯性很強，有高度的表達能力。議論的是透闢，敘事的是生動，寫景的是自然，抒情的是真實。通達流暢，氣勢縱橫，爲其顯著的特色。他們的散文，是在韓、柳的基礎上，在適應歷史的環境下發展起來的。他們好的作品很多，且舉歐陽修、蘇軾的兩篇短文爲例。

嗚呼！盛衰之理，雖曰天命，豈非人事哉！原莊宗之所以得天下與其所以失之者，可以知之矣。世言晉王之將終也，以三矢賜莊宗而告之曰：「梁吾仇也，燕王吾所立，契丹與吾約為兄弟，而皆背晉以歸梁，此三者吾遺恨也。與爾三矢，爾其無忘乃父之志。」莊宗受而藏之於廟，其後用兵，則遣從事以一少牢告廟，請其矢，盛以錦囊，負而前驅，及凱旋而納之。方其係燕父子以組，函梁君臣之首，入於太廟，還矢先王，而告以成功，其意氣之盛，可謂壯哉。及仇讎已滅，天下已定，一夫夜呼，亂者四應，倉皇東出，未及見賊，而士卒離散，君臣相顧，不知所歸，至於誓天斷髮，泣下沾襟，何其衰也？豈得之難而失之易歟？抑本其成敗之迹，而皆自於人歟？書曰：「滿招損，謙受益。」憂勞可以興國，逸豫可以亡身，自然之理也。故方其盛也，舉天下之豪傑，莫能與之爭；及其衰也，數十伶人困之，而身死國滅，為天下笑。夫禍患常積於忽微，而智勇多困於所溺，豈獨伶人也哉！作伶官傳。（歐陽修五代史伶官傳序）

黃州定惠院東小山上，有海棠一株，特繁茂。每歲盛開，必攜客置酒，已五醉其下矣。今年復與參寥師二三子訪焉；則園已易主，主人雖市井人，然以余故，稍加培治。山上多老枳，木性瘦韌，筋脈呈露，如老人項頸，花白而圓，如大珠纍纍，香色皆不凡。此木不為人所喜，稍稍伐去；以余故，亦得不伐。既飲，往憩於尚氏之第。尚氏亦市井人也，而居處修潔，如吳越間人，竹林花圃皆可喜，醉臥小板閣上。稍醒，聞坐客崔誠老彈雷氏琴，作悲風曉角，錚錚然，意非人間也。晚乃步出城東，鬻大木盆，意者謂可以注清泉，瀹瓜李。遂竄緣小溝，入何氏韓氏竹園；時何氏方作堂竹間，既闢地矣，遂置酒竹陰下。有劉唐年主簿者，餽油煎餌，其名為甚酥，味極美。客尚欲飲，而余忽興盡，乃徑歸。道過何氏小圃，乞其蘘橘，移種雪堂之西。坐客徐君得之，將適閩中，以後會未可期，請余記之，為異日拊掌，時參寥獨不飲，以棗湯代之。（蘇軾黃州訪海棠）

前面爲議論文，簡煉有力，文雖短小，特具波瀾。後篇爲遊記小品，文筆清新秀麗，用筆生動。東坡這類作品，最有特色。如記承天寺夜遊云：

元豐六年十月十二日夜，解衣欲睡，月色入户，欣然起行；念無與為樂者，遂至承天寺，尋張懷民，亦未寢，相與步於中庭。庭下如積水空明，水中藻荇交橫，蓋竹柏影也。何夜無月？何處無竹柏？但少閑人如吾兩人耳！

將敘事、抒情、寫景緊密結合融化起來，不知是詩，還是散文。再如歐陽修的瀧岡阡表、與高司諫書、醉翁亭記、蘇氏文集序、釋祕演詩集序、秋聲賦等篇，蘇軾的潮州韓文公廟碑、石氏畫苑記、范文正公文集序、書蒲永昇畫後、書吳道子畫後、文與可畫篔簹谷偃竹記、前後赤壁賦，都是較好的作品。東坡的書信，尤有特色。

理學家的文學觀　宋代的文學思想，到了理學家，才正式建立起道統文學的權威。他們過於重視聖道和經學，走到文學無用論和載道說的極端。在理學家的眼裏，完全爲道學氣所掩蔽，不能認識文學藝術的意義和價值。韓、歐論文，雖時以「志乎古道」和「道至而文亦至」爲言，還沒有正式說出「文以載道」的口號。載道之說，實始於理學家周敦頤。他在通書文辭一節中說：

「文所以載道也。輪轅飾而人弗庸，徒飾也，況虛車乎？文辭藝也，道德實也。篤其實而藝者書之，美則愛，愛則傳焉。賢者得以學而致之，是為教。故曰言之無文，行之不遠。」周敦頤雖是提出了「文以載道」的口號，但他的議論，卻還不過偏，他雖以載道為第一義，雖是反對專講裝飾或是空虛的車子，但只要載的是道，裝飾美麗的車子，也還是有用處的，他所反對的是「不知務道德而第以文辭為能者」那樣的「藝」，在這裏可知他並不完全否認藝術的價值。但到了程顥、程頤，連這一點也不肯承認，他們覺得美麗的車子，根本就不能載道，因為車子裝飾太美了，那載的道，將為美所蒙掩，道反而變為附庸，而不為人所注意了。在這種地方，他連前人所推尊的韓愈也發生不滿，而發出最偏執頑固的學文害道的倒學之說了。

退之晚來為文所得處甚多。學本是修德，有德然後有言，退之卻倒學了。（二程遺書十八）

前人所推崇韓愈的，是說他能「學文而及道」，但在二程看來，這是錯誤的。聖人有道德，自然就有言，我們所學的程序，應該是修道德。道德是本，文章是末，世上那有學末而及於本的道理。正如劉敞所說：「道者文之本也，循本以求末易，循末以求本難。」（公是先生弟子記）文學觀念達到了這種境界，不僅文藝的詩詞韻語為他們所鄙視，自然對於韓愈、歐陽修那一般人的作品和思想，也都要感着不滿意了。他們這樣重視道，道便成為一個至尊的神聖的東西，高出一切，落得文學與異端同類了。「今之學者有三弊：一溺於文章，二牽於訓詁，三惑於異端。苟無此三者，則將何歸，必趨於道矣。」（二程遺書十八）他這裏所說的文章，並不專指西崑派那類的麗詞綺語，就連歐、蘇輩的文章，自然也是包括在裏面的。文章既與異端並舉，自然學文好文之事，都是害道的了。

向之云無多為文與詩者，非止為傷心氣也，直以不當輕作爾。聖賢之言不得已也。蓋有是言則是理明，無是言則天下之理有闕焉。……後之人始執卷則以文章為先，平生所為，動多於聖人，然有之無所補，無之靡所闕，乃無用之贅言也。不止贅而已，既不得其要，則離眞失正，反害於道必矣。（程頤答朱長文書。一說為程顥文）

問作文害道否？曰害也。凡為文不專意則不工，若專意則志局於此，又安能與天地同其大也。書曰：「玩物喪志」，為文亦翫物也。呂與叔有詩云：「學如元凱方成僻，文似相如始類俳。獨立孔門無一事，只輸顏氏得心齋。」此詩甚好。古之學者惟務養情性，其他則不學。今為文者專務章句，悅人耳目；既務悅人，非俳優而何？（二程遺書十八）

議論走到這種地步，眞是太頑固了。他們否認文學的任何意義與價值，把作家看作是俳優，把文學看作是異端，把從事文學的工作，看作是玩物喪志。程頤說過：「某素不作詩，亦非是禁止不作，但不欲爲此閑言語。且如今言能詩無如杜甫，如云『穿花蛺蝶深深見，點水蜻蜓款款飛』，如此閑言語，道出做甚？」（二程遺書）在理學家看來，六朝淫風，西崑豔體，固不必說，就連韓愈的學文，罵爲倒學，杜甫的詩，評爲無用的閑言，其他的作品，自然是更不必提了。到了二程的著名弟子楊時，則將司馬遷、司馬相如、韓愈、柳宗元等的文學成就，全都加以貶抑。他說：「元和之間，韓柳輩出，咸以古文名天下，然其論著不詭于聖人蓋寡矣。自漢迄唐千餘載，而士之名能文者，無過是數人，及考其所至，卒未有能倡明道學，窺聖人閫奧如古人者。」（送吳子正序）這種論點，不僅取消了文學的獨立的作用，實際上也把所謂「道」抽象到神祕、虛無的地步了。

朱熹　在道統文學家中，最有代表性的是朱熹（一一三〇——一二〇〇）。熹字元晦，婺源（今屬江西）人。紹興間進士，終寶文閣待制。他本是一個淵博而有判斷力的學者，是宋代理學家中最富於文學修養的人。他的清邃閣論詩，有不少獨到之見，但他對於文學的基本觀念，正與二程相同。他在朱子語類卷一三九中說：「這文皆是從道中流出，豈有文反能貫道之理？文是文，道是道，文只如喫飯時下飯耳。若以文貫道，卻是把本爲末，以末爲本，可乎？」這與周敦頤的載道說，二程的倒學說，是一脈相承的。因爲他們心目中只有周公、孔子，口裏只談道學道，於是文學藝術的一點生機，全被這道學壓死了。他又說：

歐陽子曰：「三代而上，治出於一，而禮樂達於天下。三代而下，治出於二，而禮樂為虛名。」此古今不易之至論也。然彼知政事禮樂之不可不出於一，而未知道德文章之尤不可使出於二也。夫古之聖賢，其文可謂盛矣。然初豈有意學為如是之文哉。有是實於中，則必有是文於外。如天有是氣，則必有日月星辰之光耀；地有是形，則必有山川草木之行列。聖賢之心，既有是精明純粹之實，以旁薄充塞乎其內；則其著見於外者，亦必自然條理分明，光輝發越而不可掩蓋。蓋不必託於言語，著於簡冊，而後謂之文。但自一身接於萬事，凡其語默動靜，人所可得而見者，無所適而非文也。姑舉其最而言，則易之卦畫，詩之詠歌，書之記言，春秋之述事，與夫禮之威儀，樂之節奏，皆已列為六經而垂萬世。其文之盛，後世固莫能及，然其所以盛而不可及者，豈無所自來，而世亦莫之識也。……孟軻氏沒，聖學失傳。天下之士，背本趨末。不求知道養德以充其內，而汲汲乎徒以文章為事業。然在戰國之時，若申、商、孫、吳之術，蘇、張、范、蔡之辨，列禦寇、莊周、荀況之言，屈平之賦，以至秦、漢之間，韓非、李斯、陸生、賈傅、董相、史遷、劉向、班固，下至嚴安、徐樂之流，猶皆先有其實而後託之於言。唯其無本而不能一出於道，是以君子猶或羞之。及至宋玉、相如、王褒、揚雄之徒，則一以浮華為尚，而無實之可言矣。雄之太玄、法言，蓋亦長楊、校獵之流而粗變其音節，初非實為明道講學而作也。東京以降，迄於隋、唐數百年間，愈下愈衰，則其去道益遠，而無實之文亦無足論。韓愈氏出，始覺其陋，慨然號於一世，欲去陳言以追詩、書六藝之作；而其敝精神縻歲月，又有甚於前世諸人之所為者。然猶幸其略知不根無實之不足恃，因是頗泝其源而適有會焉，於是原道諸篇始作。而其言曰：「根之茂者其實遂，膏之沃者其光曄，仁義之人，其言藹如也。」其徒和之。亦曰：「未有不深於道而能文者。」則亦庶幾其賢矣。然今讀其書，則其出於諂諛戲豫放浪而無實者，自不為少。若夫所原之道，則亦徒能言其大體，而未見其有探討服行之效，使其言之為文者，皆必由是以出也。故其論古人，則又直以屈原、孟軻、馬遷、相如、揚雄為一等，而猶不及於董、賈。其論當世之弊，則但以辭不己出而遂有神徂聖伏之歎。至於其徒之論，亦但以剽掠僭竊為文之病，大振頹風教人自為為韓之功。則其師生之間傳授之際，蓋未免裂道與文以為兩物，而於其輕重緩急本末賓主之分，又未免於倒懸而逆置之也。自是以來，又復衰歇數十百年，而後歐陽子出。其文之妙，蓋已不愧於韓氏。而其曰「治出於一」云者，則自荀、揚以下皆不能及，而韓亦未有聞焉，是則疑若幾於道矣。然考其終身之言，與其行事之實，則恐其亦未免於韓氏之病也。抑又嘗以其徒之說考之，則誦其言者，既曰：「吾老將休，付子斯文」矣。而又必曰：「我所謂文，必與道俱。」其推尊之也，既曰：「今之韓愈」矣，而又必引夫「文不在茲」者以張其說。由前之說，則道之與文，吾不知其果為一耶為二耶？由後之說，則文王、孔子之文，吾又不知其與韓、歐之文果若是其班乎否也？嗚呼，學之不講久矣，習俗之謬，其可勝言也哉！（朱文公文集卷七十讀唐志）

且如歐陽公初間做本論，其說已自大段拙了，然猶是一片好文章有頭尾。……到得晚年，自做六一居士傳，宜其所得如何，卻只說有書一千卷，集古錄一千卷，琴一張，酒一壺，棋一局，與一老人為六，更不成說話。分明是自納敗闕。如東坡一生讀盡天下書，說無限道理，到得晚年過海，做昌化峻靈王廟碑，引唐肅宗時一尼，恍惚升天，見上帝以寶玉十三枚賜之，云中國有大災，以此鎭之。今此山如此，意其必有寶云云。更不成議論，似喪心人說話。其他人無知，如此說尚不妨，你平日自視為如何？說盡道理，卻說出這般話，是可怪否？觀於海者難為水，遊於聖人之門者難為言，分明是如此了，便看他們這般文字不入。（朱子語類卷一三九）

這是一篇最有系統的道統文學的宣言，因其出於理學大家朱熹之手，也就顯得格外有力量。他的議論，處處有他自己的思想爲根據，有條理，有系統，把中國過去的學術界文學界，作了一個總評。他不僅攻擊那些俳優式的作家和專寫風花雪月的作品，連韓愈、歐陽修、蘇東坡也一概罵倒了。他這種思想，因理學勢力風靡天下，漸次浸潤人們的頭腦，由凝固成熟，而成爲權威。到了朱熹的再傳弟子眞德秀，他選了一部文章正宗同昭明文選對立，有意識地來貫徹理學家的文學主張。他在序文中說：「今行于世者，惟梁昭明文選，姚鉉文粹而已。由今眡之，二書所錄，果皆得源流之正乎？夫士之於學，所以窮理而致用也。文雖學之一事，要亦不外乎此。故今所輯，以明義理、切世用爲主。其體本乎古，其指近乎經者，然後取焉。」他片面強調儒家義理，必然輕視文學作品的藝術價值，因此許多優秀的作品，都沒有選進去。劉克莊、顧炎武對此都表示不滿。顧氏說：「六代浮華，固當刊落，必使徐庾不得爲人，陳隋不得爲代，毋乃太甚，豈非執理之過乎？」（日知錄）這部書在後代雖不流行，但在當日理學盛時，是很有影響的。

淳祐甲辰，徐霖以書學魁南省，全尚性理，時競趨之，卽可以釣致科第功名。自此非四書、東西銘、太極圖、通書、語錄不復道矣。（周密癸辛雜識）

這是道統文學對於當代文化教育的影響。西崑體盛行時，非華文不能干祿；現在非尙性理，非通書、語錄不行了。加上這種實際的用處，於是他們這種思想更普遍於社會，深入於民間了。師友間以此規勸，父子間以此教育。作詩作詞，是玩物喪志，閱讀小說戲曲，是輕薄惡劣的行爲，而成爲學校家庭所不許了。在一般人們的頭腦裏，只有周、孔一類的聖賢偶像，只有四書、五經一類的古典文獻了。這種觀念和現象，是宋代道統文學建立起來以後，所發生的不良影響，也就是理學對於文學的壓迫。羅大經的鶴林玉露中有一則云：

東山先生楊伯子嘗為余言，某昔為宗正丞。眞西山以直院兼玉牒宮，嘗至某位中，見案上有時人詩文一編。西山一見擲之曰：「宗丞何用看此？」某悚然問故。西山曰：「此人大非端士。筆頭雖寫得數行，所謂本心不正，脈理皆邪。讀之將恐染神亂志，非徒無益。」某佩服其言，再三謝之。因言近世如夏英公、丁晉公、王岐公、呂惠卿、林子中、蔡持正輩，亦非無文章，然而君子不道者皆以是也。

由此可見，理學家對於文學的頑固態度，真是走到極端了。所謂文學作品，大都是「本心不正，脈理皆邪，讀之將恐染神亂志」，成爲封建社會教育家以及家長們的共同信條了。人人都想要做聖賢，不要做文人，因爲文人是俳優與浪子的別號，爲一般衞道者所不容。程頤有一次偶然聽到人家讀晏幾道的詞句「夢魂慣得無拘束，又踏楊花過謝橋」，他連忙搖手說：「鬼語鬼語。」高士陳烈遇着朋友們的綺筵豔曲時，嚇得跳橋而逃。在這種地方，理學家是把文學看爲邪魔外道，若一接觸，似乎就會損害他們的道行。他們這一種思想與力量，在中國封建社會裏，一直影響到清朝末年。因此，在過去封建社會的七八百年中，小說戲曲一類的作品，雖在民間普遍流行，然始終不能登大雅之堂，始終得不到文學的重要地位，我們也就可以理解了。

第十八章　蘇軾與北宋詞人

一　宋詞興盛的原因

詞到了宋代，繼承着晚唐、五代詞體初興的機運，在那三百年中，經許多大作家的努力創作，發揚光大，取得了光輝燦爛的成績。在舊社會士大夫的眼裏，由於道統文學的觀念，比起詩文來，他們是輕視詞的。試觀四庫全書所收詞集之少，便可看出他們這種輕視的眼光。他們將詞曲列在四庫總目提要的最後部分，顯然是一種有意識的安排。朱彝尊說：「唐、宋以來，作者長短句每別爲一編，不入集中，以是散佚最易。」（詞綜發凡）這一種觀念，雖說沒有阻礙詞的發展與興盛，但對作品的流傳與保存，卻大有影響。因此宋詞雖盛極一代，各階層的人，都有作品流佈，但檢查現存的作品，則遠不如唐詩之富。並且在現存的作品中，有不少是由清末幾個愛詞的專家收集起來的。由這一點，可以想見宋詞在過去的散失，一定是不少了。

現在由汲古閣的宋六十名家詞（實收六十一家），侯文燦的名家詞，王鵬運的四印齋所刻詞，江標的宋元名家詞，吳昌綬的雙照樓影刊宋金元明本詞，朱祖謀的彊村叢書以及近人趙萬里的校輯宋金元人詞，唐圭璋的全宋詞諸書看來，去其重複，所得也有數百家，由此也可想見宋詞在當代的盛況。再如無名氏的作品，散見於諸家筆記或詞話中者尤多。在宋人曾慥的樂府雅詞裏，無名氏的作品，就有一百首之多，並且這些作品，都是經過編者的選擇而流傳下來的，它們的藝術價值，並不低於那些學士文人之作。同時，在書中還有一些有主名的詞，那些作者大都是不見經傳的普通人，或是一首，或是兩首，這些都可算是民間文人的作品。因此，可以知道宋詞在當日發展流行的普遍，它是上達宮廷，下及鄉村的。它一面是君王貴族的娛樂品，文士詩人的藝術品，一面又是民間的樂府歌謠。詞在宋代能這麼普遍和發達，自有種種複雜的原因，言其大者，約有數端。

一、社會環境的需要　詞的產生，本與音樂發生密切的聯繫。它是一種合樂的給人歌唱的曲辭。後來經許多人的創作開拓，內容日廣，體製日繁，雖也有許多離開音樂而成爲獨立性的文學作品，但是詞的音樂性並沒有損傷，大部分的詞是可以歌的。柳永、秦觀、周邦彥的作品，我們固不必說，就是蘇軾他們的詞，合乎音律的也還不少。詞在宋朝，既有獨立的詩歌的藝術性，同時又有積極的音樂的實用功能，它們是互相結合的。當日詞的用處是廣泛的，朝廷的盛典，士大夫的宴會，長亭離人的送別，歌樓藝人的賣唱，大都是詞，又如當日的鼓子詞及諸宮調的歌唱部分也是詞，再就是白話小說話本裏面，也雜用着不少的唱詞。在這種地方，宋詞能夠普遍於民間，能夠流行於下層社會，它的音樂的實用功能，卻有很大的關係。世間有井水處卽能歌柳永的詞，可知柳永的詞在民間歌唱的普遍。由於這種情形，一般人民也就得到作詞的教育與訓練。在宋人筆記裏，時常記載着某某歌女所作的詞，都是由這種環境訓練出來的。宋代雖與外患相終始，但始終是沉溺於酣歌醉舞的空氣裏，那些情況，在上一章裏已經講過了。北宋的汴京，南宋的杭州，是兩個極繁榮的大都市，在商業經濟的發達中，在君臣上下奢侈淫靡的生活中，在文人學士的蓄妾狎妓的享樂生活中，在各種文娛藝術不斷豐富的環境中，詞的需要愈是廣泛，詞的發達愈是迅速，詞人與作品也愈是增多了。「山外青山樓外樓，西湖歌舞幾時休？暖風薰得遊人醉，直把杭州作汴州！」（林升題臨安邸）詩人一面感歎地寫出當日封建統治集團腐朽頹廢的生活面貌，同時也就說明了在那種歌舞風靡的社會環境下，正是詞的興盛的社會原因之一。

二、詞體本身的歷史發展　詩到唐末，精華漸盡，後起之士，因襲居多，大都步擬前人，頗難獨創。等而下之，一味臨摹剽竊，那就更不足道了。詞在宋朝，正是繼承唐代詩歌而新起來的一種體裁。由於這種形式適合音樂的特點，得到社會各階層的需要。它由晚唐、五代而入宋，恰好是一塊初闢的園地。它的新形式正待發展，它的前途，正待創造。小令雖在五代、南唐開了花，但詞運還在初期，長調沒有正式開始。內容也非常窄狹。那些傷時弔古，說理抒情，寫景詠物以及反映社會矛盾、感傷國事、歌詠田園的種種方面，都正待詞人去開拓去創造。詞在宋代，正是一塊新天地。因爲染指者不多，還沒有成爲一種習套，作者便比較容易顯出才情，創造出新的意境、內容和風格。

三、政治力量的影響　在封建的政治環境下，君主貴族的好惡，對於文學的發展也有一定影響。詞到了宋代，是流行的新體，君主貴族，競趨風尚；或能妙解音律，自製新篇，或是提倡獎勵，拔識詞人。士子以此干祿，詞人以此獻媚。在這種名利誘惑之下，自然是上下從風，作者日眾，對於宋詞普遍發展起了一些作用。「真、仁、神三宗俱曉聲律，徽宗之詞尤擅勝場，即所傳十餘篇，固已無愧作者。至若韓縝北使西夏，以離筵作芳草鳳簫吟一詞，神宗忽中批步兵司遣兵爲搬家追送，而出疆使節，得以愛妾追隨；宋祁以繁台街鷓鴣天一詞，而蓬山不遠，遂拜內人之賜；蔡挺以喜遷鶯一詞，而有樞管之命；蘇軾以水調歌頭一詞，而獲愛君之嘆；至周邦彥以蘭陵王一詞，而追回爲徽猷閣待制，則事所或有也。……南渡以後，流風未泯。高宗能詞，有舞楊花自製曲，廖瑩中江行雜錄謂光堯漁歌子十五章，備騷雅之體，雖老於江湖者不能企及；又復刻意提倡，獎掖詞才，康與之、張掄、吳琚之倫，皆以詞受知，賞賚甚厚。……孝、光、寧三宗雖鮮流傳，而歌舞湖山，其遊賞進御各詞，至今猶有清響。則兩宋詞流之眾，多由君上之提倡，非啻一時風會已也。」（王易詞曲史）這種現實的政治條件，對於宋詞發展的推動，也有一定的影響。

二　宋初的詞

在宋代建國初期，主要的任務是用兵征討殘餘，穩固國體，同時雖也開始文化建設，籠絡文人，但他們當日所努力的文化事業，卻是太平御覽、太平廣記、文苑英華、冊府元龜幾部大類書的編纂。因此，十世紀下半期的詞壇，是呈現着極度冷寂的狀態。除了幾位由前代過來的降王降臣如李煜、歐陽炯諸人之外，宋朝的潘閬、蘇易簡、王禹偁雖也作詞，那不過是偶爾點綴，質量都很貧弱。到了十一世紀初期，宋帝國經過四五十年的休養生息，日趨隆盛，社會經濟，漸漸繁榮，人民的生活也比較安定。出生於宋代初期的人們，到這時期都已長大成人，都一個個步入政界與文壇了。這一批人的出現，一面在政治上佔有重要地位，同時在文壇上也一破前數十年的沉寂，增加了活潑的生氣，無論散文與詩詞，都現出了新的氣象。因此嚴格說來，宋代的文學史，是要從十一世紀開始的。

最初出現於詞壇的都是幾位達官貴人，如寇準、韓琦、晏殊、宋祁、范仲淹、歐陽修等，都是一時的顯宦。他們的作品，大都有一種華貴雍容的風度，不卑俗，也不纖巧。言情雖纏綿而不輕薄，措辭雖華美而不淫豔。詞的形體與風格，還是繼承南唐的遺風，內容貧乏，形式短小，個性極不分明，因此他們的作品時時彼此相混，或與南唐詞人混雜起來。這一時期的詞，我們可以說是南唐詞風的追隨時代。

波渺渺，柳依依。孤村芳草遠，斜日杏花飛。江南春盡離腸斷，蘋滿汀洲人未歸。（寇準江南春）

病起懨懨，庭前花影添憔悴。亂紅飄砌，滴盡眞珠淚。　惆悵前春，誰向花前醉？愁無際，武陵凝睇，人遠波空翠。（韓琦點絳脣）

東城漸覺風光好，縠皺波紋迎客棹。綠楊煙外曉寒輕，紅杏枝頭春意鬧。　浮生長恨歡娛少，肯愛千金輕一笑。為君持酒勸斜陽，且向花間留晚照。（宋祁玉樓春）

他們都是高官大臣，而所爲小詞，雖說作品不多，大都以工麗見勝。范仲淹（九八九——一〇五二）在這一方面，表現了更好的成績。

碧雲天，黃葉地，秋色連波，波上寒煙翠。山映斜陽天接水。芳草無情，更在斜陽外。　黯鄉魂，追旅思。夜夜除非，好夢留人睡。明月樓高休獨倚。酒入愁腸，化作相思淚。（蘇幕遮）

塞下秋來風景異，衡陽雁去無留意。四面邊聲連角起。千嶂裏，長煙落日孤城閉。　濁酒一杯家萬里，燕然未勒歸無計。羌管悠悠霜滿地。人不寐，將軍白髮征夫淚。（漁家傲）

在這些詞裏，可以看出作者過人的才華。寫離情是纏綿細密，寫邊塞是沉鬱悲壯，一字一句，都是真情流露，不加雕琢，所以都是詞中的佳作。漁家傲詞中所表露的愛國熱情、邊塞風光和征戰的勞苦，慷慨蒼涼，令人得到深切的感受。范仲淹一生功業彪炳，他本無意在文場上爭名；因此他作詞不多，卽有所作，也不愛惜保存，大都散佚了。據魏泰東軒筆錄云：「范文正公守邊日，作漁家傲樂歌數闋，皆以『塞下秋來』爲首句，頗述邊鎭之勞苦。」又元李治敬齋古今黈云：「范文正公自前二府鎭穰下營百花洲，親製定風波五詞。」第一首爲「羅綺滿城」。今彊村叢書所收范詞一卷，連補遺二首，一共只有六首，可見范詞散佚之多了。他的作品的散佚，在宋代的詞史上，是一件可惜的事。因爲在他的詞裏，是具有婉約與豪邁的兩種風格，對於後代詞風的發展，有相當的影響。如中吳紀聞所載剔銀燈一闋果爲范氏所製，則蘇、辛一派的詞，范實爲其先導，同時也可見他的作品，是已超越南唐的藩籬，而啓示着詞境的開拓與解放的機運了。詞云：

> 昨夜因看蜀志，笑曹操、孫權、劉備，用盡機關，徒勞心力，只得三分天地。屈指細尋思，爭如共劉伶一醉！人世都無百歲，少癡騃，老成尩悴。只有中間，些子少年，忍把浮名牽繫。一品與千金，問白髮如何回避？（與歐陽公席上分題）

詞中所表現的詼諧趣味與白話語氣，似與前面的幾首詞不大統一。不過他作這詞時，是在宴會席上，酒醉飯飽以後，同着朋友們說說笑話，自然是可以的。這首詞的背景，同前面那些抒寫邊塞勞苦離愁別恨的背景是兩樣的，因此反映於作品中的情調與色彩，也就各異其趣了。

在宋初詞人中，作品很多，稱爲詞壇領袖的，是晏殊與歐陽修。

晏殊　晏殊（九九一——一〇五五），字同叔，臨川（今屬江西）人。他學問豐富，自幼能文。眞宗景德初，他還是十三四歲的少年，因張知白的推薦，以神童召試，賜同進士出身。得盡讀祕閣藏書，學問益博。仁宗時爲宰輔，提拔後進，汲引賢才，號稱賢相。宋史說他「平居好賢，當世知名之士如范仲淹、孔道輔皆出其門。及爲相，益務進賢材，而仲淹與韓琦、富弼皆進用。」他在政治上雖無積極的建樹，但在人才的識別與汲引上，是值得重視的。宋史又說他的「文章贍麗，應用不窮，尤工詩，閑雅有情思」，這批評大致是對的。他那個時代，正是西崑詩文風靡一時，他位居臺閣，於應制唱和之間，自然難免要沾染一些西崑的風氣，因此他的詩文，很接近楊億一派，大都是以典雅華美見長。他的詞，雖也有富貴氣，也有贍麗的色彩，但卻能表現他個人另一面的生活與心境，用筆清新，一掃其臺閣重臣的面孔，呈現着詞人的本色。他有珠玉詞一卷，存詞百餘首。

葉夢得說：「晏元獻公雖早富貴，而奉養極約，惟喜賓客，未嘗一日不燕飲，每有嘉客必留……亦必以歌樂相佐，談笑雜出。數行之後，案上已燦然矣。稍闌，卽罷遣歌樂，曰：『汝曹呈藝已遍，吾當呈藝。』乃具筆札，相與賦詩，率以爲常，前輩風流未之有比也。」（避暑錄話）在這裏正說明晏殊的富貴生活和他的詩詞產生的環境。

他的政治生活是平淡的、規則的；他的家庭生活是藝術的。他的許多小詞，就產生在這個酒後歌殘的環境裏。其作多流連光景和抒寫個人情懷以及遊樂生活，內容極爲窄狹，格調也一般柔婉。但其藝術特點，是精於鑄煉語言，善於捕捉一剎那的情景，並將那一剎那的情景，表現得較爲深細。如「無可奈何花落去，似曾相識燕歸來」，如「雙燕欲歸時節，銀屛昨夜微寒」，如「樓頭殘夢五更鐘，花外離愁三月雨」，如「一場愁夢酒醒時，斜陽卻照深深院」，都是偶爲外物所觸，運用清新的筆姿，寫成動人的形象。

時光只解催人老。不信多情，長恨離亭。淚滴春衫酒易醒。　梧桐昨夜西風急。淡月朧明，好夢頻驚。何處高樓雁一聲？（采桑子）

小徑紅稀，芳郊綠遍，高臺樹色陰陰見。春風不解禁楊花，濛濛亂撲行人面。　翠葉藏鶯，朱簾隔燕，爐香靜逐遊絲轉。一場愁夢酒醒時，斜陽卻照深深院。（踏莎行）

檻菊愁煙蘭泣露。羅幕輕寒，燕子雙飛去。明月不諳離恨苦，斜光到曉穿朱户。　昨夜西風凋碧樹。獨上高樓，望盡天涯路。欲寄彩箋兼尺素，山長水闊知何處？（蝶戀花）

這些詞都是珠玉集中的佳作。他的風格與形式都與馮延巳相近。劉攽說他「喜江南馮延巳歌詞，其所自作，亦不減延巳。」（中山詩話）但在他的集中，卻有不少壽詞、頌詞、歌舞詞，雖也寫得富麗堂皇，大都缺少性情，味同嚼蠟。因此，他的詞雖是雍容有餘，而內容不足，風格也不高。

歐陽修比起晏殊來，更接近馮延巳的是歐陽修。歐陽修是宋代古文運動的領導者，是西崑體的改革者。在他的論文裏，表現着徵聖、宗經、明道、致用的正統理論；在詩裏，一洗過去的華豔，表現出清切自然的風格；但他的詞，卻一反他的詩文，用着幽香冷豔的情調，繼承着五代、南唐的詞風。他現存的作品，有六一詞和醉翁琴趣外篇二種。六一詞較莊雅，琴趣外篇諸作，較爲豔冶。前人每以歐陽修爲一代儒宗，不會作那種言情言愛的綺語豔詞，遂斷定爲仇人所僞託，這種看法是並不全面的。他還有個人的悲歡哀樂和情感生活，這種情感生活，不便表現於詩文，自然只能表現於詞了。曾慥說：「歐公一代儒宗，風流自命，詞章幼眇，世所矜式。當時小人或作豔曲，謬爲公詞。」（樂府雅詞序）又蔡絛云：「歐詞之淺近者，多謂是劉煇僞作。」（西清詩話）歐詞中有後人僞作混雜其間，原是可能的事，但我們卻不能說凡是豔詞，都是出自小人或是劉煇之手。至於他的盜甥一案，及望江南雙調諸篇，前人辨證俱很完備，自然是不足信的了。但他並不是沒有浪漫生活的。趙令畤侯鯖錄云：「歐公閒居汝陰時，有二妓甚穎，文公歌詞盡記之。筵上戲約，他年當來作守。後數年，公果自維陽移汝陰，其人已不復見矣。視事之明日，飲同官於湖上，種黃楊樹子，有詩留擷芳亭云：『柳絮已將春色去，海棠應恨我來遲。』後三十年，東坡作守，見詩而笑曰：『杜牧之綠葉成陰之句耶？』」又堯山堂外紀云：「歐陽公登第後，授洛陽節推。時錢維演守西都，歐與一官妓荏苒。一日維演宴後園，客集而歐與妓移時方至。因妓中暑往涼堂睡，覺失金釵故也。錢曰

：『若得歐推官一詞，當卽償汝。』永叔卽席賦臨江仙詞云云。坐皆稱善，命妓滿斟賞歐，而令公庫償釵。」在這些故事裏，我們很可知道歐陽修的私生活，並不是十分矜持的了。歐陽修富於詩人氣質，寫有幾首豔詞，正好是他一點私人生活的顯露。前人完全以衞道的精神來估價他，似乎近於迂腐了。

歐詞是攝取花間、南唐詞風而溶化之，然尤接近馮延巳。他的蝶戀花諸作，同陽春集中的蝶戀花，其意境風格，以及用字寫情，幾是同一面貌，令人難於分辨，因此他們的詞，彼此混雜者甚多。王國維云：「馮正中玉樓春詞：『芳菲次第長相續，自是情多無處足。尊前百計得春歸，莫爲傷春眉黛促』，永叔一生似專學此種。」再如他的「綠楊樓外出鞦韆」（浣溪沙）一句，甚爲前人稱道，然亦本馮詞上行杯中之「柳外秋千出畫牆」一語，不過他變換句法，更覺嫵媚而已。由此，可知六一詞比起珠玉詞來，是更接近陽春集的，同時也可看出馮延巳在宋初詞壇的影響。

　　候館梅殘，溪橋柳細。草薰風暖搖征轡。離愁漸遠漸無窮，迢迢不斷如春水。　寸寸柔腸，盈盈粉淚。樓高莫近危欄倚。平蕪盡處是春山，行人更在春山外！（踏莎行）

　　庭院深深深幾許。楊柳堆煙，簾幙無重數。玉勒雕鞍遊冶處，樓高不見章臺路。　雨橫風狂三月暮。門掩黃昏，無計留春住。淚眼問花花不語，亂紅飛過鞦韆去。（蝶戀花）

　　去年元夜時，花市燈如晝。月到柳梢頭，人約黃昏後。　今年元夜時，月與燈依舊。

不見去年人，淚滿春衫袖。（生查子）

鳳髻金泥帶，龍紋玉掌梳；走來窗下笑相扶，愛道「畫眉深淺入時無」？　弄筆偎人久，描花試手初；等閑妨了繡工夫，笑問「雙鴛鴦字怎生書」？（南歌子）

在上面這些詞裏，寫離情的是委婉纏綿，寫兒女之態的是天真活潑，純用白描，造句新巧，藝術形象，非常鮮明。

與晏、歐先後同時，作詞者尚有王琪、謝絳、林逋、梅堯臣、聶冠卿諸人。不過他們都不專意爲詞，因此流傳下來的作品很少。其中如聶冠卿之多麗，已爲長調，頗可注意。林和靖的點絳唇，高遠清雅，堪稱佳篇。此外的則作品既少，風趣略同，我們不必再來敘述了。但在這裏，還有一個值得注意的作家，是晏殊的幼子晏幾道。

晏幾道　晏幾道（約一〇三〇——約一一〇六），字叔原，號小山，晏殊的幼子。他與蘇軾、黃庭堅先後同時，其詞風與形式，屬於南唐範圍，在敘述上是應該放在這一個階段的。他有小山詞，共二百餘首，稍長之作只有六么令、滿庭芳、泛清波摘遍三調，其餘全爲小令，並且他的藝術造就，也全表現在小令裏。我們要瞭解他的詞，必先知道他的生活和性情。他雖是貴家公子，但因爲他那種孤高自傲、天真狂放的性情，對於實際的人生缺少體驗，不懂得營生處世的手段，因此只做過潁昌許田鎭的小監官，後還因事下獄。到了晚年，弄到家人飢寒交迫，過着窮困落魄的生活。但他早年的境遇是優裕的，在他的身畔，環繞着不少的歌兒舞女的影子，環繞着不少悅耳的歌聲。到了晚年窮愁落魄的時候，在思前憶舊之中，自不免風物未改、人事全非之感。因此在他的詞裏，一洗他父親那種雍容的氣息，形成極度淒楚哀怨的感傷情調，他們父子的詞，是同樣接近南唐，父親是近陽春，兒子則近李煜。在這裏，我們可以看出生活環境對於文學作品的明顯的影響。

他有小山詞一卷，原名補亡，自跋云：

始時沈十二廉叔，陳十君龍家，有蓮、鴻、蘋、雲，品清謳娛客。每得一解，卽以草授諸兒。吾三人持酒聽之，為一笑樂。已而君龍疾廢臥家，廉叔下世，昔之狂篇醉句，遂與兩家歌兒酒使俱流轉於人間。自爾郵傳滋多，積有竄易。

又黃庭堅序小山詞云：

余嘗論叔原固人英也，其癡亦自絕人。……仕宦連蹇而不能一傍貴人之門，是一癡也；論文自有體，不肯一作新進士語，此又一癡也；費資千百萬，家人寒飢，而面有孺子之色，此又一癡也；人百負之而不恨，己信人終不疑其欺己，此又一癡也。

在這兩段裏，我們可以知道小山詞產生的環境。他那天真耿介的性格和生活盛衰的面貌，與李煜確有幾分相像。他的詞，大都是描繪富貴生活衰敗以後的心情，現實意義是淡薄的，但抒情的藝術確有特色。

夢後樓臺高鎖，酒醒簾幕低垂。去年春恨卻來時。落花人獨立，微雨燕雙飛。記得小蘋初見，兩重心字羅衣。琵琶絃上說相思。當時明月在，曾照彩雲歸。（臨江仙）

醉別西樓醒不記。春夢秋雲，聚散眞容易。斜月半窗還少睡，畫屏閒展吳山翠。衣上酒痕詩裏字。點點行行，總是淒涼意。紅燭自憐無好計，夜寒空替人垂淚。（蝶戀花）

黃菊開時傷聚散。曾記花前，共說深深願。重見金英人未見，相思一夜天涯遠。羅袖同心閒結徧。帶易成雙，人恨成雙晚。欲寫彩箋書別怨，淚痕早已先書滿。（蝶戀花）

彩袖殷勤捧玉鍾，當年拚卻醉顏紅。舞低楊柳樓心月，歌盡桃花扇影風。從別後，憶相逢。幾回魂夢與君同？今宵剩把銀釭照，猶恐相逢是夢中！（鷓鴣天）

在這些詞裏，有一個共同的特徵，那便是對於往事的回憶和窮愁牢落的抒寫。因此在他的全部詞句裏，貫穿着對於已逝的歡樂的追憶，以及舊事的低徊，「醉拍春衫惜舊香」，「一春彈淚說淒涼」，正表現出濃厚的沒落的感傷。他有一首清平樂的後半首云：「眼中前事分明，可憐如夢難憑。都把舊時薄倖，只消今日無情」，這眞把他的心情說盡了。他的詞在描寫方面有歐陽修的深細，而沒有他的明朗，在修詞上有晏殊的婉麗，而沒有他的溫和的色采。然而他那種感傷情調，又非晏、歐所有。他的抒情詞的藝術特色，是比較接近李煜的。

三　詞風的轉變與都會生活的反映

張先、柳永的出現，使宋代詞風爲之一變。他們在形體上，盛用長調的慢詞；在作風上，脫去花間、南唐的清婉，而喜用鋪敘的手法，盡情描寫，不貴含蓄。在內容上，則趨於都會生活的表現，以及沉溺於都會生活的男女心理的刻劃；因此在他們的作品裏，時用着市井俗語，和傳統的詞風不同。在上述的幾點特色裏，尤以柳永表現得更爲顯著，因爲張先時代略早，在他早年的作品裏，還有不少花間、南唐的風采，也還有不少短小的形式。所以在詞風的轉變上，張先實具有承先啓後的作用。陳廷焯白雨齋詞話云：「張子野詞，古今一大轉移也。前此則爲晏、歐，爲溫、韋，體段雖具，聲色未開。後此則爲秦、柳，爲蘇、辛，爲美成、白石，發揚蹈厲，氣局一新，而古意漸失。子野適得其中，有含蓄處，亦有發越處，但含蓄亦不似溫、韋，發越亦不似豪蘇膩柳。」前人論詞，每以柳永爲宋詞轉變的第一人，其實這種轉變，始於張先，而大盛於柳永。

晏、歐的詞，內容窄狹，形式短小，只不過表現一些上層社會的生活與感情。到了張、柳，由狹隘的上層社會的範圍，擴展到都市生活的面貌和旅人流浪的情調，這是經濟繁榮政治苟安以及朝野迷戀聲色的社會現象的反映。把這一時代的市民、文士、歌妓等的生活內容、精神狀態，從各方面來加以表現的，以柳永作品的成就較大。因爲他們所要表現的，無論生活或情感都較前複雜得多，新內容要求新形式，所以他們需要採取長調，於是慢詞在他們手下，很快地發展起來，在作法上也由婉約含蓄而變爲鋪敘、寫實的了。

晚唐、五代的詞，大都是小令。長詞見於全唐詩者，有杜牧的八六子，鍾輻的卜算子慢。見於花間者，有薛昭蘊的離別難；見於尊前集者，有後唐莊宗的歌頭，尹鶚的金浮圖，李洵的中興樂。短者八九十字，長者百餘字。杜、鍾二篇，或有可疑，花間、尊前諸人所作，是比較可靠的。但由敦煌曲詞看來，在詩人運用長調之前，民間早已流行長調了。不過文人們沒有重視，長調並未風行。在宋初的半世紀，長調也很少。晏殊、歐陽修的詞，俱以小令爲主。雖偶有較長的作品，也是偶爾成篇，並非有心提倡長調和有意從事詞體解放的工作。因此爲了適應都市複雜生活和新內容的表現，長調的大量使用，以及詞體解放工作的開展，是不得不歸功於張、柳了。張先時代較早，集中雖多小令，但慢詞長調有山亭宴慢、謝池春慢、熙州慢、宴春臺慢、卜算子慢、少年遊慢、歸朝歡、喜朝天、破陣樂、沁園春、傾杯、剪牡丹、漢宮春等調。至樂章集九卷中，則以長調爲主體，而小令只是少數。並且他們都洞曉音律，自製曲譜，故其詞皆區分宮調，時造新聲。他們在詞體的發展史上，是有重要地位的。張、柳以後，長調大行，作者日繁，篇什遂夥。宋翔鳳樂府餘論說：「一時動聽，散播四方，其後東坡、少游、山谷輩相繼有作，慢詞遂盛。」

張先　張先（九九〇——一〇七八），字子野，烏程（今浙江吳興）人。四十一歲登進士第，晏殊辟他為通判，曾知吳江縣，官至都官郎中。晚年優遊鄉里，卒時年近九十。有安陸集。他工詩，尤善詞，嘗與晏殊、歐陽修、蘇軾、王安石諸人交遊。生活疏放。石林詩話說他八十歲視聽尚強，猶喜聲伎。韻語陽秋說他八十五歲，猶聘妾，因此東坡贈他的詩，有「詩人老去鶯鶯在，公子歸來燕燕忙」之句。古今詞話說他到了晚年，風韻未已，嘗寵一姬，呼為綠楊。晚年尚且如此，則他壯年時代的生活，可想而知了。在東坡題跋中，贊賞他「善戲謔，有風味」，這雖是說他的性情風度，但在他的詞裏，也富於這種色彩。

牡丹含露眞珠顆，美人折向簾前過。含笑問檀郎：花強妾貌強？　檀郎故相惱，剛道花枝好。花若勝如奴，花還解語無？（菩薩蠻）

聲轉轆轤聞露井，曉引銀瓶牽素綆。西園人語夜來風，叢英飄墮紅成徑。寶猊煙未冷，蓮臺香蠟殘痕凝。等身金，誰能得意，買此好光景。　粉落輕妝紅玉瑩，月枕橫釵雲墜領。有情無物不雙棲，文禽只合長交頸。晝長懽豈定，爭如翻作春宵永。日曈曨，嬌柔嬾起，簾幙卷花影。（歸朝歡）

四堂互映，雙門並麗，龍閣開府。郡美東南第一，望故園樓臺霏霧。垂柳池塘，流泉巷陌，吳歌處處。近黃昏，漸更宜良夜，簇簇繁星燈燭，長衢如晝。暝色韶光，幾簾粉面，飛甍朱戶。　歡遇。雁齒橋紅，裙腰草綠，雲際寺，林下路。酒熟梨花賓客醉，但覺滿山簫鼓

。盡朋遊，因民樂，芳菲有主。自此歸從泥沼去，指沙隄，南屏水石，西湖風月，好作千騎行春，畫圖寫取。(破陣樂)

他在這些詞裏，一面鋪寫都會表面的繁華，一面暴露沈溺於都會的男女生活。筆力酣恣，顏色極爲濃烈。他的小令雖然有些好作品，但他卻很用氣力作長詞。如破陣樂的寫錢塘，宴春臺慢的寫東都，都極盡鋪敘的能事。再如他的「三影」，是「雲破月來花弄影」(天仙子)，「柳徑無人，墜飛絮無影」(剪牡丹)，和「嬌柔懶起，簾幙卷花影」(歸朝歡)，是張先自己最得意的句子。細密清麗，尤見鍛鍊之工。詞到了張先，已漸漸離開小詞的境界，而入於長調了。

柳永 以長調的形式與鋪敘的手法爲主，將當日中下層的市民生活，加以廣泛的表現的，是自稱爲「才子詞人」的柳永。柳字耆卿，原名三變，崇安(今屬福建)人。約生於雍熙四年(九八七)，約死於皇祐五年(一〇五三)。景祐元年進士，後來只做了一個屯田員外郎的小官，故世號柳屯田。有樂章集。他是一個都會生活的迷戀者，下層生活的體驗者。他的懷才不遇的環境同他的頹廢生活，溶成一片。他終身落魄，窮愁潦倒，結果，是死了家無餘財，由幾個妓女合資而葬，這情景真是夠悽涼了。由於他的生平充滿這種浪漫色彩，後來的小說、戲曲，還把他的「詩酒風流」的故事，作爲題材來寫，如清平山堂話本中卽有柳耆卿詩酒玩江樓之作。

他有一首鶴冲天的詞云：「黃金榜上，偶失龍頭望。明代暫遺賢，如何向？未遂風雲便，爭不恣遊狂蕩？何須論得喪。才子詞人，自是白衣卿相。煙花巷陌，依約丹青屏障。幸有意中人，堪尋訪。且恁偎紅倚翠，風流事，平生暢。青春都一晌。忍把浮名，換了淺斟低唱。」他的放浪的生活和悲憤的情懷，都在這詞裏表露出來。他的詞的內容，觸及到城市生活較廣的一面。我們讀他的迎新春、滿朝歡、木蘭花慢、看花回、長相思、破陣樂、拋球樂、傾杯樂、笛家、望海潮諸詞，便可以看出當日經濟繁榮和城市人民的生活面貌。

東南形勝，三吳都會，錢塘自古繁華。煙柳畫橋，風簾翠幙，參差十萬人家。雲樹遶隄沙。怒濤卷霜雪，天塹無涯。市列珠璣，户盈羅綺，競豪奢。　重湖疊巘清嘉。有三秋桂子，十里荷花。羌管弄晴，菱歌泛夜，嬉嬉釣叟蓮娃。千騎擁高牙。乘醉聽簫鼓，吟賞煙霞。異日圖將好景，歸去鳳池誇。（望海潮）

詞的內容和形式，同晏殊、歐陽修的作品，顯然不同。在這樣的環境裏，出現了不同的生活和感情。如晝夜樂云：

洞房記得初相遇，便只合，長相聚。何期小會幽歡，變作別離情緒？況值闌珊春色暮，對滿目亂花狂絮。直恐好風光，盡隨伊歸去。　一場寂寞憑誰訴？算前言，總輕負。早知恁地難拚，悔不當初留住。其奈風流端正外，更別有繫人心處。一日不思量，也攢眉千度。

這類作品，在樂章集裏數量很多，語言雖很通俗，但趣味庸俗，風格淫靡，都不是好作品。

言情道愛，本以含蓄爲貴，而柳永所表現的，卻是盡而又盡，淺而又淺。葉夢得避暑錄話中說：「柳永爲舉子時，多游狹邪，善爲歌詞。教坊樂工，每得新腔，必求永爲辭，始行於世，於是聲傳一時。」又宋翔鳳樂府餘論云：「按詞自南唐以後，但有小令，其慢詞蓋起宋仁宗朝，中原息兵，汴京繁庶，歌臺舞席，競賭新聲。耆卿失意無俚，流連坊曲，遂盡收俚俗語言，編入詞中，以便伎人傳習。一時動聽，散播四方。」他們在這裏，說明了柳詞廣泛流傳的原因。

在藝術的成就上，柳永的詞，是要以描寫旅況鄉愁和離情別恨的詞爲代表的。在這些作品裏，他脫去了那些輕薄的調子，而以美麗的風景畫面，深刻的情感，嚴肅的態度，描寫出一個天涯淪落者的心情，表現了很高的抒情技巧。如八聲甘州、傾杯、夜半樂、訴衷情近、卜算子、歸朝歡、雨霖鈴以及少年遊中的幾首，成就較高。

對蕭蕭暮雨灑江天，一番洗清秋。漸霜風淒緊，關河冷落，殘照當樓。是處紅衰綠減，苒苒物華休。惟有長江水，無語東流。　不忍登高臨遠，望故鄉渺邈，歸思難收。歎年來蹤跡，何事苦淹留？想佳人妝樓顒望，誤幾回天際識歸舟！爭知我、倚闌干處，正恁凝愁。（八聲甘州）

寒蟬淒切，對長亭晚，驟雨初歇。都門帳飲無緒，方留戀處，蘭舟催發。執手相看淚眼，竟無語凝噎。念去去千里煙波，暮靄沈沈楚天闊。　多情自古傷離別，更那堪冷落清秋

節。今宵酒醒何處？楊柳岸，曉風殘月。此去經年，應是良辰好景虛設。便縱有千種風情，更與何人說！（雨霖鈴）

這些作品，表現了柳永詞的特色。表現深刻，情緒真摯，音律諧婉，辭意妥帖。羈旅行役之情，淪落飄泊之感，形容曲盡。語言富於通俗性，同時又富於藝術性，所以感人的力量較爲強烈。宋詞「同是天涯淪落人，相逢何必曾相識」，在柳永一些較好的作品裏，可以體會出這樣的感情。宋詞由晏、歐到張、柳，無論內容、形式以及風格，都起了明顯的轉變。在這轉變中，柳永的地位，尤爲重要。晏、歐諸人的詞只是上層社會生活感情的反映，出入南唐，以婉約清麗見長。柳永的詞，鋪敘都會繁華和中下層的市民生活，通俗淺顯，近於敦煌民間詞的傳統。他的作品，普遍到上入宮廷，下入田舍，當代的詞人，也無不或濃或淡地承受他的影響。從他以後，長詞成爲流行的詞體，土語方言和鋪敘的寫法，詞人都普遍地使用了。秦觀、賀鑄、周邦彥都作長調，受着柳永的影響是很明顯的，但在語言上，黃庭堅與柳永更爲接近。

把我身心，為伊煩惱，算天便知。恨一回相見，百方做計，未能偎倚，早覓東西。鏡裏拈花，水中捉月，覷著無由得近伊。添憔悴，鎮花銷翠減，玉瘦香肌。　奴兒又有行期。你去卽無妨，我共誰？向眼前常見，心猶未足；怎生禁得，眞個分離？地角天涯，我隨君去，掘井為盟無改移。君須是，做些兒相度，莫待臨時。（黃庭堅沁園春）

黃庭堅是江西詩派的領袖，他作詩的主旨，是最忌俗淺，最忌豔情，看了這種詞，真是淫俗不堪，不像是他作的。如千秋歲中云：「……奴奴睡，奴奴睡也奴奴睡！」歸田樂引中云：「怨你又戀你，恨你惜你，畢竟教人怎生是？」這樣的語言，在柳永的詞裏也不多。再如晝夜樂、憶帝京、江城子、兩同心諸詞，也是這一類。他序小山詞云：「余少時間作樂府，以使酒玩世。道人法秀獨罪余以筆墨勸淫，於我法中，當下犂舌之獄。」看他這種自述，知道他這些作品，大都是他青年時代作的。他後來的作風轉變了，許多作品如水調歌頭、念奴嬌、望江東、漁家傲、醉落魄、瑞鶴仙諸詞，意境已近東坡，而不是柳派了。

四　蘇軾的詞

柳永的詞，音律諧婉，宜於歌唱，語言通俗，易於瞭解，是他的特色。但有些內容庸淺，辭染淫俗，格調畢竟不高。張舜民畫墁錄云：「柳三變既以詞忤仁廟，吏部不放改官，三變不能堪，詣政府。晏公曰：『賢俊作曲子麼？』三變曰：『祇如相公亦作曲子。』公曰：『殊雖作曲子，不曾道：綵線慵拈伴伊坐。』柳遂退。」又曾慥高齋詩話云：「少游自會稽入都，見東坡，東坡曰：『不意別後，公卻學柳七作詞。』少游曰：『某雖無學，亦不如是。』東坡曰：『銷魂當此際，非柳七語乎？』」（詞林紀事引）在這兩則故事裏，很可看出當日文人對於柳詞的輕視。在這時期，使詞風更爲轉變，無論詞的內容與境界，都爲之開拓與提高的，是北宋的代表詞人蘇軾。

蘇軾　蘇軾（一〇三七——一一〇一），字子瞻，號東坡居士，眉州眉山（今屬四川）人。自幼聰慧，七歲知書，十歲能文。他有一個知書識禮的母親，少年時代，因爲他父親遠遊四方，他受過他母親程氏的良好教育，親自教他讀書，並勉勵他以氣節自重。他的父親蘇洵，弟弟蘇轍，都是有名的散文家，世稱三蘇。嘉祐元年舉進士，還只有二十一歲。早年因與王安石政見不合，屬於舊黨，後因詩謗之嫌，逮捕入京，終遭貶謫。晚年因新派得勢，黜廢舊人，他又以舊黨關係，遠貶海南。他一生中雖也入京做過翰林學士，禮部尚書，但究以外任爲多。他所到的地方，有杭州、密州、徐州、湖州、黃州、汝州、登州、潁州、定州、惠州、昌化、廉州，結果是死在常州。他雖生在一個經濟繁榮的時代，但他個人所身受的，卻是一個憂患失意的境遇。他在政治上反對王安石的新法，偏於保守一面，但他人品端正，清廉自守，在地方行政上做了許多有益於人民的事，得到人民的愛戴。他的思想是複雜的，儒家的底子，再融和各家思想的因素，莊子的哲學，陶淵明的詩理，佛家的解脫，給他很大的影響。他胸懷開闊，氣量恢宏，以順處逆，以理化情，形成豪爽明朗的性格，達觀快樂的人生觀，和在文學上豪放不羈的風格，他的詩文是如此，詞更是如此。同時，他絕不因一時的失意，就沉溺於酒色而不能自拔，他有自己的理想，他善於在逆境中，解脫他的苦悶，安定他的情緒。山水田園之趣，友朋詩酒之樂，哲理禪機的參悟，都是他精神上的補藥。所以他無論處於何種難關，都能保持生活的常軌。他始終是愉快的，詼諧的，心境是開朗的，在他的作品中，鮮明地反映出這一種性格。

詞到了蘇軾，起了很大的轉變和進展。由五代到柳永，詞的生命是音樂，詞的內容大都是豔意別情。故塡詞必以協律爲重要的條件，表意必以婉約爲正宗。蘇軾的詞卻突破了這種傳統精神，他以傑出的才能，巨大的創造力，在詞壇上開闢了一個新世界。我們讀他的詞，可以發現如下的幾個特點。

一、詞與音樂的初步分離　詞本由合樂而產生，因此詞在最初的階段，音樂的生命重於文學的生命。自五代至宋初，詞必協律，而成爲可唱的曲。到了蘇軾的詞，他未必完全廢棄詞的音樂性，但他並不重視詞的音樂性。他的作品，雖也有許多可歌；如蝶戀花的「花褪殘紅青杏小」，爲朝雲所歌；賀新涼的「乳燕飛華屋」，爲秀蘭所歌，這是大家都知道的事。再苕溪漁隱叢話中說東坡改歸去來辭爲哨遍，使入音律；又章質夫家善琵琶者乞歌詞，他取韓愈的聽穎師琴詩稍加隱括，使就聲律，作水調歌頭。這可證明蘇軾本人也是懂音律的。但他大部分的作品，並不注意歌唱。因此前人多以蘇詞不協音律爲病。晁補之說：「蘇東坡詞人謂多不諧音律，然居士詞橫放傑出，自是曲子中縛不住者。」（能改齋漫錄）李清照在詞論中也說蘇詞「往往不協音律」。這樣看來，蘇詞雖沒有完全否認詞的音樂效能，但確有擺脫音樂性的趨勢。他並不是不懂音律，也不是不能作可歌的詞，他的與人不同處，是爲文學而作詞，不完全是爲歌唱而作詞，這一個轉變，是詞的文學的生命重於音樂的生命。陸游說：「世言東坡不能歌，故所作樂府，多不協律。晁以道云：紹聖初與東坡別於汴上，東坡酒酣，自歌古陽關，則公非不能歌，但豪放不喜裁剪以就聲律耳。」（老學菴筆記）所謂豪放不喜剪裁以就聲律，正好作爲蘇詞不重協律的正確解答，同時說明他的豪爽性格，反映於詞上的一種表現。

二、詞的詩化　詞與詩的區別，在形式上本易區分，但在句法上風格上，卻不容易說明，只能細心體會。前人每有詞不能似詩，亦不可似曲，各有各的個性與風度，分別得很嚴格。所謂「詩莊詞媚」，似乎是大家公認的詩詞的界限。洪亮吉說：「詩詞之界甚嚴，北宋之詞，類可入詩，以清新雅正故也；南宋之詩，類可入詞，以流豔巧側故也。」（北江詩話）他在這裏，一面主張詩詞界限的嚴，一面說明清新雅正與流豔巧側爲詩與詞的特色，也就正是莊與媚。但東坡的詞，卻不遵守這正統的理論與因襲的精神，他一掃舊習，而以清新雅正的字句，縱橫奇逸的氣象，形成了他的詩化的詞風。李清照說：「蘇子瞻學際天人，作爲小歌詞，直如酌蠡水於大海，然皆句讀不葺之詩耳。」（詞論）陳師道云：「退之以文爲詩，子瞻以詩爲詞。如教坊雷大使之舞，雖極天下之工，要非本色。」（后山詩話）可知當代對於他的詞的詩化這一點，已經有人感着不滿了。因此前人每以蘇詞爲別格，而不能歸爲正宗。但在我們現在看來，所謂別格正宗，本是傳統的成見，只要能「極天下之工」，便達到了藝術的高度成就。並且因了他，詞的內容得以開拓，風格得以提高，這種積極的創造精神，是非常可貴的。

三、詞境的擴大　自五代至宋初的詞，範圍狹小，內容貧弱。到了蘇軾，擴大了詞的範圍。他一面是放大詞的內容，無論什麼題材、思想和情感，都可用詞來表現。一面又提高詞的意境，以豪放飄逸的作風，代替婉約與柔靡。前人專寫兒女之情，離別之感；等而下之，描寫色情，造成輕薄的情調，華靡的風氣，最高的成就也只能達到哀怨與細膩。在蘇氏的作品裏，他無所不寫。或弔古傷時，或悼亡送別，或說理詠史，或寫山水田園，內容廣泛，情感複雜。由於他傑出的才能，豐富的學問，融和混合，形成前所未有的豪放飄逸的詞風。這一種風格，是他的散文、詩、詞和書法所共有的。他在這方面的成就，一面是從詞的內容和形式上，打破了詞的狹窄傳統，同時替南宋的愛國詞人，開闢了詞的廣闊道路，對於詞的發展，有重要的歷史意義。詞到了蘇軾，確是大大地充實和提高了。

四、個性分明　蘇軾以前的詞，因描寫的內容同，因語氣句法同，因所表現的情調同，在藝術上雖有工拙優劣之別，但作者和作品的個性，極不分明。因此馮延巳、晏殊、歐陽修之間的詞，時常混雜，有許多作品，到現在還無法辨明。到了蘇軾的詞，都有具體內容，調下加題，事實分明。他表現時，有他自己的性格，有他自己的生活情感，有他自己的語調句法，於是鮮明地呈現出作者和作品的個性。東坡是東坡，東坡的詞是東坡的詞，決不會同馮延巳和陽春集相混了。

明月幾時有？把酒問青天。不知天上宮闕，今夕是何年？我欲乘風歸去，又恐瓊樓玉宇，高處不勝寒。起舞弄清影，何似在人間！　轉朱閣，低綺户，照無眠。不應有恨，何事長向別時圓？人有悲歡離合，月有陰晴圓缺，此事古難全。但願人長久，千里共嬋娟。（水調歌頭：丙辰中秋歡飲達旦大醉作此篇兼懷子由）

大江東去，浪淘盡、千古風流人物。故壘西邊，人道是、三國周郎赤壁。亂石崩雲，驚濤裂岸，捲起千堆雪。江山如畫，一時多少豪傑！　遙想公瑾當年，小喬初嫁了，雄姿英發。羽扇綸巾，談笑間、檣櫓灰飛煙滅。故國神遊，多情應笑我，早生華髮。人間如夢，一樽還酹江月。（念奴嬌：赤壁懷古）

缺月挂疏桐，漏斷人初靜。誰見幽人獨往來，縹緲孤鴻影。驚起卻回頭，有恨無人省。揀盡寒枝不肯棲，寂寞沙洲冷。（卜算子：黃州定慧院寓居作）

十年生死兩茫茫！不思量，自難忘。千里孤墳，無處話淒涼。縱使相逢應不識，塵滿面，鬢如霜。　夜來幽夢忽還鄉。小軒窗，正梳妝。相顧無言，唯有淚千行。料得年年腸斷處，明月夜，短松崗。（江城子：乙卯正月二十日夜紀夢）

赤壁懷古和他的赤壁賦，情文並茂，同稱傑作，也同樣充滿着豪放飄逸的精神。在詞中一面是懷古，一面是傷今。借歷史人物的描寫，表露出自己在政治上的失敗，以及流貶江湖，事業無成，早生白髮的感慨。同時以寫生的妙筆，塗出赤壁月夜如畫的江山：亂石驚濤，千堆雪浪，筆雄力厚，意遠詞清，給人以強烈的藝術感染。水調歌頭是中秋夜懷念他的弟弟蘇轍而作。他自己在密州，蘇轍在齊州，都是政治上的失意人。萬里離愁，中秋良夜，把酒對月，情緒萬端。作者以豐富的想像，清麗無比的語言，將宇宙的神奇，結合人世的實感，由浪漫空幻的世界，回到了現實的人生。深入淺出，曲折回旋。卜算子自比孤鴻，反映作者在貶謫中的孤高傲世的感情，辭意極爲深厚。江城子是追悼他死了十年的王夫人，真情實感，出於自然，是抒情詞中的優秀作品。

我們讀了這些詞，便會知道他的範圍大，境界高，打破了詞的嚴格限制和因襲傳統的精神。在詞中出現了這種高遠純清的新氣象，是晚唐、五代到晏、歐、張、柳所沒有見過的。詞的解放與創造，正是蘇軾的積極性的創造精神，在詞體文學上的具體表現和重要成就。他在宋代詞壇的地位，正如李白之於唐詩，前人說他像唐詩中的韓愈，這是不正確的。正因如此，前人每擯蘇詞於正宗之外，而認爲是別格。徐師曾說：「論詞有婉約者，有豪放者。婉約者欲其詞情蘊藉，豪放者欲其氣象恢宏。蓋雖各因其質，而詞貴感人，要當以婉約爲正。否則雖極精工，終非本色，非有識者之所取也。」（文體明辨）四庫提要說：「詞自晚唐、五代以來，以清切婉麗爲宗。至柳永而一變，如詩家之有白居易，至蘇軾而又一變，如詩家之有韓愈，遂開南宋辛棄疾等一派。尋源溯流，不能不謂之別格，然謂之不工則不可。故至今日尚與花間一派並行而不能偏廢。」（東坡詞）別格正宗，我們不必去辨他，蘇軾在詞史上，以積極的創造精神，將當日的詞壇，捲起了巨大的轉變，盡了他的破壞與建設的雙重任務，而給後人以重大影響的事實，是任何人都要承認的。胡寅云：「柳耆卿後出，掩眾製而盡其妙，好之者以爲不可復加。及眉山蘇氏，一洗綺羅香澤之態，擺脫綢繆宛轉之度，使人登高望遠，舉首高歌，而逸懷浩氣，超然乎塵垢之外，於是花間爲皂隸，而柳氏爲輿臺矣。」（題向子諲酒邊詞）他這幾句話，能從文學的發展變化上立論，而不爭什麼正宗別格，可算是最有識見的了。總之，蘇軾是詞壇的革新者，是北宋詞人的代表，因了他的努力，替詞開闢了一個新局面。王灼說：「東坡先生非心醉於音律者，偶爾作歌，指出向上一路，新天下耳目，弄筆者始知自振。」（碧雞漫志）他正確地指出了蘇詞的革新意義和價值，比起那些「別格」「正宗」之爭，諧音協律之論，要高明得多了。當代如王安石、黃庭堅、晁補之、毛滂諸人都與蘇詞相近，今各錄一首於下。

登臨送目，正故國晚秋，天氣初肅。千里澄江似練，翠峯如簇。征帆去棹殘陽裏，背西風、酒旗斜矗。綵舟雲淡，星河鷺起，畫圖難足。　念往昔、豪華競逐。歎門外樓頭，悲恨相續。千古憑高對此，謾嗟榮辱。六朝舊事隨流水，但寒煙衰草凝綠。至今商女，時時猶唱

，後庭遺曲。（王安石桂枝香：金陵懷古）

瑤草一何碧，春入武陵溪。溪上桃花無數，枝上有黃鸝。我欲穿花尋路，直入白雲深處，浩氣展虹蜺。祇恐花深裏，紅露濕人衣。　坐玉石，倚玉枕，拂金徽。謫仙何處？無人伴我白螺杯。我為靈芝仙草，不為朱脣丹臉，長嘯亦何為？醉舞下山去，明月逐人歸。（黃庭堅水調歌頭）

曾唱牡丹留客飲，明年何處相逢？忽驚鵲起落梧桐。綠荷多少恨，回首背西風。　莫歎今宵身是客，一樽未曉猶同。此身應似去來鴻。江湖春水闊，歸夢故園中。（晁補之臨江仙：和韓求仁南都留別）

溪山不盡知多少，遙峯秀疊寒波渺。攜酒上高臺，與君開壯懷。　枉做悲秋賦，醉後悲何處？白髮幾黃花，官裘付酒家。（毛滂菩薩蠻）

他們這些詞，或似蘇的豪放，或得蘇的飄逸，這是很顯然的。王安石有臨川先生歌曲一卷，補遺一卷，但所存作品不多。黃庭堅有山谷詞一卷，存詞百餘首。他有一部分詞是接近柳永的，上面已敘述過了。晁補之有琴趣外篇六卷，存詞百餘首。毛滂有東堂詞一卷，存詞近二百首。晁、毛集中，雖有不少風格頗低的豔詞，但那些並非代表之作。他們雖無東坡的氣魄與風格，卻深受着蘇詞那種開拓解放的影響。到了南宋，蘇派的詞更形發展。由於張孝祥、陸游、辛棄疾、陳亮、劉過、劉克莊諸家及其他詞人們的努力，得到很大的成就，尤其是辛棄疾，領袖羣英，是南宋詞人的代表。

五　周邦彥及其他詞人

晏、歐的詞，因一味因襲南唐，範圍過狹，內容貧弱。柳永諸作，雖能協律歌唱，普遍風行，然時人多病其風格卑弱。東坡繼起，一洗前弊，以詩人豪放飄逸之筆，發爲內容豐富的歌詞，獨成一格，詞境始大。然時人又多病其矯枉過正，不合音律，遂有「押韻之詩」與「要非本色」之譏。在當日的詞壇，開始注重格律，傾心精煉，「語工而入律」，是他們的基本原則。從事這方面的詞人，有秦觀、賀鑄、周邦彥諸家，而以周邦彥爲代表，詞風又一變。

秦觀　秦觀（一〇四九——一一〇〇），字少游，號淮海居士。揚州高郵（今屬江蘇）人。少有文名，宋史文苑傳說他「少豪雋慷慨，溢於文詞」。蘇軾、王安石都很賞識他的文學。元祐初，因蘇軾的推薦，除太學博士，後兼國史院編修官。紹聖初年，章惇等當權，排斥元祐黨人，先後貶杭州、郴州、橫州、雷州等處。及徽宗立，放還，至藤州而卒。有淮海詞，又名淮海居士長短句。秦觀雖出自蘇門，並且蘇軾也很看重他，可是他們的風格並不相似。他的作品雖說也感染着蘇氏的影響，但他卻有自己的成就和特色。如「怎得花香深處，作個蜂兒抱。」（迎春樂）和「丁香笑吐嬌無限。語軟聲低，道我何曾慣。」（河傳）這些句子，得之於柳，而很庸俗。再如品令滿園花中的使用俗語，以及詞中的好鋪敘，也都與柳永相近。在他的浣溪沙、憶仙姿、點絳脣、阮郎歸諸詞裏，可以看出南唐的境界，在好事近、踏莎行、江城子、千秋歲諸詞裏，可以看出蘇詞的氣格，再如他的望海潮、夢揚州諸首，音和句鍊，以工麗見稱，又與周邦彥相近。由此看來，秦觀的詞，是博觀約取，自成一家。

玉漏迢迢盡，銀潢淡淡橫。夢回宿酒未全醒，已被鄰鷄催起怕天明。　臂上妝猶在，襟間淚尚盈。水邊燈火漸人行，天外一鈎殘月帶三星。（南歌子：贈陶心兒）

山抹微雲，天連衰草，畫角聲斷譙門。暫停征棹，聊共引離尊。多少蓬萊舊事，空回首、煙靄紛紛。斜陽外、寒鴉數點，流水繞孤村。　消魂！當此際、香囊暗解，羅帶輕分。謾贏得青樓，薄倖名存。此去何時見也？襟袖上，空染啼痕。傷情處，高城望斷，燈火已黃昏。（滿庭芳）

纖雲弄巧，飛星傳恨，銀漢迢迢暗度。金風玉露一相逢，便勝卻人間無數。　柔情似水，佳期如夢，忍顧鵲橋歸路。兩情若是久長時，又豈在朝朝暮暮。（鵲橋仙）

霧失樓臺，月迷津渡，桃源望斷無尋處。可堪孤館閉春寒，杜鵑聲裏斜陽暮。　驛寄

梅花，魚傳尺素，砌成此恨無重數。郴江幸自遶郴山，為誰流下瀟湘去。（踏莎行：郴州旅舍）

這些都是淮海詞中的代表作。他的特點，是善於用藝術形象的語言，表達深細的情感，筆力細緻，而又音律和美，頗有情韻兼勝之妙。南歌子、滿庭芳二詞，基本上是傾向於柳永的。秦觀在當代的詞壇，有很高的聲譽。他的踏莎行，蘇軾寫在扇上，時時吟誦。他死後，蘇軾歎息說：「少游不幸死道路，哀哉！世豈復有斯人乎？」這評價是很高的。蘇軾的詞有創造建設的精神，有開拓發展的力量，給予後人很大的影響，秦詞卻缺少這種創造性，詞的內容雖也間接反映出封建社會知識分子不幸的遭遇，而一般是貧弱的。

賀鑄　賀鑄（一〇五二——一一二五），字方回，原籍山陰，生長衞州（今河南汲縣）。他是孝惠后的族孫，又娶宗室趙克彰之女。但他賦性耿介，尙氣使酒，喜論世事。有錢時揮金如土，扶貧濟困，很有義俠的風度。同時他又痛恨權貴，不善諂媚，始終得不到好官。先後通判泗州，倅太平州，總是悒悒不得志。晚年退居蘇州一帶，自號慶湖遺老，生活困難，貧寒幾不能自給。這種貴族生活的沒落，很有點像晏幾道。他藏書萬卷，手自校讎，故能博聞彊記，學問豐富，陸游稱他：「詩文皆高，不獨工長短句也。」（老學菴筆記）賀鑄的作品，雖以美豔著稱，但他的面孔卻是一幅怪相。宋史稱他「長七尺，面鐵色，眉目聳拔」，陸游也說他狀貌奇醜，色青黑而有英氣，俗謂之「賀鬼頭」。這種面貌似乎與他的作品不大相稱，但與他那種耿介孤直的性格和近於義俠的行爲是很適合的。他持有一顆溫熱的心，一枝華麗的筆，一種慷慨熱烈的性格，所以他在詞上表現得那麼美麗，那麼深情。因爲他的生活和性情有些近似晏幾道，他的情詞，也接近晏而不接近柳。加以他那種狂放氣概，詞中也時有蘇軾的氣象。如水調歌頭、六州歌頭，確是蘇詞的後裔。同時他作詞，很注重音律。也喜用前人詩辭舊句，奪胎換骨，變化運用，放在詞中，非常巧妙。如將進酒、行路難、雁後歸諸首，都可以看出他融鑄前人舊句的技術。再如「雲想衣裳花想容」、「飛入尋常百姓家」、「玉人何處教吹簫」、「十年一覺揚州夢」這些詩句，他一字不改，用在詞裏，因爲妥貼融和，完全成爲他自己的創作了。他的長詞，在工麗協律與鍛鍊方面，如萬年歡、梅香慢、馬家春慢、下水船、石州引諸詞，又很近周邦彥。在他的詞中，一面反映出渴望建功立業的胸懷，同時也表現追戀過去歡樂和退隱生活的消極情緒，呈現出人生觀的矛盾。

重過閶門萬事非，同來何事不同歸？梧桐半死清霜後，頭白鴛鴦失伴飛。　原上草，露初晞，舊棲新壠兩依依。空床臥聽南窗雨，誰復挑燈夜補衣？（鷓鴣天）

淩波不過橫塘路，但目送，芳塵去。錦瑟華年誰與度？月臺花榭，瑣窗朱户，惟有春知處。　碧雲冉冉蘅皋暮，綵筆新題斷腸句。試問閒愁都幾許？一川煙草，滿城風絮，梅子黃時雨！（青玉案）

松門石路秋風掃，似不許飛塵到。雙攜纖手別煙蘿，紅粉清泉相照。幾聲歌管，正須陶寫，翻作傷心調。巖陰暝色歸雲悄，恨易失千金笑。更逢何物可忘憂，為謝江南芳草。斷橋孤驛，冷雲黃葉，想見長安道。（御街行：別東山）

在這些詞裏，一面可看出他的形象生動，語言精鍊的特色和善於抒情的技巧。他自己說：「吾筆端驅使李商隱、溫庭筠，常奔命不暇」，這正是他的自供，但除李、溫二家外，李賀、杜牧的詩他吸收得也很多。但因他有那種耿介豪爽的性格，因此同是作綺語表豔情，也能於華麗之中，現出一種清剛之氣。這一點是他不同於晏幾道、秦觀的地方。張耒敍東山詞時，一面盛稱他的富麗和妖冶，同時又說他「幽潔如屈、宋，悲壯如蘇、李」，這並非矛盾之言。黃庭堅有詩云：「少游醉臥古藤下，誰與愁眉唱一杯。解作江南腸斷句，祇今惟有賀方回。」在這小詩裏，黃氏的推重秦、賀二家，真是情見乎詞了。

周邦彥　周邦彥（一〇五六——一一二一），字美成，錢塘（今浙江杭州）人。青年時代，北遊汴京，在太學讀了四五年書，後因獻汴都賦，由諸生升爲太學正，後出任廬州教授，知溧水。徽宗時，頒大晟樂，召爲祕書監，進徽猷閣待制，提舉大晟府。後又出知順昌府，徙處州、睦州，適方臘起義，因還鄉，後居揚州。宣和三年卒。他自號清真居士，有清真集。後來陳元龍爲之註釋，更名片玉詞。劉肅敘云：「猶獲崑山之片珍，琢其質而彰其文，豈不快夫人之心目也。因命之曰片玉集。」

周邦彥博學多才，生活疏放，他與妓女李師師、岳楚雲的韻事，是大家都知道的。宋史說他：「疎雋少檢，不爲州里推重。」樓鑰在清真先生文集敘中，說他的人品高尙，憤恨權門，不愛富貴，甘於清苦的生活，這些話未必完全可信，我們看他那些風流韻事，如張端義貴耳集、王灼碧雞漫志、周密浩然齋雅談諸書所記，便會知道他青年時代決不是那種「學道退然，委順知命，望之如木雞」（樓鑰語）的山人高士。並且他留下來的那許多作品，正是他的生活和性格的最好說明。

前人論詞，每以柳、周並稱。這意思是說他兩人的作風有些相類。張炎說過：「周情柳思。」近人馮煦也說：「屯田勝處，本近清眞。」不錯，在表面看來，周、柳相類之處是很顯然的。喜用長調，長於鋪敘，好寫豔情，精於音律，這都是他們外表的相似處。但在藝術的表現上，他們卻有區別。在格調上，柳較自由而周嚴整；在語言上，柳重通俗，而周重典雅；這是比較顯著的。

周邦彥詞的特徵，可以從形式、內容、表現三方面來說。由這些情形，可以看出北宋的詞，經過晏、歐、柳永、蘇軾到周邦彥的發展趨勢。

一、形式　詞的形式，由晚唐、五代至宋初，是小令獨盛的時期。慢詞至柳、蘇而盛。但當日的慢詞，在音律字句方面，尙未達到完整嚴格的階段。因此在樂章集中同調之詞，字句長短常有不同。如輪臺子二首，相差至二十七字，鳳歸雲二首，相差至十七字，滿江紅、鶴冲天、洞仙歌、瑞鷓鴣，亦各相差一三字，至傾杯一調，七首各不相同。這種情形，到了秦、賀，漸趨謹嚴。及周邦彥出，由於精通音樂，和掌管音樂機關的權位與便利，再加以帝王的獎勵，從事審音調律的工作，而達到律度嚴整的階段。宋史稱他「好音樂，能自度曲，製樂府長短句，詞韻清蔚傳於世」。又周密浩然齋雅談說：「既而朝廷賜酺，師師又歌大酺、六醜二解，上顧教坊使袁綯問。綯曰：『此起居舍人新知潞州周邦彥作也。』問六醜之義，莫能對，急召邦彥問之，對曰：『此犯六調，皆聲之美者，然絕難歌。昔高陽氏有子六人，才而醜，故以比之。』」由此可知他對於音樂造詣的高深。以他這種才力，後來又得到提舉大晟府的機會，於是他在詞的音律上，做了許多重要工作。張炎在詞源說：「粵自隋、唐以來，聲詩間爲長短句，至唐人則有尊前、花間集。迄於崇寧，立大晟府，命周美成諸人，討論古音，審定古調。淪落之後，少得存者，由此八十四調之聲稍傳。而美成諸人又復增演慢曲、引、近，或移宮換羽，爲三犯四犯之曲，按月律爲之，其曲遂繁。」這是周邦彥對於詞的音律上的重大貢獻。在他的集中，慢、引、近、犯之調甚多。稱慢者有拜星月慢、浪淘沙慢、浣溪沙慢、粉蝶兒慢、長相思慢等；稱引者有華胥引、蕙蘭芳引；稱近者有早梅芳近、紅林檎近、荔枝香近；稱犯者有側犯、倒犯、花犯、玲瓏四犯等。調名雖多從舊，但字句與音律，皆有法度與定型，足爲後人的軌範。故沈義父樂府指迷說：「凡作詞當以清真爲主，蓋清真最爲知音，且無一點市井氣，下字運意，皆有法度。」故宋代詞人方千里、楊澤民之流，作詞悉以清真爲準繩，不敢稍出其繩墨之外，各有和清真全詞一卷行世。後代好事者合周詞刻之，名爲三英集。四庫提要題方千里和清真詞云：「邦彥妙解聲律，爲詞家之冠。所製諸調，不獨音之平仄宜遵，卽仄字中上去入三音，亦不容相混。所謂分寸節度，深契微芒，故千里和詞，字字奉爲標準。」宋代詞人本多通音律，但在這方面，都不如周邦彥的精深。

二、表現　周詞的表現法，不注重意象，而傾力於語言的鎔鑄。他沒有柳永的白描，也沒有蘇軾的豪放，他一筆一筆的鉤勒，一字一字的刻畫，一句一句的鍛鍊，形成他那種精巧工麗的典雅作風，成爲宮廷詞人的典型。他歡喜用事，增加他作品的典雅氣，歡喜融化前人的舊句，增加字句的工整美。因爲他讀書博，學力高，用事能圓轉組合，改用古句亦能翻陳出新。如六醜、詠落花中之用御溝紅葉故事，西河、金陵懷古之檃括劉夢得的詩句；夜游宮的改用楊巨源的詩句，都能融化渾成，別有風趣。陳振孫說清真詞「多用唐人詩語，檃括入律，渾然天成，長調尤善鋪敍，富豔精工」（直齋書錄解題），這話是不錯的。

三、內容　詞的內容的開拓，至蘇軾始大。我們讀東坡樂府，知道他的詞，是無事不寫，無情不詠的。一面是由於他的性格與學問，主要是因爲他的生活豐富和創作態度的解放，所以他的詞的內容，極爲廣泛。在這一方面，周邦彥就貧弱得多。我們讀他的詞集，除了一部分描寫情愛以外，有許多是寫景詠物之作。如悲秋、春閨、秋暮、晚景、春景、閨情、秋懷、閨怨、春恨、詠月、詠梳、詠梅、詠柳、詠雪、詠梨花、詠薔薇等等的題目，在他集中，到處皆是。由這一些題目，便可想見其內容。同時也說明了宮廷詞人生活的空虛，只能把藝術的技巧，寄託到詠物方面去，而開詠物一派。因此，這些作品，內容一般貧弱，只能表現一點藝術的技巧。然因其律度嚴整，字句工麗，適於詞人的摸擬學習，所以這一類的詞，尤其爲後來追求形式者所愛好，表現出濃厚的形式主義傾向。

柳陰直，煙裏絲絲弄碧。隋堤上、曾見幾番，拂水飄綿送行色。登臨望故國。誰識京華倦客？長亭路，年去歲來，應折柔條過千尺。　閒尋舊蹤跡。又酒趁哀絃，燈照離席，梨花榆火催寒食。愁一箭風快，半篙波暖，回頭迢遞便數驛，望人在天北。悽惻，恨堆積。漸別浦縈迴，津堠岑寂。斜陽冉冉春無極。念月榭攜手，露橋聞笛。沉思前事，似夢裏，淚暗滴。（蘭陵王：柳）

正單衣試酒，恨客裏光陰虛擲。願春暫留，春歸如過翼，一去無跡。為問花何在？夜來風雨，葬楚宮傾國。釵鈿墮處遺香澤。亂點桃蹊，輕翻柳陌。多情為誰追惜？但蜂媒蝶使，時叩窗槅。　東園岑寂，漸蒙籠暗碧。靜繞珍叢底，成歎息。長條故惹行客。似牽衣待話，別情無極。殘英小，強簪巾幘。終不似一朵釵頭顫裊，向人敧側。漂流處，莫趁潮汐。恐斷紅尚有相思字，何由見得？（六醜：薔薇謝後作）

并刀如水，吳鹽勝雪，纖指破新橙。錦幄初溫，獸香不斷，相對坐吹笙。　低聲問，向誰行宿？城上已三更，馬滑霜濃，不如休去，直是少人行。（少年遊：感舊）

這些詞都寫得很工麗，很曲折，在詠物中反映出失意人的零落感舊的哀傷。同時在這些詞裏，也可以看出上面所說的那些特徵。字句的鍛鍊，音調的和諧，格律的嚴整，鋪敘的詳贍，舊句的融化，語言形式的講求，都在這裏得到高度的表現。總之，周邦彥以宮廷詞人的地位，審音協律，注重工雅，好用典故，成爲格律詞派的建立者。到了南宋的姜夔、史達祖、吳文英、王沂孫、張炎、周密諸人，都是繼承周的道路，盡雕琢刻劃的能事，向形式方面追求，造成格律詞派大盛的局面。王國維說：「美成深遠之致，不及歐、秦，惟言情體物，窮極工巧，故不失爲第一流之作者。但恨創調之才多，而創意之才少耳。」（人間詞話）創調創意之說，頗爲精確。在這裏正顯示出他的詞的形式主義的傾向。

周邦彥以外，還有万俟詠、晁端禮、田爲、晁冲之諸人，都是大晟府的製撰官，他們都精通音律，注重格調，他們的作品，也大略與周相近。在他們的集子裏，自然也有一些好的作品，如万俟詠的長相思等，不過在這一個宮廷詞人的集團裏，周邦彥是最適當的代表。因此那些人的作品，也不再舉了。

六　女詞人李清照

李清照是南渡前後的女詞人，是中國文學史上有很高地位的一位女作家。她是遵守着詞的一切規律而創作的。她一面重視音律，精鍊字句；同時，她的詞富於真實的感情。在風格上，她接近李煜與晏幾道。她個人生活境遇的變化，在作品中得到鮮明的反映。早年的歡樂，中年的黯淡，晚年的哀苦，是她生活史上的幕景，同時也就是她創作的道路，她的作品同她的生活緊緊地結合在一起。在漱玉詞中，充滿着歡樂時的笑容和悲苦時的眼淚。她的作品，尤其晚期的作品，抒情的藝術形象格外鮮明動人。她生逢國變，家破人亡，在她的筆下，雖直接反映現實生活的作品不多，但她丈夫的死，她的流浪貧窮，以及士大夫對她改嫁事件的渲染，都是那個亂離時代和封建勢力直接給她的迫害。她是一個歷史的受難者，她的生活情感，和當日無數流亡者的生活情感基本上是相通的。因此在李清照的後期詞中，所表現的那種傷離感亂、淒楚哀苦的心境和悲痛的感情，具有感人的力量。她是那個黑暗時代的犧牲者，她的悲劇間接體現了歷史的悲劇。她抒的情，寫的恨，表面看來是個人的，實際上具有一定的時代色彩和社會基礎。

此外，我們還要指出的，李清照雖以詞名，但也工詩。她的詩流傳下來的雖不多，卻頗多感時憂國、慷慨雄勁之作。如「南來尙怯吳江冷，北狩應知易水寒」，又如「子孫南渡今幾年，飄零遂與流人伍。欲將血淚寄山河，去洒東山一抔土。」（送胡松年使金）又如「木蘭橫戈好女子，老矣不復志千里，但願相將過淮水。」（打馬賦）又如「生當作人傑，死亦爲鬼雄。至今思項羽，不肯過江東。」（夏日絕句）從這些詩裏，表現出她傷時感事、不忘現實的愛國感情。陳衍在宋詩精華錄中甚至說她的詩「雄渾悲壯，雖起杜、韓爲之，無以過也」。這也是從她詩的內容和精神來評價的。因此，在談論她的詞之前，有必要先介紹一下她的詩，這樣，才能更全面地來認識李清照的政治態度和藝術特色。

李清照　李清照（一〇八四——約一一五一），號易安居士，濟南（今屬山東）人。父親李格非官禮部員外郎，藏書甚富，母親是王狀元拱辰的孫女，讀書很多。她生長在這種學術空氣濃厚的家庭裏，對於她後來在文學上的成就，自然有很大的幫助。她十八歲嫁給一個叫趙明誠的太學生，趙的父親，是當代有名的政治家趙挺之。他們結婚以後，把整個生活建築在藝術的基礎上，生活是很幸福的。除了詩、詞唱和以外，便是收集和研究古代的金石美術。在金石錄後序內，她敘述他倆的生活說：「德甫（明誠字）在太學，每朔望謁告出，質衣取半千錢，步入相國寺，市碑文果實歸。夫妻相對展玩咀嚼，嘗謂葛天氏之民也。後二年從官，便有窮盡天下古文奇字之志。傳寫未見書，購名人書畫，古奇器。……及連守兩郡，竭俸入以事鉛槧。每獲一書，即校勘、整集、籤題。得書畫彝鼎，摩玩舒卷。坐歸來堂烹茶，指堆積書史，言某事在某書在某卷第幾頁第幾行，以中否角勝負，爲飲茶先後。中卽舉杯大笑，至茶傾覆懷中，反不得飲而起。」（節錄）她熱愛生活，熱愛自然，熱愛祖國的文化，具有豐富的智慧與才情。他們這種藝術化的生活，不是一般人所能有的。他們的光陰和金錢，都貢獻在搜求文物的工作上。可是不久，國內起了重大的變亂，金人的兵火，毀滅了他們的美滿家庭生活和藝術空氣。皇帝被擄了，朝廷南遷了，他倆也不得不把歷代收集的金石書畫拋棄了一大部分，只帶了最精采的一小部分，忽忽地逃到了江南。再過幾年，她的丈夫又患急病死了，她所受的悲痛與打擊，是無可形容的。加以戰禍日見迫切，社會更是離亂，幾乎不容許她傷心流淚。她只好抱着一顆破碎的心，無依無靠地，在貧困悲苦的環境中，東飄西泊，不知道流浪了多少地方，終找不着一個安身之所。就這麼望着淪陷的故鄉，念着死了的丈夫，在江南的旅居中寂寞地死去了。由此看來，他的生活可分爲生活美滿的前期，和國破家亡後流浪的悲苦的後期。前期的作品，是熱情、明快而又活潑天真；後期是纏綿凄苦，而入於低沉的傷感，她在抒情藝術上很有成就。

淚濕羅衣脂粉滿。四疊陽關，唱到千千遍。人道山長山又斷，瀟瀟微雨聞孤館。　惜別傷離方寸亂。忘了臨行，酒盞深和淺。好把音書憑過雁，東萊不似蓬萊遠。（蝶戀花）

薄霧濃雲愁永晝，瑞腦消金獸。佳節又重陽，玉枕紗廚，半夜涼初透。　東籬把酒黃昏後，有暗香盈袖。莫道不消魂，簾捲西風，人比黃花瘦。（醉花陰）

落日鎔金，暮雲合璧，人在何處？染柳煙濃，吹梅笛怨，春意知幾許。元宵佳節，融和天氣，次第豈無風雨。來相召，香車寶馬，謝他酒朋詩侶。　中州盛日，閨門多暇，記得偏重三五。鋪翠冠兒，撚金雪柳，簇帶爭濟楚。如今憔悴，風鬟霧鬢，怕見夜間出去。不如向簾兒底下，聽人笑語。（永遇樂）

風住塵香花已盡，日晚倦梳頭。物是人非事事休。欲語淚先流。聞說雙溪春尚好，也擬泛輕舟。　只恐雙溪舴艋舟，載不動許多愁。（武陵春）

尋尋覓覓，冷冷清清，悽悽慘慘戚戚。乍暖還寒時候，最難將息。三杯兩盞淡酒，怎敵他晚來風急。雁過也，正傷心，卻是舊時相識。　滿地黃花堆積。憔悴損，如今有誰堪摘。守着窗兒，獨自怎生得黑！梧桐更兼細雨，到黃昏點點滴滴。這次第，怎一個愁字了得？（聲聲慢）

我們讀了這些詞，可以知道她是以白描的手法，深入淺出的字句，和美圓熟的音律，表現出封建官僚家庭的知識婦女的悲歡幽怨之情，但在藝術技巧上有其特色。在聲聲慢裏，開始連用七個疊字，通過這些淒清的音樂性的語言，加強藝術的感染力，其弊病在於消極和陰暗。永遇樂詞追懷中州盛日的景象，寄託她眷念故國的感情，描繪她飄零生活的孤寂。南宋詞人劉辰翁說：「誦李易安永遇樂，爲之涕下。」（須溪詞永遇樂小序）可見其感人之深。李清照精通音律，又瞭解作詞的艱苦，因此她對於詞的批評，也很有己見。她說：「逮至本朝……始有柳屯田永者，變舊聲作新聲，出樂章集，大得聲稱於世，雖協音律，而詞語塵下。又有張子野、宋子京兄弟、沈唐、元絳、晁次膺輩繼出，雖時時有妙語，而破碎何足名家。至晏元獻、歐陽永叔、蘇子瞻，學際天人，作爲小歌詞，直如酌蠡水於大海，然皆句讀不葺之詩爾，又往往不協音律。……王介甫、曾子固文章似西漢，若作一小歌詞，則人必絕倒，不可讀也。乃知詞別是一家，知之者少。後晏叔原、賀方回、秦少游、黃魯直出，始能知之。又晏苦無鋪敘，賀苦少典重，秦卽專主情致而少故實，譬如貧家美女，雖極妍麗丰逸，而終乏富貴態。黃卽尙故實，而多疵病，譬如良玉有瑕，價自減半矣。」（見苕溪漁隱叢話）她這段批評，主張作詞既要鋪敘又要典重，既要情致又要故實，強調詞別爲一家，並且特別強調音律代表了北宋末年的詞壇趨勢，與蘇軾的詞風是背道而馳的。

最後，我還要提一提她的改嫁問題。前人說她在丈夫死後的晚年，改嫁張汝舟，後來又與張發生裂痕，更增加了她晚年（五十歲）處境的痛苦。這一事實，見於宋人胡仔、王灼、晁公武、洪适等人的記載，或未必全出於揑造。到了清代，則有俞正燮、陸心源、李慈銘諸人對她的生活，加以詳細地考證，證明這件事完全是假的。現在看來，一個女人死了丈夫，同另一男子結婚，這是光明正大的行爲，一點沒有羞恥，於她的人品和藝術價值，絕無半點影響。因此，如果以此惡意地對她加以名節上道德上的傷害，固然卑劣無聊，但如果出於衞道的動機，曲爲辯護洗刷，顯然也是不必要的了。

第十九章　辛棄疾與南宋詞人

一　時代的變亂

靖康之亂，是宋代政治上驚天動地的變動，給與文學很大的影響。金兵攻陷汴京，徽、欽二帝被擄，葬送了北宋一百多年來承平享樂的社會生活與社會心理。都市的富麗與繁榮，一切都毀滅了。這一次在政治上所發生的慘烈的打擊，使當日人民的精神生活與物質生活都失去了常態。金人兵馬的縱橫踐踏，漢人的被殺被辱，土地的喪失，人民的流離，處處顯示着國破家亡的苦痛。在這一時代，愛國主義思想，空前高漲，當時出現於文學中的，是慷慨悲歌的愛國熱情，代替了酣歌醉舞與柔靡香豔的情調。在那時候，自然還有不少賣身求榮的奸臣悍將，還有不少的麻木不仁的享樂者。但那些剛強的志士，憤世的詞人，看見國勢危急，奸臣當權，人民苦痛，山河破碎，無不感着悲痛與憤恨，將他們的感情表現於詞中，喚醒羣眾，鼓舞羣眾，來反抗昏庸統治者的妥協求和的政策。他們無暇顧及嚴格的音律，也無暇講求字面的雕琢，只是真情的流露，自然的抒寫，慷慨激昂，動人心魄。這些作品並不注意音樂性能，呈現着與詩歌散文融合的趨勢。這一種趨勢，加強了蘇軾作詞的精神，開拓並發展了蘇詞的道路。此派的作者，有岳飛、張元幹、張孝祥、辛棄疾、陸游、陳亮、劉過諸人，而以辛棄疾爲代表。另外還有一些人，處在那危難的時代裏，心中雖有憂憤之氣，愛國之情，由於權奸的壓迫，既無力推翻現實，又不願靦顏事仇，終於走入遁世養生的道路，寄情山水，保全個人的純真。因爲這一派人的態度比較消極，所以他們後期的作品，染上了放達閑適的色彩。此派的作者有朱敦儒、向子諲、蘇庠諸人，而以朱敦儒爲代表。

二　辛棄疾及其他詞人

在這個亂離時代裏，對國破家亡的危難，想加以挽救，對求和誤國的權奸，加以反抗，以積極勇敢的人生態度，參加實際的政治鬭爭，而在詞中發出激昂慷慨的呼聲來的，是那一羣有愛國思想的詞人。這一羣人大都與秦檜不和，或遭身死之禍，或遇貶謫之悲。如岳飛之死，趙鼎的貶嶺南，胡銓的謫吉陽等等，都可看出他們因愛國而所遭受的迫害。他們流傳下來的詞，無不滿腔悲憤，古勁蒼涼，內有國賊，外有強敵，壯志難伸，金甌已缺，那種磊落不平之氣，溢於言表，充分地表現出愛國文學的特色和積極的現實意義。

客路那知歲序移，忽驚春到小桃枝。天涯海角悲涼地，記得當年全盛時。　　花弄影，

月流輝，水精宮殿五雲飛。分明一覺華胥夢，回首東風淚滿衣。（趙鼎鷓鴣天）

怒髮衝冠，憑欄處瀟瀟雨歇。擡望眼仰天長嘯，壯懷激烈。三十功名塵與土，八千里路雲和月。莫等閒白了少年頭，空悲切。　靖康恥，猶未雪。臣子恨，何時滅？駕長車踏破，賀蘭山缺。壯志飢餐胡虜肉，笑談渴飲匈奴血。待從頭收拾舊山河，朝天闕。（岳飛滿江紅）

富貴本無心，何事故鄉輕別。空使猿驚鶴怨，誤薜蘿秋月。　囊錐剛要出頭來，不道甚時節。欲駕巾車歸去，有豺狼當轍。（胡銓好事近；一作高登詞）

在這些詞裏，或是感傷，或是譴責，或爲正義的呼號，或寫報國的志願，藝術風格容有不同，思想基礎卻是一致。由這些作品，很明顯的反映出當日國難時代的憤世詞人與愛國志士的思想感情。再如張元幹（一〇九一——一一七〇後，字仲宗，長樂人）、張孝祥（一一三二——一一六九，字安國，烏江人），都是氣節之士，故其詞亦多正義的氣概。張元幹因送胡銓作賀新郎詞獲罪，被秦檜除名。胡銓是當日有名的抗戰派，爲秦檜所排擠，張元幹是他的同志。毛晉說他：「平生忠義自矢，不屑與奸佞同朝，飄然掛冠」，可見他的人品。有蘆川詞。張孝祥，紹興二十四年廷試第一，孝宗朝，官中書舍人，領建康留守。後爲秦檜所忌，因以入獄。他的詞駿發踔厲，雄放爽朗，有于湖詞。

夢繞神州路。悵秋風、連營畫角，故宮離黍。底事崑崙傾砥柱，九地黃流亂注！聚萬落千村狐兔。天意從來高難問，況人情老易悲難訴。更南浦，送君去。涼生岸柳催殘暑。耿斜河，疏星淡月，斷雲微度。萬里江山知何處？回首對床夜語。雁不到、書成誰與？目盡青天懷今古，肯兒曹恩怨相爾汝。舉大白，聽金縷。（張元幹賀新郎：送胡邦衡待制赴新州）

曳杖危樓去。斗垂天、滄波萬頃，月流煙渚。掃盡浮雲風不定，未放扁舟夜渡。宿雁落寒蘆深處。悵望關河空弔影，正人間鼻息鳴鼉鼓。誰伴我，醉中舞？十年一夢揚州路。倚高寒、愁生故國，氣吞驕虜。要斬樓蘭三尺劍，遺恨琵琶舊語。謾暗拭銅華塵土。喚取謫仙平章看，過苕溪尚許垂綸否？風浩蕩，欲飛舉。（張元幹寄李伯紀丞相，調同上）

長淮望斷，關塞莽然平。征塵暗，霜風勁，悄邊聲，黯銷凝。追想當年事，殆天數，非人力，洙泗上，絃歌地，亦羶腥。隔水氈鄉，落日牛羊下，區脫縱橫。看名王宵獵，騎火一川明。笳鼓悲鳴，遣人驚。　念腰間箭，匣中劍，空埃蠹，竟何成？時易失，心徒壯，歲將零。渺神京。干羽方懷遠，靜烽燧，且休兵。冠蓋使，紛馳騖，若為情。聞道中原遺老，常南望翠葆霓旌。使行人到此，忠憤氣塡膺，有淚如傾！（張孝祥六州歌頭）

洞庭青草，近中秋，更無一點風色。玉界瓊田三萬頃，著我扁舟一葉。素月分輝，明河共影，表裏俱澄澈。悠然心會，妙處難與君說。　應念嶺表經年，孤光自照，肝肺皆冰雪。短鬢蕭騷襟袖冷，穩泛滄溟空闊。盡吸西江，細斟北斗，萬象為賓客。叩舷獨嘯，不知今

夕何夕？（張孝祥念奴嬌：過洞庭）

在這些詞裏，那一種傷時憤世的情感，真是溢於言表，風格慷慨蒼涼，氣勢奔放，給讀者很大的鼓舞和激發。在蘆川、于湖兩集裏，除了這種長調外，頗多精美的小令。在小令中，他們同樣不多寫豔情，而隨意抒寫一些人生的實感。如張元幹的「風露濕行雲，沙水迷歸艇。臥看明河月滿空，斗掛蒼山頂。萬古只青天，多事悲人境。起舞聞雞酒未醒，潮落秋江冷。」（卜算子）張孝祥的「問訊湖邊春色，重來又是三年。東風吹我過湖船，楊柳絲絲拂面。世路如今已慣，此心到處悠然。寒光亭下水如天，飛起沙鷗一片。」（西江月：洞庭）在輕快自然之中仍具有沉着蒼茫的情致。

辛棄疾　在愛國詞人中，辛棄疾是最適宜的代表。他的人格、事業和作品，都能成爲這一派的領袖。棄疾（一一四〇——一二〇七），字幼安，曾自謂人生在世，當以力田爲先，故號稼軒，歷城（今屬山東）人。他膚碩體胖，目光有稜，紅頰青眼，壯健如虎。文武雙全，以功業自許。生性豪爽，尚氣節，有燕、趙義俠之風。他生時北方已淪陷於金人，目擊國破家亡的苦境，幼時卽抱有報國的志願。後因金兵侵宋失敗，金主死，中原志士，多乘機起兵。耿京亦發難於山東，他遂投耿，爲掌書記，是他一生事業的開始。二十三歲，歸南宋，歷官湖北、湖南、江西、福建、浙東安撫使。行政治軍，俱有聲譽。我們看他同孝宗暢論南北的形勢，論對內的奏疏，以及美芹十論和九議，知道他有大政治家的風度，對政治、軍事、經濟各方面，都有精透的見解。我們看他斬僧義端，擒張安國，和創飛虎營的種種故事，知道他有軍人的勇武精神和敢作敢爲的魄力。再看他的葬吳交如，哭朱晦菴，知道他有見義勇爲的俠士精神和正義感。他雖未能實現他的收復中原的志願，但他的一生是忠於祖國忠於人民的。他有稼軒詞四卷（或作十二卷）。因爲他生活豐富，創作力強盛，學問廣博，才力過人，在他的六百多首詞中，無論內容、形式及風格，幾乎無所不包。他用長調寫激昂慷慨的胸懷，用小令寫溫柔美感的情緒。他有時也寫山水之樂，有時也寫纏綿之情，但都雅潔高遠，絕少鄙俗淫靡之態。蘇軾作詞的精神，到了他更加提高和發展了。他把蘇軾在詞中解放與開拓的境界，再進一步地加以解放與開拓。他的作品有下面幾個特徵。

一、形式解放　前人作詞，詩詞的界限極嚴。東坡的詞偶有詩化的傾向，卽受當代人士的指摘，有「詞詩」之譏。到了辛棄疾，他不僅打破了詩詞的界限，並且達到詩詞散文合流的境界。他讀書廣博，將詩經、楚辭、莊子、論語以及古詩中的語句，一齊融化在他的詞中，並且用韻絕不限制，不講雕琢，隨意抒寫，形成一種散文化的歌詞。後人譏他掉書袋，就因此故。試看水龍吟的「人不堪憂，一瓢自樂，賢哉回也。料當年曾問，飯蔬飲水，何爲是棲棲者？」如「盃汝來前，老子今朝，點檢形骸。甚長年抱渴，咽如焦釜，於今喜睡，氣似奔雷。汝說劉伶，古今達者，醉後何妨死便埋。渾如許，歎汝於知己，真少恩哉！」（沁園春）都是散文化的詞句。再如「何幸如之」（一剪梅），「舍我其誰也」（卜算子），「請三思而行可已」（哨遍），更是散文的句子。前人評他的詞爲「詞論」，便是說他的詞如散文一般的議論暢達，這種在形式上的開拓與解放，比蘇軾是更進一步了。他的詞歡喜用通俗的民間語言。如「快斟呵！裁詩未穩，得酒良佳。」（玉蝴蝶）「好個主人家，不問因由便去嗏。病得那人妝晃子，巴巴。繫上裙兒穩也哪！」（南鄉子）都是用的民間口語，而又渾然天成，別有風味。

二、內容廣泛　稼軒詞的內容非常廣泛。在他的筆下，無論弔古傷時，談禪說理，談政治，寫山水，講軍事，發牢騷，無所不寫。嬉笑怒罵，皆成文章，稼軒詞眞有這種特色。因爲他不僅以詩爲詞，並以文爲詞，形式擴大了，語言解放了，無論什麼思想，什麼感情，什麼題材，都可以在詞中自由地表現出來。所以他的作品雖多，並不千篇一律，各有內容，各有生命。他的詞政治性很強，充滿了濟世愛國的熱情，對當代昏庸腐朽的朝政，表示強烈的諷刺和不滿。同時，在他的詞中，又表露出對田園山水和農村生活的熱愛。

三、風格多樣化　辛棄疾有勇武雄偉的氣魄，同時又有纏綿細緻的感情，再加以過人的才力與深厚的文學修養，造成了他在詞中所表現的多樣性的風格。由於他筆下語言的豐富和自由驅使的能力，適應不同的內容，表現出不同的意境。奔放的有如天風急雨，豪邁的有如大海高山，明媚清新的有如春花秋月，自然閑淡的有如野鶴閑雲。他也偶寫豔情，偶歌風月，但絕無輕薄卑俗之語。毛晉說他的詞「絕不作妮子態」（稼軒詞跋），正是指此。其次，他用字造句，能獨出心裁，不用那些陳套俗語，所以他的風格，既能雄放，又能清新。

醉裏挑燈看劍，夢回吹角連營。八百里分麾下炙，五十絃翻塞外聲。沙場秋點兵。馬作的盧飛快，弓如霹靂弦驚。了卻君王天下事，贏得生前身後名。可憐白髮生。（破陣子：為陳同甫賦壯語以寄）

漢中開漢業，問此地，是耶非？想劍指三秦，君王得意，一戰東歸。追亡事，今不見，但山川滿目淚沾衣。落日胡塵未斷，西風塞馬空肥。一編書是帝王師，小試去征西。更草草離筵，匆匆去路，愁滿旌旗。君思我，回首處，正江涵秋影雁初飛。安得車輪四角，不堪帶減腰圍。（木蘭花慢：席上送張仲固帥興元）

更能消幾番風雨，匆匆春又歸去。惜春長怕花開早，何況落紅無數。春且住。見說道、天涯芳草無歸路。怨春不語。算只有殷勤、畫簷蛛網，盡日惹飛絮。長門事，準擬佳期又悞。蛾眉曾有人妬。千金縱買相如賦，脈脈此情誰訴？君莫舞，君不見、玉環、飛燕皆塵土。閒愁最苦。休去倚危欄，斜陽正在，煙柳斷腸處。（摸魚兒：淳熙己亥自湖北漕移湖南同官王正之置酒小山亭為賦）

明月別枝驚鵲，清風半夜鳴蟬。稻花香裏說豐年，聽取蛙聲一片。七八箇星天外，

兩三點雨山前。舊時茆店社林邊，路轉溪橋忽見。（西江月：夜行黃沙道中）

鬱孤臺下清江水，中間多少行人淚！西北望長安，可憐無數山。　青山遮不住，畢竟東流去。江晚正愁余，山深聞鷓鴣。（菩薩蠻：書江西造口壁）

甚矣吾衰矣。悵平生、交遊零落，只今餘幾！白髮空垂三千丈，一笑人間萬事。問何物、能令公喜？我見青山多嫵媚，料青山見我應如是。情與貌，略相似。　一尊搔首東窗裏。想淵明，停雲詩就，此時風味。江左沉酣求名者，豈識濁醪妙理？回首叫、雲飛風起。不恨古人吾不見，恨古人不見吾狂耳。知我者，二三子。（賀新郎：邑中園亭）

在這些詞裏，充滿着愛國熱情，表現出作者的生活思想的真實面貌。特別要注意的，是摸魚兒。這詞寫於淳熙六年，他由湖北轉官湖南時臨別所作。他用象徵的比興手法，借着傷春惜別的情緒，暗寫那種國勢危弱，有如春殘花謝一般的悲痛的哀愁，再以蛾眉遭妬、佳期無望，透露出抗戰派在權奸壓迫排擠下的悲憤傷感的心情。一層深一層，曲折回旋，沉痛無比，如果只當作一般的抒情詞來看那是錯誤的。再如小令菩薩蠻，同樣具有深厚的愛國思想。此詞是辛爲江西提點刑獄時，路過造口所作。他想起四十多年前，宋隆祐太后被金兵追逃至此，幾乎被捕。幾十年來，國土未復，長安淪陷。用短句表深情，含蓄而又沉痛，給人深切的藝術感受。滿江紅寫情很真實，西江月寫農村生活很形象，宛如一幅水墨畫。賀新郎畫出他晚年的生活心境。

我們讀了這些詞，便知道辛棄疾在創作上的廣泛成就。他是蘇軾詞的繼承者，發展者，他是南宋詞人的代表。他能作豪壯語，能作憤激語，能作情語，能作幽默語，有的很豪放，有的很細密，有的很閑澹，有的很熱情，無論長調小令，都表現出深厚的內容。劉克莊說：「公所作，大聲鏜鞳，小聲鏗鍧，橫絕六合，掃空萬古。……其穠纖綿密者，亦不在小晏、秦郎之下。」（辛稼軒集序）這批評是正確的。辛稼軒雖是一個英氣勃勃的豪傑，但到了晚年，受了挫折，心灰意懶，也漸漸地走上陶淵明的路。他自己說的「老來曾識淵明，夢中一覺參差是。」（水龍吟）因此在他後期的作品裏，時時提到陶淵明，對於這位晉代的高士，表示最高的敬意。因此他的作風，又趨於清疏與平淡。朱敦儒的詞，他也覺得愛好，在稼軒集中，有效朱希真體之作，那是很顯然的。他晚年的生活和心境，在一首西江月中，表現得最分明。詞云：「萬事雲煙忽過，百年蒲柳先衰，而今何事最相宜！宜醉宜遊宜睡。早趁催科了納，更量出入收支。乃翁依舊管些兒，管竹管山管水。」（示兒曹以家事付之）這是他晚年心境的表白。到這時候，他那種慷慨悲壯的詞風消褪了，他那種騎的盧馬補天裂之夢也消失了，表現出消極的情緒。

詞之外，他還工詩。根據後人輯存的，他的詩約有一百餘首。但內容大多寫閒適的情調，比起他的詞來，無論內容和形式却要遜色多了。

陳亮　和辛棄疾同時，並和辛有深密的友誼，有共同的政治抱負，有共同的詞風的是陳亮

（一一四三——一一九四）。亮字同甫，號龍川，婺州永康（今屬浙江）人，出生于浙東的農村家庭。紹熙間進士。爲人才氣豪邁，性任俠，喜談兵，屢遭大獄；嘗以「推倒一世之智勇，開拓萬古之心胸」自許。他本是理學家（宋史入儒林傳），但力主功利，反對當時逃避現實的學術風氣。曾說：「今世之儒士，自以爲得正心誠意之學者，皆風痹不知痛癢之人也。舉一世安于君父之讐，而方低頭拱手以談性命，不知何者謂之性命乎？」（上孝宗皇帝書）因此，他和辛棄疾等都是堅決主張恢復，反對和議的抗戰派。他的龍川詞中所收作品雖只有三四十首，但頗多激昂雄渾，直抒胸臆，具有強烈的現實內容之作，毛晉稱之爲「讀至卷終，不作一妖語、媚語，殆所稱不受人憐者歟？」是很能說出他詞的內容特徵的。

危樓還望，嘆此意，今古幾人曾會？鬼設神施，渾認作，天限南疆北界。一水橫陳，連岡三面，做出爭雄勢。六朝何事，只成門戶私計。　因笑王謝諸人，登高懷遠，也學英雄涕。憑却江山，管不到、河洛腥膻無際。正好長驅，不須反顧，尋取中流誓。小兒破賊，勢成寧問彊對！（念奴嬌：登多景樓）

落魄行歌記昔遊，頭顱如許尚何求？心肝吐盡無餘事，口腹安然豈遠謀。　才怕暑，又傷秋，天涯夢斷有書不？大都眼孔新來淺，羨爾微官作計周。（鷓鴣天：懷王道甫）

詞中對於中原之淪亡，對於南宋士大夫的門戶私計，鼠目寸光，都流露出沉痛的感慨情緒，但在感慨之中，仍不動搖他的收復失土的堅定立場。又如他水龍吟：春恨中的「恨芳菲世界，游人未賞，都付與，鶯和燕。」也不是尋常的傷春感時之作，而有其深沉的寄託。劉熙載藝槩中說他這幾句「言近指遠，直有宗留守大呼渡河之意」，卻是說出他當時的心境的。

此外如韓元吉（字無咎，許昌人）、陸游（字務觀，山陰人）、劉過、袁去華（字宣卿，新奉人）、楊炎正（字濟翁，廬陵人）諸家，大都有憤世的熱情，與壯烈的懷抱，在詞的成就上雖不如辛棄疾，但其作風都可歸之於辛派。劉過（一一五四——一二〇六），字改之，號龍州道人，太和人，一說廬陵人，晚寓崑山。嘗從辛棄疾游，力主北伐，其六州歌頭挽岳飛詞，悲歌慷慨。他有龍州詞，頗負聲譽。但因故作豪語，不免有粗率平直之病。上列諸人，以陸游的成績爲佳。他本是南宋偉大的詩人，並且又富於愛國思想，故他的詞同他的詩一樣，常多悲懷家國之作。他晚年的生活，轉爲閑適，故其集中亦多歌詠自然情趣的詞。「蕭條病驥，向暗裏消盡當年豪氣」，這正是他的自白。他的言情的小令，亦多佳篇，如釵頭鳳，卽爲膾炙人口之作。楊愼云：「放翁纖麗處似淮海，雄快處似東坡。」（詞品）這話說得不錯。

斗酒彘肩，風雨渡江，豈不快哉。被香山居士，約林和靖，與坡仙老，駕勒吾回。坡謂西湖，正如西子，濃抹淡妝臨照臺。二公者、皆掉頭不顧，只管傳杯。　白云天竺去來。圖畫裏，崢嶸樓閣開。愛縱橫二澗，東西水繞；兩峯南北，高下雲堆。逋曰不然，暗香浮動

，不若孤山先訪梅。須晴去，訪稼軒未晚，且此徘徊。（劉過沁園春：風雪中欲詣稼軒久寓湖上未能一往因賦此詞以自解）

堂上謀臣尊俎，邊頭將士干戈。天時地利與人和，燕可伐歟？曰可。　今日樓臺鼎鼐，明年帶礪山河。大家齊唱大風歌，不日四方來賀。（劉過西江月）

當年萬里覓封侯，匹馬戍梁州。關河夢斷何處，塵暗舊貂裘。　胡未滅，鬢先秋，淚空流。此生誰料，心在天山，身老滄洲。（陸游訴衷情）

湓口放船歸，薄暮散花洲宿。兩岸白蘋紅蓼，映一蓑新綠。　有沽酒處便為家，菱芡四時足。明日又乘風去，任江南江北。（陸游好事近）

其次，如韓元吉的「凝碧舊池頭，一聽管絃淒切。多少梨園聲在，總不堪華髮。杏花無處避春愁，也傍野花發。惟有御溝聲斷，似知人嗚咽。」（好事近）以哀怨的調子，寫故宮禾黍之悲。再如袁去華的「登臨處，喬木老，大江流。書生報國無地，空白九分頭。」（水調歌頭）劉仙倫的「追念江左英雄，中興事業，枉被姦臣誤。倚節長歎，滿懷清淚如雨。」（念奴嬌）都是愛國文人的正義呼聲。

在下面，還要談談朱敦儒諸人的詞。

朱敦儒　朱敦儒字希真，河南（今河南洛陽）人，生卒年分俱不詳。由他詞中「七十衰翁」

（沁園春）、「屈指八旬將到」（西江月）、「今年生日慶一百省歲」（洞仙歌）等句看來，他是一個活到九十多歲的長命詞人。他約生於神宗元豐間，死於孝宗淳熙初年。著作有樵歌等。他的生命，在南北宋各佔了一半。他性愛自由，不喜拘束，頗有西晉名士風度。宋史說他「志行高潔，雖爲布衣而有朝野之望」。對科第功名都看不起，他有鷓鴣天詞云：「我是清都山水郎，天教懶慢帶疏狂。曾批給露支風敕，累奏留雲借月章。詩萬首，酒千觴，幾曾着眼看侯王？玉樓金闕慵歸去，且插梅花住洛陽。」可以看出他的性格。他學問人品都好，青年時代，卽以布衣負重名，靖康時，召至京師，辭官還山，南渡後，高宗又給他官做，他又辭去，後來避亂居南雄州，因朝廷屢次徵召，做過祕書省正字和兩浙東路提點刑獄，但不久他又辭去了。秦檜時做過鴻臚少卿，檜死，他亦被廢。後人以此作爲他的汚點，但看他從前的行爲和人品，他這次作官，未必出於本願，敦儒曾作詩云：「老鶴悔抛青嶂裏，客星倦倚紫微邊。」又云：「而今心服陶元亮，作得人間第一流。」（引自後村大全集）也可見他的深悔晚出之意。宋史說他「老懷舐犢之愛，而畏避竄逐，故其節不終云」，當是比較合乎實際的。

他因爲生命很長，經歷過北宋繁榮時代的最後階段，又目擊身受南渡時代的國破家亡的苦痛，而最後又生活於南渡以後的偏安社會，因此，他的作品，也現出這三個時期的色彩與情調。他初期以少壯之年，處於繁華的盛世，過的是「換酒春壺碧，脫帽醉青樓」（水調歌頭）的生活，他這期的詞，無論內容與辭藻，都比較穠豔。中年身當國變，離家南遷，禾黍之悲，鄉土之感，使他的作品，變爲沉咽淒楚之音。如「故國山河，一陣黃梅雨」（蘇幕遮），「昔人何在，悲涼故國，寂寞潮頭」（朝中措），「東風吹淚故園春，問我輩何時去得」（鵲橋仙），「萬里東風，國破山河照紅」（減字木蘭花），「有客愁如海，空想故園池閣，卷地煙塵」（風流子）。在這些句子裏，可以看出他這一時期的哀愁，表現了非常沉痛深厚的家國之情。到了晚年，他飽經世故，知道重回故鄉收復失地都成了幻夢，熱情沒有了，壯志也銷磨了，漸漸地變成一個樂天安命的人。他說：「此生老矣，除非春夢，重到東周」（雨中花），「有奇才，無用處，壯節飄零，受盡人間苦」（蘇幕遮），「老人無復少年歡」（訴衷情），「身老天涯，壯心零落」（芰荷香）。在這種極端苦痛的心境下，自然會走到「萬事皆空，一般做夢」的境界了。將這種解脫衰倦的心情，皈依於安靜的自然，出現於他作品中的，是冲淡清遠的情調。他這一時期的詞，用淺近通俗的語言，自由不拘的句法，抒寫閒適的情感。

寶篆香沉，錦瑟塵侵，日長時懶把金鍼。裙腰暗減，眉黛長顰。看梅花過，梨花謝，柳花新。　春寒院落，燈火黃昏。悄無言，獨自銷魂。空彈粉淚，難托清塵。但樓前望，心中想，夢中尋。（行香子）

扁舟去作江南客。旅雁孤雲，萬里煙塵。回首中原淚滿巾。　碧山對晚汀洲冷。楓葉

蘆根，日落波平。愁損辭鄉去國人。（采桑子：彭郎磯）

直自鳳凰城破後，擘釵破鏡分飛。天涯海角信音稀。夢回遼海北，魂斷玉關西。　月解重圓星解聚，如何不見人歸？今春還聽杜鵑啼。年年看塞雁，一十四番回。（臨江仙）

一個小園兒，兩三畝地，花竹隨宜旋裝綴。槿籬茅舍，便有山家風味。等閒池上飲，林間醉。　都為自家胸中無事，風景爭來趁遊戲。稱心如意，賸活人間幾歲。洞天誰道在，塵寰外？（感皇恩）

在上面這些詞裏，分明地現出三個時代，三種心境，三種不同的色彩和風格。生活道路與創作道路的聯繫是很分明的。在最後一期內，他創作了許多純粹的白話詞，但他用的白話，並不粗俗，所以他的詞格仍是不弱的。

葉夢得　葉夢得（一〇七七——一一四八），字少蘊，原籍吳縣，紹聖四年進士，博學多才。南渡後，曾任江東安撫制置大使，兼知建康府、行宮留守。晚居烏程弁山，自號石林居士。有石林詞。他雖生於北宋，但在國變以後，他還生活了二十幾年，因此他的作品，早年的充滿了北宋的情調，晚年的便由雄健而入於閑淡。關注謂其「味其詞婉麗，綽有溫、李之風，晚歲落其華而實之，能於簡淡時出雄傑，合處不減靖節、東坡之妙，豈近世樂府之流哉？」（石林詞跋）他對於國事是很憤慨的，在他的水調歌頭、八聲甘州諸詞中，表露出朝中無人國勢日急的悲歎。而對於東晉時代抵禦強敵的謝安，一再表示欽慕與追戀。風格蒼涼，語意沉痛。而他最後的歸結，仍是一丘一壑的水雲鄉土。他在念奴嬌一詞裏，把歸去來辭內容和字句，全部概括進去，很明顯地表現他的人生觀。

秋色漸將晚，霜信報黃花。小窗低户深映，微路繞欹斜。為問山公何事？坐看流年輕度，拚卻鬢雙華。徙倚望滄海，天淨水明霞。　念平昔，空飄蕩，徧天涯。歸來三徑重掃，松竹本吾家。卻恨悲風時起，冉冉雲間新雁，邊馬怨胡笳。誰似東山老，談笑淨胡沙？（水調歌頭）

今古幾流轉，身世兩奔忙。那知一丘一壑，何處不堪藏。須信超然物外，容易扁舟相踵，分占水雲鄉。雅志眞無負，來日故應長。　問騏驥，空矯首，為誰昂？冥鴻天際塵事，分付一輕芒。認取騷人生此，但有輕蓬短楫，多製芰荷裳。一笑陶彭澤，千載賀知章。（水調歌頭：次韻叔父寺丞林德祖和休官詠懷）

其他如向子諲，曾官吏部侍郎，並率兵與金軍作戰。後因反對和議，忤秦檜意，退居清江，逍遙物外，老於江鄉。有酒邊詞。蘇庠居丹陽之後湖，自號後湖病民，後隱居廬山，屢召不赴。他一生淡於名利，不喜拘束，故其詞亦多塵外之趣，有後湖詞。楊无咎自號清夷長者，高宗屢徵不起，以山居爲樂，有逃禪詞。集中雖多豔語，但仍以閑澹諸作爲佳。他們有的做過高官，有的是山人隱士，大都以陶淵明、賀知章爲人生思想的歸宿。他們的作風雖未必全同，他們的人生態度頗爲一致。現將諸人的作品，各舉一例於下：

五柳坊中煙綠，百花洲上雲紅。蕭蕭白髮兩衰翁，不與時人同夢。　抛擲麟符虎節，徜徉月下林風。世間萬事轉頭空，個裏如如不動。（向子諲西江月）

屬玉雙飛水滿塘，菰蒲深處浴鴛鴦。白蘋滿棹歸來晚，秋著蘆花一岸霜。　扁舟繫岸依林樾，蕭蕭兩鬢吹華髮。萬事不理醉復醒，長佔煙波弄明月。（蘇庠清江曲）

休倩旁人為正冠，披襟散髮最宜閑。水雲況得平生趣，富貴何曾著眼看。　低泊棹，稱鳴鸞。一樽長向枕邊安。夜深貪釣波間月，睡起知他日幾竿。（楊无咎鷓鴣天）

所謂塵外之思，平淡之趣，在這些詞裏，大略可看得一點出來。這一種風趣，同朱敦儒晚年的詞很相近，都是在失望的環境中產生的。

時代稍晚於辛棄疾、朱敦儒，在作品中表現着愛國感情的，還有岳珂（岳飛之孫，字肅之）、方岳（字巨山，祁門人）、陳經國（字伯大，潮州人）、文及翁（字時學，綿州人）、李昂英（字俊明，番禺人）和劉克莊諸人。其中如陳經國的沁園春，文及翁的賀新郎，具有較深刻的現實內容和義憤之感。

誰思神州，百年陸沉，青氈未還。悵晨星殘月，北州豪傑；西風斜日，東帝江山。劉表坐談，深源輕進，機會失之彈指間。傷心事，是年年冰合，在在風寒。說和說戰都難，算未必江沱堪晏安。嘆封侯心在，鱣鯨失水；平戎策就，虎豹當關。渠自無謀，事猶可做，更剔殘燈抽劍看。麒麟閣，豈中興人物，不盡儒冠。（陳經國丁酉歲感事）

一勺西湖水。渡江來、百年歌舞，百年酣醉。回首洛陽花石盡，煙渺黍離之地。更不復新亭墮淚。簇樂紅妝搖畫舫，問中流、擊楫何人是？千古恨，幾時洗。　余生自負澄清志。更有誰、磻溪未遇，傅巖未起。國事如今誰倚仗？衣帶一江而已。便都道江神堪恃。借問孤山林處士，但掉頭笑指梅花蕊。天下事，可知矣。（文及翁賀新涼：游西湖有感）

在這些詞裏，暴露着當日偏安局面下的君臣歡樂和苟安心理，對靖康的國難完全是忘懷了。而同時又可看出那些愛國的知識分子，對危難的國勢和弄權的將相，是表示多麼的憤恨與悲痛。在上述諸人裏，作品較多，成就較大，在宋末詞壇能爲辛派的最後代表者，是劉克莊。

劉克莊　劉克莊（一一八七——一二六九），字潛夫，號後村居士，莆田（今屬福建）人。淳祐間賜同進士出身，官至龍圖閣學士。他有詩名，詞集有後村別調。爲人豪爽，很想做一番事業，結果沒有什麼成就。他晚年看見國勢日危，復興無望，故其詞中特多家國悲憤之情。所作小詞，亦復清新可喜。在詞的創作上，採取以詩作詞的手法，以解放的自由的態度，表現出他的「羞學流鶯百囀」的反對庸俗的精神，來寄託他的政治抱負；這種精神，又正與他的寫詩貴在「煉意」

而不在「煉字」、貴在「意義高古」（方俊甫小稿跋）的主張是相貫通的。

北望神州路，試平章這場公事，怎生分付？記得太行山百萬，曾入宗爺駕馭。今把作握蛇騎虎。君去京東豪傑喜，想投戈下拜眞吾父。談笑裏，定齊魯。　兩河蕭瑟惟狐兔。問當年祖生去後，有人來否？多少新亭揮淚客，誰夢中原塊土？算事業須由人做。應笑書生心膽怯，向車中閉置如新婦。空目送，塞鴻去。（賀新郎：送陳子華知眞州）

束縕宵行十里強。挑得詩囊，抛了衣囊。天寒路滑馬蹄僵。元是王郎，來送劉郎。酒酣耳熱說文章。驚倒鄰牆，推倒胡牀。旁觀拍手笑疏狂。疏又何妨！狂又何妨！（一剪梅：余赴廣東王實之夜餞於風亭）

在滿江紅詞裏，他又沉痛地說着：「有誰憐猿臂故將軍，無功級。平戎策，從軍什，零落盡，慵收拾。」也正反映了南渡後一些愛國的知識分子報國無門的苦悶心情。

對於詞，劉克莊最讚賞辛棄疾，故其作品的精神亦與辛相近。惟氣勢稍弱，骨力略遜，故前人評爲「效稼軒而不及者」。如集中沁園春、念奴嬌、水龍吟、賀新郎、滿江紅諸調，確能具備辛詞的神情與面影。在辛派的旗幟下，他與劉過是兩個重要的作家，故世稱「二劉」。

由辛棄疾領導的這派詞人的作品，反映了當日的歷史背景與時代意義，反映了廣大愛國人民的正義精神和熱烈感情，打破了過去奉爲正統的婉約華靡的詞風，解放了規律嚴整的詞體，繼承、發展和提高了蘇軾作詞的傳統，筆力遒勁，風格豪邁，思想內容更加充實，語言也更加豐富多采了。

三　格律派詞人

南渡後過了十幾年混亂危難的局面，到了紹興十一年，宋、金成立了和議。南方得了江南閩、廣一帶的財富，社會經濟漸趨繁榮，人民生活得到了暫時的安定，在那偏安的狀態下，朝廷上下，漸漸地忘了靖康的國恥，又開始酣歌醉舞的生活了。由武林舊事、都城紀勝上的記載，杭州當日的繁華，宮廷的酣宴，士大夫的歡狂，都遠勝於北宋時代的汴京。周密武林舊事序云：「乾道淳熙間，三朝授受，兩宮奉親，古昔所無，一時聲名文物之盛，號小元祐。」在這個偏安一時的小康時期內，許多有識之士，雖都認識國難的危機，在文學裏，表示着憤激與呼號，然終歸無用。如辛棄疾、陸游在作品中所唱出來的壯烈的呼聲，爲當日的絃管所掩。文及翁所說的「渡江來，百年歌舞，百年酣醉」。（賀新涼）正是當日朝野上下淫侈生活的寫實。在這種環境下，官僚富戶，又在那裏大起園亭，廣蓄歌妓，過那種「偎紅倚翠」的生活。於是憂國傷時，在士大夫中只是少數人的事，而大部分的詞人，又回到歌兒舞女的懷抱，重度其雕章琢句、審音協律的生活。並且因南渡之變，樂譜散失頗多，於是音律之講求與歌曲之傳習，不屬之於伶工歌妓，而歸之於清客詞人和貴家所蓄的家姬。往日爲雅俗共賞之歌詞，爲伶工歌女所唱之歌詞，至此而爲清客詞人所獨賞。因此辭句務求雅正工麗，音律務求和協精密，結集詞社，分題限韻，做出許多偏重形式的精巧華美而內容貧弱的作品。由周邦彥建立起來的格律派的詞風，到這時候，又復活起來了。明宋徵璧說：「詞至南宋而繁，亦至南宋而敝。」周濟說：「北宋詞，盛於文士而衰於樂工，南宋盛於樂工而衰於文士。」（論詞雜著）這幾句話說得有理由，但並不全面。辛棄疾一派的詞，正是文士詞，而且是南宋詞的主流。所謂盛於樂工，應當是指的格律詞派。這一派的作家，最重要者有姜夔、史達祖、吳文英、王沂孫、周密、張炎諸人。他們固然也有些較好的作品，但從整體說來，他們成爲形式主義的一派。

姜夔　姜夔（約一一五五——約一二二一），字堯章，鄱陽（今屬江西）人，後因寓居吳興之武康，與白石洞天爲鄰，愛其勝景，自號白石道人。他一生沒有作過官，是一位純粹的文學家，是封建社會那種高人名士的典型。他精音律，諳古樂，善書法，詩文俱佳，而尤以詞著。他有瀟洒不羈的性格，與清高雅潔的人品。近於隱逸，而又不是真正的隱士。一生遊遍了湘、鄂、贛、皖、江、浙一帶的好山水，對於他的作品，有一定的影響。他自己的詩說：「道人野性如天馬，欲擺青絲出帝閑」，可見他的生活和性情。又說：「自作新詞韻最嬌，小紅低唱我吹簫。曲終過盡松陵路，回首煙波十四橋。」這是他的藝術生活的表現。他有過一段很深的情史，青年時代，他在合肥戀愛過一位彈琵琶的歌女，爲她寫了不少的詞。在「肥水東流無盡期，當初不合種相思」（鷓鴣天），「淮南浩月冷千山，冥冥歸去無人管」（踏莎行），「人間離別易多時，見梅枝，忽相思，幾度小窗幽夢手同攜」（江梅引）這些詞句裏，表現出他們純真的感情和別離的哀怨。陳郁云：「白石道人姜堯章，氣貌若不勝衣，而筆力足以扛百斛之鼎，家無立錐，而一飯未嘗無食客。圖史翰墨之藏，汗牛充棟。襟期洒落，如晉、宋間人。」（藏一話腴）他雖沒有功名官位，但當日的名人如辛棄疾、范成大、蕭德藻、楊萬里、葉適、樓鑰諸人，都與之交遊唱和，而激賞他的作品。他雖出入權貴之門，那只因嗜好相同的關係，並非趨炎附勢的食客，無損於他的人品。在當時的文壇，他很負聲譽。楊誠齋稱他爲詩壇的先鋒，並且稱讚他的詩有「裁雲縫月之妙思，敲金戛玉之奇聲。」他的詞尤爲人所贊賞。黃昇云：「白石詞極精妙，不減清真樂府，其間高處，有美成所不能及。」（花庵詞選）張炎說他的詞「如野雲孤飛，去留無迹」。（詞源）這些話，雖有點抽象，也可看出他在當日是怎樣受人的推重了。他有白石道人歌曲，又有白石道人詩集。

姜夔的詞，在藝術技巧上雖與周邦彥有些不同，但在傾向和表現方法上，是繼承和發展了周邦彥的路線的。在清真詞中所表現的特色與弊病，如過於講求協律創調，琢句鍊字，用典詠物種種方面，到了姜夔都進一步地表現出來，形成形式主義的偏向。

一、審音創調　姜夔不僅是只通樂理，並且是善自演奏的音樂家。他看見南渡後樂典的散失，便蒐講古制，想補正廟樂。曾於慶元三年，上書論雅樂，進大樂議和琴瑟考古圖，五年又上聖宋鐃歌鼓吹曲。他當時雖無周邦彥得逢徽宗知音的遭遇，而得展其才力，但大家都承認他用工頗精，留其書以備採擇。他在滿江紅敘中說：「滿江紅舊調用仄韻，多不協律。如末句云：『無心撲』三字，歌者將『心』字融入去聲，方諧音律。予欲以平韻為之，久不能成。因泛巢湖，聞遠岸簫鼓聲，問之舟師，云：『居人為此湖神姥壽也。』予因祝曰：『得一席風，徑至居巢，當以平韻滿江紅為迎送神曲。』言訖，風與筆俱駛，頃刻而成。末句云：『聞佩環』，則協律矣。」這一段故事，雖近於神怪，但由此可以看出他對於作詞上審音協律所用的苦工。又在長亭怨慢序中云：「余頗喜自製曲，初率意為長短句，然後協以律，故前後闋多不同。」又在暗香序中說：「使工妓隸習之，音節諧婉，乃命之曰暗香、疏影。」再他在醉吟商小品、霓裳中序第一、角招、徵招諸詞的敘中，都詳細說明每一詞調的音律性。由此，我們可以知道他作詞時對於審音協律的注重。因為他在音樂方面，有這種才力，所以一面能創製新譜，一面又能改正舊調。他自製的新譜，共有十七支：

揚州慢　角招　徵招　霓裳中序第一　玉梅令　杏花天　長亭怨慢　鬲溪梅令
淒涼犯　秋宵吟　石湖仙　暗香　疏影　醉吟商小品　惜紅衣　翠樓吟　淡黃柳

柳永、周邦彥諸人，精通音樂，善自製曲，在他們的詞調上，僅註明宮調。姜夔更進一步，除註明宮調外，並於詞旁，載明工尺譜，由此宋詞的音調與歌法，得傳一綫於後世，這一點，在中國的音樂史上，有重要的價值。

二、琢鍊字句 姜夔的詞，在語言的鑄鎔鍛鍊上，下了很大的工力，達到用字很精微深細，造句很圓美醇雅的境地。

二十四橋仍在，波心蕩冷月無聲。（揚州慢）

嫣然搖動，冷香飛上詩句。（念奴嬌）

長記曾攜手處，千樹壓西湖寒碧。（暗香）

傷心重見，依約眉山，黛痕低壓。（慶宮春）

誰念我，重見冷楓紅舞。（法曲獻仙音）

像這些句子，無論何人讀了都知道是好言語。這些決不是脫口而出的語句，是下了千錘百鍊的工夫，慢慢地融化出來的。他在慶宮春序中云：「因賦此闋，蓋過旬塗稿乃定。」可知他作詞所費的時間與精力，和他認真求工的態度，真可與賈島、陳師道諸人作詩相比了。

三、用典詠物 因爲姜夔作詞過於講典雅工巧，他生怕有俗淺輕浮之病，故一面除琢鍊字句外，同時又愛用典故，來作爲描寫和表現他的情感和事物的象徵。這一點，是白石作品中的特色，也可說是弊病。因爲用典過多，等於遮掩了一層帷幕，意義雖較含蓄，但詞旨反晦澀含糊，情趣反而減少了。如他最有名的暗香、疏影二闋，張炎譽之爲「前無古人，後無來者，自立新意，眞爲絕唱」（詞源）。但分析二詞，只是用許多梅花和古代幾個美人的典故，湊合起來。字句確很美麗，音調確很和諧，然而按其內容，卻很空虛。除用典外，他歡喜詠物。姜夔是如此，姜派的詞人如史達祖、吳文英之流，更是如此。因爲詠物的詞，既可以盡量使用技巧，引用典故，藉此可以誇耀文才和博學，同時寫得好的，也可以暗寓傷時感事之情，但有這種內容的作品，並不多見。在白石的集子裏，如暗香、疏影的詠梅，齊天樂的詠蟋蟀，小重山令的賦紅梅，都是前人最讚賞的作品，認爲是詠物詞的典型；但我們現在看來，覺得這些詞，在技巧上固有特色，但在內容與情感上是空虛的，反映社會生活也是貧弱的。

淮左名都，竹西佳處，解鞍少駐初程。過春風十里，盡薺麥青青。自胡馬窺江去後，廢池喬木，猶厭言兵。漸黃昏，清角吹寒，都在空城。　杜郎俊賞，算而今重到須驚。縱豆蔻詞工，青樓夢好，難賦深情。二十四橋仍在，波心蕩冷月無聲。念橋邊紅藥，年年知為誰生？（揚州慢：淳熙丙申至日，余過維揚，夜雪初霽，薺麥彌望。入其城則四顧蕭條，寒水自碧。暮色漸起，戍角悲吟。予懷愴然，感慨今昔。因自度此曲，千巖老人以為有黍離之悲也。）

燕雁無心，太湖西畔隨雲去。數峯清苦，商略黃昏雨。第四橋邊，擬共天隨住。今何許，凭欄懷古，殘柳參差舞。（點絳脣：丁未過吳淞作）

芳蓮墜粉，踈桐吹綠，庭院暗雨乍歇。無端抱影銷魂處，還見篠牆螢暗，蘚階蛩切。送客重尋西去路，問水面琵琶誰撥？最可惜一片江山，總付與啼鴂。長恨相從未款，而今何事，又對西風離別！渚寒煙淡，棹移人遠，縹緲行舟如葉。想文君望久，倚竹愁生步羅襪。歸來後，翠尊雙飲，下了珠簾，玲瓏閒看月。（八歸：湘中送胡德華）

舊時月色，算幾番照我，梅邊吹笛。喚起玉人，不管清寒與攀摘。何遜而今漸老，都忘卻春風詞筆。但怪得竹外疎花，香冷入瑤席。江國，正寂寂。歎寄與路遙，夜雪初積。翠尊易泣，紅萼無言耿相憶。長記曾攜手處，千樹壓西湖寒碧，又片片吹盡也，幾時見得？（暗香。小序略）

揚州慢雖作於二十餘歲的青年時期，然是他的傑作。在揚州慢中展露出他早熟的才華，工煉的筆力，高度的藝術技巧，在憑弔衰敗荒蕪的揚州的描寫中，反映出「黍離之悲」的感情。但在詞中表現出來的，畢竟缺少振奮人心鼓舞正氣的熱情，而具有感傷的消極情緒。看到揚州的殘破，使他回想起來的是二十四橋和杜牧的風流韻事。正因如此，也就顯示出他的人生和藝術的個性。姜夔永遠是姜夔，而不是辛棄疾、陸游，作品實質是要以作者的生活、思想和態度來決定的。

他晚年雖也寫過辛棄疾式的永遇樂、漢宮春諸詞，那也只是外貌相似，並非他的本色，是不能作爲他的代表作品的。點絳脣的寫景，八歸的送別，格韻較高，可稱佳作。至如暗香的詠梅，齊天樂的詠蟋蟀諸篇，只能表現出他那種語言工麗內容空虛的實質。

我們讀了這些詞，可以看出格律詞派的真實面貌。優點是技巧高，語言美，缺點是反映的生活面狹窄，片面追求形式與格律。但他這種作風，在南宋的詞壇，發生很大的影響。許多人跟着他走，都變本加厲地只在字面形式上用工夫，極力講究技巧，因音律而犧牲內容，因用典而模糊意義，因過於雕琢字句而損傷情趣，因詠物而變成無病呻吟的遊戲。到了史達祖、吳文英諸人，達到了極端。周、姜二家，因學問廣博，才力較高，所以還有一些較好的作品，其他諸家，那缺點就更爲嚴重。朱彝尊云：「詞莫善於姜夔，宗之者張輯、盧祖臯、史達祖、吳文英、蔣捷、王沂孫、張炎、周密、陳允平……皆具夔之一體。」（黑蝶齋詩餘序）朱氏本是清代姜、張派的領袖，他這意見，可以作爲宋以後格律詞派的代表。王國維說：「白石寫景之作，……雖格韻高絕，然如霧裏看花，終隔一層。」又說：「南宋詞人，白石有格而無情。……近人祖南宋而祧北宋，以南宋之詞可學，北宋不可學也。」（人間詞話）所謂「終隔一層」，所謂「有格無情」，所謂「可學」，正好說明格律詞派的特徵與弊病。

史達祖　史達祖字邦卿，汴（今河南開封）人，生卒不詳。他沒有功名，因事權奸韓侂冑，掌文書，頗有權勢，後韓敗，史亦貶死。可見他的人品，遠不如白石，但他的詞典雅工巧，卻與姜詞相近。汪森云：「姜夔出，句琢字鍊，歸於醇雅，於是史達祖、高觀國羽翼之。」（詞綜序）他有梅溪詞一卷。

做冷欺花，將煙困柳，千里偷催春暮。盡日冥迷，愁裏欲飛還住。驚粉重、蝶宿西園，喜泥潤、燕歸南浦。最妨它佳約風流，鈿車不到杜陵路。　沉沉江上望極，還被春潮晚急，難尋官渡。隱約遙峯，和淚謝娘眉嫵。臨斷岸新綠生時，是落紅帶愁流處。記當日，門掩梨花，剪燈深夜語。（綺羅香：春雨）

他的詠物詞很多，以描摹見長，這首是他的名作。他的詞名很高，有人以姜夔相比。但其作品，只是傾注全力，在修辭造句的技巧上用工夫；筆意纖巧，缺少骨力，風格也不高。

吳文英　吳文英（約一二〇〇——約一二六〇），字君特，號夢窗，四明（今浙江寧波）人。景定時，受知於丞相吳潛，往來於蘇、杭間。由他的作品看來，他是一個雲遊各地，寄倚權貴的清客，大都是做一點掌管文筆的小職務。因此他的生活很不得意。他自己說：「幾處路窮車絕」（喜遷鶯），可知他是一個窮苦落魄的詞人。他有夢窗甲乙丙丁四稿四卷。吳文英的才力雖不及周邦彥、姜夔，但其詞的鍛鍊之工，幾又過之。到了他，特別強調形式，把格律派的詞發展到了極端。協律、用典、詠物、修辭種種條件，都在他的詞裏，更加注重。沈義父云：「蓋音律欲其協，不協則成長短之詩；下字欲其雅，不雅則近乎纏令之體；用字不可太露，露則直突而乏深長之味；發意不可太高，高則狂怪而失柔婉之意。」（樂府指迷）這也是吳夢窗的意見，是他們共同討論出來的。因爲重音律，所以他的詞，讀去和諧悅耳；因爲醇雅，覺得他的字面特別美麗；因爲表意過於含蓄，遂使其詞旨晦澀；因爲表情過於柔婉，故其詞的氣勢卑弱。因爲他只追求形式忽略內容，所以他的作品，缺少血肉和風骨。後人對於他的批評，時常發出相反的論調。尹煥說：「求詞於吾宋者，前有清真，後有夢窗，此非煥之言，四海之公言也。」（夢窗詞序）周濟的宋四家詞選，以周邦彥、辛棄疾、王沂孫、吳文英爲宋代詞壇的四大領袖，以餘人爲附庸。可見他們對於夢窗的推重。但沈義父說：「其失在用事下語太晦處，人不可曉。」（樂府指迷）張炎說：「吳夢窗詞如七寶樓臺，眩人眼目，碎拆下來，不成片段。」（詞源）沈、張二人的評語，確能指出夢窗詞的弊病。一個是說他詞意太晦，一個是說他只顧到堆砌辭藻，注重外形的美麗，正是片面追求格律的缺點。我們讀他詠玉蘭花的瑣窗寒，那只是大堆的套語和幾個典故的湊合，一時說到「返魄騷畹」，一時又說到「送客咸陽」，一時又說到鴟夷與吳苑，這些典故，真不知與玉蘭花有何相干。前人說此詞爲追念愛人而作，既題爲玉蘭，又有誰知道。所以吳文英的詠物詞，大半都是詞謎。這一點正是沈義父所說的「用事下語太晦」之失。再看他的詠落梅的高陽臺，外面真是美麗非凡，真是眩人眼目的七寶樓臺，但仔細一讀，前後的意思不連貫，前後的環境情感也不融和，好像是各自獨立的東西，失去了文學的整體性與聯繫性，這正是張炎所說的「碎拆下來，不成片段」。他的詞雖有這些大病，但造句鍊字之工巧，音律的和美，表現了技巧上的特色。

殘寒正欺病酒，掩沈香繡户。燕來晚，飛入西城，似說春事遲暮。畫船載、清明過卻，晴煙冉冉吳宮樹。念羈情遊蕩，隨風化為輕絮。　十載西湖，傍柳繫馬，趁嬌塵軟霧。遡紅漸招入仙谿，錦兒偷寄幽素。倚銀屏、春寬夢窄，斷紅濕歌紈金縷。暝堤空，輕把斜陽，總還鷗鷺。　幽蘭漸老，杜若還生，水鄉尚寄旅。別後訪六橋無信，事往花萎，瘞玉埋香，幾番風雨！長波妒盼，遙山羞黛，漁燈分影春江宿，記當時短楫桃根渡。青樓彷彿，臨分敗壁題詩，淚墨慘澹塵土。　危亭望極，草色天涯，歎鬢侵半苧。暗點檢離痕歡唾，尚染鮫綃，嚲鳳迷歸，破鸞慵舞。殷勤待寫，書中長恨，藍霞遼海沉過雁，漫相思彈入哀箏柱。傷心千里江南，怨曲重招，斷魂在否？（鶯啼序）

剪紅情，裁綠意，花信上釵股。殘日東風，不放歲華去。有人添燭西窗，不眠侵曉，笑聲轉新年鶯語。　舊樽俎，玉纖曾擘黃柑，柔香繫幽素。歸夢湖邊，還迷鏡中路。可憐千點吳霜，寒消不盡，又相對落梅如雨。（祝英臺近：除夜立春）

上面兩詞，是用典較少的作品。前一首辭藻雖美，確有堆砌之病，所謂「七寶樓臺」，頗爲深刻。再如八聲甘州中的「問蒼波無語，華髮奈山青。水涵空闌干高處，送亂鴉斜日落漁汀」，這些句子自然都很精鍊，但全詞中也頗多套語湊合之處，令人感到美中不足。

蔣捷、王沂孫、周密、張炎同有亡國的身世，而在詞史上，是被稱爲遺民的。因此，他們的詞風，雖是屬於姜、吳一派，但其音調較爲淒楚，情感較爲充實，加以外力的重重壓迫，不敢把傷時悼國的情緒露骨地表現出來，只好用象徵比興的手法加以抒寫，雖在表面似有霧裏看花之感，其中蘊藏的情緒，卻很沉痛。

蔣捷　蔣捷字勝欲，號竹山，陽羨（今江蘇宜興）人。生卒不詳。德祐中舉進士，宋亡隱居不出。有竹山詞。他的事蹟不詳，由許多作品看來，雖脫不了姜、吳一派的影響，但他卻也染着蘇、辛的色彩。他有些詞，突破規律的限制和傳統的習慣，時時呈現着一種新精神。他的水龍吟連用「些」字韻，聲聲慢連用「聲」字韻，瑞鶴仙連用「也」字韻，一面可以看出他那種嘗試的精神，同時也可看出稼軒詞給他的影響。水龍吟下，自註着「效稼軒體」，這是最好的證明。因此，他的作品，在姜、吳那一個範圍裏，是最爽朗最有生氣的了。尤其是他的小詞，清麗秀逸，在晚宋詞壇，是少見的。劉熙載甚至評爲「劉文房爲五言長城，竹山其亦長短句之長城歟？」（藝槩）可見後人對他評價之高。

黃花深巷，紅葉低窗，淒涼一片秋聲。豆雨聲來，中間夾帶風聲。疎疎二十五點，麗譙門不鎖更聲。故人遠，問誰搖玉佩，簷底鈴聲。　彩角聲吹月墮，漸連營馬動，四起笳聲

。閃爍鄰燈，燈前尚有砧聲，知他訴愁到曉，碎噥噥多少蛩聲。訴未了，把一半分與雁聲。（聲聲慢：秋聲）

一片春愁待酒澆。江上舟搖，樓上帘招。秋娘渡與泰娘橋。風又飄飄，雨又瀟瀟。　何日歸家洗客袍？銀字笙調，心字香燒。流光容易把人拋。紅了櫻桃，綠了芭蕉。（一剪梅：舟過吳江）

少年聽雨歌樓上，紅燭昏羅帳。壯年聽雨客舟中，江闊雲低、斷雁叫西風。　而今聽雨僧廬下，鬢已星星也。悲歡離合總無情，一任階前點滴到天明。（虞美人：聽雨）

前一闋的修辭造句，別具一格。典故套語，一概不用，全在用力描寫。通首用「聲」字押韻，更覺新奇。至於後兩首，純任白描，語句的工整，情韻的清遠，可說是竹山詞中的佳作。

周密　周密（一二三二——約一二九八），字公謹，號草窗、泗水潛夫，濟南人。宋室南渡，其祖遷居吳興。後宋亡，居杭，以著作自娛。與王沂孫、王易簡、張炎諸人結詞社，互相唱和。他的著作很多，如齊東野語、癸辛雜識、浩然齋雅談、武林舊事諸書，或記文壇掌故，或敘社會風俗，或記文物制度，都是很重要的史料。他的詞集名蘋洲漁笛譜，又名草窗詞。其詞工麗精巧，善於詠物，頗近夢窗。因此，他與吳文英世稱為「二窗」。但因其身經亡國，故晚年之作，頗有沉咽淒楚之音，又與張炎相近。

步深幽，正雲黃天淡，雪意未全休。鑑曲寒沙，茂林煙草，俯仰千古悠悠。歲華晚、飄零漸遠，誰念我，同載五湖舟？磴古松斜，崖陰苔老，一片清愁。　回首天涯歸夢，幾魂飛西浦，淚灑東州。故國山川，故園心眼，還似王粲登樓。最負他、秦鬟妝鏡，好江山、何事此時遊？為喚狂吟老監，共賦消憂。（一萼紅：登蓬萊閣有感）

松雪飄寒，嶺雲吹凍，紅破數椒春淺。襯舞臺荒，浣妝池冷，淒涼市朝輕換。嘆花與人凋謝，依依歲華晚。　共淒黯！問東風，幾番吹夢，應慣識當年，翠屏金輦。一片古今愁，但廢綠平煙空遠。無語銷魂，對斜陽衰草淚滿。又西泠殘笛，低送數聲春怨。（獻仙音：弔香雪亭梅）

草窗集中，工於詠物者頗多。如水龍吟之詠白蓮，國香慢之詠水仙，齊天樂之詠蟬，都是前人一致推賞之作。我在這裏所選的，是兩首表現亡國之痛的作品，情意深厚，含蓄曲折，立意高遠，可稱佳作。可知在那個國破家亡的環境裏，當日的詞人，無論如何沉溺於典雅工巧之中，這一點時代的愁恨，總是無法掩藏的了。

王沂孫　王沂孫字聖與，號碧山，會稽（今浙江紹興）人。生卒年不詳。他雖說是宋亡以後，在各處流浪了一回，但結果仍是做了元朝的官。元至元中，做過慶元路學正（延祐四明志）。有花外集一卷，又名碧山樂府。他的詞，清朝人很重視他，朱彝尊、張惠言、周濟都一致推崇。

周濟並以他爲宋代詞壇四大領袖之一。並評爲「詠物最爭托意，隸事處以意貫串，渾化無痕，碧山勝場也。」（宋四家詞選序論）同時他們都是一致承認他的詞是寄情比興，借詠物的外形，而寓以黍離之感。又說眉嫵詠新月，是指君有恢復之志，而歎惜無賢臣。高陽臺詠梅花，是隱寓君臣晏安天下將亡之意。這些話固然不可全信，但若將他那一點傷時悼國的感情，一概抹殺，也是不對的。在他的詞裏，見景生情，因物起興，時時流露出一點傷時感事的情緒來，因此容易使人穿鑿附會。如清末端木埰解他的齊天樂詞云：「『乍咽涼柯，還移暗葉，重把離愁深訴』，慨播遷也。『西窗過雨，怪瑤佩流空，玉箏調柱』，傷敵騎暫退，燕安如故也。『餘音更苦，甚獨抱清商，頓成淒楚』，言遺臣孤憤哀怨難論也。」（花外集跋）這種詩序式的註釋，自然是很可笑的。

殘雪庭陰，輕寒簾影，霏霏玉管春葭。小帖金泥，不知春在誰家？相思一夜窗前夢，奈個人水隔雲遮。但淒然，滿樹幽香，滿地橫斜。　江南自是離愁苦，況遊驄古道，歸雁平沙。怎得銀箋，殷勤與說年華。如今處處生芳草，縱凭高不見天涯。更消他，幾度東風，幾度飛花。（高陽臺：和周草窗寄越中諸友韻）

白石飛仙，紫霞悽調，斷歌人聽知音少。幾番幽夢欲回時，舊家池館生青草。　風月交遊，山川懷抱，憑誰說與春知道。空留離恨滿江南，相思一夜蘋花老。（踏莎行：題草窗詩卷）

在這些詞裏，我們不能否認他那種家國哀傷之情；因爲他表現得非常隱約，故其情調亦顯出一種哀蟬淒楚之音。如張元幹、辛棄疾那些慷慨激昂之詞，可以振奮人心，鼓舞民眾；至於這一種作品，只能引起一種淒涼歎息，和沒落的感傷情緒而已。

張炎　張炎（一二四八——？），字叔夏，號玉田，原籍西秦人，南渡時，其家南遷，寓臨安。南宋的功臣循王張俊是他的祖先，詞人張鎡是他的曾祖，祖張含，父張樞，都工文學，精曉音律。可知張炎是在一個官僚家庭和文學環境中長大的。元兵破臨安時，他快三十歲了。他早年過的是富貴生活，湖邊醉酒，小閣題詩，在他的集子裏，這一種快樂華美的調子也還不少。當宋亡以後，他不能潔身自愛，竟然北上求官，雖失意南歸，終於造成了政治上的污點。在他的一些作品裏，隱約地表現了國破家亡的悲痛情緒。後來生活入於窮困，東走西遊，一無結果。袁桷贈張玉田詩註道：「玉田爲循王五世孫，時來鄞設卜肆」，他就這麼落魄而死了。有山中白雲詞。

張炎是從晚唐到宋末這幾百年來的歌詞的結束者，他一生推崇姜夔，是格律派的重要作家。他的詞源，表現他對於詞學的理論。宋詞到了張炎，是快到終點了，後日的詞人，很難跳出那些人的藩籬。不歸之於花間、南唐，則歸之於蘇、辛，或歸之於清真、白石、玉田諸家了。我們先看張炎在詞源中發表的一些意見。

一、協音合律　協音合律本是格律派的第一信條，到了張炎，他更是認真了。他說，他在這方面用了四十多年的工夫。「昔在先人侍側，聞楊守齋、毛敏仲、徐南溪諸公，商榷音律，嘗知緒餘，故生平好爲詞章，用功踰四十年。」「先人曉暢音律，有寄閒集，旁綴音譜，刊行於世，每作一詞，必使歌者按之。稍有不協，隨卽改正。曾賦瑞鶴仙一詞云：……粉蝶兒，撲定花心不去。……此詞按之歌譜，聲字皆協，惟『撲』字稍不協，遂改爲『守』字乃協。始知雅詞協音，雖一字亦不放過，信乎協音之不易也。又作惜花春起早云：『瑣窗深』，『深』字意不協，改爲『幽』字，又不協，再改爲『明』字，歌之始協。」（詞源）從這些看來，張炎的精於音律，固大半由於他自己的用功，但前輩的指示，家教的影響，也有重大的關係。但同時我們要注意的，他這一段記載，正是尊重音律犧牲內容的極好證明。「撲」、「守」意義不同，「深」、「幽」、「明」相差更遠，只以求於協音，不惜改變意義，眞是片面追求形式了。

二、雅正　雅正便是典雅淸正，而無通俗粗淺的氣味。他說：「古之樂章，皆出於雅正。」又說：「詞欲雅而正，志之所之，一爲情所役，則失其雅正之音矣。」柳永、張先的詞，他們看來自然是不雅正。辛棄疾、劉過的作品也不是雅詞，就連周邦彥的，也還沒有達到雅正之路。他覺得詞要雅正：一要協音，二要隱意，三要修詞。協音上面說過了。所謂隱意，便是含蓄，不要明說出來。在這一方面，他們提倡用典，以影射象徵的方法，來表達情意。如沈義父云：「詠物詞最忌說出題字，如淸眞梨花及柳，何曾說出一個梨柳字。」又說：「如詠桃不可直說破桃，須用紅雨、劉郎等字；如詠柳不可直說破柳，須用章臺、灞岸等字。又詠書如曰銀鈎空滿，便是書字了，不必更說書字；玉筯雙垂，便是淚了，不必更說淚字……如教初學小兒，說破這是甚物事，方見妙處。往往淺學俗流，多不曉此妙用，指爲不分曉，乃欲直捷說破，卻是賺人與耍曲矣。」（樂府指迷）這雖出於沈義父，他也是同時代的人，並且他這些意見，大都得之於吳夢窗，卻正是他們共同的意見。因爲他們都要這樣含隱，所以詞都變成了詩謎。修辭便是琢句鍊字，這是他們的獨到之處。詞源中所論的「字面」、「清空」、「句法」、「虛字」等等，都是屬於這方面的技巧問題。

三、清空　清空是張炎提出來的詞的最高境界。他曾說：「詞要清空，不要質實。清空則古雅峭拔，質實則凝澀晦昧，姜白石詞如野雲孤飛，去留無迹，吳夢窗詞如七寶樓臺，眩人眼目，碎拆下來，不成片段，此清空質實之說。」可知他所說的清空，就是空靈神韻，同嚴羽論詩的意見相同。在他們看來，所謂詞詩、詞論一類的蘇、辛詞，都是詞中的別支，不能算爲正宗。樂府指迷云：「近世作詞者不曉音律，乃故爲豪放不羈之語，遂借東坡、稼軒諸賢自諉。」在這裏正好暗示出他們對於蘇、辛的態度。

接葉巢鶯，平波卷絮，斷橋斜日歸船。能幾番遊？看花又是明年！東風且伴薔薇住，到薔薇，春已堪憐。更淒然，萬綠西泠，一抹荒煙。　當年燕子知何處？但苔深韋曲，草暗

斜川，見說新愁，如今也到鷗邊。無心再續笙歌夢，掩重門、淺醉閒眠。莫開簾，怕見飛花，怕聽啼鵑。（高陽臺：西湖春感）

記玉關踏雪事清遊，寒氣脆貂裘。傍枯林古道，長河飲馬，此意悠悠。短夢依然江表，老淚灑西州。一字無題處，落葉都愁。　載取白雲歸去，問誰留楚珮，弄影中洲？折蘆花贈遠，零落一身秋。向尋常野橋流水，待招來、不是舊沙鷗。空懷感、有斜陽處，卻怕登樓。（八聲甘州：別沈堯道）

聽江湖夜雨十年燈，孤影尚中洲。對荒涼茂苑，吟情渺渺，心事悠悠。見說寒梅猶在，無處認西樓。招取樓邊月，回載扁舟。　明日琴書何處？正風前墜葉，草外閑鷗。甚消磨不盡，惟有古今愁。總休問西湖南浦，漸春來、煙水接天流。清游好，醉招黃鶴，一嘯高秋。（八聲甘州）

這樣的作品在張炎集中也是不多見的。他以精麗的語言，寫出亡國者的感情。含蓄蘊藉，婉轉動人。飛花怕見，啼鵑怕聽，斜陽處不敢登樓遠望，江山依舊，事物全非，有故國不堪回首之感。四庫提要說他：「故所作往往蒼涼激楚，卽景抒情，備寫其身世盛衰之感，非徒以剪紅刻翠爲工。」從上面三例看來，確有這些特色。

詠物詞到了張炎，可以說到了極高的境地，他細心地體會，深微地刻劃，物的神情面貌，都能委婉曲折地表現出來，如南浦的詠春水，水龍吟的詠白蓮，解連環的詠孤雁，探春慢的詠雪霽，綺羅香的詠紅葉，真珠簾的詠梨花，都是他的詠物詞的代表作，時人因此稱之爲張春水、張孤雁。但就內容而論，價值畢竟不高。

詞到了張炎，工力殆盡，技巧已窮，藝術形式已再難進展了。後代的作者，在這方面只是擬古，於是另有新興的散曲，來替代這衰老凝固的詞。在當日這種格律詞風極盛的潮流中，樂府指迷（沈義父）、詞源（張炎）、作詞五要（楊守齋）、詞旨（陸輔之）一類論詞的著作，在宋、元之際，應運而生。當日屬於這一派的詞人，較著者還有高觀國、盧祖皐、張輯、陳允平諸人，因爲他們的作品，都在白石、梅溪、夢窗、玉田的籠罩之下，頗少特創，故略而不論。其他的小詞人，也不知道還有多少，只好一概從略了。至於劉辰翁（字會孟，廬陵人，有須溪詞）、文天祥（字宋瑞，吉水人，有文山樂府）、李演（字廣翁，有盟鷗集）、汪元量（字大有，錢塘人，有水雲詞）諸家，或以豪放激昂之筆，抒寫家國之痛，或以沉咽之語，表現凄苦之音。一種正義的氣概，悲憤的感情，卻躍然紙上，表現同張炎、周密他們完全不同的詞風。

送春去，春去人間無路。秋千外，芳草連天，誰遣風沙暗南浦？依依甚意緒，漫憶海門飛絮。亂鴉過，斗轉城荒，不見來時試燈處。　春去，最誰苦。但箭雁沉邊，梁燕無主，杜鵑聲裏長門暮。想玉樹凋霜，淚盤如露。咸陽送客屢回顧，斜日未能渡。　春去，尚來

否？正江令恨別，庾信愁賦。蘇隄盡日風和雨。嘆神遊故國，花記前度。人生流落，顧孺子，共夜語。（劉辰翁蘭陵王：丙子送春）

水天空闊，恨東風，不借世間英物。蜀鳥吳花殘照裏，忍見荒城頹壁！銅雀春情，金人秋淚，此恨憑誰雪？堂堂劍氣，斗牛空認奇傑。　那信江海餘生，南行萬里，送扁舟齊發。正為鷗盟留醉眼，細看濤生雲滅。睨柱呑嬴，回旗走懿，千古衝冠髮。伴人無寐，秦淮應是孤月。（文天祥酹江月：驛中言別友人）

笛叫東風起，弄尊前楊花小扇，燕毛初紫。萬點淮峯孤角外，驚下斜陽似綺。又婉婉一番春意。歌舞相繆愁自猛，捲長波一洗人間世。空熱我，醉時耳。　綠蕪冷葉瓜州市。最憐予、洞簫聲盡，闌干獨倚。落落東南牆一角，誰護山河萬里。問人在玉關歸未？老矣青山燈火客，撫佳期漫洒新亭淚。歌哽咽，事如水。（李演賀新郎）

金陵故都最好，有朱樓迢遞。嗟倦客又此憑高，檻外已少佳致。更落盡梨花，飛盡楊花，春也成憔悴。問青山，三國英雄，六朝奇偉。　麥甸葵邱，荒台敗壘，鹿豕銜枯薺。正潮打孤城，寂寞斜陽影裏。聽樓頭、哀笳怨角，未把酒，愁心先醉。漸夜深，月滿秦淮，煙籠寒水。　悽悽慘慘，冷冷清清，燈火渡頭市。慨商女，不知興廢，隔江猶唱庭花，餘音亹亹。傷心千古，淚痕如洗。烏衣巷口青蕪路，認依稀，王謝舊鄰里。臨春結綺，可憐紅粉成灰，蕭索白楊風起。　　因思疇昔，鐵索千尋，漫沉江底。揮羽扇，障西塵，便好角巾私第。清談到底成何事？回首新亭，風景今如此！楚因對泣何時已？嘆人間今古眞兒戲。東風歲歲還來，吹入鍾山，幾重蒼翠。（汪元量鶯啼序：重過金陵）

或出於象徵，或由於直寫，詞旨既不晦澀，表情非常眞切，特別是通過對景物的描寫，來寄託家國之痛，寓意深厚，極爲感人。在詞藻上，雖間有格律派的影響，但在風格上，是偏於蘇、辛一派的。

第二十章　宋代的詩

一　宋詩的特色與流變

到了宋朝，從總的傾向來說，詞在當時佔有很重要的地位。當日許多有才能的作者，都在詞的方面，取得了傑出的成就，但也有不少詩人同時努力於詩的創作，並取得很大的成績，較之元、明、清各代，宋詩還有它的特色，在文學史上，仍佔有相當高的地位。

在明代前後七子標榜「文必秦、漢，詩必盛唐」的復古思想裏，宋詩陷於冷落的命運。後來雖有公安派的提倡鼓吹，仍然沒有使宋詩復興起來。吳之振在宋詩鈔序中說：「自嘉、隆以還，言詩家尊唐而黜宋，宋人集覆瓿糊壁，棄之若不克盡，故今日蒐購最難得。黜宋詩者曰腐，此未見宋詩也。宋人之詩，變化於唐，而出其所自得，皮毛落盡，精神獨存。不知者或以爲腐。後人無識，倦於講求，喜其說之省事而地位高也。則羣奉腐之一字，以廢全宋之詩，故今之黜宋者，皆未見宋詩者也。」宋詩鈔爲吳之振、吳自牧、呂留良同輯，是一部復興宋詩的重要文獻。宋犖漫堂說詩云：「明自嘉、隆以後，稱詩家皆諱言宋，至舉以相訾謷。故宋人詩集，庋閣不行。近二十年來，乃專尚宋詩。至吾友吳孟舉宋詩鈔出，幾於家有其書矣。」這裏所說的吳孟舉，就是吳之振。可知清初宋詩的由晦而顯，吳孟舉的功勞是不小的。清代中葉，宋詩的勢力雖一度低落，但到晚年，又呈現着興盛的狀況。當日流行的同光體，可以說是宋詩的別派。

前人對於宋詩的指責，大多集中在「多議論」、「言理不言情」、「以文作詩」、「俚俗而不典雅」這幾點上。這種情形，雖不能說宋代詩人都是如此，但那幾位代表詩人，如歐陽修、王安石、蘇軾、黃庭堅和那些理學家的作品，或此或彼，或濃或淡，總帶着這些傾向。嚴羽滄浪詩話云：「本朝人尙理而病於意興。」何大復漢魏詩序云：「宋詩言理。」李東陽懷麓堂詩話云：「唐人不言詩法。詩法多出宋，而宋人於詩無所得。所謂法者，不過一字一句對偶雕琢之工，而天真興致，則未可與道。」陳子龍與人論詩云：「宋人不知詩而強作詩，其爲詩也，言理而不言情，終宋之世無詩。」吳喬圍爐詩話及答萬季埜詩問的議論更是激烈。他說：「宋以來詩，多傷淺薄。」又引詩法源流云：「唐人以詩爲詩，宋人以文爲詩。唐詩主於達性情，故於三百篇近，宋詩主於議論，故於三百篇遠。」還說：「宋人詩集甚多，不耐讀，而又不能不讀，實爲苦事。」他們所說的很有偏激，未能全面地理解宋詩的特點。宋詩在情韻方面，確不如唐詩。至如所說「好議論」、「散文化」以及「淺露俚俗」的幾點，一面是宋詩的缺點，同時也就是宋詩的長處。因古文運動進一步的發展，當日的詩壇受了這種影響，避開典雅華麗的雕鏤，而走到散文化的明白淺顯，避開美人香草之思，而入於各種議論的發揮，這正是宋詩的一種解放。也正因如此，形成宋詩與唐詩不同的風格。

關於宋詩的演變，前人論者甚眾，然有故分流派立論繁雜之弊。其中以全祖望在宋詩紀事序中所言者最爲扼要。他說：「宋詩之始也，楊、劉諸公最著，所謂西崑體者也。……慶曆以後，歐、蘇、梅、王數公出，而宋詩一變。坡公之雄放，荆公之工練，並起有聲。而涪翁以崛奇之調，力追草堂，所謂江西派者，和之最盛，而宋詩又一變。建炎以後，東夫（蕭德藻）之瘦硬，誠齋（楊萬里）之生澀，放翁（陸游）之輕圓，石湖（范成大）之精致，四壁並開。乃永嘉徐、趙諸公（徐照、徐璣、趙師秀），以清虛便利之調行之，見賞於水心，則四靈派也，而宋詩又一變。嘉定以後，江湖小集盛行，多四靈之徒也。及宋亡，而方、謝之徒（方鳳、謝翺），相率爲急迫危苦之音，而宋詩又一變。」這一段短小的文字，概括有力，把三百多年的宋詩，畫出了一個比較明顯的輪廓。由西崑而歐、蘇，而黃庭堅，而南宋四家，而遺民詩，確是宋詩演變的重要路線，研究宋詩的人，是應該注意的。

二　歐陽修、蘇軾及其他詩人

宋初由楊億、劉筠、錢惟演領導的西崑詩派，一味追蹤李商隱，重對偶，用典故，尚纖巧，主妍華，造成僅有形式缺乏思想內容的虛浮作風。這些作品，同當日那些館閣學士的身分和那種粉飾太平的宮廷環境，正相適合。朝廷以此取士，師友互相講求，在宋初的詩壇，佔領了將近半世紀。當代和這種詩風相反的，如王禹偁、王奇、魏野、寇準、林逋、潘閬諸家，或學白居易，或尊賈島，但在詩歌上還沒有多大的建樹，不能形成一種轉變詩壇的力量和運動。當時以在西湖栽花養鶴的林逋最負盛名。然而現在細讀他的詩集，情調柔弱，同時又囿於近體的格律，缺少豪氣與魄力。他最膾炙人口的梅花詩句：「疏影橫斜水清淺，暗香浮動月黃昏」，「雪後園林纔半樹，水邊籬落忽橫枝」，雖是寫得極其工巧清新，那也只是一種賦物詩的典型。但他的品格是高尚的，在那個人人貪求富貴利祿的時代，他能潔身自愛，不同流合污，排除一切名利的引誘，自得於山水花木、禽鳥蟲魚的自然環境，比起那些以文干祿的人們來，還算是難得的了。

湖上山林畫不如，霜天時候屬園廬。梯斜晚樹收紅柿，筒直寒流得白魚。石上琴尊苔野淨，籬蔭雞犬竹叢疏。一關兼是和雲掩，敢道門無卿相車。（雜興）

這詩平淡自然，語言質樸，同當日華靡之風不同。然而這一類作品，由於內容閑適，缺乏時代氣息，不能起轉變風氣的積極作用。因此在宋代的詩壇，真能一掃西崑的華豔，由柔弱的格律中解放出來，給予詩風一大轉變的，不得不待之於歐陽修。

歐陽修　歐陽修是宋代文學改革運動的領導者，同時又是散文詩詞各方面的大作家。詩風的轉變，古文的復興，都在他的手中開展起來。蘇東坡說他是宋朝的韓愈，無論從他在文學運動的地位，或是從他作品的特色來說，這評論都很恰當。他在散文與詩體的創作上，都是繼承韓愈的精神。就是他自己，於詩於文，亦時以韓愈自命。他曾以石延年比盧仝，蘇舜欽比張籍，梅堯臣比孟郊。梅堯臣在和永叔澄心堂紙答劉原甫詩中說：「退之昔負天下才，掃掩衆說猶除埃。張籍、盧仝鬭新怪，最稱東野爲奇瑰。歐陽今與韓相似，海水浩浩山嵬嵬。石君蘇君比盧籍，以我待郊嗟困摧。」可知他們這志同道合的一羣，都以韓、孟、張、盧自許，是想對當日淫靡的詩壇，做一點「掃掩衆說猶除埃」的工夫。終於由他們的努力奮鬭，這運動得到了開展，對當日的文壇，起了很大的影響。

韓愈是散文家，他喜用作散文的方法作詩，故詩中時多議論。他又反庸俗，反陳言剽竊，故用硬句奇字險韻，因而有矯枉過正之弊。然而韓詩的長處在於氣格雄壯，而不流於柔弱。歐陽修對於韓愈是推崇備至的。他在六一詩話中說：「退之筆力無施不可。……然其資談笑，助諧謔，敘人情，狀物態，一寓於詩，而曲盡其妙。」他既這樣稱讚韓愈，因此他的作詩，也是走的韓愈那一條路，同時又深受李白的影響，形成他自己的特色。

胡人以鞍馬為家射獵為俗，泉甘草美無常處，鳥驚獸駭爭馳逐。誰將漢女嫁胡兒？風沙無情貌如玉。身行不遇中國人，馬上自作思歸曲。推手為琵卻手琶，胡人共聽亦咨嗟。玉顏流落死天涯，琵琶卻傳來漢家。漢宮爭按新聲譜，遺恨已深聲更苦。纖纖女手生洞房，學得琵琶不下堂。不識黃雲出塞路，豈知此聲能斷腸！（明妃曲和王介甫作）

寒雞號荒林，山壁月倒掛。披衣起視夜，攬轡念行邁。我來夏云初，素節今已居。高河瀉長空，勢落九州外。微風動涼襟，曉氣清餘睡。緬懷京師友，文酒邈高會。其間蘇與梅，二子可畏愛。篇章富縱橫，聲價相磨蓋。子美氣尤雄，萬竅號一噫。有時肆顛狂，醉墨洒霶霈。勢如千里馬，已發不可殺。盈前盡珠璣，一一難柬汰。梅翁事清切，石齒漱寒瀨。作詩三十年，視我猶後輩。文詞愈清新，心意雖老大。譬如妖韶女，老自有餘態。近詩尤古硬，咀嚼苦難嘬。初如食橄欖，眞味久愈在。蘇豪以氣轢，舉世盡驚駭。梅窮獨我知，古貨今難賣。二子雙鳳凰，百鳥之嘉瑞。雲煙一翺翔，羽翮一摧鎩。安得相從遊，終日鳴噦噦。問胡苦思之，把酒對新蟹。（水谷夜行寄子美聖俞）

黃河一千年一清，岐山鳴鳳不再鳴。自從蘇、梅二子死，天地寂默收雷聲。百蟲壞戶不啓蟄，萬木逢春不發萌。豈無百鳥解言語，喧啾終日無人聽。二子精思極搜抉，天地鬼神無遁情。及其放筆騁豪俊，筆下萬物生光榮。古人謂此覷天巧，命短疑為天公憎。昔時李、杜爭橫行，麒麟鳳凰世所驚。二物非能致太平，須時太平然後生。開元、天寶物盛極，自此中原疲戰爭。英雄白骨化黃土，富貴何止浮雲輕。唯有文章爛日星，氣凌山岳常崢嶸。賢愚自

古皆共盡，突兀空留後世名。（感二子）

這些詩篇，都是他的得意之作。在明妃曲中，用曲折深入的描寫與體會，表達對王昭君命運的同情。在後兩首裏，體現了他精於掌握語言的特點，和善於刻劃人物精神面貌的藝術力量。正如他自己所說：「敘人情，狀物態，一寓於詩，而曲盡其妙。」同時，也可以看出歐陽修的詩，是具備韓愈的特點的。他處處是用散文的手法來創作詩歌，流動自然，無論字句意義，都如說話一般的明淺通達，而骨肉又豐厚有力，絲毫沒有西崑體的那種豔麗氣與富貴氣。但是他又不像韓愈那樣故作盤空硬語，奇文怪字，走到艱苦險僻的地步，這正是他的藝術特色。

石延年、蘇舜欽與梅堯臣　他們三個都是歐陽修的詩友，也是他當日文學運動中的羽翼。當日詩風的轉變，他們都盡了相當的力量。他們的詩風不盡同，然對於崑體的華豔，晚唐的柔弱，是一致表示不滿的。因此他們都朝着古硬清新、放逸奇峭的路上走，大體是以韓愈、張籍、孟郊爲宗，而各有所得。石延年（九九四——一〇四一），字曼卿，其先幽州人，徙家宋城（今河南商丘），舉進士，官至太子中允。自少以詩酒自得，詩風勁健，卓然自立。蘇子美序其集說：「祥符中民風豫而泰，操筆之士，率以藻麗爲勝。……而曼卿之詩，又特振奇發秀，……獨以勁語蟠泊，會而終於篇，而復氣橫意舉，灑落章句之外，學者不可尋其屏閫而依倚之，其詩之豪者歟！」歐陽修也說他的詩：「時時出險語，意外研精粗。窮奇變雲煙，搜怪蟠蛟魚。」（哭曼卿）可知他的詩風也是韓愈、孟郊那一路。可惜他的集子，早已散佚，現在我們能看見的，已是很少了。

激激霜風吹黑貂，男兒醉別氣飄飄。五湖載酒期吳客，六代成詩倍楚橋。水樹漸青含晚意，江雲初白向春驕。前秋亦擬錢塘去，共看龍山八月潮。（送人遊杭）

這雖是一首律詩，卻有一種勁語盤空氣橫意舉之概，絕無柔弱纖巧之病。再如他的偶成、首陽諸篇，同樣形成格高氣壯的作風。再如籌筆驛中有句云：「意中流水遠，愁外遠山青」，意境佳，情味遠，確是詩中的佳篇，難怪歐陽修要用澄心堂紙請曼卿親筆寫上，稱爲詩書紙三絕，而視爲家寶了。

石曼卿早死，蘇舜欽與梅堯臣更是歐陽修詩歌運動中的兩位重要同志。蘇舜欽（一〇〇八—一〇四八），字子美，原籍梓州銅山人，後徙家開封。景祐中進士，官大理評事、集賢校理等職，因事廢，隱居蘇州，築水亭，名爲滄浪，終於湖州長史。梅堯臣（一〇〇二——一〇六〇），字聖俞，宣城（今屬安徽）人，宣城古名宛陵，故世稱梅宛陵。嘉祐初詔賜進士，歷尙書都官員外郎。他們雖同爲西崑體的反對者，但在詩風上，卻不盡同。六一詩話云：「聖俞、子美齊名於一時，而二家詩體特異。子美筆力豪雋，以超邁橫絕爲奇；聖俞覃思精微，以深遠閒淡爲意。各極其長，雖善論者，不能優劣也。」這批評是很精當的。

蘇舜欽集中，頗多傷時感事之作，如慶州敗、吳越大旱、城南感懷呈永叔、有客、舟中感懷寄館中諸君諸篇，對於當日的政治和社會現實，有一定的反映，並也表達出報國立功的政治抱負。

春陽泛野動，春陰與天低，遠林氣藹藹，長道風依依。覽物雖暫適，感懷翻然移，所見既可駭，所聞良可悲。去年水後旱，田畝不及犂，冬溫晚得雪，宿麥生者稀，前去固無望，卽日已苦飢。老稚滿田野，斲掘尋鳧茈，此物近亦盡，卷耳共所資。昔云能驅風，充腹理不疑；今乃有毒厲，腸胃生瘡痍。十有七八死，當路橫其尸，犬彘咋其骨，烏鳶啄其皮。胡為殘良民，令此鳥獸肥，天豈意如此？決蕩莫可知！高位厭粱肉，坐論攙雲霓，豈無富人術，使之長熙熙。我今飢伶俜，閔此復自思：自濟既不暇，將復奈爾為！愁憒徒滿胸，嶸峵不能齊。（城南感懷呈永叔）

去年春雨開百花，與君相會歡無涯。高歌長吟插花飲，醉倒不去眠君家。今年慟哭來致奠，忍欲出送攀魂車。春暉照眼一如昨，花已破蕾蘭生芽。唯君顏色不復見，精魄飄忽隨朝霞。歸來悲痛不能食，壁上遺墨如棲鴉。嗚呼死生遂相隔，使我雙淚風中斜。（蘇舜欽哭曼卿）

在上面的詩裏，可以看出他關懷人民疾苦的深厚情感，和純真熱烈的友情。梅堯臣評他的詩云：「君詩壯且奇，君才工復妙。」（寄子美）歐陽修也有句云：「其於詩最豪，奔放何縱橫！間以險絕句，非時震雷霆。」（答子美離京見寄）所謂奇壯、逸峭、奇放、縱橫，確是舜欽詩的特徵。這一些特徵，都與韓愈相近。集中如大霧、大寒有感、吳越大旱、城南歸值大風雪、大風、往王順山值暴雨雷霆諸篇，喜用奇僻的字句描寫恐怖的場面，形成離奇的色彩，更近於韓愈的盤空硬語的風格。但他的七言絕詩，往往別具意境。如「春陰垂野草青青，時有幽花一樹明。晚泊孤舟古祠下，滿川風雨看潮生。」（淮中晚泊犢頭）清新秀朗，辭意俱佳。

梅堯臣論詩，有許多好的意見。他特別重視詩經、屈賦的優良傳統，反對風花雪月的空言。他在答韓三子華韓五持國韓六王汝見贈述詩中云：「聖人于詩言，曾不專其中，因事有所激，因物興以通。自下而磨上，是之謂國風。雅章及頌篇，刺美亦道同。不獨識鳥獸，而爲文字工。屈原作離騷，自哀其志窮。憤世嫉邪意，寄在草木蟲。爾來道頹喪，有作皆言空。煙雲寫形象，葩卉詠青紅。遂使世上人，只曰一藝充。」他這些意見，當然是針對西崑體的詩風而發，對當日的詩歌革新運動有積極意義。因此，他的作品，確能一掃頹風，獨具風骨。劉克莊稱他爲宋初詩的開山祖師。（後村詩話）

南山嘗種豆，碎莢落風雨。空收一束萁，無物充煎釜。（田家）

我昔吏桐鄉，窮山使屢躡。路險獨後來，心危常自怯。下顧雲容容，前溪未可涉。半崖風颯然，驚鳥爭墮葉。修蔓不知名，丹實坼在莢。林端野鼠飛，緣挽一何捷。馬行聞虎氣，豎耳鼻息歕。遂投山家宿，駭汗衣尚浹。歸來撫童僕，前事語妻妾。吾妻常有言，艱勤壯時業，安慕終日閒，笑媚看婦靨。自是甘努力，於今無所懾。老大官雖暇，失偶淚滿睫。書之空自知，城上鼓三疊。（初冬夜坐憶桐城山行）

秋月滿行舟，秋蟲響孤岸。豈獨居者愁，當令客心亂。展轉重興嗟，所嗟時節換。時節不苦留，川塗行已半。霜落草根枯，清音從此斷。誰復過江南，哀鴻為我伴。（舟中聞蛩）

此外，梅堯臣對於人民的痛苦，有一定的同情和體會，集中還有不少揭露封建官吏的奴役人民，反映農民的悲慘處境的作品，如陶者、汝墳貧女、田家語等，都是梅詩中具有深刻現實內容和強烈思想傾向之作。但無論用什麼題材寫的詩，都體現出他善於用樸素而又形象化的語言，描繪難寫的景物，具體生動，有聲有色。同時也可看出他的語言，確有平淡流利的特徵。「因吟適情性，稍欲到平淡。」（和晏相公）「作詩無古今，惟造平淡難。」（讀邵學士詩卷）這都可以看作他的創作經驗的甘苦之論，而他的這種崇尙「平淡」的主張，又正與他反對西崑體的晦澀浮豔的主旨相適應。他在古代的詩人裏，歡喜陶潛、王維、韋應物一類的人。苕溪漁隱叢話稱其詩「工於平淡，自成一家」。宋朱弁風月堂詩話說他早年專學韋蘇州。但我們現在讀他的集子，卻也有許多韓愈體的作品。如余居御橋南夜聞祆鳥鳴一篇，自己註明「效昌黎體」，可知他是用力學過韓詩的。六一詩話引梅氏論詩的意見云：「詩家雖率意，而造語亦難。若意新語工，得前人所未道者，斯爲善也。必能狀難寫之景，如在目前；含不盡之意，見於言外，然後爲至矣。」寥寥數語，卻是從艱苦體驗中得來，決非那些率爾執筆對於藝術毫無深切之理解者所能道出的。

經過了歐、石、蘇、梅諸人的努力，奠定了詩風改革運動的基礎。接着王安石、蘇軾的出現，一面繼承歐陽修諸人的精神與習尚，同時對於古代詩人，博觀約取，融會貫通，使詩歌的內容更爲豐富，藝術更見進步，掃清了西崑體的餘風，使這個運動得到進一步的開展。

王安石　王安石（一〇二一——一〇八六），字介甫，號半山，臨川（今屬江西）人，慶曆二年進士，數執朝政，因主張變法，遭受保守派的反對，釀成宋代有名的黨爭，終於失敗。然而他卻是一個有思想的前進政治家，終身爲他的政治理想而奮鬭。他反對一切傳統的舊精神舊習慣。解經務出新意，不用先儒傳注，痛詆春秋爲斷爛朝報，反對用詩賦取士的考試制度，在這些地方，都可看出這個人的堅強性格和新穎思想。他在文學上，詩、詞、散文，都有卓著的成就。就是那些反對他的政治主張的人，也不能不承認他在文學上的造就。他的詩歌的優點，正如他的爲人一樣，是有魄力，有骨格，有不同流俗的個性。譬如蒼松翠竹，外表雖不華豔奪人，然卻有他的傲然獨存的耐寒的性格。這一種特徵，決不是那些夭桃豔李所能有的。

王安石於唐代詩人尊杜甫、韓愈，於宋代推崇歐陽修。李白的天才他雖是讚賞不置，覺得他的作品，大都是美人醇酒的歌詠，沒有充實的內容，所以評價不高。他這意見雖說有些片面，但由此也可看出他的文學思想。對於西崑體的華豔，他更是深惡痛絕。他在張刑部詩序中云：「楊、劉以文詞染當世，學者迷其端原，靡靡然窮日力以摹之。粉墨青朱，顛錯叢龐，無文章黼黻之序，其屬情藉事，不可考據也。方此時，自守不污者少矣。」可知他這種意見，正與歐陽修一致。他早年遊於歐陽修的門下，感受着他的精神，所以在詩的創作上，無論形式與風格，都蒙受着他的影響。如虎圖、酬王伯虎、泉、秋熱、賦龜、酬王詹叔奉使江南、白鶴吟諸篇，詞彙韻脚的奇險怪僻，散文句法的大量應用，發議論，搬典故，這是他同韓愈的淵源。不過這一些並非王安石的代表作，在他的集子裏，還有許多思想新穎情味俱佳的好作品。

吾觀少陵詩，為與元氣侔。力能排天斡九地，壯顏毅色不可求。浩蕩八極中，生物豈不稠？醜妍巨細千萬殊，竟莫見以何雕鎪！惜哉命之窮，顛倒不見收，青衫老更斥，餓走半九州。瘦妻僵前子仆後，攘攘盜賊森戈矛。吟哦當此時，不廢朝廷憂。常願天子聖，大臣各伊周。寧令吾廬獨破受凍死，不忍四海赤子寒颼颼。傷屯悼屈止一身，嗟時之人我所羞。所以見公象，再拜涕泗流。推公之心古亦少，願起公死從之游。（杜甫畫像）

西安春風花籠樹，花邊飲酒今何處。一盃塞上看黃雲，萬里寄聲無雁去。世事紛紛洗更新，老來空得滿衣塵。青山欲買江南宅，歸去相招有此身。（寄朱昌叔）

在杜甫畫像裏，他把這一位千古大詩人的悲劇形象，不只是從藝術技巧上，而是從他的生活、思想、人品和歷史環境各方面，畫出他全部的精神面貌，特別對於杜甫的愛國思想和不幸遭遇，作了重點的反映。這樣就更能顯出杜甫的崇高地位和文學價值。寄朱昌叔一首，寫出他在政治上浮沉得失的無限感慨。再如河北民、感事、禿山、兼并、收鹽、省兵、發廩諸篇，都是關心國家大事，反映社會生活的作品。

河北民，生近二邊長苦辛。家家養子學耕織，輸與官家事夷狄。今年大旱千里赤，州縣仍催給河役。老小相依來就南，南人豐年自無食。悲愁天地白日昏，路傍過者無顏色。汝生不及貞觀中，斗粟數錢無兵戎。（河北民）

他晚年罷政退休，隱居金陵之蔣山，日與山水詩文爲友。年齡漸老，心境日衰，壯年時代的豪放雄奇之氣，日趨淡薄，於是詩風爲之一變。

南浦隨花去，迴舟路已迷。暗香無覓處，日落畫橋西。（南浦）

江水漾西風，江花脫晚紅。離情被橫笛，吹過亂山東。（江上）

溪水清漣樹老蒼，行穿溪樹踏春陽。溪深樹密無人處，惟有幽花渡水香。（天童山溪上）

這些詩的風格，比起他早年的作品來，又有不同。一面固由於生活環境的改變，同時，絕句這種形式，同那些宜於發議論搬典故的古體詩是不同的。賓退錄云：荆公詩「歸蔣山後乃造精絕，比少作如天淵相絕矣。」他的小詩雅麗精鍊，意境高遠，難怪蘇東坡、黃山谷、楊誠齋、嚴滄浪諸人，都要加以贊歎了。

王令和王安石同時的作家中，値得我們注意的是青年詩人王令（一〇三二——一〇五九）。令字逢原，廣陵（今江蘇揚州）人。以教書爲生，爲王安石親戚，其品德文章也頗爲安石所推崇。有廣陵先生文集。他的詩文中頗多不滿現實、寄託抱負之作，風格則雄健瑰奇，富於浪漫主義色彩。四庫總目提要說：「令才思奇軼，所爲詩磅礴奧衍，大率以韓愈爲宗，而出入於盧仝、李賀、孟郊之間，雖得年不永，未能鍛鍊以老其材，或不免縱橫太過，而視局促剽竊者流，則固倜倜乎遠矣。」這評語是相當中肯的。劉克莊後村詩話中，稱王令的暑旱苦熱爲骨力老蒼，識度高遠之作。詩云：

> 清風無力屠得熱，落日着翅飛上山。人固已懼江海竭，天豈不惜河漢乾？崑崙之高有積雪，蓬萊之遠常遺寒；不能手提天下往，何忍身去游其間！

全詩於粗獷之中顯奇詭，於幻想之中寄抱負，表現出傲睨一切、獨往獨來的豪邁氣概。此外，如秋日感憤、餓者行、聞雁等，也都富於現實性和藝術的感染力。

蘇軾與王安石同出歐陽修的門下，獨成一家，給予宋詩以新的成就和開拓，而成爲當日詩壇的代表的，是才高學富的蘇軾。他是傑出的散文家，北宋的代表詞人，同時又是宋代的大詩人。他的思想很複雜，他有儒家的底子，積極的人生態度，他又愛莊子，愛陶淵明，並且也歡喜佛經道藏，常與和尙道士們交遊，風流儒雅，飮酒酣歌。他熱愛人生和自然，也熱愛藝術。他在政治上受了種種挫折，但他善於解脫。因此他雖是熱情，而不流於狂放；他雖愛自由高蹈，而不趨於厭世避世。

蘇軾在政治思想上是屬於保守一派，是反對王安石的新法的。這對於他的創作，當然有一定的影響。但他的反對與全面否定的守舊派頗有不同，對於限制貴族特權、加強國防力量方面，他是贊成的。他的人品高操，廉潔自守。他死在常州的消息傳開來以後，許多人民到街上哭泣，京城中幾百個太學生，到佛寺去紀念他，這可以看出當時人民對他的愛戴。

蘇軾直接反映民間疾苦的詩篇不多，這是很顯著的缺點。那時統治政權內部矛盾雖很尖銳，邊疆的形勢也很不安定，但從表面上看，社會還是比較平定。如山村、吳中田婦歎一類作品，是描寫了人民的生活面貌的。不過這類的作品不多。但是，我們不能因此就說蘇詩的內容很不充實，沒有現實意義。他的生活豐富，政治上的浮沉變化很大，通過他自己生活的真實描寫，也就反映出統治階級內部的矛盾鬬爭和當日封建政權的真實面目。再由於他流浪各處，熱愛江山，以形象生動的畫筆，將祖國清秀雄奇的自然風景，作了精美的描繪。同時，在他的全部作品裏，充滿了胸懷開朗、詼諧幽默的樂觀主義精神和生活的真實感。我們把蘇軾放在李白的環境，陸游、辛棄疾放在杜甫的環境來考察的話，關於他們作品的現實意義與精神實質的理解，是比較全面的。

蘇軾在詩上較高的成就，是七言長篇。因爲他那種豪放不羈的性格，要在長短自由的體裁內，才可盡量發揮他的才能；格律的遵守，對偶的講求，在他固然是優爲之，然而這些，並不能表示他的特性。我們現在讀他的七言長詩，總覺得波瀾壯闊，變化多端，真如流水行雲一般地舒卷自如，確是李白以後所很少看到的。他的詩歌精神，與李白相近。

我家江水初發源，宦遊直送江入海。聞道潮頭一丈高，天寒尚有沙痕在。中泠南畔石盤陀，古來出沒隨濤波。試登絕頂望鄉國，江南江北青山多。羈愁畏晚尋歸楫，山僧苦留看落日。微風萬頃靴文細，斷霞半空魚尾赤。是時江月初生魄，二更月落天深黑。江心似有炬火明，飛燄照山棲烏驚。悵然歸臥心莫識，非鬼非人竟何物？江山如此不歸山，江神見怪驚我頑。我謝江神豈得已，有田不歸如江水。（遊金山寺）

江上愁心千疊山，浮空積翠如雲煙。山耶雲耶遠莫知，煙空雲散山依然。但見兩崖蒼蒼暗絕谷，中有百道飛來泉。縈林絡石隱復見，下赴谷口為奔川。川平山開林麓斷，小橋野店依山前。行人稍度喬木外，漁舟一葉江吞天。使君何從得此本？點綴毫末分清妍。不知人間何處有此境？徑欲往置二頃田。君不見武昌樊口幽絕處，東坡先生留五年。春風搖江天漠漠，暮雲卷雨山娟娟。丹楓翻鴉伴水宿，長松落雪驚醉眠。桃花流水在人世，武陵豈必皆神仙。江山清空我塵土，雖有去路尋無緣。還君此畫三歎息，山中故人應有招我歸來篇。（書王

定國所藏煙江疊嶂圖)

語言暢達，氣勢縱橫，有如流水行雲之妙；再融化着作者的情感，風韻尤佳。「出新意於法度之中，寄妙理於豪放之外」，這是他對吳道子畫的評語。其實，他自己的詩、詞、散文，都具有這樣的藝術特徵。除七言長詩外，蘇軾的七律、七絕，也有許多好作品。在他的律詩裏，同樣表現他的豪放不羈的精神，雄奇的氣勢，和他的獨有風格。

我行日夜向江海，楓葉蘆花秋興長。平淮忽迷天遠近，青山久與船低昂。壽州已見白石塔，短棹未轉黃茆岡。波平風軟望不到，故人久立煙蒼茫。(出潁口初見淮山是日至壽州)

東風未肯入東門，走馬還尋去歲村。人似秋鴻來有信，事如春夢了無痕。江村白酒三杯釅，野老蒼顏一笑溫。已約年年為此會，故人不用賦招魂。(正月二十日與潘郭二生出郊尋春忽記去年是日同至女王城作詩乃和前韻)

這些詩寫境抒情，都親切有味，不用奇字怪句，一點沒有雕琢刻劃的痕跡，好像不加思索地脫口而出，隨隨便便地寫了下來，其中卻有無限的工巧與自然的意境。我們再看他的絕句：

竹外桃花三兩枝，春江水暖鴨先知。蔞蒿滿地蘆芽短，正是河豚欲上時。(惠崇春江曉景)

餘生欲老海南村，帝遣巫陽招我魂。杳杳天低鶻沒處，青山一髮是中原。(澄邁驛通潮

閣）

野水參差落漲痕，疏林欹倒出霜根。扁舟一棹歸何處？家在江南黃葉村。（書李世南所畫秋景）

第一首完全是客觀的寫景，他能夠深深地觀察體會，用二十八字，把那時的春江曉景，寫得生意蓬勃，呈現着自然界活躍的生命與季候的敏感。一切都是那麼調和，那麼自然，那顏色又點綴得那麼相宜，成爲一幅小小的充滿着生機的圖畫。第三首也是寫景，他借着紙上的色彩，於意象的流動之中再灌注着作者的情感，表現着濃厚的秋情。第二首作於海南，是由景入情，因物寄慨，一面抒寫自己的飄零身世，同時寄託着懷念故國之思。既真切又沉痛，好處是把那情感表現得隱約，令人細細吟咏，格外有味。沈德潛論蘇詩說：「蘇子瞻胸有洪爐，金銀鉛錫，皆歸熔鑄。其筆之超曠，等於天馬脫羈，飛仙遊戲，窮極變幻，而適如意中所欲出。韓文公後又開闢一境界也。」（說詩晬語）趙翼甌北詩話卷五，專章論蘇詩，其中有云：「大概才思橫溢，觸處生春。胸中書卷繁富，又足以供其左旋右抽，無不如志。其尤不可及者，天生健筆一枝，爽如哀梨，快如并剪，有必達之隱，無難顯之情。此所以繼李杜後爲一大家也。」這些評語，都能指出蘇詩的特點。當日如黃庭堅、秦觀、晁補之、張耒都隸於蘇門，稱爲四學士。還有他的弟弟蘇轍，中表文同，以及孔文仲、唐庚、孔平仲、張舜民、參寥子（僧道潛）諸人，都受他的影響和領導。

三　黃庭堅與江西詩派

在宋詩中，真能形成一個派別，形成一個集團的勢力的，前有西崑，後有江西。西崑風行於館閣，多出於應酬倡和之間，易於風行，也易於消滅。江西體則爲一些普遍愛好詩歌者所歡喜所學習，他們對於藝術的態度，都嚴肅而認真，因此這種勢力和派別一形成，便能由師友的傳授而繼續延長下去。於是在歐、蘇以後，宋代的詩壇，無不受江西詩派的影響。就是南宋那幾位出色的詩人，如陸游、楊萬里、范成大之流，也不例外。後來的四靈、江湖諸詩人，雖以學唐號召，藉以反對，但終以力量氣魄不夠，未能掃清江西派的影響，給與當日詩壇以轉變和新生命。一直等到宋末，由那些遺民的血淚哀吟，詩歌又現出一點光輝。

黃庭堅　江西派的創始者，是黃庭堅（一〇四五——一一〇五）。黃字魯直，分寧（今江西修水）人。嘗遊山谷寺，喜其勝境，自號山谷。治平間進士，以校書郎爲神宗實錄檢討官，遷著作郎，後以修實錄不實，貶四川涪縣，故又號涪翁。他雖出蘇軾門下，但爲詩與蘇軾齊名，時稱蘇、黃。蘇軾對於他，特加讚賞：「其詩文超逸絕塵，獨立萬物之表，世人久無此作」，因此名譽益高。在宋代的詩史上，除了蘇軾，他是一個很有特性的詩人。蘇詩才大學富，對於前人博觀約取，不喜標新立異，在藝術上雖有很高的成就，並沒有形成一個宗派。但黃庭堅則不同，他有他的體裁，他有他的方法，他也有他的作詩的態度。滄浪詩話云：「至東坡、山谷始自出己意以爲詩，唐人之風變矣。山谷用工尤爲深刻，其後法席盛行，海內稱爲江西宗派。」又劉克莊江西詩派小序云：「豫章稍後出，會萃百家句律之長，究極歷代體製之變。蒐獵奇書，穿穴異聞，作爲古律，自成一家，雖隻字半句不輕出。」由此，我們很可看出黃詩的特質，以及他能成爲一個宗派的原因。「會萃百家句律之長，究極歷代體製之變」，是他的新體裁創製的來源，這新體主要是那有名的拗體。這一種拗體，前人偶有所作，但不普遍，到了黃庭堅，再加以組織，造成各種各樣的拗體，後來經江西派的門徒研究起來，奉爲圭臬，給以「單拗」、「雙拗」、「吳體」種種的名目。「蒐獵奇書，穿穴異聞」，是黃氏作詩時修辭造句和取材用典的方法。所謂「雖隻字半句不輕出」，正說明他作詩的認真和嚴肅，很像孟郊、賈島們的苦吟。這一點，江西詩派的代表人物，大都有這種態度。黃庭堅有詩云：「閉門覓句陳無己，對客揮毫秦少游」，在這裏正好將蘇、黃二派的作風，作了一個明顯的對照。蘇詩是信筆直書的，黃詩是在艱苦中做出來的，因此一個是流爽暢達，一個是艱澀古硬。

黃詩既能自成宗派，而能爲後人所崇奉，他對於作詩的主張與方法，自必有許多特點，主要的是：

一、奪胎換骨　詩做到宋朝，經過長期與無數詩人的努力創作，在那幾種形式裏，是什麼話也說完了，什麼景也寫完了，想再造出驚人的言語來，實在是難而又難。在這種困難的情形下，黃庭堅創出了換骨與奪胎兩種方法。他說：「詩意無窮，而人才有限，以有限之才，追無窮之意，雖淵明、少陵不得工也。不易其意而造其語，謂之換骨法；窺入其意而形容之，謂之奪胎法。」（釋惠洪冷齋夜話引）換骨是意同語異，用前人的詩意，再用自己的語言出之。奪胎是點竄古人詩句，借用前人詩意，改爲自己的作品，這一種方法，江西派門徒，無不奉爲金科玉律，卽如陳師道、楊萬里、蕭德藻這些較有地位的詩人，也都大談其奪胎換骨了。白居易有詩云：「百年夜分半，一歲春無多」，黃增四字云：「百年中去夜分半，一歲無多春再來。」王安石有詩云：「祇向貧家促機杼，幾家能有一鉤絲」，黃詩改換五字云：「莫作秋蟲促機杼，貧家能有幾鉤絲。」這些都是奪胎或是換骨的例子，也就因此造成模擬剽竊的惡習。王若虛滹南詩話云：「魯直論詩，有奪胎換骨、點鐵成金之喩，世以爲名言，以予觀之，特剽竊之黠者耳。」這批評是深刻的。

二、字字有來處　黃庭堅極力鼓吹學習杜甫，但他要學的不是杜甫的現實主義創作方法，而主要是注意技巧問題。他說：「自作語最難。老杜作詩，退之作文，無一字無來處。蓋後人讀書少，故謂韓、杜自作此語耳。古之能爲文章者，眞能陶冶萬物，雖取古人之陳言入於翰墨，如靈丹一粒，點鐵成金也。」（答洪駒父書）這是他自己作詩的方法，同時也是江西詩派尊奉的教旨。因爲要這樣作詩，勢必搬弄典故，使用古語。這種習氣，王安石、蘇軾已開其端，到了黃庭堅，更形成一種不良的風氣，造成很大的不良影響。魏泰批評他說：「黃庭堅作詩得名，好用南朝人語，專求古人未使之事，又一二奇字，綴葺而成詩，自以爲工，其實所見之僻也。」（臨漢隱居詩話）

三、拗的格律　前人作詩，無論造句調聲，都依成法。但杜甫的七律，已有拗體。據瀛奎律髓云：「拗字詩在老杜集七言律詩中謂之吳體。老杜七言律一百五十九首，而此體凡十九出，不止句中拗一字，往往神出鬼沒，雖拗字甚多，而骨格愈峻峭。」可知拗體始於老杜，不過他偶一爲之，並沒有重視這種體裁。後來到了韓愈，作詩喜獨出心裁，尤其在句法方面，形成種種的新形式。在這種地方，也無非是想推陳出新，標奇立異，借此造成一格，勝過旁人。拗律是平仄的交換，使詩的音調反常，拗句是句法的組織改變，使文氣反常。這兩種現象，雖始於杜、韓，在其他人的作品裏，雖偶爾見之，究不普遍，但到了黃庭堅，把這兩種方法，大量應用於詩的創作方面，於是拗體成爲黃詩的特格，也就成爲江西詩派喜用的形式了。前人對於此點，無不推崇備至，視爲黃詩獨得之祕。至於說什麼出句中平仄二字互換者，謂之單拗體；兩句中平仄二字對換者，謂之雙拗體；大拗大救，於每對句之第五字以平聲諧轉者，謂之吳體。巧立名目，分列體格，真是捨本逐末了。

四、去陳反俗，好奇尙硬　去陳反俗，是黃庭堅作詩的最高信條，好奇尙硬，是黃詩的法與格。他覺得做詩若要卓然自立，必須排除陳言，反對俗調。人家常用的字眼，鄙俗的調子，一概要洗除乾淨，方可顯出自己的特性。他說過：「寧律不諧，而不使句弱；用字不工，不使語俗。」（苕溪漁隱叢話引）所以在他的詩裏，那種鴛鴦、翡翠、紅淚、香衾、飄零、相思的字眼是少有的，那些美人香草綠意紅情的歌詠也是少有的。他無非是想達到去陳反俗的目的。這意思原是好的，因此他造句用字，無不刻意求奇。在體製上用拗律，在句法的組織上用拗句，在押韻上用險韻，在用事用典上，用奇事怪典。張戒歲寒堂詩話云：「魯直又專以補綴奇字」，魏泰臨漢隱居詩話云：「專求古人未使之事，又一二奇字，綴葺而成詩」，又吳喬圍爐詩話云：「山谷專意出奇」，可知好奇一事，確是黃詩的一個特徵。其次便是尙硬，硬是古硬。韓愈詩云：「橫空盤硬語，妥貼力排奡」，韓詩本以此見長，後歐陽修、梅堯臣諸人取之，以矯崑體柔弱綺靡之風。因爲盤空硬語，確有一種雄俊奇峭之氣，而不流於俗套濫調。黃庭堅一生，多在這上面用工夫。朱彝尊說：「涪翁黃氏厭格詩近體之平熟，務去陳言，力盤硬語。」（石園集序）因爲他的詩能去陳反俗，好奇尙硬，不作色情之歌，不寫淫豔之語，所以當日的理學家，對於他的詩是寄以好評的。陸象山云：「豫章之詩，包含欲無外，搜抉欲無祕。體製通古今，思致極幽眇，貫穿馳騁，工夫精到，雖未極古之源委，而其植立不凡，斯亦宇宙之奇詭也。開闢以來，能自表見於世若此者，如優鉢曇華，時一現耳。」（見羅大經鶴林玉露）黃詩得着理學家的讚賞支持，因此能夠形成更大的勢力。所以許多理學家從事詩歌，都以學黃爲正軌。如曾幾、呂本中之徒，一面精於理學，同時又是江西詩派的鼓吹者。

由此看來，黃庭堅能成爲一個宗派，並不是偶然的，他確實有一套理論。他的理論中，也有注意內容的，如「其興托高遠，則附於國風；其忿世疾邪，則附於楚辭。」（胡宗元詩集序）但他所強調的，卻是詩歌的形式與技巧。這種傾向發展下去，必然漠視文學的內容，走上形式主義的道路。但他所強調的開拓詩境、反對庸俗、語言獨創的這些論點，還是很有意義的，並且也有成就。不過他自己在實踐上，走得過偏，加以後學宣揚標榜，形成了形式主義的不良的傾向與影響。

落星開士深結屋，龍閣老翁來賦詩。小雨藏山客坐久，長江接天帆到遲。宴寢清香與世隔，畫圖妙絕無人知。蜂房各自開户牖，處處煮茶藤一枝。（題落星寺）

我居北海君南海，寄雁傳書謝不能。桃李春風一杯酒，江湖夜雨十年燈。持家但有四立壁，治病不蘄三折肱。想得讀書頭已白，隔溪猿哭瘴溪藤。（寄黃幾復）

今人常恨古人少，今得見之誰謂無。欲學淵明歸作賦，先煩摩詰畫成圖。小池已築魚千里，隙地仍栽芋百區。朝市山林俱有累，不居京洛不江湖。（追和東坡題李亮功歸來圖）

懸罄齋廚數米炊，貧中氣味更相思。可無昨日黃花酒，又是春風柳絮時。（答余洪範）

投荒萬死鬢毛斑，生出瞿塘灩澦關。未到江南先一笑，岳陽樓上對君山。（雨中登岳陽樓望君山）

這些都是黃庭堅集中具有特殊個性特殊風格的作品。好處是清新勁峭，而又沒有那種奇險古怪以及乏情寡味的弊病。兩首絕句，氣骨尤高。這樣的作品，在黃集中也是不多見的。當日黃庭堅之友人如高荷、謝逸、夏倪、李彭等，親戚如徐俯、洪朋、洪炎、洪芻以及他們的親友之親友，如李錞、謝薖、林敏修、汪革等人，在詩的創作上，或直接受黃氏的指點，或間接受其影響，於是漸漸形成一個宗派。當日有名的陳師道，初從曾鞏學文，中年入蘇軾門，後見黃庭堅詩，非常傾心。他贈黃詩有云：「陳詩傳筆意，願列弟子行」，由此也可知黃詩在當日詩壇的勢力。但江西詩派這個名目的成立，黃庭堅成爲這一派的宗主的確定，卻始於呂本中江西詩社宗派圖的撰述。他雖是一個理學家，卻也能詩能文。他於詩最愛黃庭堅，生雖較晚，沒有見過他，然黃的親友如洪炎、謝逸、徐俯以及其他的黃派詩人如潘大臨、晁冲之、韓駒之流，皆爲呂本中的師或友。因此，他的論詩，深受江西詩派的影響。最重要的是所謂「活法」。他說：「學詩當識活法，所謂活法者，規矩備具，而能出於規矩之外，變化莫測，而亦不背於規矩也。是道也，蓋有定法而無定法，而無定法又有定法。知是者則可以與語活法矣。……近世惟豫章黃公，首變前作之弊，而後學者知所趨向，畢精盡知（一作必精），左規右矩，庶幾至於變化莫測。」（夏均父集序）苕溪漁隱叢話云：「呂居仁近時以詩得名，自言傳衣江西，嘗作宗派圖。自豫章以降，列陳師道、潘大臨、謝逸、洪芻、饒節、僧祖可、徐俯、洪朋、林敏修、洪炎、汪革、李錞、韓駒、李彭、晁沖之、江端本、楊符、謝薖、夏倪、林敏功、潘大觀、何覬、王直方、僧善權、高荷，合二十五人以爲法嗣，謂其源流皆出豫章也。」（關於江西詩社宗派的成員姓名，他書所記與此處稍有出入，可參閱清張泰來江西詩社宗派圖錄）這些人並不都是江西人。楊萬里江西宗派詩序云：「江西宗派詩者，詩江西也，人非皆江西也。人非皆江西，而詩曰江西者何？繫之也。繫之者何？以味不以形也。」在這裏，呂本中自己的名字沒有列進去，大概是謙虛之故。（但劉克莊江西詩派小序中還是將他補了進去）然由這一批名字看來，也可知當日黃派聲勢之盛。當日受他的影響，而未將其名字列進去的，想必大有人在。如與呂本中往返很密，並爲後人所稱道的曾幾，以及尊爲江西派的三宗之一的陳與義，都沒有列入。

古文衰於漢末，先秦古書存者，為學士大夫剽竊之資。五言之妙，與三百篇、離騷爭烈可也。自李、杜之出，後莫能及。韓、柳、孟郊、張籍諸人，自出機杼，別成一家。元和之末，無足論者。衰至唐末極矣。然樂府長短句有一唱三嘆之音。至國朝文物大備，穆伯長、尹師魯始為古文，成於歐陽氏。歌詩至於豫章始大，出而力振之。後學者同作並和，盡發千

古之祕，無餘蘊矣。（呂本中江西詩社宗派圖序。見雲麓漫鈔）

經呂本中這麼一提倡鼓吹，於是師友間以此傳授，文士間以此切磋，於是黃庭堅便成爲社魁與教主了。江西宗派詩集一百十五卷，江西續宗派詩集二卷，流行於當時社會。（宋史藝文志載正集編者呂本中，續集編者曾紘。但據陳振孫直齋書錄解題只載江西詩派一百三十七卷，續派十三卷，並未說明二書的編者。）

陳師道　宗派圖中二十五人的詩，我們無須細說，其中可稱爲代表的是陳師道（一〇五三——一一〇二）。陳字無已，又字履常，號後山，彭城（今江蘇徐州）人。一生境遇困窮，因中年結交蘇軾，蘇薦他爲徐州教授，除太學博士，後以蘇黨之嫌罷免。結果因貧病而死。有後山集。他爲文師曾鞏，爲詩祖杜甫，學黃庭堅。他說：「僕於詩初無詩法，然少好之，老而不厭，數以千計。及一見黃豫章，盡焚其稿而學焉。」（答秦覯書）又說：「寧拙毋巧，寧樸毋華，寧粗毋弱，寧僻毋俗，詩文皆然。」（後山詩話）這與黃庭堅的意見是一致的。他的才氣雖不甚高，但肯用心力。他有絕句云：「此生精力盡於詩，末歲心存力已疲。」宋徐度卻掃編記師道一詩成後，「因揭之壁間，坐臥哦詠，有竄易至月十日乃定。有終不如意者，則棄去之。故平生所爲至多，而見於集中者，才數百篇。」可見他重視藝術的嚴肅態度與精神。

惡風橫江江卷浪，黃流湍猛風用壯。疾如萬騎千里來，氣壓三江五湖上。岸上空荒火夜

明，舟中坐起待殘更。少年行路今頭白，不盡還家去國情。（舟中）

歲晚身何託，燈前客未空。半生憂患裏，一夢有無中。髮短愁催白，顏衰酒借紅。我歌君起舞，潦倒略相同。（除夜）

雞鳴人當行，犬鳴人當歸。秋來公事急，出處不待時。昨夜三尺雨，竈下已生泥。人言田家樂，爾苦人得知。（田家）

在這些詩篇裏，反映出封建社會知識分子窮途落魄和關懷農村疾苦的心情。造語遣辭，頗見工力。有黃的奇峭清新之氣，而無其生硬折拗之習。紀昀序陳後山詩鈔說：「其五古劖刻堅苦，出入於郊、島之間，意所孤詣，殆不可攀。其生硬杈枒，則不免江西惡習。七言多效昌黎，而間雜以涪翁之格，語健而不免粗，氣勁而不免直，喜以折拗為長，而不免少開闔變動之妙，篇什特少，亦知非所長耶？五言蒼堅瘦勁，實逼少陵，其間意僻語澀者，亦往往自露本質，然胎息古人，得其神髓，而不自掩其性情，此後山所以善學杜也。七言嶔崎磊落，矯矯獨行，惟語太率而意太竭者，是其短。五七言絕則純為少陵遺興之體，合格者十不一二矣。大抵絕不如古，古不如律，律又七言不如五言，棄短取長，要不失為北宋巨手。」在他這一段評論裏，對陳後山作品的優劣長短，一一指出，是比較公允的。

陳與義　陳與義（一〇九〇——一一三九），字去非，號簡齋，洛陽（今屬河南）人。他與呂本中、曾幾往返唱和，故其詩亦祖杜宗黃，而成為江西詩派代表作家之一。方回編撰瀛奎律髓時，倡一祖三宗之說，一祖為杜甫，三宗為黃庭堅、陳師道與陳與義，可見他在江西詩派中的重要地位了。他才情頗高，對於前賢作品，博觀約取，善於變化。因此他作詩並不株守黃派的成規，而能參透各家，融會貫通，創造自己的風格。他愛黃庭堅、陳師道，同時也愛蘇軾，尊杜甫，同時又尊陶淵明、韋應物。所以他的風格，較為圓活，而不專以奇峭拗硬見長。他初學詩於崔德符，崔告訴他作詩的要訣說：「凡作詩，工拙所未論，大要忌俗而已。天下書不可不讀，然愼不可有意於用事。」這幾句教訓是他作詩時常常記在心中的。忌俗本是江西詩派的信條，但用事又是黃詩的特點。他的先生囑咐他最要忌俗，不可有意於用事，確是一種取長去短的好教訓。因此陳與義的詩，既無鄙俗之弊，亦無抄書之病。簡齋詩集引中記陳與義論詩云：「詩至老杜極矣。東坡蘇公、山谷黃公，奮乎數世之下，復出力振之，而詩之正統不墜。然東坡賦才也大，故解縱繩墨之外，而用之不窮。山谷措意也深，游咏玩味之餘，而索之益遠。大抵同出老杜而自成一家。……近世詩家，知尊杜矣。至學蘇者乃指黃為強，而附黃者亦謂蘇為肆。要必識蘇、黃之所不為，然後可以涉老杜之涯涘。」（見簡齋詩外集）可知他決不以專學蘇、黃為滿意，而終歸於杜甫。他的詩音調宏亮，風格渾厚，在他的顚沛流離的生活實踐中，更深一層地體會到杜甫的詩歌精神。「草草檀公策，茫茫杜老詩」（發商水道中）他的學杜，決不是專講技巧，而是具有創作精神的一面。因爲這樣，他便成爲江西詩中的改革者。這種改革，本起於呂本中。到了陳與義，才有意爲之，因此他的成就也較大。加以他目睹北宋之亡，晚年又身經湘南流落之苦，故其詩時多感憤沉鬱之音。滄浪詩話說：「簡齋體亦江西之派而小異。」我們看了上面的敘述，便知道這「小異」的原因了。

萬里平生幾蛇足，九州何路不羊腸。只應綠士蒼官輩，卻解從公到雪霜。（絕句）

門外子規啼未休，山村日落夢悠悠。故園便是無兵馬，猶有歸時一段愁。（送人歸京師）

廟堂無策可平戎，坐使甘泉照夕烽。初怪上都聞戰馬，豈知窮海看飛龍。孤臣霜髮三千丈，每歲烟花一萬重。稍喜長沙向延閣，疲兵敢犯犬羊鋒。（傷春）

這些詩是陳與義的代表作。詩中有寄託，有感慨，有諷諭之意，有傷時感亂之情，對於現實，表示強烈的不滿。決不是只在字意上講什麼奪胎換骨，也決不是只在格律上講什麼拗體正體那套玩意了。四庫提要說與義「在南渡詩人之中，最爲顯達，然皆非其傑構。至於湖南流落之餘，汴京板蕩以後，感時撫事，慷慨激越，寄託遙深，乃往往突過古人。」提要肯定陳與義詩的後期部分，也確是合乎陳詩的實際情況的。

到了南宋，江西詩派，仍保存着極大的潛勢力。不過在風格上，經過呂本中、陳與義們的變化以後，面目已有不同。當日如楊萬里、陸游、范成大、蕭德藻諸名家，亦無不與江西詩派發生淵源，但他們都能融化變通，自成體格。嘉定以降，江西詩漸爲人所厭，而有四靈派的興起，但當日稱爲「二趙」的趙汝讜、汝談兄弟，以及「二泉」的趙章泉（趙蕃）、韓澗泉（韓淲），仍守着江西詩派的藩籬，在詩壇上也還有相當的力量。接着江湖派風行天下，江西詩幾絕，但到了宋末，又有劉辰翁、方回兩人出來，成爲江西詩派最後的餘響，並且由他們兩人，把這種風氣，帶到了元朝。在宋代的詩壇，江西詩派的勢力，由元祐黃、陳，以迄宋末劉、方，延長到二百年間，並且南渡以後，大詩人無不蒙受其影響。朱彝尊云：「宋自汴京南渡，學詩多以黃魯直爲師。……蓋終宋之世，詩集流傳於今者，惟江西最盛。」（裘司直詩集序）可見這一派聲勢的盛大了。

四　陸游及其他詩人

汴京失陷，皇室南遷，這在政治上是一個極大的變動。國破家亡之慟，山河改色之悲，給予當日文學以很大的影響。當日的當權宰相，大半是無氣節的貪利小人，只知道同外族敷衍妥協，以圖一時的富貴，劃水爲界，賠款結歡，不顧國家的危亡；而同時對於要求恢復中原，報仇雪恥的激烈的民氣，加以殘酷的高壓。在這種情境下，形成一種滿懷憤激、情感熱烈的愛國思想。把這一種廣大人民共有的思想感情，集中而又藝術地反映在文學中的，詞人是辛棄疾，詩人是陸游。

陸游　陸游（一一二五——一二一〇），字務觀，山陰（今浙江紹興）人。他在幼年，就一直跟着父親逃難。從他父親和長輩那裏，受到了生動的愛國思想教育。他晚年回憶當時的情形說：「紹興初，某甫成童，親見當時士大夫相與言及國事，或裂眥嚼齒，或流涕痛哭。人人自期以殺身翊戴王室，雖醜虜方張，視之蔑如也。」（跋傅給事帖）又有詩云：「大駕初渡江，中原皆避胡。吾猶及故老，清夜陪坐隅。」（書歎）可知他在兒童時代，就灌輸了愛國思想的種子。他家藏書很富，加以父親的教導和自己刻苦學習，十幾歲的時候，就得到了很好的文學基礎。他在政治上受到了種種的挫折，連考試也遭受到奸相秦檜的打擊，一直到三十八歲，才由朝廷賜給他一個進士出身。他當時覺得不經考試而取得功名是不正當的，他奏請皇帝收回成命。此後他在福建、臨安擔任一些不大的官職，有時生活很窮困。但他有很大的政治抱負，念念不忘地要恢復中原，堅決反對和議政策。在論選用西北士大夫劄子和代乞分兵取山東劄子兩個奏摺裏，可以看出他的政治、軍事方面的見解。他覺得靖康之變，北方士大夫大量南遷，現在要恢復中原，應當在各方面多用北方南遷的人才，一面可以加強對淪陷區人民的號召與團結，一面因這些人士都熟悉北方的情況，在政治軍事方面將有很大的幫助。同時，他認爲敵人的重兵牽制在西北，魯西皖北比較空虛，南宋應當以精兵奪取這一地區，對於恢復中原的軍事計劃，造成有利的條件。他這些意見都是很正確的，可惜南宋統治者不能認真執行。

陸游四十六歲，入蜀，擔任夔州通判。他溯江而上，沿路遊覽山水，憑弔了李白、白居易、蘇軾、屈原、杜甫這些大詩人的遺跡。後入川陝宣撫使王炎的幕府，參加一段實際的軍事生活。他到過大散關和隴縣一帶，已經是西北的軍事前線了。他瞭解了淪陷區人民懷念祖國、殷切盼望南宋軍隊的進攻，更激發了他的壯志熱情。在觀大散關圖有感一詩裏，表現了他的志願和參軍的生活。可是受了現實的種種限制，仍是一籌莫展，忠心耿耿，壯志難酬，他只好帶着悲憤的心情，吟着「衣上征塵雜酒痕，遠遊無處不消魂。此身合是詩人未，細雨騎驢入劍門」的詩句，回到四川了。不久范成大來到成都節制四川軍事，以陸游爲參議官。他們本是文字之交，陸游遂不拘禮法，人譏其狂放，因自號放翁。他在四川八九年，由種種實際生活的體驗，雄奇秀麗的山水風物的感受，豐富了他創作的生活內容，提高了藝術技巧，爲了紀念這段生活，後來把他全部的詩作，題爲劍南詩稿。

陸游五十四歲，離開四川，在江西、浙江等地又做了幾任官。六十六歲退居山陰，度着清苦平靜的晚年生活，寫了許多閑淡的詩篇。但他一直到死，總是關懷祖國的命運，熱愛人民的。

陸游作詩私淑呂本中，師事曾幾，呂、曾俱爲江西詩派中人物，因此他也與江西派發生關係。但他卻有一個狂放不羈的性格，一股慷慨激昂的熱情，加以才情勃發，興會淋漓，因此他的詩風，有的雄放，有的清空。他對前代的詩人，最推崇陶淵明、李白、杜甫與岑參。愛田園山水的樂趣，長於描寫自然界的形象，這種地方像陶。傷時愛國，不忘世事，這種地方像杜。至於其性情的狂放，詩風的雄奇，又近李、岑。如果有人想用「江西詩派」這名目去範圍陸游，那真是未免小看他了。他的詩風，有三個明顯的演變。早年作詩，承受江西派的師訓，務求奇巧。他後來有示子遹詩云：「我初學詩日，但欲工藻績。中年始少悟，漸若窺宏大。怪奇亦間出，如石漱湍瀨。數仞李、杜牆，常恨欠領會。」中年入蜀從戎，一面接觸雄奇壯麗的山水，一面身歷時危世亂的實際生活，於是熱烈的情感，憂憤的氣概，發之於詩，而形成他那種豪宕奔放的風格。他說：「我昔學詩未有得，殘餘未免從人乞。力孱氣餒心自知，妄取虛名有慚色。四十從戎駐南鄭，酣宴軍中夜連日。打毬築場一千步，閱馬列廐三萬匹。華燈縱博聲滿樓，寶釵豔舞光照席。琵琶絃急冰雹亂，羯鼓手勻風雨疾。詩家三昧忽見前，屈、賈在眼原歷歷。天機雲錦用在我，剪裁妙處非刀尺。世間才傑固不乏，秋毫未合天地隔。」（九月一日夜讀詩稿有感走筆作歌）這首詩說明了他中年詩風的轉變，並且認識到現實生活對於作品的重要關係。到了晚年，年齡老大，心境淡漠。讀他的居室記、東籬記諸文，便可看出他的晚年生活。他在那種境遇裏，詩風脫去了中年的憤慨熱烈與奔放縱橫之氣，而趨於閑適恬淡。陸游詩歌的內容，非常豐富。表現愛國感情的固然很重要，那些描寫農村生活和閑適心境的，如遊山西村、岳池農家、臨安春雨初霽、秋郊有懷、蔬食、沈園、東村、記老農語、春晚卽事等作，同樣表現他的高尚品質和關懷人民的思想感情。

和戎詔下十五年，將軍不戰空臨邊。朱門沉沉按歌舞，廄馬肥死弓斷弦。戍樓刁斗催落月，三十從軍今白髮。笛裏誰知壯士心，沙頭空照征人骨。中原干戈古亦聞，豈有逆胡傳子孫？遺民忍死望恢復，幾處今宵垂淚痕！（關山月）

初報邊烽照石頭，旋聞胡馬集瓜州。諸公誰聽芻蕘策？吾輩空懷畎畝憂。急雪打窗心共碎，危樓望遠涕俱流。豈知今日淮南路，亂絮飛花送客舟。（送七兄赴揚州帥幕）

耿耿孤忠不自勝，南來春夢繞觚稜。驛門上馬千峯雪，寺壁題詩一硯冰。疾病時時須藥物，衰遲處處少交朋。無情最是寒沙雁，不為愁人說杜陵。（衢州道中作）

愛國感情，貫穿了陸游的全部生活與全部作品。他有從戎生活的實際體驗，他有上馬殺敵的決心，和那些空呼口號或是低吟歎息者不同。由於他熱愛祖國，也熱愛祖國的山水風物。在他的詩裏，一山一水，一花一草，無不滲透這種情緒。

世味年來薄似紗，誰令騎馬客京華。小樓一夜聽春雨，深巷明朝賣杏花。矮紙斜行閒作草，晴窗細乳戲分茶。素衣莫起風塵歎，猶及清明可到家。（臨安春雨初霽）

有山皆種麥，有水皆種秔。牛領瘡見骨，叱叱猶夜耕。竭力事本業，所願樂太平。門前誰剝啄？縣吏徵租聲。一身入縣庭，日夜窮笞搒；人孰不憚死？自計無由生。還家欲具說，

恐傷父母情；老人儻得食，妻子鴻毛輕！（農家歎）

市聚蕭條極，村墟凍餒稠。勸分無積粟，告糴未通流。民望甚飢渴，公行胡滯留？徵科得寬否？尚及黍禾秋。（寄朱元晦提舉）

真正的愛國主義者，必然是關懷人民生活，同情人民苦難的。在上面這些詩裏，表露出詩人的愛國愛民的胸襟。臨安春雨初霽描寫個人生活，真實自然，從側面也可體會出詩人對現實的態度。再如首春連陰、寄奉新高令、書喜、秋穫歌、農家等篇，非常深刻地反映出農民的窮困生活和豐收時候的歡樂情緒。「今年端的是豐穰，十里家家喜欲狂。……酒坊飲客朝成市，佛廟村伶夜作場」，遇到了豐收，人民多麼歡喜。「數年斯民阨凶荒，轉徙溝壑殣相望。縣吏亭長如餓狼，婦女怖死兒童僵」，收成不好，人民生活萬分窮困，再加統治者的殘酷剝削，結果是陷入女死兒亡的慘境。詩人的思想感情，同人民的思想感情，是緊緊結合在一起的。

江上荒城猿鳥悲，隔江便是屈原祠。一千五百年間事，只有灘聲似舊時！（楚城）

中原草草失承平，戍火胡塵到兩京。扈蹕老臣身萬里，天寒來此聽江聲。（龍興寺弔少陵先生寓居）

中國兩位偉大的愛國詩人屈原和杜甫，陸游通過優美的藝術形象，表達出衷心的景仰和讚歎。猿鳥悲鳴，灘聲似舊，天寒江浪，草草中原，傷今弔古，真是感慨萬端。他們的悲慘境遇，他們的愛祖國哀民生的高超情感，確實都可以在陸游的作品中體現出來，陸游是屈原、杜甫愛國傳統的繼承者。

陸游感情的真摯深沉，還表現在他晚年對前妻唐琬的悼念上，除了爲後世盛傳的七十五歲時作的沈園二首外，到了八十一歲時，也就是逝世的前五年，他又寫了十二月二日夜夢游沈氏園亭二首：

路近城南已怕行，沈家園裏更傷情。香穿客袖梅花在，綠蘸寺橋春水生。

城南小陌又逢春，只見梅花不見人。玉骨久成泉下土，墨痕猶鏁壁間塵。

從他的用情之專，遺憾之深中，還可以看出他的負疚的心情，正如他在釵頭鳳詞中「錯，錯，錯」，「莫，莫，莫」的悔恨一樣，而這又與詩人一生忠實、純潔、正直的生活態度相貫通的。

在上面那些作品裏，一面表現了陸游的藝術成就，同時也可看出他的思想感情。他的作品，決不是只在文字技巧上用死工夫，而是與時代精神緊緊結合，所以有內容，有懷抱，作爲他人格與詩格的代表。由這些詩，他得到了愛國詩人的稱號，他確是念念不忘家國，時時懷着恢復中原的壯志雄心。他示兒詩云：「王師北定中原日，家祭無忘告乃翁」，這是一個多麼傷心的遺囑，這一種精神又是多麼壯烈。太息詩云：「死前恨不見中原」，他雖是這麼沉痛地希望着期待着，這遺恨却成了永遠的遺恨，在他死後七十年，宋朝就亡了。

陸游以外，當代詩人還有楊萬里和范成大。前人論南宋詩者，俱以陸游、楊萬里、范成大和尤袤爲四大家。但楊萬里說過：范、陸、尤、蕭，皆其所畏。尤袤亦云：范、楊、蕭、陸，亶有可觀。可知除上述四家外，蕭德藻（東夫）也是當代有名的詩人。但尤、蕭兩家影響不大，尤詩梁溪遺稿爲後人所輯，蕭詩早已散失。尤袤的五古淮民謠（見三朝北盟會編），反映民生疾苦，確是佳作。由前人的議論看來，大抵尤詩平淡，蕭詩瘦硬。這都是受了江西詩派的影響。但蕭氏自己曾說過：「詩不讀書不可爲，然以書爲詩不可也。」（見范晞文對床夜話）他也知道江西詩派的毛病。這裏只介紹楊萬里和范成大二家。

楊萬里　楊萬里（一一二七——一二〇六），字廷秀，吉水（今江西吉安）人。紹興二十四年進士。曾任祕書監。通經學，重名節，是一位人品高尙的儒者。他一生服膺張浚的正心誠意之學，遂名其室曰誠齋，並以爲號。有誠齋集。宋史列他於儒林傳，就是因這緣故。但他同陸游一樣，是一位多產的詩人，他曾作詩二萬餘首（說詩晬語），如果全都流傳下來，可以說是中國詩人中第一個多產者。現誠齋集中，尙存江湖集、荆溪集、西歸集、南海集、朝天集、江西道院集、朝天續集、江東集、退休集九種，共詩四千餘首，這數目也就不少了。

楊萬里的詩，開始也是學江西派，專以摹擬求工巧。到了五十歲左右，棄江西而學唐。由此博觀約取，融會變通，而走到自成一體的創造時期，便是當世所稱的誠齋體。江湖集序云：「余少作有詩千餘篇，至紹興壬午，皆焚之，大概江西體也。今所存曰江湖集者，蓋學後山、半山及唐人者也。」荆溪集序又云：「予之詩始學江西諸君子，既又學後山五字律，既又學半山老人七字絕句，晚乃學絕句於唐人。……戊戌三朝……，忽若有悟，於是辭謝唐人及王、陳、江西諸君子，皆不敢學，而後欣如也。試令兒輩操筆，予口占數首，則瀏瀏焉無復前日之軋軋矣。」可見他的詩風，有過三次的演變。他的詩有兩個重要的特色。一是有幽默詼諧的風趣，二是以俚語白話入詩，形成通俗明暢的詩體。他善於描寫自然景物，清新活潑。也有傷時感事之作，但質、量方面，都不如陸游。中國詩歌中，很缺少詼諧精神。杜甫的七絕，偶然有一點，那色彩也非常淡。王梵志、寒山諸人的詩句裏，時有這種情味，但每每流於說理，走到極端，便成了歌訣。誠齋雖是一個規規矩矩的儒者，但在詩中，卻時時充滿着詼諧，有時雖也有流於說理的弊病，但許多確寫得自然而有風趣。

吳儂一隊好兒郎，只要船行不要忙。着力大家齊一拽，前頭管取到丹陽。（竹枝歌）

阿婆辛苦住西鄰，豈愛無家更願貧？秋月春風擔閣了，白頭始嫁不羞人！（和王道父山歌）

野菊荒苔各鑄錢，金黃銅綠兩爭妍。天公支與窮詩客，只買清愁不買田。（戲筆）

在前面兩首裏，反映出人民羣眾的生活面貌。大膽地用口語入詩，通俗而不野，平淺而不滑，所以是好詩。他還有許多作品，在日常生活和眼前景物中找尋詩料，把那一刹那的情感表現出來，而又富於意趣。這正可以用他自己說的「萬象畢來，獻予詩材，蓋揮之不去，前者未讎而後者已迫，渙然未覺作詩之難也」的話來印證。並且在詩的背後，都蘊藏着一點幽默與詼諧，讀者都能深深地體會。逢人說笑，時見冷雋，這一種態度，使得楊萬里的詩，濃厚地呈現出一種新的手法與情調。前人不明瞭這一點，或評其詩粗俚（四庫提要），或評爲輕儇佻巧，劍拔弩張：「閱至十首之外，輒令人厭不欲觀，此真詩家之魔障」（石洲詩話），但我們倒覺得這一點是他的作品的特色。

> 船離洪澤岸頭沙，人到淮河意不佳。何必桑乾方是遠？中流以北卽天涯。
> 兩岸舟船各背馳，波痕交涉亦難為。只餘鷗鷺無拘管，北去南來自在飛。（初入淮河四絕句）

這些詩的風格與前面的就完全不同了。把愛國的悲憤感情，淪陷區人民的哀痛心境，非常含蓄而曲折地描摹出來，很能感人。可惜這種作品，在他的集子裏是不多的。

范成大　范成大（一一二六——一一九三），字致能，吳郡（今江蘇蘇州）人，紹興二十四年進士，以資政大學士出使金國，不辱使命。後歷帥成都、明州、建康等地，拜參知政事，是一個官品很高的人。有石湖詩集。他有別墅叫作石湖，晚年隱居於此，自號石湖居士。楊萬里說

：「公之別墅曰石湖，山水之勝，東南絕境也。」他並不是逃名避世的高士，只是官成身退的居士而已。

他的詩雖也從江西派入手，但結果却是離開江西的。看他的律詩，是有杈枒折拗之處，古詩時有奇字怪韻，誠不脫山谷之習。但四庫提要云：「蓋追溯蘇、黃遺法，而約以婉峭，自爲一家。」他是向多方面學習的。

老父田荒秋雨裏，舊時高岸今江水。傭耕猶自抱長飢，的知無力輸租米。自從鄉官新上來，黃紙放盡白紙催。賣衣得錢都納卻，病骨雖寒聊免縛。去年衣盡到家口，大女臨歧兩分首。今年次女已行媒，亦復驅將換升斗。室中更有第三女，明年不怕催租苦。（後催租行）

全詩的前面部分，都是從正面來揭露鄉官對農民的殘酷榨取，最後兩句，却是從反面來表達農民的心情，因而就顯示了諷刺的力量，筆意極爲沉痛。在他的另一首催租行裏，也是用的同一種手法。

他晚年隱居石湖，對農村生活有深刻的體會，他寫了六十首四時田園雜興，在這些詩裏，將農村一年四季的生活面貌和農民的苦樂心境，作了較全面的描寫，這是前人沒有過的。

高田二麥接山青，傍水低田綠未耕。桃杏滿村春似錦，踏歌椎鼓過清明。

晝出耘田夜績麻，村莊兒女各當家。童孫未解供耕織，也傍桑陰學種瓜。

采菱辛苦廢犂鉏，血指流丹鬼質枯。無力買田聊種水，近來湖面亦收租。

垂成穡事苦艱難，忌雨嫌風更怯寒。牋訴天公休掠剩，半償私債半輸官。

秋來只怕雨垂垂，甲子無雲萬事宜。穫稻畢工隨曬穀，直須晴到入倉時。

這都是他的田園雜興中的好作品。他自註云：「淳熙丙午，沉疴少紓，復至石湖舊隱。野外卽事，輒書一絕，終歲得六十篇，號四時田園雜興。」可知他在農村生活的體驗中，日與農夫樵子爲友，靜心觀察他們的生活，隨時隨地寫了下來，他本無意求工，卻無不自然生動，筆底下自有一種土膏露氣。並且在這些詩裏，沒有一點刻意經營的痕跡，大都是用通俗的文句，清新輕巧，歌詠田園男女的日常生活和反映階級的矛盾，很有民歌風格和現實意義。

范成大出使過金國，淪陷區的面貌和當地人民期望宋朝軍隊收復中原的熱情，他有很深刻的體會，留下了許多詩篇。在州橋、宜春苑、市街諸絕句裏，表達了愛國的沉痛感情。

州橋南北是天街，父老年年等駕回。忍淚失聲詢使者：「幾時眞有六軍來？」（州橋）

霜入丹楓白葦林，橫煙平遠暮江深。君看雁落帆飛處，知我秋風故國心。（題山水橫看）

愛國深情，自然美景，於白描中特別顯得真切。至於他五古中所寫的四川山水，卻近似大謝的刻劃，覺得過於用氣力用工夫，藝術成就遠不如這些絕句。

五　反江西詩派

江西詩派在南宋雖仍保持很大的潛勢力，但當日一般有現實感的詩人，不能始終屈服於那個範圍，大都想脫出藩籬，自謀成就，如上面所講的陸、楊諸人，雖都從江西派入手，而其成就，並不能算是江西派。楊萬里在江湖集序中所說的，把學江西詩的作品一千餘首，付之一炬，表示他是多麼的不滿意。尤袤說：「近世人士，喜宗江西。溫潤有如范致能者乎？痛快有如楊廷秀者乎？高古如蕭東夫，俊逸如陸務觀，是皆自出機軸，亶有可觀者，又奚以江西爲？」（引自白石道人詩集自敘）這裏明明顯露出當日詩人對於江西詩派的不滿。許多有創作力的詩人，大都想自出機杼，自創風格。在理論上比較明顯提出來的是張戒、姜夔、嚴羽諸人。

張戒的歲寒堂詩話　張戒，正平人，登進士第，累官至司農少卿。他雖不以詩名，但論詩頗有己見，著有歲寒堂詩話。他平日與江西派交遊很密，但他是反江西派的。他說：「國風、離騷固不論，自漢、魏以來，詩妙於子建，成於李、杜，而壞於蘇、黃。余之此論，固未易爲俗人言也。子瞻以議論作詩，魯直又專以補綴奇字，學者未得其所長，而先得其所短，詩人之意掃地矣。」又說：「蘇、黃用事押韻之工，至矣盡矣，然究其實，乃詩人中一害，使後生只知用事押韻之爲詩，而不知詠物之爲工，言志之爲本也。風雅從此掃地矣。」他以蘇、黃並論，雖有偏激之處，但反對江西派的態度是明確的，指出他們的不良傾向和影響，也是正確的。他對詩歌的意見，要點有四：

一、思無邪　「孔子刪詩，取其『思無邪』者而已。自建安七子、六朝、有唐及近世諸人，思無邪者，惟陶淵明、杜子美耳，餘皆不免落邪思也。六朝顏、鮑、徐、庾，唐李義山，國朝黃魯直，乃邪思之尤者。魯直雖不多說婦人，然其韻度矜持，冶容太甚，讀之足以蕩人心魄，此正所謂邪思也。魯直專學子美，然子美詩，讀之使人凜然興起，肅然生敬，詩序所謂『經夫婦，成孝敬，厚人倫，美教化，移風俗』者也，豈可與魯直詩同年而語耶？」（詩話）

所謂「思無邪」，就是文學要有內容，要有教育意義，反對風花雪月的虛華內容和華靡豔冶的形式，與白居易的詩歌理論很相近。當然，他所講的內容是有他自己的階級標準的。

二、言志爲本　張戒論詩，注意詩歌的思想內容，所以輕詠物，而重言志。這正是詩經創作精神的傳統。他說：「建安陶、阮以前詩，專以言志，潘陸以後詩，專以詠物。兼而有之者李、杜也。言志乃詩人之本意，詠物特詩人之餘事。古詩、蘇、李、曹、劉、陶、阮，本不期於詠物，而詠物之工，卓然天成，不可復及；其情真，其味長，其氣勝，視三百篇幾於無愧，凡以得詩人之本意也。潘陸以後，專意詠物，雕鐫刻鏤之工日以增，而詩人之本旨掃地盡矣。」他以言志爲詩人之本意，詠物爲詩人之餘事，對於潘、陸以後，專意詠物而以雕鐫刻鏤爲工的作品，加以批判，表現出他對於詩歌內容的重視。

三、貴含蓄　張戒認為作詩，以含蓄為貴，餘蘊為高，不要清水見底，略無餘蘊。他指出元稹、白居易、張籍諸人的弊病，就在於詞意淺露。對於宋代詩人的大發議論，他當然更不滿意了。他說：「國風云：『愛而不見，搔首踟躕』，『瞻望弗及，佇立以泣』，其詞婉，其意微，不迫不露，此其所以可貴也。……杜牧之云：『多情卻是總無情，惟覺尊前笑不成』，意非不佳，然而詞意淺露，略無餘蘊；元、白、張籍，其病正在此，只知道得人心中事，而不知道盡則又淺露也。後來詩人能道得人心中事者少爾，尚何無餘蘊之責哉？」他這些意見，是針對當日的詩風，有感而發的。

四、正確地學習杜甫　在歲寒堂詩話裏，論古代詩歌，尊風、騷；魏、晉尊曹植、陶淵明；唐代詩人尊李、杜。對於杜甫尤為推重。他說：「子美詩奄有古今，學者能識國風、騷人之旨，然後知子美用意處，識漢、魏詩，然後知子美遺辭處。至於掩顏、謝之孤高，雜徐、庾之流麗，在子美不足道耳。」又說：「王介甫只知巧語之為詩，而不知拙語亦詩也。山谷只知奇語之為詩，而不知常語亦詩也。歐陽公詩專以快意為主，蘇端明詩專以刻意為主。李義山詩只知有金玉龍鳳，杜牧之詩只知有綺羅脂粉，李長吉詩只知有花草蜂蝶，而不知世間一切皆詩也。惟杜子美則不然，在山林則山林，在廊廟則廊廟，遇巧則巧，遇拙則拙，遇奇則奇，遇俗則俗，或放或收，或新或舊，一切物，一切事，一切意，無非詩者。」（詩話）他指出杜甫詩歌內容的寬闊，反映生活面的深廣，風格的多樣化，都很精當。後來的詩人，口口聲聲學習杜甫，而只取其枝枝節節的技巧，忽略他的精神實質，這是不正確的。

姜夔 姜夔學詩於蕭德藻，娶蕭侄女爲妻，與范成大、楊萬里、尤袤是詩友，互相唱和，往還頗密。他開始作詩，也是從江西派入手的。他的詩集自序說：「三薰三沐，師黃太史氏。」後來他覺悟了，知道走錯了路，所以他又說：「居數年，一語噤不敢吐，始大悟，學卽病，顧不若無所學之爲得，雖黃詩亦偃然高閣矣。」（白石道人詩集自序）他有詩說一卷，雖沒有明白地反對江西派，但其立論，無不是針對江西的弊病。他的主張，約有三點：

一、貴獨創　自黃庭堅倡奪胎換骨之法以後，江西詩派中人，無不奉爲圭臬。卽陳師道、陳與義諸人，亦時有沿襲之病。等而下之，至於剽竊，於是演成一種專事摹擬的惡習。姜夔有見於此，極言摹擬之害與獨創之可貴。他說：「作者求與古人合，不若求與古人異。求與古人異，不若不求與古人合而不能不合，不求與古人異而不能不異。彼惟有見乎詩也，故向也求與古人合，今也求與古人異；及其無見乎詩已，故不求與古人合而不能不合，不求與古人異而不能不異。其來如風，其止如雨，如印印泥，如水在器，其蘇子所謂不能不爲者乎？」（自敍二）這裏所說的，是作者不要心中預存一種擬古人學古人的念頭，也不要心中預存一種反古人的念頭，只是隨着自己的才性創作下去，不管是異於古人合於古人，那詩總是你自己的，這種詩才有意義。

二、貴高妙　他所說的高妙，是指詩的意境。他說：「詩有四種高妙：一曰理高妙，二曰意高妙，三曰想高妙，四曰自然高妙。礙而實通，曰理高妙；出事意外，曰意高妙；寫出幽微，如清潭見底，曰想高妙；非奇非怪，剝落文彩，知其妙而不知其所以妙，曰自然高妙。」（詩說）他所講的是以自然高妙一點爲藝術最高的造就，正與莊子所說的庖丁解牛的境界相同。

三、貴風格　詩的優劣，在乎風格。他說：「意格欲高，句法欲響。只求工於句字亦末矣。故始於意格，成於句字。句意欲深欲遠，句調欲清欲古欲和，是爲作者。」（詩說）又說：「一家之語，自有一家之風味。如樂之二十四調，各有韻聲，乃是歸宿處。模倣者雖似之，韻亦無矣。」（詩說）在這種地方，可以看出他對於當日那些專求字句的精巧而輕視自己的個性、忽略作品的風格的摹擬詩人，是表示如何的不滿了。

他這些意見，當然爲不滿江西詩派而發，但都偏重形式技巧方面；「高妙」之說，更爲玄虛，可視爲嚴羽妙悟論的先聲。

他的作品，雖未能實踐他的理論，但江西詩派的習氣，卻是洗得較爲乾淨的。他那些情韻飽滿的詩句，格調雖不能說是很高，但有他自己的特色。他的七絕，更能表現這種特長。

渺渺臨風思美人，荻花楓葉帶離聲。夜深吹笛移船去，三十六灣秋月明。（過湘陰寄千巖）

細草穿沙雪半銷，吳宮煙冷水迢迢。梅花竹裏無人見，一夜吹香過石橋。（除夜自石湖歸苕溪）

闌干風冷雪漫漫，惆悵無人把釣竿。時有官船橋畔過，白鷗飛去落前灘。（釣雪亭）

這些詩都是清新之作。因爲他精於音律，善自製曲，所以他詩中的音調，格外和諧。他隱居吳興的白石洞天附近，日以山水爲樂，故其詩很秀美。後人將他列入江湖集內，其實就詩風和人品論，都是不適合的。

四靈派和江湖派　姜夔之外，對於江西詩正式加以反抗，而獨成派別的，是四靈派和江湖派。四靈爲徐照字靈暉，有芳蘭軒集。徐璣號靈淵，有二微亭集。翁卷字靈舒，有葦碧軒集。趙師秀號靈秀，有清苑齋集，爲四靈之冠。因爲他們的名字都有一個「靈」字，詩的習尙又大略一致，故時人稱爲「四靈」。又因他們都是永嘉人，故又稱爲永嘉派。四靈詩風以晚唐的賈島、姚合爲宗，卽趙師秀所選二妙集中的「二妙」。注重律體，尤重五言，而以較量平仄鍛鍊字句爲作詩的能事。四庫提要云：「蓋四靈之詩，雖鏤心鉥腎，刻意雕琢，而取徑太狹，終不免破碎尖酸之病。」正由於取徑太狹，成就不大，連趙師秀自己也不能不承認：「一篇幸止四十字，更增一字，吾末如之何矣。」（劉克莊野谷集序引）

從四靈發展，在詩壇另成一個集團的，便是以江湖集得名的江湖派。那時有一羣人，在政治上得不着地位，不少裝着山人名士，到處流浪，說大話，遊山水，作詩唱和，成爲一種習氣。當日有一書店老闆，叫做陳起，錢塘人，也能寫詩作文，附庸風雅，是一個半商人半名士，自號爲陳道人。因與那些江湖詩人交遊，於是出錢刊售江湖集、前集、後集、續集等書，風行一時，後人以集中諸人的風氣習尙相似，故稱爲江湖派。江湖諸集，散佚頗多，經清四庫館人從永樂大典中輯出，題名江湖小集，九十五卷，後集二十四卷。清顧修據此書與殘本羣賢小集加以重刻，名南宋羣賢小集。四庫提要云：「所錄不必盡工，然南渡後詩家姓氏不顯者，多賴是書以傳」，頗有詩歌史料的價值。

他們對於詩，並沒有確定的主張，雖不滿意江西詩派（戴復古有詩云：「舉世吟哦推李杜，時人不識有陳黃。」）但也有學江西詩者；雖不滿意四靈，但許多也感受着四靈的影響。這一羣人數雖多，但成績不大，其中只有戴復古、劉克莊諸人，還有一些可讀的詩。

餓走拋家舍，縱橫死路歧。有天不雨粟，無地可埋屍。劫數慘如此，吾曹忍見之。官司行賑卹，不過是文移。（戴復古庚子薦饑）

詩人安得有青衫，今歲和戎百萬縑。從此西湖須插柳，剩栽桑樹養吳蠶。（劉克莊戊辰即事）

這羣江湖名士還有一種惡習氣，大都人品很雜，有些人每以詩文干謁公卿，以作求利祿獲名位的手段。如無所得，便繼以毀謗要挾，醜態百出。方回生當其世，耳聞目覩，所知甚多。他在瀛奎律髓中評戴復古詩云：「石屏此詩，前六句儘佳，尾句不稱，乃止於訴窮乞憐而已。求尺書，干錢物，謁客聲氣，江湖間人皆學此等衰意思，所以令人厭之。」錢謙益云：「詩道之衰靡，莫甚於宋南渡以後。而其所謂江湖詩者，尤爲塵俗可厭。蓋自慶元、嘉定之間，劉改之、戴石屏之徒，以詩人啓干謁之風，而其後錢塘湖山什伯爲羣，挾中朝尺書，奔走閫臺郡縣，謂之闊匾，要求楮幣，動以萬計，當時之所謂處士者，其風流習尚如此。彼其塵容俗狀，塡塞於腸胃，而發作於語言於文字之間，欲其爲清新高雅之詩，如鶴鳴而鸞嘯也，其可幾乎？」（初學集王德操詩集序）他這一段話當然有偏激之處，但江湖派詩人中，確實有些人，是染有這種不良的習氣的。

嚴羽的滄浪詩話　在這一個詩風衰靡的時代，對江西詩派表示強烈反抗，同時對宋詩也表示不滿意，而標榜着盛唐的，是以滄浪詩話著名的嚴羽。羽字儀卿，邵武（今屬福建）人。滄浪詩話雖是一本小書，然卻很有組織，有他自己的見解。共分詩辨、詩體、詩法、詩評、考證五門，末附答出繼叔臨安吳景仙書一篇。其中以詩辨一門，他自己最爲得意。他說：「僕之詩辨，乃斷千百年公案，誠驚世絕俗之譚，至當歸一之論。其間說江西詩病，真取心肝劊子手。」（答吳景仙書）又說：「雖得罪於世之君子，不辭也。」他這種挑戰的態度，批評家的精神，是值得欽佩的。

一、崇盛唐　嚴羽看見當日江西詩派的門徒，一味學習黃、陳，四靈又專學晚唐，弄得詩風日趨衰靡，他覺得這都不是正道。補救之法，唯有推崇盛唐，而上溯漢、魏，始可以自立。故他說：「夫學詩者以識爲主，入門須正，立志須高，以漢、魏、晉、盛唐爲師，不作開元、天寶以下人物。若自退屈，卽有下劣詩魔入其肺腑之間，由立志之不高也。……先須熟讀楚辭，朝夕諷詠以爲之本，及讀古詩十九首，樂府四篇，李陵、蘇武、漢、魏五言皆須熟讀，卽以李、杜二集枕藉觀之，如今人之治經，然後博取盛唐名家，醞釀胸中，久之自然悟入，雖學之不至，亦不失正路。」他又說：「今旣唱其體曰唐詩矣，則學者謂唐詩誠止於是耳，得非詩道之重不幸耶？故予不自量度，輒定詩之宗旨，且借禪以爲喻，推原漢、魏以來，而截然謂當以盛唐爲法。」他主張尊盛唐，因爲盛唐的詩有特殊的長處，這長處是什麼呢？他說：「詩者吟咏情性也。盛唐諸人，惟在興趣，羚羊掛角，無迹可求。故其妙處，透徹玲瓏，不可湊泊。如空中之音，相中之色，水中之月，鏡中之象，言有盡而意無窮。」他的崇盛唐，固然是對的。但不由盛唐的詩歌思想內容立論，而只強調興趣，只強調透徹玲瓏的妙處，容易使人陷入純藝術的立場，而漠視盛唐詩歌的現實意義。

二、主妙悟　以禪喻詩，始於蘇軾。韓駒、吳可正式提出「學詩如學禪」的主張來。姜夔的高妙說，也有此意。到了嚴羽的主妙悟，就更進一層了。他說：「大抵禪道惟在妙悟，詩道亦在妙悟。且孟襄陽學力下韓退之遠甚，而其詩獨出退之之上者，一味妙悟而已。惟悟乃爲當行，乃爲本色。然悟有淺深，有分限，有透徹之悟，有但得一知半解之悟。漢、魏尙矣，不假悟也。謝靈運至盛唐諸公，透徹之悟也。他雖有悟者，皆非第一義也。吾評之非僭也，辯之非妄也。天下有可廢之人，無可廢之言，詩道如是也。若以爲不然，則是見詩之不廣，參詩之不熟耳。」他又說：「詩之極致有一，曰入神，詩而入神，至矣盡矣。……夫詩有別材，非關書也，詩有別趣，非關理也。然非多讀書，多窮理，則不能極其至。所謂不涉理路，不落言筌者上也。」「非多讀書，多窮理，則不能極其至」，當然是正確的。但強調詩道如禪道，強調妙悟，強調入神，不顧作品與現實生活的密切關係，那就傾向於唯心論了。

三、反議論與用典　因爲他主妙悟、主入神，因此多發議論，亂用典故，他認爲都是作詩的大弊病。宋詩自西崑至歐、蘇，至黃、陳，或此或彼，都脫不了這些弊病。所以他說：「近代諸公，乃作奇特解會，遂以文字爲詩，以才學爲詩，以議論爲詩，夫豈不工，終非古人之詩也。蓋於一唱三歎之音，有所歉焉。且其作多務使事，不問興致，用字必有來歷，押韻必有出處。讀之反覆終篇，不知著到何在。其末流甚者，叫噪怒張，殊乖忠厚之風，殆以罵詈爲詩。」又說：「詩有詞理意興，南朝人尙詞而病於理，本朝人尙理而病於意興，唐人尙意興而理在其中，漢、魏之詩，詞理意興，無迹可求。」這段話對宋詩的弊病，作了比較正確的批評。

嚴羽論詩，要求很高，但他在創作上，成就並不很高，我們讀他的詩，雖也偶有清新之作，然和他所理想的妙悟入神無迹可求的境界，相隔尙遠。如他的臨川逢鄭遐之之雲夢云：「天涯十載無窮恨，老淚燈前語罷垂。明發又爲千里別，相思應盡一生期。洞庭波浪帆開晚，雲夢蒹葭鳥去遲。世亂音書到何日？關河一望不勝悲。」意境不高，並有摹倣痕跡。七古師法李白，尤見侷促。李東陽評他云：「顧其所自爲作，徒得唐人體面，而亦少超拔警策之處。予嘗謂識得十分，只做得八九分，其一二分乃拘於才力，其滄浪之謂乎？」但嚴羽論詩的意見，影響後代的詩論甚大。馮班作嚴氏糾繆一卷，至詆爲囈語，但胡應麟則比之達摩西來，獨闢禪宗。如王士禛的神韻說，袁枚的性靈說，無疑都受有滄浪詩話的影響。四庫提要云：「要其時，宋代之詩，競涉論宗，又四靈之派方盛，世皆以晚唐相高，故爲此一家之言，以救一時之弊。後人輾轉承流，漸至於浮光掠影，初非羽之所及知，譽者太過，毀者亦太過也。」對於滄浪詩話的批評，首先指出它的歷史意義，是比較公允的。

六　遺民詩

劉克莊死後不到十年，南宋就亡了。元代對於漢人的壓迫和虐待是極爲慘酷的。這一次的大變動，與靖康之變完全兩樣，那時徽、欽雖是北去，剩下來的皇室、貴族、官僚、士大夫，仍可南渡成業，得着苟延殘喘的偏安局面。至於南宋的覆滅，那是連根本也推翻了的，就是連那苟延殘喘的偏安局面，也不可得了。加以元朝的統治者加於漢人的恐怖政策，使得一般知識分子，真實地嘗到了亡國的恥辱與苦痛。在這種環境下，讀書人只有兩條路可走：一條是賣身賣心，或爲降臣，或爲順民；一條是反抗到底。在第二條路中又有二種：一種是積極的表現，而至於身死殉國；一種是消極的不合作，遁跡山林，埋名隱姓。做降臣做順民的可以不必說。走第二條路的那兩種人，行爲上略有不同，但他們的情感都是憤恨悲痛，品格都是忠貞高潔。由他們那種思想與感情，表現了宋末文學的強烈正義感，一掃宋詩標榜宗派的惡習，而形成一種新精神新力量。當日如文天祥、謝翺、方鳳、林景熙、汪元量、謝枋得、許月卿、鄭思肖、真山民諸人，或身死殉國，或遁身世外。所發爲詩，大都以憤恨哀怨之筆，抒寫其亡國之痛，離亂之情，表現宋代最後一點愛國精神與正氣，實在是非常可貴的。我們研究宋詩，若只注意蘇、黃、陸、范幾大家，西崑、江西、四靈諸宗派，而忽視這一階段的遺民詩，那真有遺珠之歎了。

文天祥　文天祥（一二三六——一二八三），字履善，一字宋瑞，號文山，廬陵（今江西吉安）人，寶祐四年進士。元兵渡江，奉詔舉兵。後奉使北軍，爲所拘，未幾遁歸，奉益王登祚，出兵江西，敗而被執，囚於燕京，四年不屈，遂被殺。有文山集。其詩沉鬱悲壯，氣象渾厚，完全是他的人格的表現。我們讀他的古體正氣歌、過平原作、過零丁洋諸篇，表現他的光輝品格。「人生自古誰無死，留取丹心照汗青」，是何等壯烈！他是爲國犧牲的烈士，不能作爲遺民，由於時代的關係，我也放在這裏了。長谷真逸農田餘話云：「宋南渡後，文體破碎，詩體卑弱。惟范石湖、陸放翁爲平正。至晦菴諸子始欲一變時習，模倣古作，故有神頭鬼面之論。時人漸染既久，莫之或改。及文天祥留意杜詩，所作頓去當時之凡陋，觀指南前後錄可見。不獨忠義貫於一時，亦斯文閒氣之發見也。」（四庫提要引）

草合離宮轉夕暉，孤零飄泊復何依！山河風景元無異，城郭人民半已非。滿地蘆花和我老，舊家燕子傍誰飛？從今別卻江南日，化作啼鵑帶血歸。（金陵驛）

辭意深厚，情感沉痛，感人至深。其他如安慶府、揚子江、除夜諸詩，也是很優秀的作品。

謝翺　謝翺（一二四九——一二九五），字臯羽，號晞髮子，長溪（今福建霞浦）人。元兵破宋，謝率鄉兵投文天祥，爲諮議參軍。後天祥被執，乃逃亡，改姓換名，漫遊各地，所至輒感慨哭泣。登嚴子陵釣臺，設文天祥主，再拜慟哭，著西臺慟哭記，甚著名。所著有晞髮集，元任士林稱其詩云：「所作歌詩，其稱小，其指大，其辭隱，其義顯，有風人之餘，類唐人之卓卓者，尤善敘事云。」（謝翺傳）

殘年哭知己，白日下荒臺。淚落吳江水，隨潮到海迴。故衣猶染碧，后土不憐才。未老

山中客，唯應賦八哀。（西臺哭所思）

汪元量　汪元量字大有，號水雲，錢塘人。原是宋宮廷琴師。以善事謝后，宋亡，隨三宮留燕甚久，後南歸爲道士，終於山水之間，著有水雲集、湖山類稿。其詩悽愴哀婉，多故宮禾黍之悲。宋李珏湖山類稿跋云：「紀其亡國之戚，去國之苦，間關愁歎之狀，盡見於詩。微而顯，隱而章，哀而不怨，欷歔而悲……唐之事紀於草堂，後人以詩史目之，水雲之詩，亦宋亡之詩史也。」元兵南下，皇室北去，其中種種苦痛的境狀，皆爲水雲所身歷目睹，因此在他的詩中所表現的情感所描寫的事實，也更爲真實更爲沉痛，也確可抵得詩史之稱。他的湖州歌九十八首，記述南宋皇室的被俘，其規模之大，手法之新穎，在宋遺民詩中都是很突出的。正如周方所云：「予讀水雲詩，至丙子以後，爲之骨立。再嫁婦人，望故夫之隴，神銷意在，而不敢出聲哭也。」（書汪水雲詩後）

蔽日烏雲撥不開，昏昏勒馬度關來。綠蕪徑路人千里，黃葉郵亭酒一杯。事去空垂悲國淚，愁來莫上望鄉臺。桃林塞外秋風起，大漠天寒鬼哭哀。（潼關）

北望燕雲不盡頭，大江東去水悠悠。夕陽一片寒鴉外，目斷東西四百州。

暮雨蕭蕭酒力微，江頭楊柳正依依。宮娥抱膝船窗坐，紅淚千行濕繡衣。（湖州歌）

鄭思肖　鄭思肖（一二四一——一三一八），字憶翁，號所南，連江（今屬福建）人。在他這些名字裏，都暗寓不忘故國之意。宋末太學生，宋亡，隱居吳下，坐臥必向南，有一百二十圖詩集等。扁其堂曰「木穴世界」，影射「大宋」之義。畫蘭不畫土，意謂土已爲外族奪去，其愛國之熱誠，有如此者。其詩皆清遠絕俗，用象徵手法，表現懷戀故國的情緒。

扣馬癡心諫不休，旣拚一死百無憂。因何留得首陽在，只說商家不說周？（夷齊西山圖）

此外如謝枋得、林景熙、眞山民諸人，時有悲涼之作。今各舉一例如下：

十年無夢得還家，獨立青峯野水涯。天地寂寥山雨歇，幾生修得到梅花。（謝枋得武夷山中）

山風吹酒醒，秋入夜燈涼。萬事已華髮，百年多異鄉。遠城江氣白，高樹月痕蒼。忽憶凭樓處，淮天雁叫霜。（林景熙京口月夕書懷）

一舸下中流，西風兩岸秋。櫓聲搖客夢，帆影掛離愁。落日魚蝦市，長煙蘆荻洲。篙人夜相語，明發又嚴州。（眞山民蘭溪舟中）

其他如許月卿、方鳳輩，人品雖高，而其詩頗重刻鏤，尙不脫四靈之習，所以不在這裏再舉例了。另有谷音一卷，存詩一百零一首，俱爲宋代遺民之作。爲元人杜本所編，本字伯原，江西清江人。其事蹟見元史隱逸傳，集後有蜀郡張渠跋云：「右詩一卷，凡二十三人（實爲三十人），無名者四人，共一百首，乃宋亡元初，節士悲憤幽人清詠之辭。京兆先生早遊江湖，得於見聞，悉能成誦，因錄爲一編，題曰谷音，若曰山谷之音，野史之類也。」這裏所說的京兆先生，便是杜本，他是元朝的隱士，對於這些遺民，自然是格外同情的了。在這些作家裏，大都是沒有名望的窮苦讀書人，一旦遭了亡國的慘變，不願屈節投降，於是有的披髮入山，有的閉戶不出，或寄迹於漁樵，或苦死於飢餓。因其人格的高超，情感的真實，故發之於詩，無不沉鬱悲壯，感慨悽涼，較之那些降臣奸士，這些人的作品，自然是山谷之音了。因爲作者過多，不能一一遍舉，但歡喜研究宋末遺民詩的人，谷音自然是一本重要的材料。錢謙益云：「至於少陵，而詩中之史大備，天下稱之曰詩史。唐之詩入宋而衰，宋之亡也，其詩稱盛。皋羽之慟西臺，玉泉之悲竹國，水雲之茗歌，谷音之越吟，……古今之詩莫變於此時，亦莫盛於此時。……考諸當日之詩，則其人猶存，其事猶在，殘篇嚙翰，與金匱石室之書，並懸日月。」（有學集胡致果詩序）這樣的評語還是中肯的。

七　北國詩人元好問

宋詩論畢，我在這裏還要附着討論一位北國的詩人元好問。

元好問　元好問（一一九〇——一二五七），字裕之，號遺山，太原秀容（今山西忻縣）人。

金興定三年進士，官至行尚書省左司員外郎，金亡不仕。著有遺山集，編有中州集。他的政治身份是金朝，他的籍貫是太原，確確實實是一位北國的詩人。金亡不仕，也是一位遺民，而其時代正當南宋末期，我現在把他附論在這裏，想是很適合的。元好問雖作金朝的官，因爲他是漢人，所以他的文化源流，同宋代的讀書人完全是一個系統。他的人生觀是儒家的人生觀，他的古文，是繼承韓、歐的遺緒，詩學杜甫，詞學蘇軾。他在這幾方面，都有卓然的成就，是金代學術界的權威，文壇的代表。

在他的詩集中，有論詩絕句三十首。在這些詩裏，他從漢、魏的古詩，到宋代的詩人，都曾發表了批評的意見。從杜甫的論詩六絕以後，他這些作品，是很有系統的，研究中國文學批評的人，是值得注意的史料。他主張最好的詩，要有風骨，要能高古，要掃除兒女之情，要富有風雲悲壯之氣。他有詩云：

曹劉坐嘯虎生風，四海無人角兩雄。可惜并州劉越石，不教橫槊建安中。

鄴下風流在晉多，壯懷猶見缺壺歌。風雲若恨張華少，溫、李新聲奈爾何？

劉琨之詩，本以悲壯見長，所以他特別賞識，詩品也說劉越石詩有「清剛之氣」。張華的詩，鍾嶸批評他兒女情多、風雲氣少，但在他看來，比起溫庭筠、李商隱來又要好得多了。可知他是以建安風骨爲論詩的準則，以清剛勁健之氣爲詩格的上品的。所以他又說：

慷慨歌謠絕不傳，穹廬一曲本天然。中州萬古英雄氣，也到陰山敕勒川。

他不滿意南方文學的華豔淫靡，格卑調弱，因此他看不起那些言情言愛的歌謠，特別推重那首敕勒歌。他覺得這種作品，纔是值得贊賞的、慷慨的、有英雄氣的歌謠，可惜流傳絕少，成爲空谷之音了。在這種要求下，他不歡喜齊、梁的詩，也不歡喜沾染齊、梁習氣的初唐詩人。他說：

沈宋橫馳翰墨場，風流初不廢齊、梁。論功若準平吳例，合著黃金鑄子昂。

他不滿意齊、梁，自然也不滿意沈佺期、宋之問那一般人，因此他對於那位起衰復古的陳子昂，發出最高的贊歎了。其次，他主張作詩宜以自然爲主，講音律聲調，排比鋪陳，都是細流末節，終難成爲大家。再如苦吟雕琢，抄書用典，都是詩家之病。「一語天然萬古新，豪華落盡見真淳」，這是他對於陶淵明的詩的贊賞。做詩能達到天然真淳的境界，才是詩之極致。「切響浮聲發巧深，研磨雖苦果何心？」這是他對於音律聲病的不滿。

百年纔覺古風迴，元祐諸人次第來。諱學金陵猶有說，竟將何罪廢歐、梅？

奇外無奇更出奇，一波纔動萬波隨。只知詩到蘇、黃盡，滄海橫流卻是誰？

古雅難將子美親，精純全失義山眞。論詩寧下涪翁拜，未作江西社裏人。

他覺得宋初的詩壇，爲西崑淫靡之風所籠罩，端賴梅堯臣、歐陽修諸人的努力，始收振衰復古之功。後來詩人各立宗派，對於幾位開山先輩反不重視，他覺得很不公平，加以歐論詩主自然，梅主清切，正與元好問論詩的旨趣相合，所以他在宋代詩人裏，獨有推尊歐、梅之意。至於那些江西派門徒的模擬做作，四靈派的小家氣，江湖派的油滑氣，他自然更是看不上眼的。他題中州集云：「北人不拾江西唾，未要曾郎借齒牙。」因此，他寧願崇拜黃庭堅本人，而不肯加入江西詩社了。

他這些意見，都有積極的現實意義。他的論詩三十絕句，成爲文學批評史上的重要資料。他的作品，以七古、七律爲佳。

> 南朝辭臣北朝客，棲遲零落無顏色。陽平城邊握君手，不似銅駝洛陽陌。去年春風吹雁迴，今年雁逐秋風來。春風秋風雁聲裏，行人日暮心悠哉。長江大浪金山下，吳兒舟船疾於馬。西湖十月賞風煙，想得新詩更瀟灑。（送張君美往南中）
>
> 河外青山展臥屏，并州孤客倚高城。十年舊隱拋何處？一片傷心畫不成。谷口暮雲知鄭重，林梢殘照故分明。洛陽見說兵猶滿，半夜悲歌意未平。（懷州子城晚望少室）

七古風格飄逸近李白，七律沉鬱近杜甫，寄意遣辭，深厚精美。再如岐陽、游黃華山、癸巳五月三日北渡諸篇，都是很優秀的作品。沈德潛云：「裕之七言古詩，氣王神行，平蕪一望時，常得峯巒高插、濤瀾動地之概。又東坡後一能手也。」（說詩晬語）趙翼云：「蘇、陸古體詩，行墨間尙多排偶；一則以肆其辨博，一則以侈其藻繪，固才人之能事也。遺山則專以單行，絕無偶句。搆思窅渺，十步九折，愈折而意愈深，味愈雋，雖蘇、陸亦不及也。七言律則更沈摯悲涼，自成聲調，唐以來律詩之可歌可泣者，少陵十數聯外，絕無嗣響，遺山則往往有之。」（甌北詩話）元好問的七古、七律，確有特色。他們一致推崇讚賞，其中雖有過譽之處，基本上還是可以同意的。

與元好問同一時期的金國詩人中，還有宇文虛中、蔡松年、党懷英、趙秉文、王若虛等人。這些人的詩詞，也被收入於元好問編的中州集中，而其中以王若虛的成就較大。

王若虛　王若虛（一一七四——一二四三），字從之，號滹南遺老，稾城（今屬河北）人，以進士而官至翰林學士。博學卓識，爲當時文壇領袖。有滹南遺老集。他不但工詩文，而且有自己的文學主張。這些主張都見於他的文辨和詩話中。元好問不滿江西詩派，却崇拜黃庭堅本人；王若虛則連對黃庭堅也不滿，斥之爲「剽竊之黠者」。因此，他強調「眞」與「似」，所謂「眞」與「似」，就是作家自身必須有眞實的感情，作品必須符合客觀的眞實；而反對「不求是而求奇」。他引其舅語云：「文章以意爲之主，以言語爲役。主強而役弱，則無使不從。」這是他對於內容與形式，目的與手段的主次關係的正確認識，是含有較強的原則意義的。同時，他又主張文章必須做到明白暢達，做到「定體則無，大體須有」，卽是旣要突破形式的局限，又要符合基本的傾向。

由於王若虛之力主「真」與「似」，所以他的作品也清率自然，不剪不伐。又因爲他是金之遺民，故詩中頗多傷時感事之作。

日日他鄉恨不歸，歸來老淚更沾衣。傷心何啻遼東鶴，不但人非物亦非。荒陂依約認田園，松菊存亡不足論。我自無心更懷土，不妨猶有未招魂。（還家）

金代因爲立國的短促，在詩文方面雖然沒有什麼過大的成就，但元好問的詩，自成一家，並無愧色。至於他和王若虛的文學主張，也頗有進步意義，在中國文學批評史上，是有其地位的。

第二十一章　宋代的小說與戲曲

上篇　宋代的小說

一　志怪傳奇的文言小說

宋代小說，在志怪傳奇方面，無論內容文體，多沿襲舊風，頗少新創。李昉等主編的太平廣記一書，共五百卷，爲當日降臣文士所編修，集前代野史、傳記、小說諸家言而成，實際引用的圖書多至四百七十餘種，分爲九十二大類，舉凡神仙、鬼怪、僧道、狐虎之類，都網羅殆盡，末附雜傳記九卷，則爲唐代之傳奇。這一部書，可謂集古代文言小說的大成了。宋人自己在這方面的創作，志怪者有徐鉉之稽神錄，吳淑之江淮異人錄。徐、吳俱仕南唐，後同李煜降宋，亦爲太平廣記之重要編纂人。徐、吳以後，尚有張君房之乘異記，張師正之括異志，聶田之祖異志，秦再思之洛中紀異，畢仲詢之幕府燕閒錄，洪邁之夷堅志等書，俱屬此類。其中以夷堅志爲最有名。全書共四百二十卷，今未全存。因作者學問淹博，頗有文名，書中時有佳篇。但以卷帙過繁，成書過急，有以五十日寫十卷者，故在文字上未能細加潤飾，在內容上亦時有重複之處，這是該書的缺點。

傳奇文的作者，首推樂史。樂史字子正，撫州宜黃（今屬江西）人，原仕南唐，後入宋爲官，所作有綠珠傳、楊太真外傳二篇。綠珠傳敘述孫秀、石崇交惡和綠珠墮樓殉情的故事。太真外傳爲長恨傳、長恨歌的重述，從貴妃入宮寫至明皇的死，其中除加入一些小故事外，別無新意，文字亦遠不如陳鴻的簡潔。其作法亦與唐代傳奇無異，每於篇末，顯露出一點規勸之意。如綠珠傳結段云：「今爲此傳，非徒述美麗，窒禍源，且欲懲戒辜恩背義之類也」，又太真外傳云：「唐明皇之一誤，貽天下之羞，所以祿山叛亂，指罪三人。今爲外傳，非徒拾楊妃之故事，且懲禍階而已。」樂史又長於地理，所著有太平寰宇記二百卷，引書至百餘種，雖偶雜小說家言，然不失爲一精審之作。

樂史以外，有秦醇者，亦作傳奇。秦字子復，亳州譙（今安徽亳縣）人。所作今存趙飛燕別傳、驪山記、溫泉記、譚意歌四篇，俱見北宋劉斧所編之青瑣高議前集及別集，可知秦醇爲北宋人。前三篇敘漢、唐宮闈舊事，與太真外傳同體，最後一篇，乃寫當時男女戀愛故事，內容略似蔣防之霍小玉傳，但以團圓作結，而變爲喜劇。各篇中雖偶有雋語，但大體蕪弱，去唐人傳奇聲貌頗遠。此外有大業拾遺記二卷，開河記一卷，迷樓記一卷，海山記二卷，不知何人所作，俱記煬帝開運河，幸江都，以及種種荒恣淫樂的故事，文筆亦時有可觀。海山記見青瑣高議後集，想是北宋人作，餘篇的時代，可能大略相同。尚有無名氏之梅妃傳一篇，寫江采蘋（梅妃）與楊貴妃爭寵見放的故事，無作者名。文中以梅、楊對稱而同情梅妃的遭遇，其不滿楊貴妃專權之意自很明顯。跋者自云與葉夢得同時，可能跋者卽爲作者，那已是南渡前後的作品了。明人題爲唐羅鄴作，不可信。

二　宋代白話小說的興起

宋代小說最可注意的，並不是這些用文言寫成的志怪與傳奇，而是那些出自民間的白話小說。這一些作品，當時人稱爲話本或是平話。這種白話小說的產生，在中國的小說史上，是一件極可紀念的事。因了它們，在小說的語言形式上，提供了有利的條件，替未來小說的成長與發展，無論長篇與短篇，開闢了一條新路線。宋代以來，許多用白話文體寫成的優秀小說，同進步的文言文學，一直流傳到現在，爲人民所重視。

白話文體的運用，在唐代的民間文學裏，已開始萌芽。由於唐代講唱兼用散韻夾雜的變文的傳播，在民間釀成許多變文體的通俗文學。有的爲韻文，有的爲韻散合體，有的爲純粹散文，如捉季布傳文、董永行孝歌、伍子胥、王昭君變文、唐太宗入冥記和秋胡變文等，都是受變文的影響而產生的通俗文學。在這些作品裏，都有離開文言文而漸漸地入於白話文的傾向。捉季布傳文、董永行孝歌，雖全是詩體，那白話化的成分已很濃厚。伍子胥與王昭君變文的散文部分，本已淺顯通俗，已間有用純粹白話的地方。至於唐太宗入冥記、秋胡變文，則白話的成分更爲濃厚。如：

……判官懆惡，不敢道名字。帝曰：「卿近前來。輕道。」「姓崔名子玉。」「朕當識。」言訖，使人引皇帝至院門。使人奏曰：「伏惟陛下且立在此，容臣入報判官速來。」言訖，使者到廳前拜了，「啓判官：奉大王處分將太宗皇生魂到，領判官推勘，見在門外，未敢引入。」……崔子玉既□□命拜了，對帝前拆書便讀。子玉讀書已了，情意□□，更無君臣之禮。……（節錄唐太宗入冥記）

秋胡辭母了手，行至妻房中，愁眉不畫。……秋胡啓娘子曰：「夫妻至重，禮合乾坤，……附骨埋牙，共娘子俱為灰土。今蒙孃教，聽從遊學，未知娘子賜許已不？」其妻聞夫此語，心中悽愴，語裏含悲。啓言道：「郎君，兒生非是家人，死非家鬼。……女生外向，千里隨夫。今日屬配郎君，好惡聽從處分。郎君將身求學，此快兒本情。學問得達一朝，千萬早須歸舍。」辭妻了道，服得十袟文書，並是孝經、論語、尚書、左傳、公羊、穀梁、毛詩、禮記、莊子、文選，便卽登程。……（秋胡變文）

太宗入冥記，記太宗魂遊地府的故事（事見朝野僉載、太平廣記一四六卷引）。秋胡變文，記秋胡辭別家庭，出外求學，後得仕回家，在途中調戲一采桑女子，此女卽其妻的故事（事見列女傳）。可惜兩篇都前後殘闕過甚，不能窺見其眞實面目。而就此殘文看來，白話文的成分，已非常濃厚，問答談話，全是說話人口氣。這種前人從不重視的通俗作品，實際都是宋代白話小說的先聲。由入冥記、秋胡變文等作，進而爲宋代的話本、平話一類的白話作品，在這裏，正好顯示着文體進化的線索。同時，在宋代的白話小說裏，大量地夾雜着詩詞，或稱爲話本，或稱爲平話，並且每逢着美人風景或恐怖場面的描寫，也時時雜以純粹的駢文，這種韻文的部分，無論它有沒有歌唱的效能，但這種體裁，確是受了變文的影響。

宋代的白話小說，是在民間藝人的手裏創造、發展、提高起來的。開始創作的時候，不是爲了文學，而是爲了職業，爲了演唱。現在流傳下來的那些宋人話本，都是當日說話人的底本。說話的借此謀生，創作者不管是說話人本人或是另一種人，創作的目的，要迎合市民的趣味，要滿足市民文娛的需要。在新時代和新內容的要求下，需要新的文學形式，白話體的話本，正是市民文學的一種新形式。當日這種底本的門類當然很多，有影戲的，有傀儡戲的，有宣傳佛教的，有講小說歷史的。影戲的底本，必須注重動作，傀儡戲的底本，還要注重歌舞，唯有講小說的這一部門，是以鋪敘描摹爲能事，同時聽衆大都是平民，要求其普遍瞭解，自然要用最流行的白話，婦女的狀貌，戀愛的情節，戰事的場面，神鬼的恐怖，風景的美麗，社會的狀態等等，都得用口語細細地描摹出來，才能傳神動聽，於是這一種底本，便逐漸成爲完全的白話形式，創作的人多，質量也就逐步提高。在這樣發展的基礎上，就產生出許多有文學價值的作品了。它們的內容，比起六朝與唐代的志怪與傳奇來，內容更趨於現實，更因其用口語的詳細敍述，維妙維肖的形容，人情物態的描繪，因此無論從哪方面看，在小說上是進了一大步。

宋代的白話小說，都是說話人的底本。但這種說話在唐朝便是有了的。在郭湜的高力士外傳中說：「太上皇移仗西內，安置，每日上皇與高公親看掃除庭院，芟薙草木，或講經論議，轉變說話，雖不近文律，終冀悅聖情。」又元稹酬翰林白學士代書一百韻自注云：「嘗於新昌宅說一枝花話，自寅至巳，猶未畢詞。」段成式酉陽雜俎續集卷四云：「予太和末，因弟生日觀雜戲，有市人小說，呼扁鵲作褊鵲，字上聲……」；李商隱驕兒詩云：「或謔張飛胡，或笑鄧艾吃。」在這裏，我們可以知道在唐代已有講說戀愛故事和三國故事的說話了（說話就是講故事的意思）。

到了宋朝，在當代的社會基礎上，說話與雜劇等伎藝，很快地發展起來，成爲市民文學的重要部分。宋代的歷史，雖與外患相終始，但北宋時代由仁宗到徽宗，南宋的乾道、淳熙年間和以後的偏安局面，因社會經濟的發展，商業的發達，大都市的繁榮，造成君臣上下極度享樂的空氣。在張先、柳永、毛滂、張鎡、吳文英、張炎諸人的詞裏，我們可以看出當代文人的生活和對於社會繁榮的描寫。再如孟元老的東京夢華錄、周密的武林舊事諸書的記載，更明顯地表現出北宋的汴京、南宋的臨安的繁榮面貌。

在這些都市裏，到處都是倡樓酒館，到處都是遊戲場所，遊人之多，消費之大，都在我們的想像之中，有了這種社會經濟的基礎和享樂生活的環境，那些演影戲的，唱雜劇的，講故事的，玩雜耍的，自然都會適應市民的需要，乘機而起。據東京夢華錄，北宋的伎藝，其中已有「孫寬、孫十五、曾無黨、高恕、李孝祥講史，李慥、楊中立、張十一、徐明、趙世亨、賈九小說。……吳八兒合生……霍四究說三分，尹常賣五代史（有人說尹常是人名，實誤）」。這些人名，一定是當日社會上有名的角色。到了南宋，這一種風氣，更加興盛起來。灌圃耐得翁都城紀勝、吳自牧夢粱錄、周密武林舊事、羅燁醉翁談錄諸書裏，對於「說話人」俱有很詳細的記載。他們的分門別類，雖微有不同，但最重要者，只有小說、講史二家。醉翁談錄裏，將小說分爲靈怪、煙粉、傳奇、公案、朴刀、桿棒、神仙、妖術八目，最爲明確。再在武林舊事裏，歷記各種說話人的姓名，說小說者有五十二人，說史事者有二十三人，說佛事者有十七人，說合生（介乎雜劇、說書與商謎之間的技藝）者只一人。由此看來，民衆最歡迎的，也只有「小說」與「講史」二類。這二類最得民衆歡迎，自然營業最好，學習這方面的人自然也最多。於是大家聯絡組織，成就了「雄辨社」和「書會」一類的職業團體。因此，這種民衆藝術，日益進步，產生了許多名角，於是這一類人，也就進入宮廷與貴族之家了。夢粱錄云：「又有王六大夫，元係御前供話，爲幕士請給講，諸史俱通。於咸淳年間，敷演復華篇及中興名將傳，聽者紛紛。蓋講得字真不俗，記問淵源甚廣耳。」又郎瑛七修類稿云：「小說起宋仁宗，蓋時太平甚久，國家閒暇，日欲進一奇怪之事以娛之。」又古今小說序云：「南宋供奉局有說話人，如今說書之流。」可見當日的說話，上自宮廷下至民間，是非常普遍的了。但由上面的文字看來，宮廷豪家所歡迎者，也還是小說與講史二類。因爲這種種原因，於是小說與講史二類的底本，在文字上必較爲優美，在數量上必較爲豐富。所以現在流傳下來的，無論長篇短篇，大都是屬於這兩類的作品。在當日，小說與講史在職業的界限上必很分明，但在文學的範圍，只是一類，因此後代通稱爲小說了。

現存的宋代小說，可分爲短篇與長篇二類。短篇的都爲純粹的白話，並且白話文運用的技巧，已達到很成熟的階段。長篇的大都爲淺近的文言與不十分成熟的白話夾雜合用，在語言的運用上，比起短篇來都幼稚得多。因長篇大都爲講史，講史在文字上容易受到古代史書的影響。但它們無論在內容上結構上，都替後代的長篇小說，立好一個基礎。關於這一點，我們是不能輕視它們的價值的。

三　宋代的短篇小說

宋人話本的發現　宋人話本的發現，原是近年來的事。錢曾的也是園書目的戲曲部中，列有宋人詞話十二種，其目爲：

燈花婆婆　種瓜張老　紫羅蓋頭　女報冤　風吹轎兒
錯斬崔寧　小（山）亭兒　西湖三塔　馮玉梅團圓　簡帖和尚
李煥生五陣雨　小金錢

這一種通俗文學，本爲古代正統文學家所輕視，故除見於也是園書目以外，從來不再見人提過，這種書也不見流傳於世，於是連其內容文體，都無法知道。王國維研究宋、金戲曲時，以錢曾的戲曲部目錄爲據，把這些東西，看作是宋人雜劇、金人院本一類的東西。他在曲錄後跋云：「右十二種，錢曾編入戲曲部，題曰『宋人詞話』。遵王藏曲甚富，其言當有所據。且其題目與元劇本體例不同，而大似宋人官本雜劇段數，及陶宗儀輟耕錄所載金人院本名目，則其爲南宋人作無疑矣。」王氏這種推測，雖近情理，但實際是錯了。這種錯誤，應該由錢曾負責。他編書目時，想必是很忽忙，加以藏書過富，不能一一入目，因此顧名思義，隨便地歸入戲曲部了，其實這些都是宋代的白話小說，也就是宋代說話人的底本。

京本通俗小說殘本的出現，在中國小說史上是一件極可紀念的事。因了它，使我們知道也是園書目中的「宋人詞話」的真實面目，使我們得到許多討論宋代白話小說的寶貴材料。這些材料的發現與刊布，不得不歸功於近人繆荃孫（江東老蟫）。他得到這些話本後，於一九一五年，刊入他的煙畫東堂小品中，凡二冊，是一個卷十至卷十六的殘本，其中共有話本七種。他在短跋中云：「余避難滬上，索居無俚。聞親串裝奩中有舊鈔本書，類乎平話，假而得之，雜庋於天雨花、鳳雙飛之中，搜得四冊，破爛磨滅，的是影元人寫本。首行京本通俗小說第幾卷，通體皆減筆小寫，閱之令人失笑。三冊尚有錢遵王圖書，蓋即也是園中物。錯斬崔寧、馮玉梅團圓二回，見於書目。……尚有定州三怪一回，破碎太甚，金主亮荒淫兩卷，過於穢褻，未敢傳摹。」在這裏可以看出這些作品的發現，真是出於偶然。他所說的破碎太甚的定州三怪，後來發現在警世通言中，題目改爲崔衙內白鷂招妖，過於穢褻的金主亮荒淫，後來被葉德輝刻了出來，並且醒世恆言中也有這一篇，題爲金海陵縱慾亡身。於是繆荃孫所發現的殘本京本通俗小說中的九種，都存在人間了，但由原書的卷數看來，自然還是散佚了不少。

這幾篇小說（缺定州三怪），後來由亞東書局印出來，名爲宋人話本八種，看到的人就多了。其書目如下：

碾玉觀音　（原書第十卷）　菩薩蠻　（原書第十一卷）

西山一窟鬼（原書第十二卷）　志誠張主管（原書第十三卷）

拗相公（原書第十四卷）　錯斬崔寧（原書第十五卷）

馮玉梅團圓（原書第十六卷）　金虜海陵王荒淫（原書第二十一卷）

這幾種小說，都是南宋的話本。馮玉梅篇說：「我宋建炎年間」，碾玉觀音篇說：「紹興年間」，錯斬崔寧篇說：「我朝元豐年間」，菩薩蠻篇說：「大宋紹興年間」，拗相公篇說：「我宋元氣都爲熙寧變法所壞」，這些都可證明這些小說產生的時代是在南宋。孫楷第說：「京本通俗小說，至多是元末明初編的，因爲裏面有瞿佑的詞。」這些從元人抄本傳流出來的作品，到了明初人編輯的時候，在個別篇章上有文字上的增改，是很可能的。但是宋代的白話小說存在人間的還不只這幾篇。自明人洪楩編刻的清平山堂話本、馮夢龍編輯的古今小說（後改名爲喻世名言）、警世通言、醒世恆言諸話本在日本及國內先後發現，經愛好者刊布以後，我們還可以找出許多宋代的小說來。如清平山堂話本中的簡帖和尚、西湖三塔記（也是園書目有簡帖和尚與西湖三塔），古今小說中的楊思溫燕山逢故人、張古老種瓜娶文女（也是園書目作種瓜張老），警世通言中的萬秀娘仇報山亭兒、崔衙內白鷂招妖（也是園書目作山亭兒與定州三怪），是比較可靠的。再如陳巡檢梅嶺失妻記、合同文字記、洛陽三怪記、五戒禪師私紅蓮記、楊溫攔路虎傳（見清平山堂話本）、汪信之一死救全家（見古今小說）、三現身包龍圖斷冤、計押番金鰻產禍、福祿壽三星度世（見警世通言）諸篇，也有令人相信是宋作的證據。另外可能還有不少宋人作品。不過上面所擧的這些作品，雖是來自宋代，但編輯刊印的時代較遲，文字的修飾比較大，就很難完全保存宋代原本的真面目了。

宋人話本的文學特色　在形式方面，話本有它自己的特徵。在正文之前，總是用一個引子做開場。大概是說話人在敘述正文之前，爲了候客、墊場、引人入勝或點明本事之用。這種引子有的用詩詞，有的用故事。如碾玉觀音、西山一窟鬼的引子是詩詞，馮玉梅團圓、錯斬崔寧的引子是故事。這種引子，當時說話人名爲「得勝頭迴」，也就是「入話」。如錯斬崔寧開篇說：「這回書單說一個官人，只因酒後一時戲笑之言，遂至殺身破家，陷了幾條性命。且先引一個故事來，權做個『得勝頭迴』。」魯迅說：「頭迴猶云前回，聽說話者多軍民，故冠以吉語曰得勝」，也有人以「得勝頭迴」爲曲調之名，是說話時用的開場鼓調，何說爲是，頗難肯定。這種用一個相同的或是相反的故事作爲引子，隨後引入正文的方法，變爲後代小說的公式。其次，後代章回小說中的分章，亦源於這種話本。當代說話人每說一個故事，大都爲營業着想，不是一次說完，逢到故事中一個緊張場面時，暫時作一結束，留給聽衆一個未完的關子，好讓他們第二次再來聽講；這種情形，正如章回小說中的「欲知後事如何，且聽下回分解」。碾玉觀音分爲上下兩回，上回止於崔寧的被人識破，正是一個緊要關頭，說話的，他偏偏在這裏作結，用兩句七言詩下場了。

下回卻又用劉兩府的一首鷓鴣天詞開始，再慢慢來敘述那緊要關頭以後的故事。再如西山一窟鬼、陳巡檢梅嶺失妻記，都可看出這種明顯的線索。再如後代小說中流行的「有詩爲證」的形式，也是話本中遺留下來的。如錯斬崔寧寫到崔寧二人行刑示眾時，接下去說：「正是，啞子漫嘗黃蘗味，難將苦口對人言。」又如碾玉觀音寫到虞候問那小娘子有什麼本事時：「待詔說出女孩兒一件本事來，有詞寄眼兒媚爲證：深閨小院日初長，嬌女綺羅裳。不做東君造化，金針刺繡羣芳樣。」這種例子是很多的。另外，就是後代小說中每逢寫到美女、戰爭、結婚等等特殊場面時，總是來一篇駢文或是長詩長詞，這種形式，也是話本中遺留下來的。如志誠張主管寫那兩個媒婆時：「這兩個媒人端的是：開言成匹配，舉口合姻緣。醫世上鳳隻鸞孤，管宇宙單眠獨宿。傳言玉女，用機關把臂拖來；侍案金童，下說詞攔腰抱住。調唆織女害相思，引得嫦娥離月殿。」這種例子也是舉不盡的。這些形式，其實都是從變文演化而來，到後來，便成爲中國小說的民族形式，後代許多不是話本的小說，也保留着這種體製的遺形。

話本文學的主要特色，是在於它具有新內容、新形式而能真的成爲市民文學。話本是在工商業經濟發達和市民階層壯大的歷史基礎上發展起來的。它們是由市民創作、市民表演、市民欣賞的作品，同過去士大夫文人的作品，有很大的不同。因爲它們來自民間，所反映的社會內容和生活面貌，較爲廣闊。新興的市民思想，具有反抗傳統道德、追求美好生活的積極精神，同官僚地主士大夫的保守性是相對立的。在當代的話本裏，很鮮明地反映出新興市民的思想意識，這種表現，比起唐代的傳奇來，更要大膽，更要真實，更要顯著。一面由於唐代市民思想還沒有形成這種大力量，同時傳奇的作者還都是中小地主階級的文人。

話本中的主角，主要的都是手工業者、婦女、商店職工和下層人民。他們都嚮往自己的生活利益，渴望美好的前途，大膽地追求幸福美好的生活，因此，對於封建制度、傳統道德、黑暗政治、等級觀念等等舊勢力，表示了強烈的不滿和反抗。在這種情形下，爭取婚姻自主、歌誦愛情幸福，便成爲主要的題材。如碾玉觀音、志誠張主管、馮玉梅團圓都是這一類的作品，在京本通俗小說以外的宋人話本中，寫這種題材的那就更多了。反對黑暗政治，直接譴責大小官僚的作威作福和昏庸貪酷的，有錯斬崔寧，還有菩薩蠻、碾玉觀音、簡帖和尚、汪信之一死救全家等篇，都從側面反映出官府對人民的迫害，和在黑暗政治下的人民的堅強正直性格。再如表現愛國思想的楊思溫燕山逢故人，描寫義俠行爲的楊溫攔路虎傳等篇，都是值得重視的作品。

在這些作品裏，都富有現實的思想內容，而在描寫人物的性格、心理方面，也頗爲鮮明。從小說的主題上來看，錯斬崔寧和志誠張主管兩篇，較爲優秀。

卻說劉官人馱了錢，一步一步捱到家中敲門，已是點燈時分。小娘子二姐獨自在家，沒一些事做。守得天黑，閉了門，在燈下打瞌睡。劉官人打門，他那裏便聽見。敲了半晌，方纔知覺，答應一聲：「來了」，起身開了門。劉官人進去，到了房中，二姐替劉官人接了錢，放在桌上，便問：「官人何處挪移這項錢來？卻是甚用？」那劉官人一來有了幾分酒，二來怪他開得門遲了，且戲言嚇他一嚇，便道：「說出來，又恐你見怪；不說時，又須通你得知。只是我一時無奈，沒計可施，只得把你典與一個客人。又因捨不得你，只典得十五貫錢，若是我有些好處，加利贖你回來；若是照前這般不順溜，只索罷了。」那小娘子聽了，欲待不信，又見十五貫錢堆在面前；欲待信來，他平白與我沒半句言語，大娘子又過得好，怎麼便下得這等狠心辣手？疑狐不決，只得再問道：「雖然如此，也須通知我爹娘一聲。」劉官人道：「若是通知你爹娘，此事斷然不成。你明日且到了人家，我慢慢央人與你爹娘說通，他也須怪我不得。」小娘子又問：「官人在何處吃酒來？」劉官人道：「便是把你典與人，寫了文書，吃他的酒纔來的。」小娘子又問：「大姐姐如何不來？」劉官人道：「他因不忍見你分離，待得你明日出了門纔來。這也是我沒計奈何，一言為定。」說罷，暗地忍不住笑，不脫衣裳，睡在床上，不覺睡去了。（錯斬崔寧）

話說東京汴州開封府界身子裏，一個開線鋪的員外張士廉，年過六旬，媽媽死後，子然一身，並無兒女。家有十萬貲財，用兩個主管營運。張員外忽一日拍胸長歎，對二人說：「我許大年紀，無兒無女，要十萬家財何用？」二人曰：「員外何不取房娘子，生得一男半女，也不絕了香火。」員外甚喜，差人隨卽喚張媒李媒前來。員外道：「我因無子，相煩你二人說親。」張媒口中不道，心下思量道：「大伯子許多年紀，如今說親，說甚麽人是得，教我怎地應他？」則見李媒把張媒一推，便道「容易」。臨行又叫住了，道：「我有三句話。」媒人道：「不知員外意下如何？」張員外道：「有三件事說與你兩人：第一件，要一個人材出衆，好模好樣的；第二件，要門户相當；第三件，我家下有十萬貫家財，須着個有十萬貫房奩的親來對付我。」兩個媒人肚裏暗笑，口中胡亂答應道：「這三件事都容易。」當下相辭員外自去。張媒在路上與李媒商議道：「若說得這頭親事成，也有百十貫錢撰（賺）。只是員外說的話，太不着人。有那三件事的，他不去嫁個少年郎君，卻肯隨你這老頭子？偏你這幾根白髯鬚是沙糖拌的。」李媒道：「我有一頭，到也湊巧，人材出衆，門户相當。」張媒道：「是誰家？」李媒道：「是王招宣府裏出來的小夫人。王招宣初娶時，十分寵幸，後來只為一句話破綻些，失了主人之心，情願白白裏把與人。只要有個門風的，便肯。隨身房計，少也有幾萬貫。只怕年紀忒小些。」張媒道：「不愁小的忒小，還愁老的忒老。這頭親，張員外怕不中意！只是雌兒心下必然不美。如今對雌兒說，把張家年紀瞞過了一二十年，兩邊就差不多了。」李媒道：「明日是個相合日，我同你先到張宅講定財禮，隨到王招宣府一說便成。」是晚各歸無話。（志誠張主管）

我們讀了這兩段，首先使我們驚奇的，是南宋時代的白話文，已達到這種成熟的境地。對話的漂亮，描寫的深刻，人物個性的活躍，心理的表現，決非那種典雅的文言所能做到的。錯斬崔寧中，沒有雜半點神鬼的情節，完全描寫一件人事公案，並且這種事件，在封建社會的黑暗政治下是常有的。那故事是說有一位劉官人，有一妻一妾。某日與妻同至岳家，岳丈給他十五貫錢，叫他回家作生意。那晚他一人醉酒回來，二姐（他的妾）見了錢，問他哪裏來的，他酒後戲言說，把你押了。隨後就醉倒在床上。二姐聽了，便私自跑回娘家去告訴父母，不料那夜劉官人家來了強盜，搶去了錢，把官人也殺了。第二天族人知道這件事，便去追二姐，恰好二姐正同一路人崔寧在山中同行，於是崔寧便以洗不清的罪名送了性命。後來劉官人的妻，又被那強盜霸佔，最後經她告發，終於破了案。作者用純粹的白話，把這件事原原本本地敍述出來，後面加以破案的結局，在組織上，也合於短篇小說的結構。通過這篇小說，嚴厲地控訴了在昏庸無能的封建官吏和腐敗混亂的司法制度下，人命財產毫無保障的黑暗現實。話本作者說：「看官聽說……這段冤枉，仔細可以推詳出來。誰想問官糊塗，只圖了事；不想捶楚之下，何求不得？冥冥之中，積了陰騭，遠在兒孫近在身，他兩個冤魂，也須放你不過。所以做官的切不可率意斷獄，任情用刑，也要求個公平明允。道不得個死者不可復生，斷者不可復續，可勝歎哉！」這段話也正體現了話本作者對於草菅人命、枉殺無辜的封建官吏的嚴正譴責。清代朱素臣的傳奇十五貫，卽取材於此。

志誠張主管，敘述王招宣府一位侍妾，因不滿意那種沒有靈魂的富貴生活，偷了珍珠，嫁給一個開胭脂絨線鋪的老闆。那知她受了媒婆的騙，這位老闆卻是年過六十的白髮老翁。她失望之餘，於是愛上了店中的青年張主管。後來因偷珍珠的事件敗露了，小夫人上吊而死。她做了鬼，仍忠於愛情，還到張主管家裏去，要和他同居。在這篇小說裏，描寫這位青年女子，鄙棄被玩弄的生活，追求愛情的幸福，對於封建制度封建道德，作了堅決的反抗。碾玉觀音的主題思想，和這篇很相近。藝術力量也是很強烈的。在這幾篇作品裏，語言很成熟，描寫很生動，結構很謹嚴。尤其是二姐、小夫人、秀秀這幾位女性，具有典型的社會意義。從這幾點看來，在這些作品中，有的體現了現實主義的創作精神，有的體現了現實主義與浪漫主義結合的創作精神，對於後代的小說有很大影響。

四　宋代的長篇小說

宋代的長篇小說，流存於今者，有新編五代史平話、宣和遺事和大唐三藏取經詩話三種。關於宣和遺事與取經詩話的年代，到現在還不能絕對的確定，肯定宋代者多，也有人表示懷疑的。魯迅對取經詩話云：「則此書或爲元人撰，未可知矣」，又對宣和遺事云：「則其書或出於元人，抑宋人舊本，而元時又有增益，皆不可知。」(中國小說史略)但我們把兩種作品的時代，歸之於宋末元初想是比較合理的。

新編五代史平話，爲當日說話人的講史的底本。概述梁、唐、晉、漢、周五代的歷史，反映出封建暴政和長期混戰帶給人民的災難。每代二卷。都以詩起詩結，中間用散文敍述史事。散文部分，大都爲淺近的文言，而偶有純粹的白話。其中少數片段，描寫頗爲生動。梁、漢二史，俱缺下卷。所敍史事，重要者皆本正史，對於個人的性情雜事以及戰事場面，加以誇張滑稽的描寫和鋪敍，頗具歷史小說的規模。如梁史開卷一段，敘歷代興亡之事，加以種種怪誕的因果說，藉以增加故事的效力。再如劉知遠、郭威、黃巢、朱溫等人的描寫，也都生動，有幾段白話，也寫得很是漂亮。但對於黃巢起義，認識不足，作了某些歪曲的敍述。東京夢華錄說，當日說話人中，有尹常賣以講五代史爲專業，那末這一些平話，必是當日說五代史的底本了。本書爲清末曹元忠所發現，後經影印行世，於是這罕見的祕籍，得以流傳人世。在文學的意義上講，這書沒有多大的藝術價值，但由此可看出講史底本的真實面貌，並由此演進下去，便產生後代那些歷史長篇小說。另有全相平話五種：一、武王伐紂平話，二、七國春秋平話(後集)，三、秦併六國平話，四、前漢書平話(續集)，五、三國志平話，都是講史的話本，都是元代至治年間刊行，也可能出自元代了。由後集、續集看來，當時應有前集和正集。這些平話的內容，大體根據正史，但其中頗多民間流傳故事。文字比較簡樸，對當日統治階級的荒淫和社會的矛盾鬥爭，也作了一些反映。對後代的封神演義、前後七國志、東周列國志、西漢演義及三國演義等歷史小說的形成，很有影響。

其次，同樣帶有講史的性質，而多雜以社會的故事的，是大宋宣和遺事。全書分元、亨、利、貞四集。首敘歷代帝王的荒淫，接敘王安石的變法，蔡京的當權，梁山濼宋江諸英雄的起義，徽宗與李師師的故事，林靈素道士的進用，京師的繁華，汴京的失陷，徽、欽二帝的被擄，結於高宗的定都臨安。此書係節抄舊籍而成，故體例頗不一致，有典雅的文言，有流利的白話。結構上亦無嚴密的組織，不是說話人的本子，想是宋末（或出於宋亡以後）憤世文人，擬話本而爲者。魯迅說：「近講史而非口談，似小說而無捏合。……雖亦有詞有說，而非全出於說話人，乃由作者掇拾故書，益以小說，補綴聯屬，勉成一書，故形式僅存，而精采遂遜。文辭又多非己出，不足以云創作也。」（中國小說史略）他這批評很是確切。書末結段云：「世之儒者，謂高宗失恢復中原之機會者有二焉。建炎之初失其機者，潛善、伯彥偷安於目前誤之也；紹興之後失其機者，秦檜爲虜用而誤之也。失此二機，而中原之境土未復，君父之大仇未報，國家之大恥不能雪，此忠臣義士之所以扼腕，恨不食賊臣之肉而寢其皮也歟？」這種口吻，自然不是出於說話人，而必是出於憤世傷時的文人之手。

本書貞集錄劉後村詠史詩一首，作全書結束。劉卒後不到十年，宋卽滅亡。則此書之成，可能在劉後。又元集敍述宋太宗與陳摶論治道云：「太宗欲定京都，聞得華山陳希夷先生名摶表德圖南的，精於數學，預知未來之事，宣至殿下，太宗與論治道，留之數日。一日，太宗問：『朕立國以來，將來運祚如何？』陳摶奏道：『宋朝以仁得天下，以義結人心，不患不久長。但卜都之地，一汴二杭三閩四廣。』太宗再三詰問，摶但唯唯不言而已。」由這一段話，足見本書的作者，是見過遷閩遷廣的事實的。陸秀夫負帝赴海而死的悲劇，必定使這位作者非常痛心，所以他在結論裏，說出「此忠臣義士之所以扼腕，恨不食賊臣之肉而寢其皮也歟」的憤激的話了。由這一點，我們可以推測本書的編撰者，一定是宋代的遺民，而在文學的思想上，同那些遺民的哀傷亡國的詩詞的情調是一致的。

宣和遺事雖是一本掇拾舊籍文體不純的書，但在歷史內容的表現上，卻有重大的意義。本書的編者是一位愛國主義者，他痛恨君主的荒淫，攻擊奸臣的當權，不滿意擾民的政治和道士怪人的參政，同時對於除奸的英雄寄以同情。這幾種觀點，在這一本書裏，始終是一貫的。作者在書的末尾，流露出這種真意，並代表當日苦於亡國的民眾，發出了強烈的怨恨和責罵。我們對於宣和遺事的研究，必須注視這方面，才可認識它在文學上的現實意義。

其次，宣和遺事中所敘的梁山濼故事，卽是後日水滸傳的底本。在這一段裏，已經有楊志賣刀，晁蓋等奪取禮物，宋江殺閻婆惜，題反詩而逃，在玄女廟內看見題有三十六人姓名的天書，最後朝廷招降宋江等，命討方臘，因有軍功，封節度使。惟吳用作吳加亮，盧俊義作李進義，人名雖偶有異同，但故事的骨幹，已大部形成。因此這一段，可以看作是水滸傳最初的本子，並且本段中的白話文，也寫得較爲精采。由此我們可以推測，在當初，這是一本獨立的書或是一部話本，由宣和遺事的編撰者，將他抄錄進去，成爲書中的一節，或在文字上有所增删，也說不定。這樣看來，水滸傳的故事，不僅在宋末的民間已很流行，並已有人編寫成書，或作爲說話人的底本了。

最後要講到的長篇小說，便是大唐三藏取經詩話。此書又名大唐三藏法師取經記。全書分三卷，共十七章，可爲中國章回小說之祖。卷末有「中瓦子張家印」六字，王國維考定中瓦子爲宋臨安府的街名，「倡優劇場之所在也」。書中有詩有話，故名爲詩話。第一章已缺。第二章，行程遇猴行者處。第三章，入大梵天王宮。第四章，入香山寺。第五章，過獅子林及樹人國。第六章，過長坑大蛇嶺處。第七章，入九龍池處。第八章，缺前段。第九章，入鬼子母國處。第十章，經過女人國處。第十一章，入王母池之處。第十二章，入沉香國處。第十三章，入波羅國處。第十四章，入優鉢羅國處。第十五章，入竺國度海之處。第十六章，轉至香林寺受心經處。第十七章，到陝西王長者妻殺兒處。由上面這些題目看來，便知道書中已充滿了浪漫成分與幻想情調。

全書敘述玄奘與猴行者西天取經的故事。當日的猴行者雖是一個白衣秀才，但已經是神通廣大，文武雙全，正替後代西遊記中的齊天大聖立好一個基礎。如：

偶於一日午時，見一白衣秀才，從正東而來，便揖和尚：「萬福萬福，和尚今往何處？莫不是再往西天取經否？」法師合掌曰：「貧僧奉勅，為東土眾生未有佛教，是取經也。」秀才曰：「和尚生前兩回去取經，中路遭難，此回若去，千死萬死。」法師云：「你如何得知？」秀才曰：「我不是別人，我是花果山紫雲洞八萬四千銅頭鐵額獼猴王，我今來助和尚取經。此去百萬程途，經過三十六國，多有禍難之處。」法師應曰：「果得如此，三世有緣。東土眾生，獲大利益。」當便改呼為猴行者。（行程遇猴行者處第二）

猴行者卽將金鐶杖向盤石上敲三下，乃見一個孩兒，面帶青色，爪似鷹鷂，開口露牙，從池中出。……又敲數下，偶然一孩兒出來。問曰：「你年多少？」答曰：「七千歲。」行者放下金鐶杖，叫取孩兒入手中，問：「和尚，你喫否？」和尚聞語，心驚便走。被行者手中旋數下，孩兒化成一枚乳棗，當時吞入腹中，後歸東土唐朝，遂吐出於西川，至今此地中生人參是也。（入王母池之處第十一）

可知西遊記中的那一隻神通廣大的猴王，宋末已初步構成了。到了元朝，用這個故事來寫戲曲的人也很多，再漸漸演變下去，便成就了吳承恩的那一部巨大的積極浪漫主義作品。但我們不能因其文字的拙劣，敘事的簡略，每章字數的不稱，便忽視它的價值，它正如五代史平話、宣和遺事一樣，都是後代長篇小說的種子，白話文學的先聲。在中國小說的發展史上，是有重要的意義的。至於在永樂大典中所發現的那一段夢斬涇河龍的西遊記（見大典一三一三九卷，引書標題作西遊記），共有一千二百餘字，就其文字的技巧與故事的組織上看，顯然呈現着進步的形式，想是出自取經詩話以後了。

下篇　宋代的戲曲

在政治的地位上，宋、金是兩個單位。但在文學史的發展過程中，金朝應當包括在宋代範圍裏。因此，關於宋、金的戲曲史料，我放在這一個時代中來敘述。

一　中國戲曲的起源與演進

中國戲曲起源於民間，起源於勞動，一開始就是舞蹈、音樂、歌唱的綜合藝術，後來在統治者的掌握下，發展為巫術宗教服務。因此，周頌這一類作品，一面可看作是詩歌初期的材料，同時也可以看作是戲曲的雛形，因爲在周頌裏，包含着大量的舞蹈、音樂的成分。擔任着這種舞蹈的角色，便是當日的巫覡。他們能歌能舞，是以媚神娛鬼爲專業的。

這一種情形，在九歌裏表現得更是明顯。九歌的文字雖是美麗的詩句，但就其全體看，卻是一套完整的舞曲。關於這一點，我在本書第四章裏，也已說過。楚國本是一個巫風大盛的地帶。王逸說：「昔楚國南郢之邑，沅、湘之間，其俗信鬼而好祠，其祠必作歌樂鼓舞，以樂諸神」（楚辭章句），這正是一個產生媚神鬼的舞曲的良好環境。九歌全篇共有十一個節目，最後一場，是追悼陣亡的將士，用國殤來作爲悲壯的收場。禮魂是全劇的尾聲，是用着合樂合舞合唱的熱鬧場面，結束全局。「成禮兮會鼓，傳芭兮代舞，姱女倡兮容與」（禮魂），在這幾句裏，一面表示着在九歌中所含的舞蹈音樂動作成分的豐富，同時又暗示着這一套舞曲，必在典禮紀念日中舉行的。這樣看來，九歌一方面是詩的史料，同時也可看作是戲曲的史料。

九歌中所謂的靈或靈保，便是古代的巫覡，如「靈偃蹇兮姣服，芳菲菲兮滿堂」（東皇太一），「靈連蜷兮既留，爛昭昭兮未央」（雲中君），「思靈保兮賢姱」（東君），他們或作爲娛神的表演者，或作爲神靈的象徵，但在衣服形貌上，都有戲曲的適應性，在舞蹈動作上，都有戲曲的表演性。王國維說：「至於浴蘭沐芳，華衣若英，衣服之麗也。緩節安歌，竽瑟浩倡，歌舞之盛也。乘風載雲之詞，生別新知之語，荒淫之意也。是則靈之爲職，或偃蹇以象神，或婆娑以樂神，蓋後世戲劇之萌芽，已有存焉者矣。」（宋元戲曲考）他說是萌芽，固有不妥；但所指出的九歌戲劇性的特點，是很正確的。

因着社會經濟的發展，統治階級的得勢，人權思想的興起，藝術由神鬼的祭壇下，而漸漸地轉入於人事的娛樂，這是必然的趨勢。代替着巫覡靈保而起的，是那些倡優侏儒一類的滑稽角色。列女傳云：「桀既棄禮義，……收倡優侏儒狎徒，能爲奇偉戲者」，此說出於漢人，不可全信，因夏時恐尙無此種專職。但晉的優施，楚的優孟一類人物，確是後代俳優的濫觴，他們或善於歌舞，或長於調戲。優施舞於魯君之幕下，孔子加以辱君的罪名，優孟之爲孫叔敖衣冠，楚王欲以爲相。可知他們於言語調戲之外，必加以滑稽的動作。這一種情形，與後世的戲劇演員，是有幾分近似了。

到了漢代，隨着統治階級勢力的強固與經濟的繁榮，於是俳優一類的人，成爲一種專門人材，作爲謀生的一種職業。漢書禮樂志載：郊祭樂人員，初無優人，惟朝賀置酒陳前殿房中，有常從倡三十人，常從象人四人（孟康曰：象人若今戲魚蝦師子者也。韋昭曰：著假面者也。）詔隨常從倡十六人，秦倡員二十九人，秦倡象人員三人，詔隨秦倡一人。這一大批倡人，他們所表演的內容，雖無從知其詳情，但他們或是帶着假面具，裝着魚蝦獅（師）子的樣子，或是唱歌跳舞，或是戲謔滑稽，藉以取笑於君主與貴族，却是無疑的。由巫覡靈保所表演的媚神的舞曲，到這時候，是進一步而變爲娛人的滑稽表演了。它的發展基礎，當然是在民間，不過現在看不到那樣的材料。

角觝戲起源甚早，相傳黃帝與蚩尤鬬，以角觝人，自不足信。但史記李斯傳中記「是時二世在甘泉，方作角觝俳優之觀」，又大宛傳也記西域有大角觝。可見秦、漢間陝西及西域都已流行這種遊戲。但最初僅爲角力、角技及比賽射御。到了後來繁衍下去，範圍日廣，連假面戲和歌舞等等，也都包括在內。張衡在西京賦中描寫平樂觀的角觝（抵）戲說：「烏獲扛鼎，都盧尋橦。衝狹燕濯，胸突銛鋒。跳丸劍之揮霍，走索上而相逢。……總會仙倡，戲豹舞羆。白虎鼓瑟，蒼龍吹篪。……女娥坐而長歎，聲清暢而蜲蛇；洪厓立而指揮，被毛羽之襳襹。度曲未終，雲起雪飛。」再在李尤的平樂觀賦（見藝文類聚）裏，也可以看到，當日演角觝戲者，除身手矯捷輕健之外，還以戲謔來逗人笑樂。這樣看來，當日的角觝戲，範圍極廣，是集俳優、歌舞、角力、雜耍於一爐，而成爲無所不包的百戲了。

魏、晉在戲劇方面，只沿襲漢代，沒有什麼進步。然可注意者，有出於後趙的參軍戲。據趙書所載：「石勒參軍周延爲館陶令，斷官絹數百疋，下獄，以八議宥之。後每大會，使俳優著介幘，黃絹單衣……以爲笑。」（太平御覽卷五百六十九引）唐段安節樂府雜錄亦載此事，云起於漢和帝時。但王國維以後漢尙無參軍官名，故以趙書爲是。這一種參軍戲，雖只以戲謔爲主，但已扮演時事，比起往日的象人戲來，內容是稍稍有點不同了。並且盛行於唐代的參軍戲，即起源於此，這是值得我們注意的。

到了北朝，在戲劇方面，有比較重要的進展。這進展的事實，便是當日的俳優，能合着歌舞，去表演一種簡單的故事，在扮演方面將歌舞和故事聯繫起來，漸漸地走近戲曲的領域。這原因不得不歸功於外族音樂舞曲的輸入與影響。他們表演的故事雖極簡單，但已經是社會上的現實生活，決不是漢朝那種裝禽獸玩木偶的把戲。當日這種戲，在文獻中可考者，有代面、撥頭、踏搖娘三種。其中前二種爲種類名而後一種爲劇名。

代面　代面始於北齊，是一種有歌舞有動作有故事又有化裝的舞曲。舊唐書音樂志二云：「代面出於北齊。北齊蘭陵王長恭，才武而面美，常著假面以對敵，嘗擊周師金墉城下，勇冠三軍，齊人壯之，爲此舞以效其指揮擊刺之容，謂之蘭陵王入陣曲。」可知代面一面是扮演蘭陵王的故事，同時又是以歌舞爲主體的了。但蘭陵王僅是代面節目之一。再如教坊記及樂府雜錄，俱載此事，其中雖略有差異，但對於北齊時代及男主角帶假面英勇應敵之事，所載一致。

鉢頭　鉢頭一名撥頭，亦爲唐代的一種歌舞戲。張祜詩云：「爭走金車叱央牛，笑聲惟是說千秋。兩邊角子羊門里，猶學容兒弄鉢頭。」張祜以寫宮詞著名，詩中所說，正是當時宮中承演鉢頭之例證，內容大概是點綴昇平。此外，民間所演的鉢頭，也有自西域傳來的，如杜佑通典說

：「撥頭出西域，胡人爲猛獸所噬，其子求獸殺之，爲此舞以象也。」樂府雜錄也有同樣記載，並說：「戲者被髮，素衣，面作啼，蓋遭喪之狀也。」則所演的也具有悲劇的內容。

踏搖娘　「踏」字在唐代，就含有歌舞的意思。教坊記謂起於北齊，舊唐書音樂志則謂起於隋末河內。但所載故事，則大都相同。教坊記所載最詳，或較可信。其詞云：「北齊有人姓蘇，鮑鼻，實不仕，而自號爲『郎中』。嗜飲酗酒，每醉，輒毆其妻，妻銜悲訴於鄰里。時人弄之。丈夫著婦人衣，徐步入場。行歌，每一疊，旁人齊聲和之。云：『踏謠，和來。踏謠娘苦，和來。』以其且步且歌，故謂之踏搖。以其稱冤，故言苦。及其夫至，則作毆鬭之狀，以爲笑樂。」這樣看來，踏搖娘所扮演的還是一種社會上的實事。它的起源，是北齊時的河北地方戲。它的形式，是兼說白、表情、歌舞而有之。它的演員，男女以至戲外人都可上場。但因其中有「蘇郎中」之名，後人往往將踏搖娘與蘇中郎相混淆。實則蘇中郎爲一滑稽戲，起源於後周士人蘇葩，段安節樂府雜錄中就分得很清楚。從上述的代面、撥頭、踏搖娘看來，這些故事無論是雄壯的或悲悽的，但主題都具有現實意義，因而受到民間的歡迎。這些也正是中國戲劇史上值得重視的資料。

除此而外，漢、魏以來的百戲，在南北朝及隋代也很盛行，尤盛於北方。在魏書樂志、隋書音樂志中，都有記述。據隋書音樂志所載：「於端門外建國門內，綿亘八里，列爲戲場，百官起棚夾路，從昏達旦以縱觀之，至晦而罷。伎人皆衣錦繡繒綵，其歌舞者多爲婦人服，鳴環佩，飾以花眊者，殆三萬人。」又隋書柳彧傳云：「鳴鼓聒天，燎炬照地，人戴獸面，男爲女服。倡優雜伎，詭狀異形，以穢嫚爲歡娛，用鄙褻爲笑樂。」百戲的演奏，雖非始于隋煬帝，如北齊、北周時，百戲的節目就很豐富，但因煬帝本人生活的荒淫，因而就踵事增華，使本來很有意義的技藝，成爲他享樂玩賞的工具，無怪柳彧要上書勸諫了。

唐代的戲曲，如代面、撥頭、踏搖娘、參軍戲等，均本於前代，但參軍戲最爲流行。如樂府雜錄、趙璘因話錄、范攄雲溪友議中，都有參軍戲的記載。如黃幡綽、張野狐、李仙鶴，又如周季南、周季崇、劉採春（季崇妻），則更是一種家庭班的組織。都是扮演參軍戲的名角。並且當日的參軍戲，已較北朝時代進步。在那種戲裏，已有「參軍」和「蒼鶻」兩種固定的脚色，而科白佔極重要地位，這在戲劇的表演上，是一種很重要的發展。五代史吳世家云：「徐氏之專政也，楊隆演幼懦，不能自持。而（徐）知訓尤凌侮之。嘗飲酒樓上，令優人高貴卿侍酒。知訓爲參軍，隆演鶉衣髽髻爲蒼鶻。」又姚寬西溪叢話卷下所引吳史，亦有同樣記載。可知晚唐時代的參軍戲已有固定的角色，所謂參軍，便是戲中的正角，蒼鶻便是丑角一類的配角，兩者相互問答，其作用則調謔諷刺，兼而有之。又李義山驕兒詩云：「忽復學參軍，按聲喚蒼鶻」，在這裏可以看出參軍戲這種遊藝，在當日是如何的普遍。甚至因爲戲中的參軍常受凌辱，（參軍戲本與罪人有闕)官吏也有不願左遷爲參軍的。

資治通鑑(卷二百十二)、舊唐書文宗紀、孫光憲北夢瑣言卷六、卷十四及高彥休唐闕史諸書中,俱有關於參軍戲的記載。尤以唐闕史所載者最爲有趣。「咸通中,優人李可及者,滑稽諧戲,獨出輩流。雖不能託諷匡正,然智巧敏捷,亦不可多得。嘗因延慶節緇黃講論畢,次及倡優爲戲。可及乃儒服險巾,褒衣博帶,攝齊以升崇座,自稱三教論衡。其隅坐者問曰:『既言博通三教。釋迦如來是何人?』對曰:『是婦人。』問者驚曰:『何也?』對曰:『金剛經云:敷座而坐。或非婦人,何煩夫坐,然後兒坐也。』上爲之啓齒。又問曰:『太上老君何人也?』對曰:『亦婦人也。』問者益所不喻。乃曰:『道德經云:吾有大患,是吾有身。及吾無身,吾復何患。倘非婦人,何患於有娠乎?』上大悅。又問:『文宣王何人也?』對曰:『婦人也。』問者曰:『何以知之?』對曰:『論語云:沽之哉,沽之哉,吾待賈者也。向非婦人,待嫁奚爲?』上意極歡,寵錫甚厚。翌日,授環衞之員外職。」(卷下)可知這種戲,是以滑稽諷刺爲主的。在這一戲中,李可及是主角,正是參軍的脚色,那位隅坐者,無疑是蒼鶻一類的配角了。這一種戲,不僅盛行於民間,同時供奉於宮廷,偶爾得到君主的啓齒破顏,便可得到物品與官祿的賞賜,有了這種環境,這一種遊藝,自然可以很快地發展起來。宋代那個商業繁盛的城市裏和酣歌醉舞的朝廷裏,所謂官本雜戲那種東西,便如雨後春筍一般地興盛起來了(此節主要參考王國維宋元戲曲考)。

此外，尚有樊噲排君難戲一種，又名樊噲排闥，見唐會要、宋敏求長安志及陳暘樂書，盛行于晚唐，是一種扮演劉、項鴻門相會的故事，可能是唐人自製的。戲中的詳情雖不知道，但由其故事看來，較之代面、踏謠娘之類，自必稍加繁複，並使唐代的歌舞戲又向前發展一步了。

二　宋代的各種戲曲

上面所說的，是宋代以前的中國戲曲發展的大略情形。它在戲曲發展的過程上，都是不能忽視的資料。到了宋朝，由於商業經濟的繁榮，市民階層的壯大，隨着歌詞小說的興起，於是作爲市民文娛的戲曲，得到了重要的進展。無論滑稽戲、歌舞劇以及講唱戲等等，在脚色和故事方面，都較唐代進步得多。在南宋時代，這些東西，大都是叫作雜劇，在金人是叫作院本，那包括的範圍是非常廣泛的。這些雜劇和院本，雖說還沒有達到真正的戲曲的階段，同元代的雜劇，仍是兩種不同的東西，但它們之間的距離已在逐漸接近，也可說是向元雜劇的一種過渡形式，因而成爲元代戲曲的基礎，其中戲曲的基本條件，差不多都已具備，所缺少的只剩着由敘事體的講唱到代言體的扮演那一個重要的轉變和進展了。

宋代初期的雜劇，範圍較狹。陳暘樂書云：「讌時，皇帝四舉爵，樂工道詞以述德美，詞畢再拜，乃合奏大曲。五舉爵，琵琶工升殿，獨奏大曲。曲上，引小兒舞伎，間以雜劇。」又夢粱錄說：「向者汴京教坊大使孟角毬曾做雜劇本子，葛守誠撰四十大曲」，但宋之大曲，實不止此數，故又有五十大曲及五十四大曲之稱。又宋史樂志說：「真宗不喜鄭聲，而或爲雜劇詞，未嘗宣布於外。」這樣看來，雜劇與大曲開始是不同的兩種曲藝。在節令演奏時，大曲排在第七個項目，雜劇排在第十個項目。可惜當日流行的雜劇本子現在一本也沒有流傳下來，只在周密武林舊事中記有雜劇名目二百八十本，陶宗儀輟耕錄中記有院本名目七百二十餘本。大抵大曲以歌舞爲主，雜劇以調戲滑稽爲主。後來各種表演的藝術漸漸進步，彼此調和混雜，於是專以歌舞爲主的大曲，開始敘述故事，而雜劇一類的東西，也雜以歌舞，因此雜劇與大曲漸漸相混了。在夢粱錄卷三及卷二十裏，說到雜劇演唱的情形，則說以滑稽、念唱、敘述故事爲主，同時又說到種種音樂跳舞混合，這情形是非常明顯的。到這時候，於是雜劇成爲各種戲劇的總稱，而包含着滑稽戲、歌舞劇以及其他各種演唱藝術在裏面了。試看上述武林舊事所載官本雜劇共二百八十本，其中用大曲者一百有三，用法曲者四，用普通詞調者三十有五，用諸宮調者二。再如有稱「爨」者四十三本，稱「孤」者十七本，稱「酸」者五本，以及稱「打調」、「三教」、「訝鼓」者十數本。這樣看來，南宋時代的雜劇，確是無所不包，同北宋時代的雜劇，有廣狹之分了。這二百八十本雜劇，題爲官本，自然是出演於宮廷的作品，可惜現在已無從知其真實面目。但我們從古書的記載以及文人的作品裏，還可找到許多材料，供我們研究。我在下面，分作雜劇、傀儡戲與影戲、歌舞戲、講唱戲四類來敘述，看看宋代戲曲的大略情形。

一、雜劇　宋代的雜劇，是在唐代參軍戲的基礎上發展起來的，在脚色與布置方面有很大的進步。表演時有四五個脚色，「末泥色主張，引戲色分付，副淨色發喬，副末色打諢，或添一人，名曰裝孤」（夢粱錄），可知有演戲的，又有指揮的了。但其內容大都以諷刺滑稽為主。一套完整的雜劇，分為豔段、正本、雜扮三段，表演時可以取舍。正本為諷刺滑稽之主，為雜劇的精華。呂本中童蒙訓云：「作雜劇者打猛諢入，卻打猛諢出。」王直方詩話云：「山谷云：作詩如作雜劇，初時布置，臨了須打諢，方是出場。」洪邁夷堅志丁集云：「俳優侏儒，固技之下且賤者，然亦能因戲語而箴諷時政，有合於古矇誦工諫之義，世目為雜劇者是已。」同書又記優人以儒道釋三教為喻，在徽宗前進行婉諷；以韓信、彭越為喻，嘲弄秦檜子姪因倚權勢而中省試，都說明當時雜劇在諷喻現實上的積極作用。又吳自牧夢粱錄云：「大抵全以故事，務在滑稽唱念，應對通徧。」在這裏很可以看出當日雜劇的真實面目，它同當日流行的歌舞戲、講唱戲是不同的。

祥符、天禧中，楊大年、錢文僖、晏元獻、劉子儀以文章立朝，為詩皆宗李義山，號西崑體。後進多竊義山語句。嘗內宴，優人有為義山者，衣服敗敝，告人曰：「吾為諸館職撏撦至此。」聞者歡笑。（劉攽中山詩話）

史同叔爲相日，府中開宴，用雜劇，作一士人念詩曰：「滿朝朱紫貴，盡是讀書人。」旁一士人曰：「非也，滿朝朱紫貴，盡是四明人。」自後相府有宴，二十年不用雜劇。（張端義貴耳集）

由上面這些記載看來，雜劇的演出，雖以滑稽笑言爲主，但其內含的意義，是很嚴肅的。或嘲笑文人們的偷竊義山詩句，或譏諷當權的宰相的任用鄉人，都表現出諷刺藝術的特色，並不是專說一兩句笑話，以供統治者的娛樂。同時，這種戲的表演者，必有相當的知識，對於時事，對於學術政治，都得有相當的瞭解。故岳珂說：「蜀伶多能文，俳語率雜以經史。凡制帥幕府之燕集，多用之。」（桯史）可知演這一種戲的，水平並不低。

二、傀儡戲與影戲　傀儡戲就是木偶戲。傳起於周代的偃師，見列子湯問篇。列子爲後人僞託，故不可信。舊唐書音樂志云：「窟礧子亦云魁礧子，作偶人以戲，善歌舞，本喪家樂，漢末始用之於嘉會。」可知傀儡戲起於漢代，原是喪家的樂舞，到了漢末，始用之於賓婚嘉會的場合。到了隋、唐，傀儡戲已演故事。據封氏見聞記道祭條所載，唐代的木偶戲，表演尉遲公作戰，項羽、劉邦鴻門宴的故事，「機關動作，不異於生」。到了宋朝，傀儡戲大盛，種類亦極繁。據東京夢華錄、武林舊事諸書所載，當日有懸絲傀儡、杖頭傀儡、藥發傀儡、肉傀儡、水傀儡種種名目。懸絲傀儡就是提偶，杖頭傀儡就是托偶，水傀儡是在水上表演的，肉傀儡可能是用小孩子代替木偶表現的，藥發傀儡可能是用炸藥或機關來發動的。都城紀勝云：「凡傀儡敷演煙粉靈怪故事、鐵騎公案之類，其話本或如雜劇，或如崖詞，大抵多虛少實，如巨靈神、朱姬大仙之類是也。」由此看來，當日的傀儡戲實有很大的進步，能表演各種長篇故事，並且還有演戲的底本，宜乎能與「小說」、「講史」兩種說話人，同樣受民眾歡迎，而大大地興盛起來了。

傀儡戲以外，尚有影戲。影戲始於宋朝。北宋張耒明道雜志記京師有富家子，「甚好看弄影戲，每弄至斬關羽，輒爲之泣下。」張耒爲紹聖間人，這件事情是他所親自看到的。又高承事物紀原云：「仁宗時，市人有能談三國事者，或採其說加緣飾，作影人，始爲魏、吳、蜀三分戰爭之象。」東京夢華錄所載「京瓦伎藝」，有影戲與喬影戲之目。到了南宋，影戲更日益進步。夢粱錄云：「更有弄影戲者。元汴京初以素紙雕簇，自後人巧工精，以羊皮雕形，用以彩色裝飾，不致損壞。……其話本與講史書者頗同，大抵真假相半。公忠者雕以正貌，奸邪者刻以醜形，蓋亦寓褒貶於其間耳。」由易損的紙人，變爲堅固的羊皮，由質素的形狀，變爲顏色的裝飾，同時能在面貌上，加以公忠與邪惡的表情的分別，這是臉譜的初步應用，這種種現象，都有非常明顯的進步。最後，便發展爲以人扮演的喬影戲與大影戲。武林舊事說：「戲於小樓，以人爲大影戲，兒童喧呼，終夕不絕」，大影戲與肉傀儡相同，都是以真人扮演，不過不開口而已。至元代由於南洋海上的交通，影戲流傳到波斯、阿拉伯各國，後又流傳於歐洲，德國的大詩人歌德，就特別歡喜中國影戲。

傀儡戲與影戲，雖一般的不是人所表演，但它卻具備着戲曲的形態與實質。它能夠表現一個有頭有尾的故事，有固定的話本，有面部的表情，有衣服上的顏色裝飾，並且還配合音樂歌唱。因爲如此，它才能夠得到民衆的愛好與歡迎，而在當日瓦舍的伎藝中，佔着重要的地位。

三、歌舞劇　宋代的歌舞劇，是繼承着唐代的大曲而發展的。它配合着樂曲歌舞，表演一個故事，其組織形式，已相當複雜。但它缺少戲曲上一個最重要的特質，便是在故事的表演上，是敘事體而不是代言體。現舉其重要者三種如下。

甲、轉踏　轉踏（見曾慥樂府雅詞），亦名「纏達」（見吳自牧夢粱錄）。它的組織形式，是用一曲連續歌唱，有每首詠一事者，有多首合詠一事者。如樂府雅詞中所載的晁無咎的調笑轉踏，分詠西施、宋玉、大堤、解珮、回文、唐兒和春草等七事。鄭僅的調笑轉踏，分詠羅敷、莫愁、卓文君、桃花源十二事；無名氏的調笑集句轉踏，分詠巫山、明妃、班女、文君等八事。這都是每首詠一事合多首詠多事的轉踏。開始是一小段駢文，叫作勾隊詞，此後以一曲一詩相間。詩爲七言，曲則以調笑爲主。最後則以放隊詞作結。因詞首二字與詩末二字相疊，有宛轉傳遞之意。據碧雞漫志卷三所載，謂石曼卿作拂霓裳轉踏述開元、天寶遺事，自是多首合詠一事者，可惜其詞不傳。再如樂府雅詞中的九張機，其中雖無具體的故事，也是具備着多首合詠一事的形式。

今舉鄭僅的調笑轉踏爲例：

良辰易失，信四者之難并；佳客相逢，實一時之盛事。用陳妙曲，上助清歡，女伴相將，調笑入隊。

秦樓有女似羅敷，二十未滿十五餘。金環約腕攜籠去，攀枝摘葉城南隅。使君春思如飛絮，五馬徘徊芳草路。東風吹鬢不可親，日晚蠶飢欲歸去。

歸去。攜籠女。南陌柔桑三月暮。使君春思如飛絮，五馬徘徊頻駐。蠶饑日晚空留顧，笑指秦樓歸去。

石城女子名莫愁，家住石城西渡頭。拾翠每尋芳草路，採蓮時過綠蘋洲。五陵豪客青樓上，醉倒金壺待清唱。風高江闊白浪飛，急催艇子操雙槳。

雙槳，小舟蕩。喚取莫愁迎疊浪。五陵豪客青樓上。不道風高江廣。千金難買傾城樣，那聽遶梁清唱。

……………………

放隊

新詞宛轉遞相傳，振袖傾鬟風露前。月落烏啼雲雨散，游童陌上拾花鈿。

由上面的引子看來，知道這一種轉踏，是一種短小的適合於宴會的舞曲。他們如何歌法，如何舞法，雖不知其詳，但由「用陳妙曲，女伴相將」，和「傾鬟振袖，游童拾鈿」等等形容的文句看來，可想見其中的人物和樂舞之盛。保存於樂府雅詞中的諸轉踏，大都出於文人之手，所以文字格外典雅美麗。另有無名氏的調笑集句轉踏一篇，編者曾慥云是九重傳出，可知當日宮廷所表演的，與士子文人所製作的，無論形式與文字，體例大都相同。與轉踏相似的纏達，兩者不同之處，前者前有勾隊詞，後有放隊詞，後者則有引子而無尾聲，有尾聲的叫纏令。又轉踏以一詩一詞相間，纏達則以兩種詞調交替使用。

轉踏而外，還有一種歌舞相兼的舞曲，用以侑賓客者曰隊舞。因爲他的組織以歌舞者一隊爲單位，故名曰隊舞。據宋史樂志，隊舞有小兒隊與女弟子隊之分。小兒隊凡七十二人，分柘枝隊、劍器隊等十種；女弟子隊凡一百五十三人，分菩薩蠻隊、佳人剪牡丹隊、採蓮隊等十種。其衣服的顏色與裝飾的形狀，俱適合於其隊名的性質而各不相混。這種大規模的組織，自然只有宮廷貴族才能辦到。王國維推想轉踏和隊舞，是一種名異實同的舞曲。在性質上似乎是不錯，但在表現的組織上，隊舞必較爲大規模與複雜性的。還有一點，隊舞必偏重於舞蹈，而歌唱的成分比較少。因此，我們若把轉踏和隊舞看作是一種同實異名的東西，似乎有些不妥了。

乙、大曲　宋代的歌舞戲，除轉踏外，還有大曲。大曲是一種規模很大的舞曲。「大曲自南北朝已有此名。……至唐而雅樂、清樂、燕樂、西涼、龜茲、安國、天竺、疏勒、高昌樂中，均有大曲。然傳於後世者，唯胡樂大曲耳。其名悉載於教坊記，其詞尙略存於樂府詩集近代曲辭中，宋之大曲，卽自此出」（王國維宋元戲曲考）。可知大曲的來源已久，並且也是宮廷中的一種主樂。到了宋代，取用大曲的樂調，敍述一件故事，而變成一種歌舞的戲曲性質，雖仍是敍事體，然而較之從前那種專以樂曲爲主的大曲來，自然是大爲進步了。宋王灼碧雞漫志卷三云：「凡大曲有散序、靸、排遍、攧、正攧、入破、虛催、實催、袞遍、歇拍、殺袞，始成一曲，此謂大遍。而涼州排遍，予曾見一本有二十四段，後世就大曲製詞者，類從簡省，而管絃家又不肯從首至尾吹彈，甚者學不能盡。」可知一個正式的大曲組織，是非常繁複的，表演於宮廷者，必能依其規矩，而具備着大規模的結構。至於流行宮廷以外的大曲，一面因依曲製詞的文人，類從簡省、裁截用之；二因管絃家，不肯從首至尾吹彈，於是大曲的遍數變成長短不定了。如曾布的水調歌頭（王明清玉照新志），詠馮燕事，只有排遍第一、排遍第二、排遍第三、排遍第四、排遍第五、排遍第六帶花遍、排遍第七攧花十八，共爲七段。史浩的採蓮（鄮峯眞隱漫錄），只有延遍、攧遍、入破、袞遍、實催、袞、歇拍、煞袞，共爲八段。再如董穎的道宮薄媚大曲（樂府雅詞），爲最長者，也只有排遍第八、排遍第九、第十攧、入破第一、第二虛催、第三袞遍、第四催拍、第五袞遍、第六歇拍、第七煞袞，共爲十段。可知宋代的大曲，遍數雖多至數十，但文人的製作，往往簡省截用，變成長短自由的形式了。今試舉董穎薄媚（西子詞）的前二段云：

排遍第八

怒潮卷雪，巍岫布雲，越襟吳帶如斯。有客經遊，月伴風隨。值盛世，觀此江山美，合放懷，何事卻興悲？不為回頭，舊谷天涯。為想前君事，越王嫁禍獻西施，吳卽中深機。闔廬死，有遺誓，勾踐必誅夷。吳未干戈出境，倉卒越兵投。怒夫差鼎沸鯨鯢。越遭勁敵，可憐無計脫重圍。歸路茫然，城郭邱墟，飄泊稽山裏，旅魂暗逐戰塵飛。天日慘無輝。

排遍第九

自念平生，英氣凌雲，凜然萬里宣威。那知此際，熊虎塗窮，來伴麋鹿卑棲。既甘臣妾猶不許，何為計？爭若都燔寶器，盡誅吾妻子，徑將死戰決雄雌，天意恐憐之。偶聞太宰，正擅權貪賂市恩私。因將寶玩獻誠，雖脫霜戈，石室囚繫，憂嗟又經時。恨不如，巢燕自由歸。殘月朦朧，寒雨瀟瀟，有血都成淚。備嘗險厄返邦畿。冤憤刻肝脾。（此曲詠西施故事）

後面還有八段，都是這樣排列下去，什麼引子尾聲，動作舞蹈的表示，以及說明故事的散文都沒有。但陳暘樂書云：「優伶舞大曲，惟一工獨進，但以手袖爲容，踏足爲節。其妙串者，雖風騫鳥旋，不踰其速矣。然大曲前緩疊不舞，至入破則羯鼓震鼓與絲竹合作，句拍益急，舞者入場，投節制容，故有催拍、歇拍，姿致俯仰，百態橫出。」在這些話裏，可知大曲中歌舞之盛。因它是以歌舞爲主，其中雖敘故事，而這種故事，反居於不重要的地位，散文的部分，或者就因此而失去了。（惟鄮峯真隱漫錄中之採蓮，與此不同。）

丙、曲破　舞曲最詳備者，爲曲破。曲破始於唐、五代，當時只偏於樂舞，到了宋朝，始藉以表演故事。它是將大曲中「入破」以後各段來單獨演唱。如下錄的劍舞，就是只唱劍器大曲的曲破，加上雜曲霜天曉角。現存於史浩鄮峯真隱漫錄中之劍舞，卽爲當日曲破之底本。現節錄於下：

二舞者對廳立裀上。（下略）樂部唱劍器曲破。作舞一段了。二舞者同唱霜天曉角。

瑩瑩巨闕，左右凝霜雪。且向玉階掀舞，終當有用時節。唱徹，人盡說。寶此剛不折。內使奸雄落膽，外須遣豺狼滅。

樂部唱曲子，作舞劍器曲破一段。舞罷，二人分立兩邊，別二人漢裝者出，對坐，桌上設酒桌，「竹竿子」念：

伏以斷蛇大澤，逐鹿中原。佩赤帝之眞符，接蒼姬之正統。皇威旣振，天命有歸。……

樂部唱曲子，舞劍器曲破一段。一人左立者上裀舞，有欲刺右漢裝者之勢。又一人舞，進前翼蔽之。舞罷。兩舞者並退，漢裝者亦退。復有兩人唐裝者出。對坐。桌上設筆硯紙。

舞者一人，換婦人裝，立裀上，「竹竿子」念：

伏以雲鬟聳蒼璧，霧縠罩香肌。袖翻紫電以連軒，手握青蛇而的皪。花影下游龍自躍，錦裀上蹌鳳來儀。……

樂部唱曲子，舞劍器曲破一段，作龍蛇蜿蜒曼舞之勢。兩人唐裝者起，二舞者一男一女對舞，結劍器曲破徹。「竹竿子」念：

項伯有功扶帝業，大娘馳譽滿文場。合茲二妙甚奇特，堪使嘉賓釂一觴。……歌舞既終，相將好去。

念了，二舞者出隊。（此曲演二事，一為項莊刺沛公，一為公孫大娘舞劍器。）

在這種舞曲裏，有念白，有化裝，有人指揮，有人表演，並且有男女對舞的場面，次序姿勢，都很完備，可算是宋代舞曲中最進步的。在鄮峯真隱漫錄中，還有採蓮舞、花舞、漁父舞、大清舞等曲，其形式組織與劍舞大略相同。而史浩一律題爲大曲，可知「大曲」「曲破」到了史浩時代，其界限已不分明，已是互相接近而混合了。宋史樂志記太宗曾製「大曲」十八，「曲破」二十九。在北宋時代，「大曲」與「曲破」是不同的。張炎的詞源云：「大曲則以倍六頭管品之，其聲流美，即歌者所謂曲破」，由此可知到了南宋，這兩種樂曲，已經混而爲一，沒有甚麼大分別了。

四、講唱戲　講唱戲正如現在的清唱，他是以歌唱與故事爲主，伴奏着音樂，卻缺少舞蹈，稱爲鼓子詞。最初的形式，只是詞的重疊，以詠一事。如歐陽修的采桑子十一首，詠西湖風景之勝。前有短序，作爲開場。序云：

昔者王子猷之愛竹，造門不問於主人；陶淵明之臥輿，遇酒便留於道上。況西湖之勝概，擅東潁之佳名。雖美景良辰，固多於高會，而清風明月，幸屬於閒人。並遊或結於良朋，乘與有時而獨往。鳴蛙暫聽，安問屬官而屬私；曲水臨流，自可一觴而一詠。至歡然而會意，亦旁若於無人。乃知偶來常勝於特來，前言可信；所有雖非如己有，其得已多。因翻舊闋之辭，寫以新聲之調。敢陳薄伎，聊佐清歡。

接着序文，是排着十一首采桑子的詞。這種短短的形式，作爲宴集時候的歌唱，是非常合式的。比歐陽修的采桑子較爲進步的，是趙令畤的商調蝶戀花。他用着十二首詞，歌詠會眞記的故事。進步的地方，是他採用散文歌曲間用的新形式。這一點似乎是得自變文的啓示或影響。因爲他用着這種新形式，於是他的商調蝶戀花，雖與采桑子同是詞的重疊，但已是較爲戲曲化了。

商調蝶戀花（會眞記）

夫傳奇者，唐元微之所述也。以不載於本集而出於小說，或疑其非是。今觀其詞，自非大手筆，孰能與於此？……惜乎不被之以音律，故不能播之聲樂，形之管絃。……今於暇日，詳觀其文，略其煩褻，分之為十章。每章之下，屬之以詞。或全摭其文，或止取其意。又別為一曲，載之傳前，先敘前篇之義。調曰商調，曲名蝶戀花。句句言情，篇篇見意。奉勞歌伴，先定格調，後聽蕪辭。

麗質仙娥生月殿。謫向人間，未免凡情亂。宋玉牆東流美盼，亂花深處曾相見。密意濃歡方有便。不奈浮名，旋遣輕分散。最恨多才情太淺，等閒不念離人怨。

傳曰：「余所善張君，性溫茂，美風儀，寓於蒲之普救寺。適有崔氏孀婦將歸長安，路出於蒲，亦止茲寺。……是歲，丁文雅不善於軍，軍人因喪而擾，大掠蒲人。崔氏之家，財產甚厚，多奴僕，旅寓惶駭，不知所措。先是張與蒲將之黨有善，請吏護之，遂不及於難。鄭厚張之德甚，因飾饌以命張，中堂讌之。……次命女曰：鶯鶯，出拜爾兄，爾兄活爾。……又久之乃至，常服睟容，不加新飾。……張問其年幾，鄭曰：『十七歲矣』。張生稍以詞導之，不對，終席而罷。」奉勞歌伴，再和前聲。

錦額重簾深幾許。繡履彎彎，未省離朱户。強出嬌羞都不語，絳綃頻掩酥胸素。黛淺愁紅妝淡注。怨絕情凝，不肯聊回顧。媚臉未勻新淚污，梅英猶帶春朝露。

張生自是惑之，願致其情，無由得也。崔之婢曰紅娘，生私為之禮者數四，乘間遂道其衷。……婢曰：「崔之貞順自保，雖所尊不可以非語犯之。然而善屬文，往往沉吟章句，怨慕者久之。君試為諭情詩以亂之，不然，無由得也。」張大喜，立綴春詞二首以授之。奉勞歌伴，再和前聲。

懊惱嬌癡情未慣。不道看春，役得人腸斷。萬語千言都不管，蘭房跬步如天遠。廢寢忘餐思想遍、賴有青鸞，不必憑魚雁。密寫香箋論繾綣，春詞一紙芳心亂。

是夕，紅娘復至，持彩箋以授張。曰：「崔所命也。」題其篇云明月三五夜。……奉勞歌伴，再和前聲。

庭院黃昏春雨霽。一縷深心，百種成牽繫。青翼驀然來報喜，魚箋微諭相容意。待月西廂人不寐，簾影搖光，朱户猶慵閉。花動拂牆紅萼墜，分明疑是情人至。……

趙令時字德麟，宋宗室。本是作詞的名手，這種材料落到他的手裏，自然是寫得有聲有色的。他採用着一段散文一首歌詞的形式，一面可使人領會歌唱的美妙，一面又可使人瞭解故事的情節，這在表演上，是更可增加戲劇的效果的。看他每段結束時，必寫「奉勞歌伴，再和前聲」兩句，那表演時，講述故事和唱曲者的職務是分開的，若奏樂的人是獨立的，那末至少是需要三個人了。

比這種鼓詞的組織更大，音樂的變化更複雜的，便是諸宮調。歐陽修的西湖詞，趙令時的會真記，雖也要歌唱十幾曲，但前後總是采桑子、蝶戀花那樣翻來覆去地歌着，在音樂的性質上，是缺少變化繁複的美感的。同時那種簡短的形式，也不便於詳細地敘述一個長篇的故事。諸宮調的興起，便補救了這種缺陷，在戲曲上更加發展了。

董西廂　在歌唱與音樂表演的性質上，諸宮調得到了很大的進步。它一反他種歌唱戲的單調性，採取一個宮調中的幾支曲子，合成一套，再連合着許多的套數，成爲一個整體。在這種長短自如的組織中，可以隨意表演或長或短的故事，而在音樂上，又能呈現着變化繁雜的美感。它的組織形式，正和趙令畤商調蝶戀花相似，是以散文歌詞夾雜而成。王灼碧雞漫志云：「熙豐、元祐年間，……澤州孔三傳者首創諸宮調古傳，士大夫皆能誦之。」又吳自牧夢粱錄云：「說唱諸宮調，昨汴京有孔三傳，編成傳奇靈怪，入曲說唱。今杭城有女流熊保保及後輩女童皆效此。」（卷二十）再如東京夢華錄及都城紀勝，都有類似的記載。可知北宋元祐年間，已有諸宮調，而其創作者，並非出自文人，而是出自民間作家孔三傳之手。孔氏的生平事蹟，現在無從知道，由上列諸書的記事看來，他或者是當日汴京瓦肆中的一個賣技者。因爲他創出的諸宮調，能集合音樂故事之長，使得雅俗共賞，所以士大夫都很賞識它，因此這一種文體，流行一時，許多人以此爲專業，同那些說小說講史的，演傀儡影戲的，在汴京瓦肆中，佔得一席地了。看夢粱錄和武林舊事的記載，知道南宋時代，說唱諸宮調的藝人，還有不少的專家。可惜他們所用的諸宮調的底本，今都散佚不存，再武林舊事所載「官本雜劇段數」中的諸宮調霸王、諸宮調卦冊兒二本，亦不傳世。再有劉知遠諸宮調一本，不知何人所作，但已殘闕不全。現在可供我們研究的最完備的資料，只有一本北方文人的作品西廂記諸宮調了。其書爲董解元所作，董之生平事蹟，一無所知。鍾嗣成的錄鬼簿中注明他是金章宗時人，這一點想必可信。這樣看來，他是一位南宋時代的北國文人。

北宋末年的大亂，貴族豪門、官僚士大夫，雖是大量南遷，但當日社會上流行的各種遊藝，仍然是保留在那裏的，廣大市民仍然是需要文娛的。在當日的北方，能產生董西廂那樣的作品，並不是一件沒有根據的事。再如劉知遠諸宮調的殘本，想也是北方人的作品。

董西廂是諸宮調中一部傑出的作品，它把鶯鶯傳那件戀愛故事，加以種種合理的組織，進行了必要的加工，加強了戲劇的因素與效果。一、小說中的悲劇結果，是張生的始亂終棄，成爲張生與鶯鶯的矛盾。到了諸宮調，作者通過各種鬭爭，完成了有情人都成眷屬的團圓結局，這是符合人民的心理的。更重要的，改變了張生的性格，把張生變爲正面人物，始終同鶯鶯站在一起，向封建制度封建家長作劇烈的鬭爭，成爲追求愛情幸福的青年男女，和統治者壓迫者的新舊勢力的矛盾，這就加強了這一作品的主題思想和文學中的現實意義。二、加入了鄭恆、法聰一類的人物，加強了紅娘、杜確的描寫，更值得注意的是初步突出了紅娘這位人物的重要性。這樣一來，人物複雜了，矛盾鬭爭的面也深廣了，更加強了戲劇的衝突作用。三、他從驚豔等等場面寫起，更富於戀愛的氣氛與感情，更富於戲劇的發展性。在人物性格的刻劃上，比起小說來，也有很大的進步。董西廂的巨大成就，正表現出作者豐富的想像力與組織力，和他傑出的戲曲才能。鶯鶯傳的故事，由元稹到趙令畤，再到董解元，達到了戲劇化的高潮，奠定了王實甫西廂記的基礎，所以，董西廂實是王西廂的底本。但過去因王作之行世，致使董作反而湮沒無聞了。

西廂記雖出唐人鶯鶯傳，實本金董解元。董曲今尚行世，精工巧麗，備極才情，而字字本色，言言古意，當是古今傳奇鼻祖。金人一代文獻盡此矣。然其曲乃優人絃索彈唱者，非搬演雜劇也。（胡應麟少室山房筆叢卷四十一）

王實甫西廂記，全藍本於董解元。談者未見董書，遂極口稱道實甫耳。如長亭送別一折，董解元云：「莫道男兒心如鐵，君不見滿川紅葉，盡是離人眼中血」；實甫則云：「曉來誰染霜林醉，總是離人淚。」淚與霜林，不及血字之貫矣。又董云：「且休上馬，苦無多淚與君垂，此際情緒你爭知」；王云：「閣淚汪汪不敢垂，恐怕人知。」……兩相參玩，王之遜董遠矣。……前人比王實甫為詞曲中思王、太白，實甫何敢當，當用以擬董解元。（焦循易餘籥錄卷十七）

他們這些話，雖有道理，但稍有偏激，只從幾句曲詞上立論，是不全面的。從戲曲的整體上看，王作在董作的基礎上，又大大提高了一步。如果因此又否定董西廂的成就，那自然也是不對的。

董解元確是十三世紀初期中國北方一位傑出的戲曲家，富有戲劇組織力的卓越詩人。他能夠把鶯鶯傳那一篇簡短的故事，加以剪裁，加以穿插，加以合情合理的分離聚合的波折與團圓，使這故事完成了富於戲劇性的發展，同時使這作品成爲一本很完美的詩劇。我在下面，選錄送別一段爲例：

大石調（玉翼蟬）　蟾宮客，赴帝闕，相送臨郊野。恰俺與鶯鶯鴛幃暫相守，被功名使人離缺。好緣業，空悒怏，頻嗟歎，不忍輕離別。早是恁悽悽涼涼受煩惱，那堪値暮秋時節。　雨兒乍歇，向晚風如凜冽，那聞得衰柳蟬鳴悽切。未知今日別後，何時重見也。衫袖上盈盈搵淚不絕，幽恨眉峯暗結，好難割捨，縱有千種風情何處說。

（尾）　莫道男兒心如鐵，君不見滿川紅葉，盡是離人眼中血。

……生與鶯難別。夫人勸曰：「送君千里，終有一別。」

仙呂調（戀香衾）　苒苒征塵動行陌，杯盤取次安排，三口兒連法聽外更無別客。魚水似夫妻正美滿，被功名等閒離拆。然終須相見，奈時下難捱。　君瑞啼痕污了衫袖，鶯鶯粉淚盈腮。一個止不定長吁，一個頓不開眉黛。君瑞道閨房裏保重，鶯鶯道路途上寧耐。兩邊的心緒，一樣的愁懷。

（尾）僕人催促，怕晚了天色。柳堤兒上把瘦馬兒連忙解。夫人好毒害，道孩兒每回取個坐車兒來。

生辭夫人及聰，皆曰好行。夫人登車，生與鶯別。

大石調（驀山溪）　離筵已散，再留戀應無計。煩惱的是鶯鶯，受苦的是清河君瑞。頭西下控着馬，東向馭坐車兒，辭了法聰，別了夫人，把罇俎收拾起。　臨行上馬，還把征鞍倚。低語使紅娘，更告一盞以為別禮。鶯鶯君瑞，彼此不勝愁，厮覷者，總無言，未飲心先醉。

（尾）滿酌離杯長出口兒氣，比及道得個我兒將息。一盞酒裏，白冷冷的滴彀半盞來淚。

夫人道：「教郎上路，日色晚矣。」鶯啼哭，又賦詩一首贈郎。……

黃鐘宮（出隊子）　最苦是離別，彼此心頭難棄捨。鶯鶯哭得似癡呆，臉上啼痕都是血。有千種恩情何處說？　夫人道天晚教郎疾去，怎奈紅娘心似鐵，把鶯鶯扶上七香車，君瑞攀鞍空自攧，道得個冤家寧耐些。

（尾）馬兒登程，坐車兒歸舍。馬兒往西行，坐車兒往東拽。兩口兒一步兒離得遠如一步也。

仙呂調（點絳脣纏令）　美滿生離，據鞍兀兀離腸痛。舊歡新寵，變作高唐夢。　回首孤城，依約青山擁。西風送，戍樓寒重，初品梅花弄。

（瑞蓮兒）　衰草淒淒一徑通，丹楓索索滿林紅。平生蹤跡無定著，如斷蓬，聽塞鴻啞啞的飛過暮雲重。

（風吹荷葉）　憶得枕鴛衾鳳，今宵管半壁兒沒用。觸目悽涼千萬種，見滴流流的紅葉，淅零零的微雨，率剌剌的西風。

（尾）　驢鞭半裊，吟肩雙聳，休問離愁輕重，向個馬兒上駝也駝不動。

離蒲西行三十里，日色晚矣。野景堪畫。

仙呂調（賞花時）　落日平林噪晚鴉，風袖翩翩催瘦馬，一徑入天涯。荒涼古岸，衰草帶霜滑。　瞥見個孤林端入畫，離落蕭疏帶淺沙。一個老大伯捕魚蝦，橫橋流水，茅舍映荻花。

（尾）　駝腰的柳樹上有漁槎，一竿風旆茅簷上挂，澹煙瀟灑，橫鎖着兩三家。

生投宿於村店……

由此可以體會董解元的驚人的藝術手腕，通過形象概括、精美無比的詩歌語言，刻劃出青年男女的心理活動，和精神上的苦痛和鬬爭，把抒情、敘事、寫景緊緊地融化結合起來，給讀者以強烈的藝術的感染力。同時，在上面這一段裏，也可看出諸宮調的組織形式。在許多曲子裏，用了六個宮調，每一宮調中，都有尾聲，合成一套，再連合許多套數，成爲一個整體。偶然也有沒有尾聲的。一套或數套之間，夾雜着散文，散文有長有短，十之九爲古文，也時時雜用淺顯的白話，全書的組織都是如此。在全文中，有許多寫景極美的句子，有許多寫情極纏綿極深刻的句子，也有許多用白話寫成的韻文，以描摹種種姿態和語氣，格外顯得活潑有力，神情畢露，宋人諸宮調的完整作品，一點沒有遺留下來，而這一部北方的作品，獨能完美地流傳人世，自然是因其藝術的特殊優越，被人愛好而得到保存的。自宋代的大曲、鼓詞一類的東西，而步入元代的雜劇，諸宮調實是一座不可缺少的橋梁。在這種地方，董解元的絃索西廂，更顯出在中國戲劇史上的重要地位了。

在歌唱的組織上，不限一曲，取一宮調之曲若干，合爲一個整體，在表面略似諸宮調者，還有「唱賺」，它的脚本叫做賺詞。賺詞亦可敍述故事，但規模甚小，用之於宴會中的演奏，董西廂中有「太平賺」一名，可見兩者間的密切關係，但賺詞則不另加說白。元代事林廣記所載圓社市語的賺詞一則（見王國維宋元戲曲考），只有短短的九曲，皆用南曲撰詞，上面注明是用於宴會的。據耐得翁都城紀勝云：「唱賺在京師日，只有纏令、纏達。有引子、尾聲爲纏令，引子後只以兩腔互迎循環間用者爲纏達。……凡賺最難，以其兼慢曲、曲破、大曲、唱嘌、耍令、番曲、叫聲諸家腔譜也。」纏達和轉踏相似，實卽都由宋大曲演變而來。但因現存的賺詞只有上述圓社市語一則，我們已無法認識它的詳細情況了。

由於上面的敘述，關於當日盛行的各種戲曲，想可略明大概了。至於宋、金雜劇院本演的脚色，比起唐代的參軍戲來，也大有進步。夢粱錄云：「且謂雜劇中末泥爲長，每一場四人或五人。……末泥色主張，引戲色分付，副淨色發喬，副末色打諢。或添一人，名曰裝孤。」又輟耕錄云：「院本則五人。一曰副淨，古謂之參軍；一曰副末，古謂之蒼鶻。……一曰引戲，一曰末泥一曰裝孤，又謂之五花爨弄。」唐代的參軍戲，只有參軍、蒼鶻二色，到了宋、金，都擴展爲五個脚色了。並且雜劇與院本的脚色的人數與性質，正是一致的。所謂末泥引戲所擔任的主張分付的事，正如現在舞臺上所流行的編劇導演指揮監督一類的職務，其自身並不演戲。出場表演之人物，爲發喬的副淨，打諢的副末。王國維云：「發喬者蓋喬作愚謬之態，以供嘲諷，而打諢則益發揮之以成一笑柄也。」「孤」本身則並非角色名稱，而爲劇中人物，「裝孤」主要就是裝扮官員的意思。這一種情形，正適合於當日滑稽雜劇的表演，至於其他的歌舞戲，自必要另外加入跳舞、歌唱與奏樂的演員們，司指揮監督之職的，自然還是「引戲」、「末泥」一類的人擔任。在歌舞戲中，那名目又變爲「竹竿子」、「花心」一類的人物。我們看了鄮峯真隱漫錄中的諸舞曲，便可瞭然了。

最後，我還要談一談宋代的戲文，作爲本節的結束。戲文本是元、明南戲的始祖，在中國戲曲史上，原是非常重要的。戲文在宋朝早已出現，產生時代，是在元雜劇之前。元周德清中原音韻云：「南宋都杭，吳興與切鄰，故其戲文如樂昌分鏡等，唱念呼吸，皆如（沈）約韻」，又元劉一清錢塘遺事云：「至戊辰己巳間（度宗咸淳四五年間，公元一二六八——一二六九年），王煥戲文盛行於都下」，可知戲文之起於宋，殆無可疑，到了宋末，已經由民間而盛行於京都了。祝允明說：「南戲出於宣和以後，南渡之際，謂之溫州雜劇」（猥談），又徐渭南詞敘錄：「南戲始於宋光宗朝，永嘉人所作趙貞女、王魁二種實首之。」他們所說的雖時代稍有前後，但由戲文在宋末已盛行於京都的事實看來，戲文產生於十二世紀末，是很可能的。又明初葉子奇的草木子說：「俳優戲文，始於王魁，永嘉之人作之」，這樣看來，戲文的出生，是起於溫州的民間，漸漸地向北方發展的，故後人名之爲南戲。

宋人作的戲文，所可考者，有趙貞女蔡二郎、樂昌分鏡、王煥、王魁、陳巡檢梅嶺失妻等作。前一種隻字無存，後四種，略有殘文留於沈璟的南九宮十三調曲譜中。然所存者，只是一點詞曲，無從窺見其結構。至於統稱爲「宋元舊篇」的戲文，可考者有一百餘種，在這些作品中，當然還有不少是宋代的產物，不過很難肯定。近年來在永樂大典中發現張協狀元、小孫屠、宦門子弟錯立身三種，這些戲文，大家雖都推斷是元代的作品，但無疑都是宋代戲文的直接後身。由這幾種資料的考察，也可以看出戲文同元代的雜劇，確是兩個不同的流派。在中國戲曲史上，它是明代傳奇之祖。關於這些問題，留在下面論明代戲曲的一章裏，再來敘述。